DOUZE DE TROP

DU MÊME AUTEUR
CHEZ LE MÊME ÉDITEUR

Les Caprices de Miss Mary, 2011.

Antoine et Cléopâtre

1. *Le Festin des fauves*, 2010.
2. *Le Serpent d'Alexandrie*, 2010.

Corps manquants, 2008.

La Maison de l'ange, 2007.

César Imperator, 2006.

COLLEEN McCULLOUGH

DOUZE DE TROP

traduit de l'anglais
par Jean-Paul Martin

ARCHIPOCHE

Ce livre a été publié sous le titre
Too Many Murders
par Simon & Schuster, New York, 2009.

www.archipoche.com

Si vous désirez recevoir notre catalogue
et être tenu au courant de nos publications,
envoyez vos nom et adresse, en citant
ce livre, aux Éditions Archipoche,
34, rue des Bourdonnais 75001 Paris.
Et, pour le Canada, à Édipresse Inc.,
945, avenue Beaumont,
Montréal, Québec, H3N 1W3.

ISBN 978-2-35287-318-1

AVRIL 1967

1

M. Evan Pugh
Paracelsus College
Chubb University
Holloman, Connecticut

3 avril 1967

Cher Monsieur Pugh,

Je reconnais ma défaite. Vos 100 000 dollars ont été placés dans votre chambre, comme vous le stipuliez dans votre lettre du 29 mars. Si je suis aperçu, je veillerai à ce que ma présence là-bas paraisse innocente. Je vous prierais de ne pas tenter d'obtenir davantage d'argent. Mes poches sont vides.

Bien à vous,
Moulin à Paroles

Les mains d'Evan Pugh tremblaient tandis qu'il lisait cette lettre, reçue dans une enveloppe blanche portant son nom et son adresse – tapés, comme la missive, avec un ruban carbone. Jusque-là, son casier était vide chaque fois qu'il avait regardé, le matin ou après le déjeuner. Et maintenant, à 14 h 30, il avait la réponse !

Les couloirs étaient déserts quand il monta les marches incurvées à l'extrémité de la grande entrée. Paracelsus College était un édifice flambant neuf, aux lignes pures et élancées. Conçu par un architecte mondialement célèbre, ancien de Chubb University, il incarnait l'âpre austérité de son style : sols et murs en marbre du Vermont, petits jardins de pierre d'allure zen, éclairages blancs, ornementation minimaliste. À l'étage, où se trouvait le dortoir de Pugh, le marbre blanc cédait la place à des murs peints en gris et à un sol recouvert de caoutchouc de même couleur. Le tout aéré et spacieux, comme les chambres elles-mêmes, ce dont les étudiants étaient vivement reconnaissants au créateur – qui avait, en son temps, connu l'horreur de devoir partager un cagibi dans un bâtiment construit en 1798, et avait pris soin de munir l'endroit d'une profusion de toilettes.

L'étage était, lui aussi, désert. Evan parcourut furtivement le couloir, puis se glissa chez lui et jeta un bref regard pour s'assurer que son compagnon de chambre, Tom Wilkinson, assistait bien à un cours avec les autres étudiants de deuxième année. Mais il était seul. Il était en sécurité.

Chose étonnante, le désordre ne régnait pas dans la chambre. Pas de bicyclette en vue, les deux jeunes gens ayant chacun une voiture ; sur le plancher, aucun de ces entassements de boîtes que d'ordinaire les étudiants semblent apprécier. Une étagère remplie de livres, allant du sol au plafond, séparait leurs deux bureaux, chacun surmonté d'une fenêtre. Deux grands lits étaient disposés de chaque côté de la porte. Au-dessus du sien,

Wilkinson, jeune homme très gai, avait placé des posters d'actrices de cinéma, mais celui d'Evan Pugh était nu, hormis un panneau de liège où des notes et quelques photos étaient punaisées.

Il alla droit à son bureau, qui était exactement comme il l'avait laissé en partant. Aucun de ses tiroirs ne comportait de serrure ; il les ouvrit l'un après l'autre pour en étudier le contenu, se demandant quelle taille pouvait avoir le paquet contenant l'argent. Rien. Il jeta un coup d'œil à son lit, puis le retourna en tous sens. Rien.

Il examina les rayonnages sans y découvrir quoi que ce soit, puis se dit qu'il était vraiment bête. Comment sa proie aurait-elle su quelle moitié de la chambre il occupait ? Tom n'était pas quelqu'un de très ordonné, mais un examen minutieux de son domaine ne dévoila aucune liasse de billets.

Ne restait plus que les placards. Evan fouilla celui de Tom, sans succès. Puis il ouvrit la porte du sien. Le génie de l'architecte des lieux s'y révélait pleinement : il était de ces hommes qui n'oublient rien de leur passé, et notamment quel bric-à-brac les jeunes gens – et les jeunes filles ! – peuvent entasser. Ces placards faisaient la longueur de la pièce, et environ un mètre de large ; à une extrémité, des tiroirs, puis des rayonnages, le tout occupant la moitié de l'espace disponible. Leur seul défaut était d'être mal éclairés par des ampoules de vingt-cinq watts – le doyen craignait les incendies.

Evan pénétra dans le sien après avoir allumé la lumière. Il aperçut aussitôt le paquet, accroché au plafond par une ficelle. Il vit, même sous cette faible lumière, qu'il était enveloppé de cellophane, et y discerna les billets de 100 dollars, qui paraissaient neufs.

Ses mains s'en emparèrent, et il s'interrompit un instant pour savourer l'ampleur de son succès – un véritable triomphe, qu'il ne pourrait partager avec personne tant qu'il n'aurait pas décidé s'il voulait de nouveau faire chanter Moulin à Paroles. Après tout, il n'avait pas vraiment besoin de l'argent ; c'était simplement l'arme qu'il avait choisie. Il se réjouissait surtout que lui, Evan Pugh, dix-neuf ans, simple étudiant de Chubb, eût le pouvoir de tourmenter quelqu'un d'autre. C'était si agréable ! Bien sûr qu'il continuerait !

Il s'empara du paquet et tira d'un coup sec pour le décrocher.

Au même instant, il y eut un bruit très fort, à la fois grondement et bruissement. Une douleur horrible envahit ses bras et son torse. Evan eut l'impression d'avoir été mordu par un Tyrannosaurus rex. Laissant tomber l'argent, il tenta de s'agripper à ce qu'il pouvait : ses doigts se refermèrent sur de l'acier froid entré dans son corps – toute une rangée de dagues, plantées dans sa chair, jusqu'à l'os.

Le choc avait été trop brutal pour qu'il hurle, mais c'est ce qu'il fit, sans comprendre pourquoi sa bouche était pleine d'écume. Hurlant, hurlant, hurlant…

On l'aurait entendu de la chambre, mais elle était vide. Que ses cris ne parviennent pas jusqu'au couloir était dû à l'architecte, soucieux d'insonorisation et disposant par ailleurs d'un budget important. Les Parsons, qui avaient dû se séparer d'un Rodin et de plusieurs œuvres d'Henry Moore, voulaient en avoir pour leur argent.

Evan Pugh mit deux heures à mourir, se vidant de son sang, ne sentant plus ses jambes, le souffle de plus en plus court. Sa seule consolation, tandis qu'il perdait conscience, fut que la police trouverait l'argent et la lettre de Moulin à Paroles, restée dans sa poche.

— Incroyable ! s'exclama le capitaine Carmine Delmonico. Et la journée n'est même pas terminée ! Quelle heure est-il ?

La voix de Patrick O'Donnell lui parvint depuis l'intérieur du placard.

— 18 h 30 ! Et tu le sais parfaitement !

Carmine entra – la porte avait été démontée – et découvrit une scène irréelle, digne d'un musée de cire. Patrick avait installé deux petites lampes à arc qui illuminaient l'intérieur du placard. Il vit d'abord le corps, qui paraissait suspendu au plafond, les bras et le torse prisonniers de ce qui ressemblait un peu aux dents d'un requin, mais en acier.

— Bon Dieu ! s'exclama-t-il en prenant soin de contourner le cadavre. Patsy, qu'est-ce que c'est ?

— Un piège à ours de grande taille, je crois.

— Un piège à ours ? Dans le Connecticut ? Cela fait plus d'un siècle qu'on n'y voit plus ces animaux ! Mais c'est vrai qu'il doit bien y avoir des gens qui ont encore ce genre de truc, oublié au fond d'une grange…

Il attendit que Patrick ait achevé son examen, puis les deux hommes se regardèrent.

— Je vais devoir emporter tout ça, dit Patsy. Je n'ose pas tenter de le libérer ici, c'est le genre de truc capable de se refermer d'un coup quand on veut l'ouvrir de force. Le plafond est bien plus bas que celui de la chambre, mais il doit y avoir une poutre. Ça promet !

— Le piège n'est pas vissé, mais boulonné, dit Carmine, alors il y a une poutre, c'est sûr. Comment vas-tu faire ? À la tronçonneuse ? Tu vas abattre les murs ?

Il prit le paquet enveloppé de cellophane et se mit à l'inspecter.

— De plus en plus bizarre ! C'est beaucoup d'argent, si bien sûr il n'est pas rempli de papier. Un appât pour les gens cupides. Le gamin l'a vu, a tiré dessus, et ce faisant a actionné le piège.

Carmine parcourut l'endroit du regard. Cinq mètres de long, un de large, avec à un bout une série de tiroirs, à côté des rayonnages, tout le reste constituant un espace de rangement, où le piège avait été fixé.

— Le type qui l'a mis en place connaissait son boulot ! La structure n'a pas bougé quand le pauvre gars s'est fait capturer.

— Mes techniciens sauront le détacher. Tu as vu tout ce que tu voulais ?

— Je pense que oui. Mais c'est quand même incroyable !

— Ouais. Douze en dix-huit heures !

— On se retrouve à la morgue.

Abe Goldberg et Corey Marshall, les adjoints de Carmine, se tenaient près du bureau d'Evan Pugh, l'air perplexe.

— Douze, Carmine ? demanda Corey.

— Douze, et presque tous différents. Mais celui-là, c'est le pompon ! Un piège à ours ! Il a quasiment coupé la victime en deux.

— Carmine, intervint Abe, dans toute l'histoire d'Holloman il n'y a jamais eu autant de meurtres en une journée ! Le maximum, c'était quatre, quand les gangs de motards se sont tiré dessus sur le parking de Chubb. C'était une affaire simple, tu l'as résolue en moins d'une semaine.

— Je ne crois pas que ça sera pareil cette fois-ci, répondit Carmine d'un ton sombre.

— En tout cas, dit Abe, tu ne seras pas seul : Larry Pisano enquête déjà sur les trois personnes qui se sont fait descendre.

— Je superviserai tout, Abe, tu le sais. Ce qui signifie que chacun de vous deux va s'occuper d'une victime. Vous connaissez mes méthodes mieux que les gars de Larry. Mais pas ce soir ! Rentrez chez vous, mangez, et dormez bien. Demain, à 9 heures dans le bureau du commissaire, d'accord ?

Ils acquiescèrent de la tête et s'en furent.

Carmine s'attarda, examina les lieux et nota la disparité entre la moitié de chambre du mort et celle de Tom Wilkinson, qui l'avait trouvé en rentrant.

Celui-ci attendait dans une pièce mise temporairement à disposition par le doyen ; un des techniciens de Patsy l'y avait escorté après avoir inspecté ce qu'il emportait de vêtements, livres et objets divers. Evan Pugh avait tout l'air d'être un obsessionnel. Même les notes punaisées sur le panneau de liège étaient soigneusement alignées. Leur examen n'avait livré aucun indice quant au mobile de son meurtre ; c'étaient autant de pense-bêtes – date à retenir, timbres ou papier à lettres à acheter. Les photos étaient celles d'un endroit plus clément qu'Holloman : palmiers, plages, maisons aux couleurs vives, dont une demeure devant laquelle se tenaient un homme et une femme proches de la cinquantaine, en tenue de soirée, l'air prospère.

La fouille du bureau ne révéla rien. Carmine s'en alla donc voir Tom Wilkinson, assis, l'air abattu, sur le lit de sa chambre temporaire. Un regard suffisait à constater qu'il était différent d'Evan Pugh : grand, blond, athlétique, avenant. Ses grands yeux bleus contemplèrent le capitaine Delmonico avec un mélange de crainte, d'horreur et de curiosité. Ce n'étaient pas ceux d'un tueur, estima Carmine. Le jeune homme était modestement vêtu – ni mohair ni poil de chameau, lui !

Il tenta de ne pas bafouiller en racontant son histoire. Voyant le sang couler sous la porte du placard d'Evan, il l'avait ouvert… À partir de là, son récit se fit moins cohérent, mais Carmine lui laissa le temps de se reprendre. Tom ne s'était pas attardé dans le placard, et jurait n'avoir pas vu l'argent. Étudiant en année préparatoire de médecine, le jeune homme avait tout juste les moyens d'étudier à Paracelsus College. Il aurait pu être tenté d'empocher les billets avant que quiconque soit au courant, mais Carmine était porté à croire que ce n'était pas le cas. Comme il avait marché dans le sang en sortant du placard, un technicien lui avait pris ses baskets, expliqua-t-il. Elles étaient neuves, est-ce qu'il pourrait… Et Carmine se retrouva à promettre qu'on les lui rendrait dès que possible.

— Vous aimiez votre compagnon de chambre ? demanda-t-il.

— Non.

— Pourquoi ?

— Il la ramenait sans arrêt !

— Vous ne paraissez pourtant pas homme à porter des jugements.

— C'est le cas, capitaine, mais Evan n'était pas un poseur ordinaire. Il était tellement… imbu de lui-même ! Il devait peser quarante-cinq kilos tout mouillé, il avait une tête de débile comme on en voit dans les dessins animés. Mais à l'entendre parler, il était un demi-dieu ! Il avait le cuir si épais que rien ne pouvait l'atteindre.

— Et en cours ? Il avait de bonnes notes ?

— Excellentes, dans tous les domaines, soupira Tom, notamment en dessin anatomique. Et il le faisait remarquer sans cesse, notamment aux gars comme moi, qui ont une bourse.

— Il fréquentait ses condisciples ?

— Bon Dieu, non ! Il avait toujours des passe-temps bizarres, comme d'aller à New York voir un opéra ou une pièce pour intellos. Il ne manquait jamais un film d'avant-garde au ciné-club de Chubb, il assistait à des soirées caritatives… Après quoi il nous cassait les pieds avec ça, comme si nous étions tous des péquenauds. Si quelque chose me surprend, c'est bien que personne ne lui ait jamais cassé la gueule.

— Quand l'avez-vous découvert ?

— Vers 18 heures. J'ai une voiture, ça me permet de revenir ici déjeuner et dîner. Les repas à la cafétéria de Science Hill sont bien trop coûteux. Ma sœur m'a donné sa vieille guimbarde quand elle en a acheté une neuve. Je suis sorti du cours de virologie vers 17 h 30 et suis revenu ici.

— Tous vos cours ont lieu à Science Hill ?

— Oui, pratiquement.

— Tom, j'ai cru comprendre que tous les étudiants dans cette aile du bâtiment sont en deuxième année ?

— Oui. Le bâtiment compte quatre ailes, une par année.

— Cela veut dire que l'aile est déserte entre le déjeuner et 18 heures.

— Absolument.

Carmine se leva.

— Merci, Tom. Je vous libère pour le dîner, même si je me doute que vous n'avez pas franchement faim.

Carmine entreprit de rencontrer le doyen, Robert Highman, mais s'arrêta auparavant pour avoir une vue d'ensemble de cette croix que formait le bâtiment du Paracelsus College, qui abritait les bureaux et les logements des universitaires. Le doyen et l'intendant y occupaient des appartements spacieux ; les enseignants, à l'extrémité des quatre ailes, logeaient dans d'autres, plus petits, dépourvus de cuisine ; certains, situés près du centre de la croix, accueillaient des post-doctorants aucunement liés à l'administration.

L'entrée était vaste, et déserte à l'heure du dîner. Un employé officiait à l'accueil pendant les heures ouvrables, mais il était parti. Les bureaux, bien visibles à travers des parois de verre, demeuraient vides.

Un joyeux brouhaha résonnait de l'autre côté du centre, où quatre cents jeunes gens mangeaient. Il se prépara en soupirant à faire irruption parmi eux, mais cela fut inutile : un petit homme en costume trois-pièces, d'allure un peu affectée, émergea du réfectoire, l'aperçut aussitôt et se dirigea vers lui. Ses genoux cagneux lui donnaient une démarche en canard ; il avait un visage rond, rougeaud, une maigre chevelure brune soigneusement ramenée en avant pour dissimuler le haut de son crâne et, s'il n'était guère avenant, il y avait dans ses yeux une lueur qui apprit à Carmine qu'il pouvait sans peine réduire au silence les occupants de Parecelsus College.

— Doyen Highman ? dit Carmine en lui serrant la main.

— Venez au premier étage, dans mon appartement, répondit celui-ci, ouvrant une porte de verre.

Ils prirent un ascenseur dont Highman expliqua, chemin faisant, les dimensions minuscules :

— Le doyen Dawkins, mon prédécesseur, était paraplégique, mais trop compétent pour qu'on lui en refuse l'installation. Princeton a bien cru qu'il viendrait chez eux ! Vous êtes un ancien de Chubb, capitaine ?

— Oui, promotion 48.

— Alors, vous étiez un de ces jeunes partis défendre notre patrie bien-aimée ! Mais vous aviez commencé avant la guerre ?

— Oui, en septembre 1939. Je me suis engagé juste après Pearl Harbor. Les Japs et les nazis passaient avant les études.

— Marié ?

— Oui.

— Des enfants ?

— Une fille d'un premier mariage, Sophia, âgée de seize ans, et un fils de cinq mois, dit Carmine, en se demandant qui menait l'interrogatoire.

— Son prénom ?

— Nous n'avons pas encore décidé.

— C'est source de conflit ?

— Non, une discussion dans la bonne humeur.

— Elle gagnera, capitaine ! Elles gagnent toujours.

Le doyen installa son visiteur dans un fauteuil de cuir et se dirigea vers le bar.

— Sherry ? Whisky ? Bourbon ?

— Un whisky fera l'affaire, avec beaucoup de glace et de soda.

— Je vois que vous êtes encore en service ! sourit Highman, qui s'assit après s'être versé une généreuse dose de sherry. Allez-y, capitaine, posez vos questions !

— D'après ce que m'a dit Tom Wilkinson, le compagnon de chambre d'Evan Pugh, l'endroit est désert pendant les heures de cours.

— Absolument ! Les étudiants ont interdiction de traîner dans les couloirs à ces moments-là ! Et ils la respectent. Paracelsus College a été fondé et bâti spécifiquement pour les étudiants en médecine par la Fondation Parsons.

— Ah, ceux-là ! grimaça Carmine.

— Vous avez l'air de bien les connaître.

— J'ai enquêté voilà deux ans sur une affaire impliquant un de leurs laboratoires.

— Oui, je m'en souviens, dit le doyen. J'espère simplement que le meurtre de M. Pugh n'entraînera pas Paracelsus College dans un désastre du même genre !

— Je ne pense pas, en dehors d'éventuelles fuites à la presse sur les circonstances de sa mort. Nos communiqués seront aussi discrets que possible.

Le doyen se pencha en avant.

— Je vous avoue que je suis assez inquiet, capitaine. Comment Evan Pugh est-il mort ?

— Victime d'un piège à ours caché dans son placard.

Highman pâlit et faillit bien renverser son verre de sherry, qu'il redressa de justesse puis vida d'un coup.

— Grands dieux ! Ici ? À Paracelsus College ?

— Oui, je le crains.

— Mais… que faire ? Je jure que personne n'a rien remarqué d'anormal aujourd'hui ! Je me suis renseigné !

— J'en suis certain, docteur Highman, mais des inspecteurs viendront demain poser un certain nombre de questions. C'est pourquoi j'aimerais que tous les membres de votre personnel technique, concierges, jardiniers, femmes de ménage, soient là toute la journée. Personne ne sera traité brutalement, mais tout le monde sera interrogé, individuellement, expliqua Carmine d'une voix ferme.

— Je comprends.

— Vous connaissiez bien Evan Pugh ?

Highman fronça les sourcils, se lécha les lèvres et décida de se verser un autre sherry.

— C'était un jeune homme à part. Je crains que personne ne l'ait bien connu, ni surtout beaucoup aimé. J'ai rarement vu des garçons comme lui ; je ne saurais trop décrire sa personnalité, sauf pour dire qu'elle était répugnante. Je ne peux vous en apprendre davantage, capitaine, faute de l'avoir vraiment fréquenté.

Carmine s'attarda un peu, le temps de finir son verre, bavardant avec le doyen à propos des subventions versées à Paracelsus College par le clan Parsons, dont la générosité – des millions et des millions de dollars – allait toujours à des projets de nature médicale. Que Roger Parsons Sr choisisse Piero Conducci comme architecte ne l'avait pas surpris, bien que les plus jeunes membres du clan eussent sans doute préféré un créateur plus classique. Ils avaient dû se séparer de leur exemplaire des *Bourgeois de Calais* de Rodin, désormais placé dans un des jardins créés par Conducci.

— Vous prenez garde aux voleurs, je pense ? demanda-t-il au doyen.

— Bien sûr, mais on n'en a pas encore vu. Et il y a à Chubb beaucoup de choses plus faciles à dérober qu'un groupe de Rodin.

— Et il y en aura d'autres, j'imagine, quand le musée d'art italien se mettra en place. Les Titien et les Canaletto vont sortir des coffres !

— Une grande université devrait *crouler* sous les œuvres d'art ! déclara pompeusement le doyen.

C'est peu après 20 heures que Carmine entra dans les bureaux du médecin légiste, situés dans les locaux des services du comté, sur Cedar Street. C'était le domaine de Patrick, son cousin germain, bien qu'on ne puisse le deviner à les voir. Patrick avait les yeux bleus, des cheveux bruns, une peau semée de taches de rousseur ; Carmine des yeux bruns, des cheveux noirs et bouclés, qu'il disciplinait en les coupant très court. Ils étaient les enfants des sœurs Cerutti, dont l'une avait épousé un O'Donnell et l'autre un Delmonico. Patrick avait dix ans de plus que Carmine, et six enfants, mais ils étaient unis par une affection indéfectible. Fils unique, Carmine avait treize ans à la mort de son père, devenant ainsi l'enfant gâté d'une mère désormais veuve et de quatre sœurs aînées – milieu où

Patrick avait représenté la seule présence masculine. Ils s'aimaient comme des frères.

Patrick était aussi coroner, mais il avait réussi à se décharger de ses obligations juridiques sur son adjoint, Gustavus Fennel, qui adorait paraître à la barre et affronter Douglas Thwaites, l'acariâtre juge de district d'Holloman. Patrick se passionnait pour sa science, et son service était à l'avant-garde dans tous les domaines de cette capricieuse discipline : groupes sanguins, sérums, fibres textiles, tout ce qu'un criminel peut laisser derrière lui. Il se plaignait constamment de manquer de fonds pour acheter du matériel mais, à la suite de la fermeture du centre de recherche médicale – qu'on appelait le Hug –, les Parsons lui avaient donné toutes sortes d'équipements qui faisaient de son labo le mieux pourvu de tout l'État du Connecticut.

La morgue ce jour-là était pleine de civières, ce qui d'ordinaire ne se produisait qu'en cas de catastrophe aérienne ou d'accident impliquant de nombreux véhicules. Mais pas aujourd'hui : toutes les silhouettes immobiles drapées dans leur linceul avaient été victimes d'un meurtre.

L'endroit était une véritable ruche silencieuse. Deux techniciens sortaient les corps déjà autopsiés. Dehors attendaient les corbillards des pompes funèbres, venus les emporter.

Patrick se tenait près d'une longue table en acier inoxydable, avec un énorme évier à un bout et des conduits d'évacuation des deux côtés. Deux balances d'allure très ordinaire, dont les bouchers se servent pour peser la viande, étaient pendues dans un coin ; plusieurs chariots remplis d'instruments attendaient non loin de là.

Evan Pugh avait été extirpé du piège à ours qu'on avait posé sur un banc en marbre, protégé par des chariots.

Carmine s'approcha et le contempla longuement, sans commettre l'erreur de le toucher. Si Patsy avait érigé une barricade autour, c'est qu'il était encore dangereux. Ouvert, comme il l'était maintenant, il faisait plus de soixante centimètres à sa base ; ses horribles dents tachées de sang mesuraient près de cinq centimètres de long, et possédaient le tranchant d'un rasoir. Les six trous des boulons étaient manifestement très récents : ils avaient le luisant du métal fraîchement percé, alors que la surface du piège était rouillée.

— Ne respire pas de trop près, Carmine ! lança Patrick. Je ne plaisante pas, il se déclenche pour un rien ! Le tueur s'est servi d'un produit pour enlever le plus gros de la rouille, puis a ajusté la pression sur la plaque pour déclencher le piège à la moindre saccade, même d'un petit gabarit comme notre victime. Ce qui me fascine, c'est son audace : il l'a boulonné sans le déclencher. Bon Dieu, j'en ai des sueurs froides rien que d'y penser !

Carmine revint près de la table.

— Des indices, Patsy ?

— Un ou deux. Tiens, lis ça, c'était dans la poche de son pantalon.

Carmine s'exécuta, puis remit la lettre parmi les affaires de Pugh.

— Ça répond à beaucoup de questions, en particulier concernant l'argent. Tu as ouvert le paquet ? Il contient vraiment 100 000 dollars ?

— Je ne sais pas, j'ai préféré te laisser la surprise. J'ai lavé le sang et enlevé la première couche de cellophane, mais je doute qu'on y trouve des empreintes autres que celles de Pugh.

Carmine enfila des gants, prit le paquet et une paire de ciseaux, puis découpa une à une les nombreuses épaisseurs de l'emballage. Il fut stupéfait de découvrir d'authentiques coupures de 100 dollars. Un an auparavant, de nombreux faux billets avaient circulé, et il avait appris à les repérer, mais ceux-là étaient vrais. Quelle victime d'un maître chanteur, ayant prévu de le tuer, pouvait se permettre de gaspiller une telle somme?

— L'argent ne fait que compliquer les choses, dit-il en déposant les liasses dans un récipient en acier qu'il referma, avant d'enlever ses gants. 100 000 dollars en billets flambant neufs… Les numéros ne se suivent pas, il faudra que je les transmette au FBI pour savoir d'où ils viennent. Moulin à Paroles… Je me demande ce qui a pu l'amener à sacrifier autant d'argent sans chercher à récupérer sa lettre. Cela montre en tout cas qu'il s'en moque, qu'il pense que nous ne saurons jamais qui il est, ni pourquoi Pugh le faisait chanter.

— Chantage mis à part, Carmine, dit Patsy, la haine est un mobile. Il s'agissait d'infliger à Pugh des souffrances physiques atroces, une mort lente…

— Mais pas publiquement.

— Non. Une vendetta privée. Moulin à Paroles ne cherche pas à attirer l'attention sur lui.

— Je pense que c'était la première fois que Pugh se livrait au chantage. Si seulement je pouvais découvrir sa lettre du 29 mars! Il n'a fallu au tueur que quatre ou cinq jours pour mettre au point sa vengeance, imaginant sans doute que sa victime n'avait pas laissé de preuves derrière lui. Ce qui signifie qu'il ne s'agit pas de photos, de lettres, de mémos, rien de visuel ou de sonore. Pugh n'avait pas de clé de coffre, ni de consigne de bus ou de train. Il peut bien sûr avoir envoyé quelque chose à ses parents, mais j'en doute.

— Quand il y a chantage, il y a toujours des preuves matérielles, Carmine, même si c'est le simple récit d'un incident quelconque.

— Pas ici ! Je suis convaincu que Moulin à Paroles a agi en se sachant parfaitement à l'abri. Plus rien ne le menace maintenant que Pugh est mort. La preuve a disparu avec lui. Comment te sors-tu de tout ce chaos ?

— D'ici 22 heures, j'aurai fait de la place pour les victimes des meurtres. J'envoie Gus et ses gars au labo de North Holloman pour qu'ils se chargent des autres affaires jusqu'à ce que ça se calme ici.

— Pauvre Gus ! Le labo là-bas est un véritable dépotoir ! lança Carmine en s'en allant. Réunion demain matin à 9 heures dans le bureau de Silvestri, d'accord ?

Carmine gara sa Ford Fairlane devant chez lui peu avant 21 heures. C'était un véhicule banalisé de la police, avec un moteur gonflé et qui avait déjà beaucoup servi, mais la voiture n'avait pas l'air trop abîmée. Il marcha jusqu'à la porte d'entrée et l'ouvrit. Desdemona ne prenait jamais la peine de la verrouiller, se disant à juste titre que peu de criminels se risqueraient à entrer dans la demeure du capitaine Delmonico. Tout le monde à Holloman savait où il vivait, ce qui présentait des inconvénients mais aussi des avantages.

Sa femme et sa fille se trouvaient dans la cuisine entièrement blanche, impeccable, assez grande pour qu'ils puissent y dîner s'ils n'avaient pas d'hôtes.

Desdemona achevait de préparer un plat de lasagnes, tandis que Sophia touillait une salade avec enthousiasme. Les plans de travail avaient été surélevés, car la femme de Carmine mesurait près d'un mètre quatre-vingt-dix ; ils auraient même pu être plus hauts, mais si la famille voulait un jour vendre, mieux valait que la cuisine reste utilisable par des gens de taille normale. Cuisinière encore novice, Desdemona avait souvent des crises d'angoisse en ce domaine. Anglaise jusqu'au bout des ongles, la cuisine italienne restait pour elle un univers étranger. Cependant, prise en main par la mère et les sœurs de Carmine dans le domaine des lasagnes, elle s'en sortait fort bien.

Elle avait un visage assez quelconque, avec un grand nez et un menton en galoche, mais il devenait très beau quand elle souriait, et ses yeux avaient la couleur de la glace. La maternité la dotait de la poitrine qui lui manquait jusqu'à présent pour que sa silhouette soit parfaite.

Elle se dirigea vers Carmine et se baissa de dix bons centimètres pour l'embrasser, tandis que Sophia sautillait d'un pied sur l'autre, impatiente en attendant son tour.

À bientôt dix-sept ans, blonde, les yeux bleus, les traits très fins, la fille du capitaine était belle comme sa mère, Sandra, qui avait un moment pensé faire carrière à Hollywood. Mais, contrairement à elle, Sophia avait énormément d'ambition, et beaucoup plus de bon sens que son père ou son beau-père, le célèbre producteur de cinéma Myron Mendel Mandelbaum, n'auraient jamais pu l'espérer. Elle avait quitté Los Angeles quand Carmine et Desdemona s'étaient mariés, échappant à la déprimante influence de sa mère qui ne pensait plus guère qu'à la coke, pour occuper ce qui lui paraissait être un paradis : une tour carrée de deux étages, avec un belvédère. Et elle s'entendait fort bien avec sa belle-mère.

— Des lasagnes ! s'écria Carmine, ravi. Ça ne vous ennuie pas de dîner aussi tard ? Je me serais contenté d'une assiette réchauffée !

— C'est parfait, répondit Desdemona. On mange trop tôt, et on se réveille mourant de faim bien avant le petit déjeuner ! Nous avons pris le thé, ça nous a permis de t'attendre.

— Comment va… comment s'appellera-t-il, déjà ? demanda Carmine avec un sourire attendri.

— *Julian* va parfaitement bien. Il dort, bien sûr.

— C'est un prénom super, papa, intervint Sophia. Moi, j'adore !

— Il a quelque chose de britannique, d'affecté. Pas question que mon fils aille à St Bernard avec un prénom pareil !

— Allons, allons ! rétorqua Sophia. Ça sera un tel malabar que personne ne l'embêtera avec ça !

— Il a besoin d'un prénom ordinaire ! insista Carmine. John, comme mon grand-père Cerruti. Ou Robert, Anthony, James !

Les lasagnes étaient prêtes ; ils s'assirent autour de la table.

— Et Simon ? suggéra Sophia d'un air espiègle.

— C'est le bouquet ! s'exclama Carmine. C'est peut-être un prénom commun en Angleterre, mais ici, ce n'est pas l'Angleterre !

Desdemona resta imperturbable.

— Tu as des préjugés contre les Anglais.

— Non, et d'ailleurs la question n'est pas là. Pense aux mômes que notre fils fréquentera à l'école. Tu sais à quel point ils aiment tourmenter celui ou celle qui a un prénom bizarre.

— Julian est très bien. Écoute, Carmine : Julian John Delmonico ! C'est joli ! Et quel effet cela fera quand il sera célèbre !

Carmine préféra changer de sujet.

— Tes lasagnes sont excellentes ! Meilleures que celles de ma mère, et presque aussi bonnes que celles de ma grand-mère !

Desdemona rosit de plaisir et s'apprêtait à répondre, mais Sophia la devança :

— Devine qui arrive demain, papa?

— Quand tu parles sur ce ton, ce ne peut être que Myron, répliqua celui-ci.

— Il ne l'a pas dit, mais je sais qu'il vient pour me tenir compagnie! C'est le break de milieu de semestre à l'école.

— Il ne pouvait pas venir à un meilleur moment, car je croule sous le boulot!

— C'est si moche que ça? demanda Desdemona.

— Horrible!

— Qu'est-ce qui se passe, papa?

— Tu connais la règle, ma fille: interdiction d'en parler à la maison.

Une heure plus tard, avant d'aller se coucher, Carmine se rendit dans la petite chambre où son fils encore anonyme dormait paisiblement dans son berceau. «Un malabar», avait dit Sophia, et c'était une bonne description: déjà très grand, il avait l'aspect musclé de son père, et sa peau mate. Son épaisse chevelure était noire et bouclée. Ses pieds et ses mains laissaient déjà penser qu'adulte il ferait plus d'un mètre quatre-vingts.

C'est alors, tandis que les paroles du doyen Highman lui revenaient en mémoire, que Carmine Delmonico cessa de s'inquiéter. Cet enfant pourrait porter impunément n'importe quel prénom, personne ne se risquerait jamais à l'intimider ou à se moquer de lui. Peut-être même aurait-il besoin d'un prénom un peu affecté pour adoucir sa puissance, sa taille.

Lorsque Carmine se glissa dans le lit à côté de Desdemona, il la prit dans ses bras, l'embrassa dans le cou. Elle frémit, se serra contre lui et passa la main sur ses cheveux coupés court.

— Julian, chuchota-t-il. Julian John Delmonico.

Elle poussa un cri de joie et lui embrassa les paupières.

— Carmine, Carmine, merci ! Tu ne le regretteras pas ! Et ton fils non plus.

— Je viens juste de m'en rendre compte, sourit-il.

2

Le bureau du commissaire était vaste, mais il avait rarement accueilli autant d'hommes que ce matin du 4 avril.

Holloman, avec ses cent cinquante mille habitants, n'était pas assez peuplé pour bénéficier d'un service entièrement consacré aux homicides, mais possédait toutefois trois escouades d'inspecteurs. Elles étaient placées sous la direction du capitaine Delmonico, dont les deux adjoints Abe Goldberg et Corey Marshall suivaient d'ordinaire leurs propres méthodes d'enquête. Le lieutenant Mickey McCosker et ses hommes s'étaient excusés, réquisitionnés pour une enquête du FBI sur une affaire de drogue, mais le lieutenant Larry Pisano et ses adjoints, Morty Jones et Liam Connor, ainsi que le commissaire en second, Danny Marciano, étaient présents. En dépit de son nom italien, ce dernier avait des cheveux blonds, des yeux bleus, un visage grêlé de taches de rousseur. Il devait partir en retraite à la fin de l'année suivante, comme Larry Pisano, qui quitterait le service dès la fin 1967, ce qui posait un problème à Carmine : ses deux adjoints avaient la préséance sur ceux de Pisano et comptaient bien postuler au grade de lieutenant, avec une augmentation de salaire importante et une plus grande autonomie. Carmine ne pouvait donc en vouloir à Abe et Corey de vouloir monter dans la hiérarchie.

Le commissaire Silvestri était un flic de bureau qui n'avait jamais tiré un coup de feu de toute sa carrière de policier, mais on ne pouvait l'accuser d'être un planqué : il avait reçu bien des décorations pendant la guerre, dont la médaille d'honneur du Congrès. Rendu à la vie civile, il avait compris que ses talents étaient avant tout d'ordre administratif, et c'était l'un des meilleurs commissaires que la ville ait jamais eus. Brun, avenant, il pouvait encore attirer les femmes. Il faisait un peu penser à un gros chat et se montrait d'une loyauté absolue envers ses hommes, qu'il pouvait défendre contre n'importe qui, du FBI au gouverneur de l'État. Politicien si doué qu'il passait pour ne rien comprendre à la politique, c'était un favori des médias qui n'avait que deux faiblesses : la première était son protégé, Carmine Delmonico, la seconde sa passion pour les cigares, qu'il mâchonnait sans jamais les allumer, abandonnant dans son sillage des débris gluants, ce que Danny Marciano détestait. Le commissaire prenait donc toujours soin d'en déposer un le plus près possible de son adjoint.

D'ordinaire, il gardait durant les réunions un visage impassible. Mais, ce matin-là, il avait l'air franchement sombre. Dès que Patrick O'Donnell survint et s'empara de la dernière chaise disponible, Silvestri lança la réunion :

— Carmine, explique-nous tout !

Sans même regarder les papiers étalés devant lui, le capitaine commença :

— Le premier appel est arrivé hier à 6 heures du matin, du club d'aviron de Chubb. Leur équipe était partie s'entraîner dès l'aube, car les conditions paraissaient idéales sur la rivière Pequot. Ils avaient bien travaillé et s'apprêtaient à rentrer quand un de leurs avirons a heurté quelque chose qui s'est révélé être le corps d'un petit enfant. Patsy ?

O'Donnell enchaîna aussitôt :

— D'environ dix-huit mois, très bien vêtu, mais avec des langes très épais comme on en met aux enfants handicapés. C'était manifestement un trisomique. Il n'est pas mort noyé, mais par asphyxie, sans doute étouffé avec un oreiller. Des contusions indiquaient qu'il s'était débattu. La mort remontait à 4 heures du matin environ.

— L'identité de la victime restait mystérieuse, reprit Carmine. On n'avait signalé aucune disparition d'enfant trisomique. Corey ?

— À 8 h 02, nous avons reçu un appel de M. Gerald Cartwright, dont la maison fait face à la rivière Pequot, non loin du club d'aviron de Chubb, continua celui-ci en s'efforçant de parler d'une voix posée. Revenant d'un voyage, il avait découvert sa femme morte ; leur fils cadet, un trisomique, avait disparu.

— À cette heure, il s'était produit plusieurs autres choses, reprit Carmine. Une prostituée bien connue de toute la ville, Dee Dee Hall, gisait dans une ruelle proche de la mairie, la gorge tranchée d'une oreille à l'autre. L'appel qui nous en prévenait est arrivé à 6 h 56, et il a été suivi, un quart d'heure plus tard, par un autre venu de la résidence de M. Peter Norton, mort après avoir bu un verre de jus d'orange qui venait d'être pressé. J'ai donc laissé Abe s'occuper de Dee Dee, Corey de l'affaire Cartwright, suis allé chez les Norton. J'y ai trouvé l'épouse et deux enfants – une fille de huit ans, un garçon de cinq – tous très agités, en particulier la femme, qui se comportait comme si elle était folle. J'ai obtenu quelques détails grâce à la petite fille, qui a juré que c'était le jus d'orange. Le verre était sur la table, encore à moitié plein. L'épouse en préparait un chaque matin, avant de monter réveiller et habiller les enfants, ce qui lui prenait environ dix minutes, pendant lesquelles le verre restait sur la table. Quelqu'un avait donc le temps d'y verser quelque chose.

— J'ai fait procéder à l'analyse du verre et de son contenu, dit Patrick. Je n'ai pas encore les résultats, mais je pense que M. Norton a été empoisonné à la strychnine. Une façon bien moche de mourir ! conclut-il en grimaçant.

— Et tandis que j'étais chez les Norton, reprit Carmine, on m'a appelé pour une histoire de viol suivi de meurtre. J'ai envoyé Corey.

— Le corps a été découvert par le propriétaire de la fille, continua celui-ci. Elle s'appelait Bianca Tolano. Elle était sur le sol, nue, les mains attachées dans le dos, un collant noué autour du cou. Elle avait été torturée. Je ne crois pas qu'elle soit morte étranglée, mais à cause d'une bouteille cassée qu'on lui a introduite dans le sexe.

— En effet, Corey, intervint Patsy. C'est ce qu'a révélé l'examen préliminaire.

— Bon Dieu ! s'écria Silvestri. On est assiégés ou quoi?

— C'est bien l'impression que ça donnait, hier ! soupira Carmine. J'essayais encore de tirer des renseignements de Mme Norton quand j'ai été informé du meurtre d'une femme de ménage et de deux lycéens, tous Noirs. Les gamins n'avaient aucun rapport avec des gangs, d'après le flic qui m'a prévenu. J'ai transmis à Larry. Larry ?

Pisano agita les sourcils.

— Tout ça a l'air ordinaire, mais je pense que non. Ludovica Bereson était une femme de ménage très appréciée de ses employeurs, à qui elle donnait toute satisfaction. Touchée à la tête par une arme de petit calibre, elle est morte aussitôt. Personne n'a rien vu, et surtout rien entendu, ce qui est plus intéressant. Cedric Ballantine avait seize ans. Excellent élève, travaillant dur, qui n'a jamais eu de problème. Tué d'une balle de moyen calibre dans la nuque. Morris Brown avait dix-huit ans, lui aussi était un excellent élève. Tué d'une balle dans la poitrine, tirée par un calibre .45 ou quelque chose du genre. Là encore, personne n'a rien vu ni entendu. Les blessures des trois victimes portaient des traces de poudre, elles ont donc été tuées à bout portant. J'ai chargé Morty et Liam de retrouver les douilles : *nada !* Et ce n'est pas faute d'avoir cherché ! Un coup vraiment bien monté ! Et tout ça pour trois personnes parfaitement inoffensives !

— Je crains de ne pouvoir les examiner aujourd'hui, dit Patrick. Les empoisonnements passent avant.

— Les empoisonnements ? s'écria Silvestri. Il y en a plusieurs ?

— Oh, que oui ! dit Carmine. Mme Cartwright, la mère du petit trisomique, ne s'est pas suicidée. Elle a été tuée par injection de quelque chose, et Patsy pense qu'elle ne peut y avoir procédé elle-même. Viennent ensuite Peter Norton, qui a ingéré de la strychnine, John Denbigh, tué par du cyanure de potassium versé dans son thé, sans même parler de Desmond Skeps, le patron de Cornucopia.

Le commissaire en resta bouche bée.

— Bon Dieu ! Skeps ? Desmond Skeps est mort ?

— Oui. J'ai bien pensé que les autres meurtres avaient pour fonction de rendre sa mort moins voyante. Mais douze meurtres en une journée, c'est beaucoup trop pour une ville comme Holloman.

— Voyons, récapitula Silvestri en comptant sur ses doigts. Le bébé, sa mère, le gars au jus d'orange, le viol suivi de meurtre, Dee Dee… la pauvre ! Elle faisait déjà le trottoir quand j'étais ado! Trois Noirs tués par balle, le doyen de Dante College, le patron de Cornucopia : ça nous en fait dix. Qui sont les autres?

— Beatrice Egmont, une veuve de soixante et onze ans, à l'abri du besoin, qui vivait juste à la sortie de la ville. C'est sa femme de ménage qui l'a découverte dans son lit, un oreiller encore sur la figure. Et pour finir, un étudiant de Chubb, qui faisait chanter quelqu'un qu'il appelait Moulin à Paroles. Quatre empoisonnements, un crime sexuel, trois victimes par balle, une prostituée égorgée, deux suffocations par oreiller, et un piège à ours.

— *Un piège à ours?*

Carmine venait à peine de décrire le meurtre d'Evan Pugh que le café arriva, commandé par le commissaire, accompagné de pâtisseries danoises et de pains au raisin. Tous se levèrent en s'étirant avant de se jeter sur le chariot comme des loups.

Dès qu'il le put, Carmine prit Silvestri à part dans un coin de la pièce.

— John, dit-il à voix basse, la presse va adorer ça. Comment faire pour les tenir à distance?

— Je ne sais pas encore. Il nous reste plusieurs heures avant que je doive leur jeter quelque chose en pâture. J'ai des idées, mais il me faut encore un peu de temps avant de décider comment m'y prendre.

Après un quart d'heure passé à discuter de tout sauf des meurtres, il fut plus facile à tous d'en revenir à la crise qui les attendait.

— Carmine, comment vas-tu gérer tout ça? questionna Silvestri.

— Hormis mon rôle de supervision, je veux me réserver plusieurs affaires : celles des empoisonnements et le piège à ours. Larry et ses gars se concentreront sur

Dee Dee Hall et les trois Noirs tués par balle, et Abe sur la vieille dame, puisque Corey se charge déjà de la fille violée et tuée.

Personne ne protesta, bien que Carmine se soit réservé presque la moitié des affaires. Et personne ne lui demanda ce qu'il comptait faire à propos de Jimmy Cartwright, le gamin trisomique.

— Qu'est-ce que je peux faire pour t'aider? s'informa Silvestri.

— Me donner des voitures banalisées avec chauffeurs. Tout ça va générer énormément de paperasse, donc beaucoup de temps. Tout le monde pourra ainsi rédiger ses rapports sur le siège arrière.

— Tu auras tout ça. Danny, tu feras la liaison.

Vue depuis Adams Street, la maison des Cartwright paraissait prospère, mais sans plus ; ce n'est que depuis l'arrière qu'elle révélait toute sa splendeur. De style traditionnel, à bardeaux blancs, avec des volets vert sombre, elle était bordée d'une haie courant près de la rivière, le long d'un terrain très allongé d'un hectare et demi. De la rue, on voyait la chambre à coucher des Cartwright à l'étage, et une salle de réception au rez-de-chaussée. La porte d'entrée se trouvait sur le côté, à l'ouest, protégée par un portail d'allure redoutable.

Carmine frappa, se sentant étrangement seul. En temps normal, Abe et Corey fournissaient deux paires d'yeux supplémentaires pour examiner la scène aussi minutieusement que lui, mais selon des perspectives différentes. *Il faudra faire avec, aujourd'hui*, songeat-il en attendant qu'on lui ouvre. Il lui fallut patienter une bonne minute avant que le propriétaire fasse son apparition.

— Monsieur Gerald Cartwright?

— Oui.

— Capitaine Delmonico, de la police d'Holloman. Puis-je entrer?

L'autre s'effaça sans répondre.

Il avait bien l'air d'un homme dont la femme et le fils venaient d'être assassinés ; effondré, accablé de chagrin, perdu dans sa douleur. Âgé d'une quarantaine d'années, de taille moyenne, il aurait sans doute donné l'impression, en temps normal, d'être un homme agréable et charmant, comme il convenait au propriétaire de deux restaurants prospères, comme l'avait appris Carmine en épluchant son passé avant de venir l'interroger.

Le premier, L'Escargot, était situé à Beechmont, dans l'État de New York ; le second, Joey's, était un fast-food sur Cedar Street, tout près des tours de Chubb University. Tous deux marchaient fort bien. Cartwright possédait un compte à la Second National, sur lequel il avait déposé suffisamment de fonds pour couvrir ses dépenses. Son argent était sagement investi dans un portefeuille d'actions. Carmine avait cherché la trace de sorties de liquide particulièrement importantes, sans en découvrir aucune. Le restaurateur ne semblait pas être Moulin à Paroles.

Le capitaine suivit l'homme dans un salon meublé de fauteuils et de tables basses de qualité, mais sans prétention, comme en choisissent les parents prudents de quatre enfants. Il aperçut à travers des portes-fenêtres à double vitrage une immense salle de réception, beaucoup mieux meublée. *Interdite aux gamins, sans doute*, pensa-t-il.

Gerald Cartwright s'assit lourdement et s'empara d'un coussin qu'il posa sur son estomac.

— Vous n'étiez pas à la maison, la nuit des meurtres, monsieur Cartwright? demanda Carmine.

— Non, j'étais à Beechmont.

— Où vous avez un restaurant.

— Oui.

— Vous passez souvent la nuit là-bas ?

— Oui, nous y avons de la famille, et un petit appartement au-dessus du restaurant. D'ordinaire, je dîne avec ma mère, qui habite tout près.

— Qu'est-ce que L'Escargot a de spécial pour que vous vous y rendiez si souvent ?

— La cuisine est française, capitaine, ainsi que le chef : Michel Moreau, quelqu'un de très connu. C'est aussi une *prima donna*, coutumier des crises de colère. Pour je ne sais quelle raison, je suis le seul à pouvoir l'apaiser. Si je le perdais, l'affaire coulerait. Les gens viennent y manger de plus de cent kilomètres à la ronde, la liste d'attente est de trois mois ! Alors, je vais là-bas deux ou trois fois par semaine, rien que pour rendre Michel heureux. Cathy a toujours compris, même si parfois ça lui rendait la vie difficile. Nous avons trois enfants inscrits au lycée Dortmer, ça finit par coûter.

— Comme sans doute l'hypothèque sur la propriété…

— Oui et non, répondit l'autre en s'agitant. Nous l'avons achetée au bon moment, avec un taux de quatre pour cent. Étant donné l'étendue du terrain, le quartier, la rivière tout près, elle vaut d'ores et déjà cinq ou six fois ce que nous l'avons payée. La maison était en bon état, nous n'avons pas eu beaucoup de travaux à faire.

Il se mit à pleurer, puis s'efforça de se ressaisir.

— Prenez votre temps, monsieur Cartwright.

— C'est si horrible ! sanglota-t-il. Les enfants se doutaient bien qu'il s'était passé quelque chose. Je suis arrivé avant qu'ils aillent voir pourquoi leur mère ne descendait pas. Avant la naissance de Jimmy, ils y seraient allés, mais… sa venue a changé bien des choses.

— Parce qu'il était trisomique?

— Oui. Personne ne nous avait prévenus des dangers pour des parents ayant la quarantaine. Nos trois premiers enfants étaient en parfaite santé!

Son indignation lui permit de surmonter son chagrin. Carmine attendit, prêt à le relancer d'un mot si nécessaire.

— Cathy se consacrait à Jimmy, mais je ne pouvais pas être là plus souvent. J'ai bien essayé de trouver un manager pour L'Escargot, mais ça n'a pas marché. Nous n'avions pas le choix, il fallait que j'aille régulièrement à Beechmont.

Les larmes recommencèrent de plus belle.

— Le vrai problème de votre épouse, c'était les trois autres enfants, n'est-ce pas?

Cartwright sursauta et eut un air stupéfait.

— Comment le savez-vous?

— C'est une réaction fréquente dans les familles auxquelles ça arrive. Le nouveau venu accapare toute l'attention de la mère, et les autres ne sont pas assez matures pour comprendre ce qui se passe. Ils en veulent au bébé, et par conséquent à la mère. Quel âge ont vos enfants?

— Selma a seize ans, Gerald Junior treize, et Grant dix. Je m'étais dit que Selma prendrait le parti de sa mère, mais elle était si... venimeuse! Elle a très mal réagi. Comme les deux autres, en fait.

— Et comment réagissaient-ils, monsieur Cartwright?

— Avant tout en refusant d'aider Cathy, qui n'avait pas toujours le temps de leur préparer leurs sandwichs pour l'école, ou leur goûter quand ils rentraient. Même chose pour les repas: elle ne parvenait plus à cuisiner. La vie à la maison devenait un cauchemar! Les enfants haïssaient Jimmy, ils ne voulaient même pas être dans la même pièce que lui!

Et toi, pensa Carmine, *tu n'as même pas eu le cran de leur botter le cul. Tu pouvais toujours battre en retraite à Beechmont, savourer les repas mitonnés par ta mère, dormir paisiblement dans un lit. Les crises de colère de Michel étaient une vraie bénédiction pour toi ; elles te permettaient d'échapper à une situation dont tu savais qu'elle ne pourrait durer, mais que tu n'avais pas le courage d'affronter, alors que ta femme aurait eu besoin de toi en permanence à la maison.*

Il laissa Gerald Cartwright sangloter, rôdant dans la grande maison à la recherche des trois aînés, pour voir de quoi ils avaient l'air. Mais d'abord, il examina la chambre à coucher.

Elle était charmante : un papier peint beige à rayures noires, des rideaux et des meubles laqués également beiges. Un énorme berceau ressemblant à une cage était empli de draps et couvertures en désordre. L'état du lit indiquait que Cathy Cartwright n'avait pas lutté. Sur le drap, là où devait s'être trouvé son coude, s'étalait une tache de sang séché, de la taille d'un timbre-poste.

Un verre de bourbon avait été découvert sur la table de nuit, mais il était désormais, ainsi que son contenu, dans le labo de Patrick. Les résultats des analyses étaient parvenus à Carmine juste avant son départ. De l'hydrate de chloral avait été versé dans l'alcool, si bien que la victime, profondément endormie, n'avait pas opposé de résistance quand on lui avait injecté une dose massive de penthiobarbital. Patrick estimait qu'elle était morte vers 2 heures du matin, donc bien avant le petit Jimmy. La personne qui l'avait assassinée était-elle la même qui avait tué son fils ?

La salle de bains était propre et bien rangée. Peut-être Cathy Cartwright avait-elle été accablée par un bébé trisomique et trois enfants peu coopératifs, mais elle avait réusssi à tenir sa maison. Pauvre femme! Il devait lui avoir semblé qu'aucun de ceux qu'elle aimait n'était sensible à son malheur.

Il trouva les trois enfants dans une grande pièce, réunis devant une grande télé, à regarder une chaîne de dessins animés. Le câble venait juste d'arriver à Holloman, et leur riche quartier de banlieue avait été le premier à être raccordé. Le volume sonore de l'écran ayant été réglé assez fort, les spectateurs n'entendirent pas Carmine entrer, ce qui lui donna tout le temps de les observer. Selma était manifestement l'une de ces princesses hautaines comme on en voyait au lycée Dortmer, celui où Sophia était inscrite. Après une scolarité dans un établissement californien fréquenté par les enfants des milliardaires d'Hollywood, la fille de Carmine s'était intégrée sans peine dans son nouveau lycée, où elle avait l'image prestigieuse d'une exilée de la côte Ouest connaissant des tas de stars de cinéma, toujours habillée à la dernière mode. Dortmer se flattait d'avoir un niveau d'études élevé et des professeurs brillants. Beaucoup d'enseignants de Chubb University y envoyaient leurs enfants.

Selma devait ressembler à sa mère: grande, élancée, blonde, bronzée. Gerald Junior paraissait coulé dans le même moule. Seul Grant, le cadet, avait l'allure du père. Si les deux aînés témoignaient d'un détachement hautain devant les dessins animés de Tom et Jerry, lui s'y plongeait entièrement, en riant un peu trop fort.

Carmine eut envie de jeter un coup d'œil dans leurs chambres avant de les interroger. Il sortit discrètement et se dirigea vers les quatre pièces situées à l'extrémité du premier étage.

Une seule, qui devait servir de chambre d'amis, était en ordre. Les trois autres, chacune pourvue d'une salle de bains, étaient de vrais foutoirs: lits défaits, placards béants, tiroirs ouverts, toutes sortes d'objets dispersés sur la moquette. Sans doute étaient-elles beaucoup mieux rangées avant la naissance de Jimmy. Et chacune était dotée d'un poste de télévision. Quand avaient-ils été installés?

Celle de Grant était la pire : Carmine y remarqua un cartable tailladé, une affiche du lycée en lambeaux, des manuels scolaires déchirés. Cette éruption de fureur s'était peut-être produite quand on avait su à Dortmer qu'il avait un frère trisomique, ce qui signifiait que des mois s'étaient écoulés sans que personne ait tenté de remettre un peu d'ordre dans la chambre. Cathy Cartwright avait baissé les bras.

Une odeur aigre émanait de la salle de bains, et des traces de vomi, grossièrement nettoyées, maculaient le carrelage bleu. Soulevant le couvercle du panier à linge, Carmine y découvrit un pyjama qui avait manifestement servi à éponger le désastre. La femme de ménage devait n'en faire qu'à sa tête et n'avait sans doute pas encore atteint la chambre de Grant. À supposer bien sûr qu'elle s'y aventure.

Il était temps d'aller voir les trois rejetons.

Il frappa bruyamment à la porte ouverte. Les trois enfants firent volte-face, puis se levèrent. Un inconnu ! Un flic ! Selma baissa le volume du téléviseur.

Le visiteur s'empara d'une chaise sur laquelle il s'assit.

— Je m'appelle Carmine Delmonico, et je suis capitaine dans la police d'Holloman. Tournez vos chaises pour me faire face.

Ils obéirent sans enthousiasme. Par-delà leur air bravache, on discernait de la peur, le choc de la mort de leur mère, de la terreur à l'idée de ce qui pourrait leur arriver, ainsi qu'une satisfaction paisible, que Carmine attribua à la disparition de Jimmy. Le pauvre enfant ne serait pas pleuré.

— Selma, as-tu vu ou entendu quelque chose, la nuit dernière ? demanda-t-il à la jeune fille qui, remarqua-t-il, se rongeait les ongles.

— Non, répondit-elle laconiquement.

— Tu es sûre ?

— Oui ! Oui, oui, oui !

— Métèque ! lança entre ses dents Gerald Junior.

Carmine restant impassible, il répéta plus fort :

— Fichu flic métèque !

Quelle colère ! Ses yeux, du même bleu que ceux de sa sœur, étaient emplis de rage.

— Et toi, Gerald ? s'enquit le policier.

— Je m'appelle Junior, répliqua-t-il d'un ton moins assuré que sa sœur. Non, je n'ai rien vu, rien entendu. On ne peut pas, si le bruit vient de chez Jimmy.

Comme si la chambre était celle de Jimmy, et non celle de tes parents.

— Il fait beaucoup de bruit ?

— Oui, confirma Junior en haussant les épaules. Comme une chèvre ou un mouton. Bêêê !

— Et toi, Grant ?

— J'ai rien entendu.

Carmine se pencha en avant.

— Mais tu t'es réveillé, à un moment. Tu as vomi.

Grant sursauta, stupéfait.

— Comment vous savez ça ?

— D'abord, je l'ai senti. Ensuite, je l'ai vu. Tu t'es servi de ton pyjama pour nettoyer, il est encore dans le panier à linge. Aucun d'entre vous ne s'occupe jamais de laver ce qu'il y a dedans ?

— Hé ! s'écria Selma, vous n'avez pas le droit de fouiller dans nos affaires, espèce de métèque !

— Vous avez tous l'air d'aimer ce mot, répondit Carmine, impassible. Il n'est pourtant pas d'usage au lycée

Dortmer, sinon ma fille me l'aurait dit. Elle a ton âge, Selma, tu dois la connaître : Sophia Mandelbaum.

La jeune fille rougit. Le capitaine reprit :

— Vous savez que votre mère et votre petit frère ont été assassinés dans la nuit d'avant-hier, alors pourquoi êtes-vous si peu coopératifs ? Vous regardez la télé, vous devez connaître les procédures policières. Lors d'une enquête, rien n'est sacré, même pas les paniers à linge ! Calmez-vous et répondez à mes questions ici, chez vous, sinon je devrai vous emmener et vous les poser dans une salle d'interrogatoire. C'est compris ?

Toute résistance disparut, et ils hochèrent la tête.

— Alors, Grant, tu as été malade ?

— Ouais, chuchota-t-il.

Carmine se tourna vers Selma et Junior.

— Laissez-nous, vous deux. Une policière doit être arrivée, demandez-lui de me rejoindre immédiatement. Je ne pourrai pas faire de mal à Grant si elle est là, n'est-ce pas ?

De toute évidence, Selma aurait voulu rester, mais elle n'était pas de taille. Elle sortit en soupirant à la suite de Junior. La policière entra bientôt dans la pièce.

— Asseyez-vous, Gina, vous servirez de chaperon, lui ordonna Carmine avant de se tourner vers Grant : bon, raconte-moi ce qui s'est passé !

— Je me suis bourré de Twinkies, on avait mangé tard ! avoua le jeune garçon, l'air indigné. Maman est occupée par Jimmy en permanence. Et puis, elle nous a servi des spaghettis, une fois de plus !

Combien de temps faudrait-il à ces enfants pour qu'ils comprennent que leur mère était morte pour de bon ? Que si, depuis la naissance de Jimmy, ils avaient mangé tard, ce serait encore pire à l'avenir ? Ils étaient si refermés sur eux-mêmes qu'ils voyaient cela comme autant de souffrances intolérables. Gardant un visage impassible, Carmine insista :

— Tu as dormi, Grant?

— Oui, bien sûr! J'ai regardé un film débile et je me suis endormi avant la fin. Quand je me suis réveillé, ça n'allait pas, mais j'ai pensé que ça s'arrangerait. Mais ça a continué, j'ai couru jusqu'à la salle de bains, et j'ai vomi par terre. Après, je me suis senti mieux, alors je me suis mis au lit.

Le jeune garçon était de plus en plus mal à l'aise. Il avait perdu toute agressivité. Ses yeux bruns évitaient de croiser ceux de Carmine. La vérité émergeait, mais pas tout entière. Grant essayait manifestement de concocter un mensonge qu'un capitaine de la police pourrait avaler, mais il n'avait guère d'expérience en ce domaine, n'ayant jamais menti qu'à ses parents. Mais que voulait-il cacher?

— Conneries! aboya Carmine. Tu ne t'es pas mis au lit, tu ne t'es pas endormi! Qu'as-tu fait? Je veux la vérité!

Le jeune garçon blêmit et déglutit péniblement.

— Je dis la vérité! Je suis allé me coucher et j'ai dormi! Parole!

— Non. Qu'as-tu *vraiment* fait, Grant?

Les résistances de l'enfant cédèrent. Grant était tout simplement incapable d'inventer une histoire convaincante, même à ses propres yeux.

— Je suis allé dans la chambre de maman pour lui dire que j'avais vomi dans ma salle de bains.

— Ah! Et alors?

— La lumière était allumée, celle de la lampe sur sa table de nuit. Et Jimmy ne se calme jamais quand elle est allumée. Ça empestait le caca, vraiment!

Carmine attendit qu'il poursuive mais, comme le jeune garçon n'ajoutait rien, il le motiva :

— Grant, tu ne peux pas en rester là. Je veux tout savoir.

— Jimmy était dans son berceau, il hurlait. Maman était endormie, j'ai voulu la réveiller. Et puis j'ai vu le verre sur la table de nuit, j'ai compris qu'elle s'était assommée, comme elle faisait souvent. Et Jimmy hurlait, en poussant ses cris d'animaux... Je lui ai gueulé de la boucler, mais il n'écoutait rien. Et ça puait, ça puait !

Les yeux de Carmine croisèrent ceux de Gina, qui paraissaient l'interroger. Envahi par un horrible pressentiment, il eut un léger mouvement de tête, respira longuement et se contraignit à demeurer impassible.

— Continue, Grant, autant me raconter le reste. Je finirai par le savoir, de toute façon, autant que ça vienne de toi.

Les yeux bruns revinrent enfin sur lui, résignés, pleins de larmes.

— Je suis allé jusqu'au berceau. Je me disais que si Jimmy était plein de caca, ça apprendrait à maman à ne pas s'enivrer si elle se réveillait à côté de lui. Mais le petit taré s'est mis à brailler encore plus fort. Et il m'a craché dessus ! Il m'a frappé ! Je l'ai frappé aussi, il est retombé dans le berceau, et je ne sais plus ce qui s'est passé après, je le jure ! Je me souviens simplement qu'il hurlait, et qu'il me crachait dessus ! Je lui ai mis un oreiller sur la figure, pour qu'il se taise, mais il n'arrêtait pas, alors j'ai maintenu l'oreiller en place. Il me crachait dessus !

Bon Dieu !

— Continue, Grant.

Le jeune garçon paraissait soulagé d'un lourd fardeau. Les deux autres étaient-ils au courant ? Sans doute pas. Sinon, Selma, au moins, ne l'aurait pas laissé seul. Peut-être se doutait-elle de quelque chose, sans avoir eu le temps d'approfondir. Ce qui était tout aussi bien.

— J'ai allumé la lumière, expliqua-t-il, et j'ai vu que Jimmy était tout bleu. J'avais beau le pincer, il ne bougeait pas. J'ai compris qu'il était mort. D'abord j'ai été heureux, et puis je me suis dit que si ça se savait, j'irais en prison. C'est ce qui va m'arriver, non?

— Dis-moi comment ça s'est passé, ça vaudra mieux pour toi. La prison, c'est pour les adultes. Qu'est-ce que tu as fait alors?

— Je l'ai enveloppé dans un drap de son berceau, j'ai descendu l'escalier, je suis sorti par la porte de derrière, je suis allé jusqu'à la rivière et je l'ai jeté dedans. Il a coulé tout de suite. Je suis revenu à la maison, j'ai remis le drap dans son berceau, j'ai regardé maman, elle dormait toujours. Mais ça n'était pas ça, hein? Elle était morte?

— Oui, avant que tu arrives. Qu'est-ce que tu as fait, une fois de retour dans ta chambre?

— J'ai essayé de nettoyer dans la salle de bains, et puis je me suis mis au lit et j'ai dormi. J'étais crevé.

Aucun remords, pensa Carmine. *Et il n'en aura peut-être jamais. Si le père lui trouve un bon avocat, il pourra s'en sortir. Quand les psychologues s'occuperont de lui, il sera plein de repentance et, le temps qu'il passe en justice, il aura tout oublié.*

Mais que les parents avaient été sots de n'avoir pas engagé de gouvernante après la naissance de Jimmy! Cathy Cartwright en aurait pourtant bien eu besoin. Et ils pouvaient se permettre cette dépense, même avec les frais de scolarité de leurs trois enfants au lycée Dortmer.

3

— Ce ne serait jamais arrivé si la mère n'avait pas été submergée, expliqua Carmine à Patrick. J'ai bien l'impression que Gerald Cartwright est un radin. Et Cathy devait être bien faible pour ne pas avoir insisté pour être aidée.

— Ce ne serait jamais arrivé non plus si la mère n'avait pas été morte.

— C'est vrai. Ce qui a tout déclenché chez le gamin, c'est l'odeur de merde. Ce qui indique que Cathy était déjà morte depuis plusieurs heures quand Grant est venu la trouver, sans doute un peu après 4 heures. J'ai su qu'il me cachait quelque chose quand il n'a pas voulu reconnaître qu'il la cherchait, parce que c'est ce que font tous les mômes quand ils ont vomi. Le père est un égoïste qui ne pense qu'à ses affaires, qui passe beaucoup de temps loin de chez lui, laissant sa femme seule avec un gamin qui réclame énormément de soins, alors qu'elle doit s'occuper aussi des trois premiers. Le pauvre petit Jimmy a été la cause involontaire de beaucoup de haine et de rancœur.

— Son meurtre aurait pu être évité si les parents avaient pris conscience de ce que leurs aînés pensaient, mais celui de la mère?

— Jusqu'à présent, aucun indice. Gerald Cartwright est peut-être un égoïste, mais ce n'est pas un mari infidèle. Quand il se rend dans son restaurant, il est entouré par sa famille et celle de sa femme, passe pour un époux modèle et fait en sorte que ça se sache. Pour ce qui est de Cathy, comment aurait-elle trouvé le temps d'avoir une liaison, avec quatre enfants dont un trisomique ?

— Elle sortait, de temps à autre ?

— À l'occasion, selon Gerald qui, lui, aime la vie mondaine. Ils allaient au théâtre, au cinéma, à des dîners de charité… Il tenait à ce que sa femme s'y rende seule si le chef cuisinier piquait une crise que seul Cartwright pouvait apaiser. La dernière fois, elle s'est ainsi rendue à une soirée caritative de la Fondation Maxwell. Elle ne voulait pas la manquer, car les Maxwell donnent très généreusement pour la recherche sur les enfants handicapés.

Carmine se versa du café avant de demander :

— Et de ton côté, quoi de neuf ?

— Côté empoisonnements, c'est fait, répondit Patrick. Peter Norton a été liquidé avec assez de strychnine pour tuer un cheval. Elle était dans le jus d'orange. Pas d'autre toxique dans le sang qui lui aurait été administré sur une assez longue période, ce qui tend à démontrer l'innocence de sa femme, comme d'ailleurs le choix du poison. Il faut avoir les nerfs solides pour donner à quelqu'un un truc aussi horrible que la strychnine, puis le regarder mourir.

— Heureusement qu'elle était à l'étage pour préparer les mômes avant l'école.

— On n'a que sa parole à ce sujet.

— On a aussi celle des gamins, ils sont un peu jeunes pour en faire des complices. Ce qui les a fait descendre, c'est le bruit provoqué par leur père, et ils ont été témoins de sa mort, bien que Mme Norton ait tenté de les en empêcher. Je suis porté à croire qu'elle a bel et bien préparé le jus d'orange avant de monter, et qu'il s'est écoulé une dizaine de minutes avant qu'elle entende son mari descendre pour le petit déjeuner, qu'il prenait toujours à toute allure. Et le doyen Denbigh?

— Des cristaux de cyanure de potassium mêlés à des feuilles de thé au jasmin, dans un sachet lui-même enfermé dans un emballage hermétiquement scellé ! Mes techniciens sont prêts à affirmer sous serment au tribunal qu'il n'a été ouvert qu'une fois, par le doyen lui-même. Et le sachet de thé est cousu à la machine, pas agrafé. Les quatre étudiants invités dans son bureau étaient tous des hommes.

— Tandis que son épouse, le Dr Pauline Denbigh, était dans son propre cabinet de travail, et ses invitées étaient toutes des femmes. Rien d'autre dans le sang du doyen?

— Non.

— Et Desmond Skeps?

— Oh, un sacré truc, Carmine ! Ni drogues ni produits toxiques accumulés dans son organisme de longue date, mais il a eu droit à un vrai cocktail le jour de sa mort.

— Le jour? demanda Carmine en fronçant les sourcils.

— Oui. Je crois que tout a commencé bien avant le crépuscule, peut-être dès 16 heures, quand il a bu un verre de scotch mêlé d'hydrate de chloral. Pendant qu'il était dans le cirage, le tueur lui a planté une aiguille dans le creux du coude gauche et l'a maintenue en place avec du sparadrap jusqu'à sa mort.

— La même technique que pour Mme Cartwright?

— Pas vraiment. Elle est morte dès que l'aiguille est entrée dans la veine. Skeps a reçu une dose de curare médical, ce qui a permis au tueur de lui infliger des douleurs corporelles très fortes alors qu'il était immobilisé et intubé. Je ne sais pas si c'était relié à un respirateur. On lui a infligé des brûlures, mais jamais au troisième degré, celles qui détruisent les connexions nerveuses et donc toute sensation de douleur. Il a tout ressenti, crois-moi ! Le tueur devait donc avoir quelques connaissances médicales.

— Et l'instrument de torture ?

— Je dirais un fer à souder ou quelque chose du genre. Le tueur a même écrit le nom de Skeps sur son ventre, après lui avoir rasé les poils n'importe comment, ce qui a laissé la peau à vif. J'ai pris des photos de tout ça. Pendant que le curare était encore assez concentré pour maintenir la paralysie, le tueur a injecté à Skeps un produit dilué, du genre soude caustique. La douleur a dû être atroce.

— Bon Dieu, le gars devait le haïr ! s'écria Carmine. La seule autre victime de tortures, c'est Bianca Tolano.

— À un moment, le tueur a fait sortir Skeps de sa paralysie, il l'a désintubé et lui a ligoté les chevilles et les poignets avec un fil d'acier, assez serré pour qu'il soit atrocement douloureux de se débattre.

— Il devait avoir besoin de l'interroger. Ou de l'entendre supplier. Sous curare, il devait être muet, surtout intubé. Il fallait qu'il puisse parler.

— Cette petite pause a duré une heure au maximum. Après quoi, Skeps a été réintubé, et on a lui donné du curare plus puissant. Il devait être immobilisé quand on l'a achevé avec une solution de soude caustique. J'estime qu'entre le scotch et la dose fatale il s'est passé une douzaine d'heures.

— Et Cornucopia est désormais privé de son patron. Sacré événement pour le pays ! Tu as d'autres détails pour moi ?

— Rien qui puisse te rendre la tâche plus facile, en tout cas ! S'agissant des trois Noirs tués par balles, on les a examinés, et j'ai fait les autopsies. Ludovica Bereson a été tuée avec un calibre .38. Au début, nous estimions que c'était avec une arme de petit calibre, parce que la balle n'était pas ressortie. Elle s'est logée à la base du crâne. Cedric Ballantine a été tué dans le style KGB, avec un calibre .22, d'une balle dans la nuque. Pour Morris Brown, c'était un .45, en pleine poitrine. Elle est ressortie dans le dos en heurtant la colonne vertébrale, si bien qu'elle n'est pas allée aussi loin que les gars de Pisano ne le pensaient. Je les ai renvoyés sur la scène de crime, ils l'ont retrouvée là où il était tombé. Juste de quoi définir le calibre. En tout cas, les trois meurtres ont été commis avec trois armes différentes.

— Et personne n'a rien entendu ! Les gars ont donc utilisé des silencieux. Le commanditaire doit avoir réclamé des calibres différents, sinon les trois meurtres auraient été accomplis avec un calibre .22, c'est ce que tout le monde préfère pour tirer à bout portant. Et la vieille dame ?

— Étouffée avec son oreiller. Elle avait des problèmes cardiaques et son cœur a cédé très vite. Les draps étaient un peu en désordre ; elle n'a sans doute pas souffert.

— Et Dee Dee Hall ?

— Gorge tranchée avec un rasoir bien aiguisé. On ne l'a pas retrouvé sur les lieux. Il l'a tailladée deux fois, c'était très habile ! La première entaille d'une oreille à l'autre, juste assez profonde pour sectionner les jugulaires. Pas de signe de lutte, pas de blessure défensive. Comme si elle était restée debout à saigner tandis que le tueur regardait. Après quoi elle est tombée à genoux. Quand l'autre a jugé qu'elle avait perdu assez de sang, il lui a tranché la gorge une seconde fois. La tête ne tenait alors plus guère que par la colonne vertébrale.

— Quelqu'un de très cynique ! C'est Abe qui s'en occupe, non ?

— Non, tu as passé l'affaire à Larry Pisano et ses gars. Abe a eu la vieille dame et Corey Bianca Tolano, violée et tuée, précisa Patrick en fronçant les sourcils, ce qui surprit Carmine.

— Qu'est-ce qu'il y a, Patsy ?

— Tes deux gars postulent au grade de lieutenant pour succéder à Larry Pisano quand il prendra sa retraite à la fin de l'année. Ils travaillent ensemble depuis toujours, ils s'entendent bien, mais…

— Continue, je t'écoute.

— Il va falloir que tu fasses gaffe jusqu'à ce que la décision soit prise. Tu fais partie de la commission qui décidera ?

— Euh… oui, répliqua Carmine, qui commençait à se sentir mal à l'aise.

— Alors, quitte-la dès que possible. Un seul de tes gars peut être nommé lieutenant, et chacun est bien meilleur que Larry, si tu veux mon avis, mais ils sont d'ores et déjà rivaux et se regardent en chiens de faïence. Tout ce que tu leur donneras à faire sera jugé en fonction de cette rivalité. Tu confies à Abe le meurtre d'une vieille dame étouffée avec un oreiller, et à Corey un crime sexuel ! Abe va penser que tu es en faveur de Corey, d'autant plus que la police d'Holloman est majoritairement italo-irlandaise.

— Merde ! grommela Carmine.

— Il n'est pas trop tard, mais fais gaffe à l'avenir, et prends soin de t'intéresser à l'enquête d'Abe. Corey et lui ont des épouses qui maintiendront la pression ; devenir lieutenant, c'est une grosse augmentation de salaire, sans compter les avantages en nature. Bref, tu n'as pas deux personnes qui s'affrontent pour une promotion, mais quatre !

— Merci du tuyau, Patsy.

Quand Carmine téléphona chez Beatrice Egmont, ce fut Abe qui répondit. Il paraissait un peu abattu.

— Tu es très occupé par ton affaire ?

— Pas vraiment, Carmine. J'ai interrogé les voisins, et ses deux fils, qui vivent en Georgie et vont prendre le premier avion. Jusqu'ici, ça ne mène nulle part. Rien n'a été volé, personne, moi compris, ne peut trouver de mobile à son meurtre, tout le monde l'aimait. Elle n'aurait pas fait de mal à une mouche.

— Comme beaucoup de victimes, qui étaient des gens inoffensifs. Mais il y a deux meurtres qui se détachent dans la série, et j'aurais besoin d'un peu d'aide, Abe. Je ne peux pas encore me charger de Desmond Skeps, il me faut quelqu'un qui puisse dresser une première liste de suspects. Un homme aussi puissant avait forcément des ennemis, et il n'était pas connu pour son sens de la diplomatie. Accepterais-tu d'enquêter sur ses amis et ses connaissances, si tu estimes ne pas pouvoir aller plus loin pour Beatrice Egmont ?

— J'en serais ravi ! affirma Abe d'une voix nettement plus enthousiaste. Tu as le dossier ?

— Sous les yeux. Mais avant de commencer, va discuter avec Patsy, qu'il te renseigne sur la mort de Skeps. C'était diabolique !

Et voilà. Le mal était quelque peu réparé, mais Carmine espérait que le doyen Denbigh et Peter Norton ne le retiendraient pas trop longtemps. Il était vital qu'il se consacre personnellement aux meurtres de Skeps et Pugh. Il avait sa propre méthode, et sauter d'une affaire à l'autre n'en faisait pas partie. Mais d'abord, il fallait se débarrasser du doyen Denbigh.

Le campus de Chubb University était le seul rival de celui de Princeton. Les bâtiments se trouvaient entre des jardins et des talus herbeux, et la masse gothique de la Skeffington Library en dominait l'extrémité. Les plus anciens étaient situés au sommet du Green, ensemble de bâtiments du XVIIIe siècle couverts de vigne vierge. Plus bas, les fraternités d'étudiants et les édifices plus récents, certains de style gothique victorien, d'autres pseudo-géorgiens, comme c'était la mode au début du XXe siècle.

Dante College était d'un âge vénérable, et son architecte y avait multiplié pignons et lucarnes. L'endroit avait été modernisé avec une habileté redoutable et pourvu d'un nombre de toilettes, cuisines et buanderies très au-dessus de la moyenne. Les chambres d'étudiants n'étaient pas aussi grandes que celles de Paracelsus, mais c'était inutile : toutes étaient destinées à un seul occupant. L'endroit accueillant aussi bien des garçons que des filles, le doyen Denbigh avait décidé que l'étage supérieur, sous le grenier, serait réservé aux étudiantes.

— Nous avons une centaine de garçons et seulement vingt-cinq filles, commença le Dr Marcus Ceruski, chargé de recevoir le capitaine Delmonico. L'année prochaine, ce sera cinquante filles et soixante-quinze garçons, je ne sais pas ce qui va se passer ! Vous vous doutez que les anciens élèves réagissent assez mal face à l'arrivée des filles, et nous nous inquiétons un peu d'une baisse des financements. Certains ne peuvent tout simplement pas admettre que nous acceptions des personnes de la gent féminine, après deux siècles et demi d'occupation masculine.

Carmine écouta tout cela avec patience, en se demandant comment les universitaires pouvaient être à ce point coupés de la réalité qu'ils pensaient que personne à Holloman n'était au courant.

— J'ai entendu dire que Cornucopia avait financé la construction d'un collège entièrement féminin, dit-il, l'air grave.

— En effet, mais il ne sera terminé qu'en 1970, précisa le Dr Ceruski.

Il ouvrit une porte, et tous deux entrèrent dans une vaste pièce aux murs lambrissés, occupés par des rayonnages surchargés de livres.

— Voici le cabinet de travail du doyen Denbigh.

— Et c'est ici que cela s'est passé ? demanda Carmine.

— En effet, capitaine.

— Les quatre étudiants présents sont là aujourd'hui ?

— Oui.

— Et l'épouse du doyen, le Dr Pauline Denbigh ?

— Elle attend dans son cabinet de travail.

Carmine consulta un petit carnet.

— Pourriez-vous m'amener Terence Arrowsmith, s'il vous plaît ?

Le professeur acquiesça de la tête puis disparut, tandis que le policier examinait les lieux. Denbigh s'était assis dans le grand fauteuil de cuir près de son bureau ; on y voyait des taches de mauvais augure, comme sur le tapis persan. La porte s'ouvrit ; faisant volte-face, Delmonico vit entrer un parfait exemple d'universitaire en fleur : épaisses lunettes sur des yeux pâles, visage ingrat. Il respirait avec difficulté et semblait trembler.

— Monsieur Terence Arrowsmith ?

— C'est moi.

— Capitaine Delmonico. Pourriez-vous vous asseoir dans le fauteuil où vous vous trouviez quand le Dr Denbigh est mort ?

Arrowsmith s'exécuta, s'assit avec précaution au bord du siège, et regarda Carmine comme un lapin hypnotisé par un cobra.

— Dites-moi tout, comme si j'ignorais ce qui s'est produit. Tout, y compris l'endroit où vous vous trouviez.

Le jeune homme resta d'abord muet, puis s'humecta les lèvres et raconta :

— Le doyen appelait ces réunions le café bimensuel du lundi, car nous en buvions tous, sauf lui. Il prenait du thé au jasmin, qu'il achetait dans je ne sais quelle boutique de Manhattan, et n'en offrait jamais à personne, en disant qu'il était très coûteux et que nous ne devrions y prendre goût qu'une fois notre doctorat en poche.

Intéressant, songea Carmine. Quelque chose lui disait que le doyen n'était pas très aimé.

— Tout le monde n'est pas convié, poursuivit le jeune homme. Moi, je suis un habitué. En fait, c'était réservé à ses favoris. Le doyen était un spécialiste de Dante, et tous ceux qui travaillaient sur la littérature italienne de la Renaissance étaient ses chouchous. Pas moyen d'être invité quand on étudiait Goethe, ou des auteurs modernes comme Pirandello.

C'est quelqu'un de méticuleux, pensa Carmine. *Il va me dire beaucoup de choses*.

— Les réunions chez le doyen avaient lieu le lundi, tous les quinze jours. Le problème, c'est qu'il ne voyait pas le temps passer, si bien que certains d'entre nous étaient parfois en retard à un cours. C'était très ennuyeux s'il était important, mais le doyen ne nous laissait pas partir avant d'en avoir fini avec ce dont il parlait. Il voulait que ce soit un échange, ça ne servait à rien de le laisser discourir en espérant qu'il en aurait terminé plus vite.

— C'était différent, la dernière fois?

— Non, capitaine. En tout cas, aucun d'entre nous n'a rien remarqué. Le doyen paraissait d'excellente humeur, il a même plaisanté ! C'était chaque fois la même chose. Nous arrivions tous ensemble, nous nous servions du café et prenions une pâtisserie. Pendant ce temps, le doyen sortait d'un placard une petite boîte contenant son thé au jasmin. Je me souviens qu'il s'est agacé de constater qu'il ne restait qu'un sachet : il disait qu'il aurait dû y en avoir trois. Mais je crois que nous avions l'air suffisamment innocents, car il n'a accusé aucun d'entre nous. Il est allé vers le chariot. Je l'observais attentivement, comme tous les autres, après cette histoire de sachet. Il a ouvert l'enveloppe, l'a laissée sur le chariot et a placé le thé dans sa chope.

— Vous êtes certain que c'était la sienne?

— Il ne pouvait pas se tromper. Elle est en porcelaine, les nôtres en simple poterie. Et on y lit « Le Doyen » en lettres gothiques. C'est sa femme qui la lui avait offerte. Il y a versé l'eau chaude, est reparti vers son fauteuil et s'y est assis. Son sourire était tellement… satisfait ! Nous avons compris que la matinée serait longue, qu'il avait trouvé un nouveau sujet de discussion. Il a soufflé sur son thé, a grommelé et dit quelque chose que nous n'avons pas compris, a porté la chope à ses lèvres, a bu à petites gorgées… Ensuite, il y a eu le bruit, mais Bill Partridge prétend qu'il a d'abord changé d'expression. Je ne sais pas si ça a de l'importance… Il a commencé à émettre des gargouillements, des sons étouffés, son visage est devenu tout rouge, il a semblé s'étirer de la tête aux pieds, il était tout raide, de l'écume lui coulait de la bouche. Ses mains s'agitaient en tous sens, ses pieds battaient le sol. Et nous restions là, paralysés ! Il s'est passé près d'une minute avant que Bill, qui est de formation scientifique, se lève d'un bond en hurlant que le doyen avait une attaque ; il a couru vers la porte et a hurlé pour que quelqu'un appelle une ambulance. Puis il est revenu, a tâté le pouls du doyen, a regardé ses pupilles, posé l'oreille sur son torse. C'est alors qu'il a annoncé qu'il était mort, et qu'il ne laisserait personne sortir du bureau !

— Un jeune homme raisonnable, approuva Carmine.

— Peut-être, répondit Terence Arrowsmith d'un air sombre, mais ça nous a bousillé une journée de cours ! Les ambulanciers ont appelé la police, tout le monde s'est mis à parler de poison. Bill pense que c'était du cyanure.

— Ah bon ? Et pourquoi ?

— Une odeur d'amande, d'après lui. Mais moi, je n'ai rien senti.

— Est-ce que le doyen a dit quelque chose entre le moment où il a commencé à boire son thé et celui où il est mort ?

— Non, il faisait simplement ces bruits horribles.

— Et l'enveloppe en papier contenant le sachet de thé ? Vous prétendez qu'il l'a laissée tomber sur le chariot. Quelqu'un s'en est approché ?

— Pas tant que j'étais là, capitaine, et je suis resté jusqu'à l'arrivée des techniciens de la police criminelle.

— Il l'a simplement laissée tomber, ou il l'a froissée ?

— Il l'a ouverte en la déchirant, y a pris le sachet, puis l'a laissée tomber.

Ce qui marqua la fin des renseignements utiles fournis par Terence Arrowsmith. Les trois autres étudiants n'apprirent rien de neuf à Carmine, même Bill Partridge. Poussant un soupir de soulagement, le capitaine se dirigea vers le bureau de Mme Denbigh.

Rien ne l'avait préparé au détachement absolu dont elle fit preuve. Femme de haute taille, que beaucoup d'hommes auraient trouvée très attirante, elle avait une épaisse chevelure d'un blond-roux, ramenée en chignon sur la nuque, une peau crémeuse et sans défaut qui ne trahissait pas son âge, des traits ciselés qui, songea Carmine, faisaient penser à Grace Kelly, mais sans la vulnérabilité, et des yeux jaunes. Une lionne, pas moyen de s'y tromper.

— Mes condoléances, madame, commença Carmine.

— Oui, c'est une perte, admit-elle, mais heureusement je suis titulaire, si bien que la mort de John n'affectera pas ma carrière. Bien sûr, je devrai quitter son appartement, mais d'ici l'achèvement de Lysistrata College, en 1970, je vivrai dans une chambre à l'étage, avec les filles.

— En d'autres circonstances, je serais ravi de discuter avec vous, mais je crains qu'aujourd'hui ce soit la mort de votre mari qui me préoccupe, regretta Carmine en fronçant les sourcils. À en juger par votre attitude, je pense pouvoir dire que votre mariage était distant.

— En effet, et je ne vois pas pourquoi je vous le cacherais. Tout le monde ici pourra d'ailleurs vous le confirmer. C'était en fait une union de convenance. Pour être doyen, il faut être marié, et avoir une universitaire comme épouse constitue un avantage. Pour parler franc, je suis frigide. John était prêt à n'en tenir aucun compte. Ses préférences en ce domaine le portaient vers les jeunes filles, mais il a toujours été très discret dans ce domaine. Son ambition était d'être président d'une université de l'Ivy League, et il avait toutes les qualifications nécessaires, y compris un ancêtre descendu du *Mayflower*. Mes propres aspirations ne contredisaient nullement les siennes, ajouta Mme Denbigh en laissant tomber des paupières superbement peintes sur ses admirables yeux. Nous nous entendions extrêmement bien, et je m'inquiétais pour lui.

— Vous avez remarqué quelque chose, hier matin?

— Non, rien. Il était de bien meilleure humeur que d'habitude. Je le lui ai fait remarquer pendant que nous prenions le petit déjeuner. Il a ri et annoncé qu'il avait de bonnes nouvelles. Au début, j'ai pensé qu'il voulait me tourmenter.

— Quelle a été votre réaction quand on vous a raconté ce qui s'était passé?

— J'ai été sidérée. Oui, je crois que c'est le mot qui décrit le plus exactement mes sentiments. John n'était pas le genre d'homme qu'on assassine, du moins pas comme ça, dans son cabinet de travail, et selon une méthode aussi subtile.

— Quel genre de meurtre ne vous aurait pas surprise?

— Oh, quelque chose de violent; poignardé, battu à mort, tué par balle... Si prudent qu'on soit, c'est toujours dangereux de courir après les jeunes filles. Elles ont des pères, des frères, des petits copains. Je ne me souviens pas qu'il ait jamais redouté les conséquences, en raison de son génie particulier dans ce domaine. Et c'était vraiment du génie! Chaque liaison durait de trois à six mois, selon la sexualité de l'intéressée et sa stupidité intellectuelle – il ne les choisissait pas pour leur intelligence. Mais dès le moment où il commençait à se lasser, il devenait mesquin, sarcastique, déplaisant. Il lui fallait d'ordinaire deux semaines pour mettre un terme à la relation, convaincu que la fille avait tous les torts.

— Vous voulez dire qu'il satisfaisait son amour-propre.

— Précisément. Et il avait du génie pour cela, capitaine! Il jouait de ces pauvres filles comme un virtuose d'un violon. Quand il rompait, la personne en question se taisait, terrifiée à l'idée d'être découverte, puisque c'était sa faute.

— Est-ce qu'il faisait de même ici, docteur Denbigh ?

— Jamais. Une fille de Dante College était parfaitement à l'abri. Il trouvait ses proies au Joe's Pancake Diner, sur Cedar Street. J'ai cru comprendre qu'il était fréquenté par des filles de l'université d'État et d'une école de secrétaires. Il louait un petit appartement sur Mulvery Street, tout près de là, sous le nom de Gary Hopkins – un nom qui, disait-il, avait quelque chose de plébéien. Autant que je sache, il n'a jamais été démasqué.

— Il l'aurait été tôt ou tard.

— Alors, je suis heureuse que quelqu'un ait mis du cyanure dans son thé, capitaine.

John Kirkbridge Denbigh était vraiment quelqu'un, se dit Carmine en quittant le Dante College. La chance lui avait souri jusqu'à ce qu'on le tue. Il ne pouvait perdre, avec une épouse d'une beauté patricienne dont le niveau universitaire était égal au sien, et dont la frigidité lui permettait de satisfaire un dangereux penchant pour les jeunes étudiantes. Du moins si ce que disait sa femme était exact. Elle n'avait cependant pas de raison de mentir : le doyen avait veillé à sa carrière. Mais Carmine avait rarement rencontré quelqu'un d'aussi froid. Feu son époux se montrait-il aussi détaché ? Sans doute pas, du fait de ses relations extérieures à l'université. Quel âge avait-elle ? Trente-six ans ? Tout le temps de grimper l'échelle, moins vers le professorat que vers l'administration. Mawson MacIntosh, président de Chubb, serait encore en poste pour une dizaine d'années, mais Henry Howard, le secrétaire général, devait prendre sa retraite d'ici à quatre ans.

On était en plein milieu d'après-midi, le moment de retourner aux services du comté et de voir ce que ses hommes avaient appris.

Abe et Corey partageaient le même bureau mais, quand Carmine entra, seul le premier s'y trouvait, penché sur des papiers.

— Comment ça se passe, Abe?

— Le meurtre de Skeps ne manque pas de suspects. D'ici à demain, je devrais avoir un dossier d'un kilomètre de long pour toi.

— Fantastique! répondit son supérieur en sortant.

Une brève visite à Patrick ne lui ayant rien appris de neuf, Carmine descendit dans le parking au sous-sol, monta dans la Ford Fairlane dont le moteur avait à peine eu le temps de refroidir et se dirigea vers la résidence des Cartwright. Il n'était pas d'humeur à attendre un chauffeur, et Delia, de toute façon, se chargerait de la paperasse.

L'atmosphère avait changé du tout au tout chez les Cartwright. Grant étant en détention pour le meurtre de Jimmy, un voile sinistre était tombé sur les trois autres membres de la famille, soudain horriblement conscients de la mort de Cathy. Selma, la princesse hautaine, dans la cuisine, tentait de préparer à dîner. Ses larmes coulaient, sans qu'elle s'en rende compte, dans un grand saladier de macaronis déjà cuits. Plusieurs fromages différents étaient posés sur le plan de travail avec un carton de lait. Carmine eut pitié d'elle.

— Râpe du cheddar, du romano et du parmesan, proposa-t-il en lui tendant une feuille de papier essuie-tout. Essuie ton visage, mouche ton nez, tu y verras plus clair.

Il prit un macaroni qu'il avala, fit la grimace:

— Pas de sel dans l'eau de cuisson!

Selma contemplait l'intérieur d'un placard.

— À quoi ça ressemble, une râpe?

— À ça, dit Carmine en la sortant d'un meuble. Pose le bout de fromage contre et râpe vers le bas. Dans une assiette, pas sur le plan de travail! Trouve un verre gradué et garde bien les fromages séparés. Pendant ce temps, je vais voir ton père. Quand tu auras fini, tu m'attends, d'accord? On y arrivera.

Gerald Cartwright, dans son bureau, à l'étage, pleurait aussi fort que sa fille.

— Je ne sais que faire, se lamenta-t-il en voyant Carmine arriver.

— La première chose, c'est de faire venir votre mère. Et votre sœur, ou l'une de celles de votre femme. Vous avez élevé votre fille dans l'ignorance des tâches domestiques, alors attendre d'elle qu'elle se comporte en bonne ménagère… Vous auriez dû embaucher une gouvernante à la naissance de Jimmy. Au moins, ce qui s'est passé avec Grant n'aurait pas eu lieu. Vous ne pouvez vraiment pas vous le permettre, monsieur Cartwright?

— Pas en ce moment, capitaine, répondit celui-ci, trop abattu pour vouloir se défendre. Michel m'a quitté pour de bon, il va travailler dans un restaurant d'Albany. Je dois décider que faire de L'Escargot: le fermer, changer de nom, de cuisine…

— Je ne peux vous aider en ce domaine, mais je vous suggère de penser un peu moins à vos affaires et un peu plus à vos enfants! lâcha Carmine d'un ton acerbe. Mais, pour l'heure, j'ai besoin de réponses. Vous avez eu le temps de réfléchir, j'espère que vous l'avez fait. Votre femme avait-elle des ennemis?

— Non! hoqueta Cartwright. Non!

— Vous discutiez, le soir, avant de vous coucher?

— Oui, dans la mesure où Jimmy nous le permettait.

— Lequel de vous deux parlait?

— Nous deux. Elle s'intéressait toujours à ce que Michel faisait, elle trouvait que j'étais trop bon avec lui.

Il s'interrompit un instant pour essuyer ses yeux.

— Elle parlait de Jimmy, disait à quel point les autres étaient mécontents, et réclamait une gouvernante à plein temps, c'est vrai. Mais je pensais qu'elle exagérait, je le jure ! Nous avions Mme Williams, qui venait faire le ménage une fois par semaine depuis des années.

— Mme Cartwright a-t-elle jamais mentionné quelqu'un qui lui aurait parlé ou aurait voulu l'importuner ? Et ses amies ? Elle s'entendait bien avec elles ?

— Je vous l'ai dit, capitaine, Cathy n'avait guère le temps de mener une vie sociale. Et jamais elle ne m'a parlé de quiconque.

— Vous n'avez donc aucune idée de la raison pour laquelle elle a été tuée ?

— Non, aucune.

Carmine se leva.

— Prenez des décisions rapidement, monsieur Cartwright, et faites venir des membres de votre famille. Sinon, il se pourrait bien que Junior, lui aussi, ait des ennuis avec la loi.

L'homme blêmit et baissa la tête.

Junior était justement dans la pièce à côté, scotché à l'énorme poste de télévision. Carmine lui fit signe, fermement.

— Éteins-moi ça et amène-toi, gamin. Ta sœur a besoin d'aide dans la cuisine.

Il obéit d'un air maussade et suivit Carmine en traînant les pieds.

Le parmesan était râpé, mais il ne s'était pas rendu sans combattre. Il était parsemé de taches de sang, et Selma se léchait les doigts.

— Junior, va chercher du sparadrap ! ordonna Carmine. Règle numéro un : toujours regarder ses mains quand il n'y a plus beaucoup de fromage.

Il mit du sel dans les macaronis, montra à Selma comment faire une sauce au fromage à peu près correcte, puis lui fit mélanger le parmesan à des miettes de pain avant de saupoudrer le tout sur les pâtes. Le plat fut ensuite mis au four, tandis que, prenant un des livres de cuisine de Cathy Cartwright, Carmine indiquait à Selma quelques recettes faciles à préparer. Elle était pleine d'enthousiasme ; dès son premier essai, elle avait réussi à faire quelque chose de comestible – certes avec l'aide de Carmine.

— Est-ce que ta mère avait des ennemis, Selma ? lui demanda ce dernier tout en tournant les pages du livre.

— Maman ? s'étonna la jeune fille. Non, elle n'avait pas le temps pour ça !

Carmine vit que Junior s'apprêtait à quitter les lieux.

— Et toi, le sermonna-t-il, à l'avenir, tu feras ta part des tâches domestiques. Si Selma fait la cuisine, tu te chargeras du linge !

La porte se referma brutalement sur les protestations indignées du jeune garçon.

Carmine sortit et se dirigea en souriant vers sa voiture. Il était rare qu'il s'implique autant dans une tragédie familiale, mais les Cartwright représentaient vraiment un cas à part. Deux meurtres, chacun par un assassin différent. Ils y survivraient, mais sans doute davantage grâce à Selma qu'à son père. C'était elle qui s'efforçait de préparer à dîner, sans même savoir s'y prendre. Une tragédie l'avait frappée, mais elle luttait courageusement.

4

Carmine retrouva aux services du comté un bureau couvert de dossiers, s'assit derrière et remercia sa bonne étoile de l'existence de sa secrétaire, Delia Carstairs, qui se trouvait être la nièce du commissaire Silvestri. *Le népotisme, parfois, ça a du bon*, songea-t-il en contemplant les piles de documents soigneusement alignées. Delia était une perle dont il avait hérité en même temps que son grade de capitaine. Le plus surprenant, c'est que Larry Marciano, toujours supérieur de Carmine, pour qui elle travaillait auparavant, avait renoncé à elle sans rien de plus qu'un grand soupir. Il faut dire que deux secrétaires l'avaient remplacée.

Elle quitta son minuscule bureau – minuscule à cause des énormes classeurs qui l'encombraient – et rejoignit Carmine.

— Il était temps, déclara-t-elle en déposant de nouveaux documents sur les différentes piles.

Elle avait trente ans, elle était courtaude et s'habillait d'une manière qu'elle jugeait distinguée mais que Carmine trouvait consternante. Ce jour-là, elle portait une robe compliquée au tissu multicolore et pelucheux dont la jupe s'arrêtait au-dessus du genou. Deux jambes informes, assez semblables à des pieds de piano à queue, soutenaient un corps dodu, croulant sous le poids de bijoux hétéroclites. Elle n'avait pas lésiné sur le maquillage, sa chevelure frisée était d'une improbable couleur blond rosé, et ses yeux bruns étaient entourés d'autant de maquillage que ceux de Cléopâtre. Seule enfant d'un mariage entre la sœur de Silvestri et un professeur d'Oxford, elle était née en Angleterre et y avait grandi.

Ses parents désespéraient d'elle, mais Delia savait exactement ce qu'elle voulait faire, et où. Elle sortit diplômée, première de sa classe, d'une école de secrétaires londonienne de premier plan. Dès qu'elle eut son diplôme en poche, elle fit ses bagages et prit l'avion pour New York. Elle entra dans le service dactylo de la police new-yorkaise, et devint très vite secrétaire d'un commissaire adjoint. Mais elle se rendit rapidement compte que le NYPD était trop vaste pour ce qu'elle avait à faire pour atterrir là où elle voulait : le service des homicides.

Elle arriva donc en train à Holloman et demanda du travail à l'oncle John. Qui dissimula ses propres fulminations contre le népotisme et s'empressa de l'embaucher, non pour lui, mais pour Danny Marciano, dont les devoirs administratifs étaient beaucoup plus lourds. Ce que Delia ignorait du travail de la police aurait pu tenir sur un Post-it, mais l'oncle John dédaigna l'intérêt de sa nièce pour le sang jusqu'à ce que Carmine soit promu capitaine. Delia supplia alors qu'on la laisse travailler pour le grand Delmonico, l'expert en meurtres.

— Il y en a pour des heures de lecture ! soupira ce dernier.

— Je sais, mais c'est passionnant, se réjouit-elle avec son accent d'Oxford. Douze meurtres en un jour !

— N'insistez pas, horrible femme !

Elle rit et sortit en titubant sur ses très hauts talons. Il contempla son bureau. Par où commencer?

Par les affaires dont s'occupait Pisano, les trois meurtres par arme à feu et la prostituée.

Trois armes différentes, toutes munies d'un silencieux. Pourquoi diable? En tout cas, c'était le fait de tueurs professionnels, des gens qu'on croisait très rarement à Holloman. Et cela signifiait aussi beaucoup d'argent pour tuer trois Noirs inoffensifs… Qu'est-ce qu'ils avaient bien pu savoir pour mériter cela? Pisano et son équipe s'étaient donné bien du mal, sans résultat. Les analyses de sang des victimes n'avaient rien révélé: pas de consommation de substances illicites, régulièrement ou le matin de leur mort. Et pourtant, ils avaient été tués de sang-froid par des gens ne prenant aucun risque, des assassins professionnels. Pour Carmine, ils n'étaient pas du Connecticut.

Bon, se dit-il, *je vais partir sur cette hypothèse et mettre Larry et ses gars sur de nouvelles pistes dès que j'aurai décidé où une enquête exhaustive a le plus de chances de porter ses fruits*.

Il passa à l'autre affaire de Larry, celle de la prostituée. Tout le monde connaissait Dee Dee, qui n'avait jamais eu d'ennuis avec la police. Loin de là! Son maquereau se nommait Marty Fane, un type assez accommodant pour un mac, qui accordait beaucoup trop de valeur à Dee Dee pour la maltraiter. Âgée de trente-deux ans, celle-ci arpentait le bitume depuis une bonne dizaine d'années, et avait gardé fière allure. *C'est moche*, pensa Carmine. *Si elle avait été un peu plus jeune, elle serait devenue call-girl*. Un mètre quatre-vingts, de longues jambes superbes, un corps voluptueux, des yeux verts, des cheveux cuivrés, une peau couleur café au lait… Cela lui valait une abondance de clients, mais sa popularité tenait avant tout à sa maîtrise de la fellation. Dee Dee était la meilleure gagneuse de Marty qui la récompensait en encourageant son goût pour l'héroïne.

Selon Larry, le maquereau était accablé de l'avoir perdue. Pisano s'était donné beaucoup de mal pour interroger les habitants de ce monde louche où Marty et Dee Dee vivaient, sans trouver le moindre indice d'une querelle entre eux. On les avait vus rire ensemble, vers 2 heures du matin. Le mac était donc la dernière personne à l'avoir vue vivante. Elle tapinait derrière la mairie d'Holloman, dans un univers peu reluisant – parkings, ateliers, entrepôts, bureaux – et désert, à l'exception de ceux qui venaient y traîner en quête d'un peu de sexe : étudiants de Chubb, voyageurs de commerce, travailleurs aux horaires nocturnes…

Marty, anéanti par le chagrin, avait sans hésiter donné le nom des clients réguliers de Dee Dee, du moins ceux qu'il connaissait, ce qui avait valu des interrogatoires un peu gênants à ceux qui avaient eu la sottise de tout nier. Les étudiants de Chubb avaient d'abord trouvé ça excitant, avant de comprendre qu'ils pourraient être suspectés de meurtre. Ceux dont le père avaient le bras long exigèrent de voir leurs avocats et s'efforcèrent de garder le silence. Puis, rassurés, ils acceptèrent de coopérer, mais sans résultat. Le meurtre de Dee Dee gardait son mystère.

Rien, rien, rien, se dit Carmine, *comme pour les trois Noirs. En tout cas, c'était sans doute un gars du coin, qui savait exactement où trouver sa victime. Peut-être l'un de ceux auxquels elle avait autrefois administré une de ses légendaires fellations ? Pas de chance, Marty Fane, il coulera de l'eau sous les ponts avant que tu retrouves une autre Dee Dee !*

Cathy Cartwright, tuée avant que son fils handicapé ne souille ses couches. Un peu comme le meurtre de Desmond Skeps. Un verre de bourbon chargé d'hydrate de chloral, dont elle n'avait sans doute pas cherché à combattre les effets. Épuisée, elle ne voulait que quelques heures de sommeil, en se demandant quand Jimmy la réveillerait pour qu'elle le change. Patrick pensait qu'on lui avait injecté le penthiobarbital aussitôt. Elle devait être l'une des premières à mourir, très vite et sans souffrir. On aurait dit que le meurtrier avait de l'affection pour elle et regrettait de devoir la tuer.

Carmine, Carmine! Il se redressa brusquement en sentant la sueur couler sur sa nuque pour se glisser entre ses omoplates. *Tu as l'air de croire qu'on a affaire à un seul tueur! Mais c'est impossible. Regarde tout ça sans passion, et tu verras à quel point tu te trompes. Trop de crimes, dans trop d'endroits, et à peu près au même moment. À moins que certains n'aient été commandités... Mais cela suppose beaucoup d'argent, et un cerveau. Pense aux risques qu'il courait! Quiconque assez intelligent pour imaginer un tel plan serait trop malin pour le mettre en œuvre.*

Cette idée lui était apparue lorsqu'il avait appris que Desmond Skeps était au nombre des victimes. Quel meilleur moyen de dissimuler l'importance de son meurtre que de multiplier les cadavres? Mais autant d'assassinats... Jimmy Cartwright était une fausse piste, mais les dix autres paraissaient bien avoir été planifiés. Ou alors... Tous ces gens *devaient* mourir. Entre le 29 mars et le 3 avril, il s'était passé quelque chose qui avait rendu nécessaire cette solution. Mais quoi?

Oh, Carmine, Carmine, tu te compliques vraiment la vie! Et tu n'oses en parler à personne, même pas à Silvestri.

Il prit le dossier de Bianca Tolano.

Âgée de vingt-deux ans, elle était arrivée de Pennsylvanie dix mois plus tôt. Corey, après avoir examiné sa correspondance et ses papiers, avait conclu que, diplômée d'économie, elle voulait obtenir un MBA à Harvard. Faute d'argent, elle avait trouvé un poste d'assistante à Carrington Machine Parts, une des nombreuses filiales de Cornucopia dispersées dans tout Holloman. Elle était bien payée, donnait toute satisfaction, son compte d'épargne à la National Bank d'Holloman ne cessait de croître. Elle occupait le dernier étage d'une maison accueillant trois familles, située sur Sycamore Street, tout près de l'ancien appartement de Desdemona.

Le propriétaire, remarquant que sa porte était restée ouverte, l'avait appelée et, ne recevant aucune réponse, était entré, pour découvrir son corps nu dans le séjour. Selon Patsy, elle avait été torturée, succombant à une bouteille brisée qu'on lui avait enfoncée dans le sexe. Elle était sans doute demeurée consciente durant son supplice.

Les entretiens avec ses collègues avaient permis d'apprendre qu'elle était réservée, sans excès. Ses relations avec son patron, James Dorley, étaient amicales mais purement professionnelles. Attirante, elle se voyait périodiquement invitée à dîner ou pour une séance de cinéma, et avait accepté plusieurs fois, mais sans conséquences sentimentales. Les hommes ne s'expliquaient pas qu'elle soit aussi distante. Son propriétaire, un vieil homme un peu fouineur, était prêt à jurer sur une pile de bibles que jamais elle n'en avait reçu aucun. Les femmes interrogées par Corey lui avaient appris qu'apparemment rien ne devait s'interposer entre Bianca et son MBA à Harvard, que son enfance n'avait pas été très heureuse, qu'elle avait coupé toute relation avec sa famille. Elle sortait quelquefois, surtout parce que Dorley lui donnait des billets pour le théâtre ou des événements auxquels il ne pouvait assister. Elle ne se rendait jamais aux soirées caritatives, expliquant que sa garde-robe n'était pas suffisamment stylée.

Encore rien, songea Carmine en ajoutant le dossier de Bianca Tolano à la pile de ceux qu'il avait déjà examinés.

Abe avait fait de son mieux pour Beatrice Egmont, interrogeant tous les habitants du quartier. Une existence banale. Tous l'aimaient, tant elle était prête à venir en aide à chacun. Bien qu'elle fût veuve depuis bien des années, ce n'était pas une recluse. On l'invitait à toutes les fêtes du quartier, elle se rendait souvent en autobus à Manhattan pour dîner et assister à un spectacle, elle était de toutes les soirées caritatives d'Holloman. Elle connaissait bien le maire, ce qui avait conduit à des recherches auprès de la municipalité. Pour autant qu'Abe puisse en juger, rien n'avait été volé dans sa demeure : ses vases Ming et ses tapisseries flamandes étaient toujours là. Elle n'avait pas été droguée avant son assassinat, mais son cœur avait cédé trop vite pour qu'elle puisse lutter. Abe n'avait pu trouver aucun mobile à son assassinat. *Adieu, pauvre vieille*, se dit Carmine en plaçant son dossier avec les autres.

Ne restaient plus que les affaires dont lui-même s'occupait : le doyen Denbigh, Peter Norton, Desmond Skeps, Cathy Cartwright, Evan Pugh.

Il ne faisait aucun doute que Denbigh avait couru à sa perte, mais sa femme avait raison : pourquoi le cyanure, alors qu'il aurait dû être flingué, poignardé, battu à mort près du Joe's Pancake Diner – endroit qui faisait peut-être le lien avec Gerald Cartwright, qui en était propriétaire ? Selon Patrick, le sachet de thé n'avait jamais été ouvert avant que le doyen ne le fasse. Deux sachets avaient disparu de la boîte ; de toute évidence, Denbigh devait mourir ce jour-là, et pas un autre. Pourquoi le cyanure ? Pour être sûr qu'il ne survivrait pas.

Pour Peter Charles Norton, il en allait autrement. Carmine ne s'était rendu qu'une fois dans sa maison, mais ce qu'il y avait trouvé l'amenait à exclure l'épouse de la liste des suspects, même si elle avait préparé le verre de jus d'orange. Il l'avait laissée tranquille parce qu'elle était en pleine hystérie. Demain, il enverrait Abe et Corey poser des questions supplémentaires. Carmine savait déjà deux ou trois choses, en particulier que Peter Norton était le seul de la famille à boire du jus d'orange, les autres préférant le jus de cranberry, qu'il avait trouvé en grandes quantités dans le réfrigérateur. Il pensait également que Norton devait prendre un second petit déjeuner chez Joe's Pancake Diner. Le premier, c'était pour faire plaisir à son épouse.

Il était mort le 3 avril, après une longue et douloureuse agonie. Cela indiquait que le tueur voulait qu'il meure de la manière la plus spectaculaire possible. Punissait-il le mari ou la femme ? Cela dépendait du moment où Norton avait perdu conscience. Sa glycémie était élevée, l'état de ses artères trahissait déjà les effets de son régime burgers et frites.

Delia avait joint au dossier les relevés de la Fourth National Bank. Manifestement, l'homme n'avait aucun souci financier. Pas de retraits bancaires importants au cours de l'année précédente. Il venait d'une riche famille de l'Ohio, sa femme d'une famille ouvrière de Waterbury.

Encore un dossier ajouté à la pile. Carmine contempla celui d'Evan Pugh en fronçant les sourcils. Son instinct lui disait que c'était là un meurtre différent de tous les autres. Qui donc était Moulin à Paroles, et pourquoi une méthode aussi bizarre que celle du piège à ours ?

Les parents d'Evan Pugh allaient arriver de Floride, où ils vivaient dans une de ces grandioses demeures donnant sur la plage. Ayant fait fortune dans le commerce de l'électronique, le père avait pris sa retraite pour mener une vie de sybarite dans un endroit où jamais il ne faisait froid. Evan était leur unique enfant. Sa femme et lui seraient accompagnés de leur avocat. La vie de la police locale risquait fort de devenir un peu pénible.

Restait le seul crime sur les lieux duquel Carmine ne s'était pas rendu. Rien ne pressait : l'appartement de Desmond Skeps avait été mis sous scellés, l'ascenseur privé interdit d'accès, comme les escaliers d'incendie. Abe n'avait pas ménagé sa peine. Carmine avait appris de Patsy tous les sinistres détails du meurtre : comme Bianca Tolano, Skeps avait été torturé, et empoisonné comme Cathy Cartwright, Peter Norton et John Denbigh. Mais qu'est-ce qui comptait vraiment, les ressemblances ou les différences ?

Carmine, tu recommences ! Tu crois à un tueur unique ! Tu n'en as pas la moindre preuve. Mais tu n'as pas non plus la preuve qu'il y en avait plusieurs. La moitié des meurtres pourrait avoir fait l'objet d'un contrat, ce qui implique un cerveau. Pourquoi pas tous ? Le temps le dira. Demain, j'en reviens à ma méthode habituelle, enquêter moi-même sur chaque crime, avec Abe et Corey en remorque. Tant pis s'ils n'ont plus à enquêter eux-mêmes sur telle ou telle affaire ! Je suis amputé, sans eux. J'ai besoin de trois paires d'yeux, de trois paires d'oreilles, et de trois cerveaux.

Il jeta un coup d'œil à l'horloge au-dessus de la porte du bureau de Delia : 18 h 30.

— Rentrez chez vous, lança-t-il à sa secrétaire, sinon un flic libidineux va s'en prendre à vous !

— Dans un instant, répondit-elle d'un air absent, sans prêter attention à la plaisanterie de Carmine. Je veux regarder ces relevés bancaires, il m'a fallu la journée pour les obtenir.

— D'accord, mais ne restez pas trop longtemps. Et convoquez tout le monde pour une réunion demain, à 9 heures, dans le bureau de Silvestri.

À présent, Myron Mendel Mandelbaum séjournant chez lui, il était temps de rentrer.

Il y avait peu d'hommes que Carmine aimât profondément. Patrick O'Donnell occupait la place d'honneur, mais l'actuel mari de son ex-épouse, Sandra, venait juste après. Ayant veillé sur Sophia entre son deuxième et son seizième anniversaire, il la connaissait beaucoup mieux que son véritable père et l'adorait, mais il n'avait pas hésité à l'envoyer à Carmine après que celui-ci eut épousé Desdemona, sachant qu'elle serait mieux chez eux, sur la côte Est, qu'à Hollywood, avec une mère indifférente et un beau-père accaparé par ses obligations professionnelles et mondaines. Pourtant, sa belle-fille lui manquait cruellement. Un contrat de mariage, peu répandu en 1952, établissait qu'à sa mort Sandra toucherait au maximum quelques millions de dollars et que Sophia hériterait de tout le reste. Myron savait qu'en aucun cas elle ne le dilapiderait. Il l'avait initiée à l'une de ses activités professionnelles, la levée de fonds pour la production de films, et à tout ce qui touchait à leur financement, de la préproduction à la distribution. Le temps qu'elle soit majeure, se disait-il, elle serait capable de devenir productrice, si elle le désirait, ou de gérer les nombreuses activités de son beau-père.

Au demeurant, Myron était encore en pleine forme et entendait bien le rester. Il n'envisageait pas encore de dévoiler ses plans concernant sa belle-fille à Carmine alors que celle-ci menait une vie heureuse dans un foyer aimant.

Il s'accordait quelques jours de congé chaque fois qu'il venait à New York et faisait alors son apparition chez les Delmonico, se sachant toujours bienvenu. Mais cette fois, c'était différent. Il prétendait venir chercher à New York de l'argent pour un film en préproduction, mais Carmine savait qu'il était là parce que la mort de Desmond Skeps avait fait les gros titres des journaux.

Quand le capitaine entra, Myron était installé dans un fauteuil du séjour, un verre de bourbon à la main, et lisait le magazine *News*.

À cinquante ans, il était plus âgé que Carmine, et sa célèbre capacité à attirer les jolies femmes tenait plus à son pouvoir qu'à son physique. Il était mince, de petite taille, presque chauve à l'exception de quelques cheveux qu'il peignait soigneusement. Son long visage subtil s'ornait d'une bouche ferme et d'yeux gris-vert qui, affirmait Sophia, pénétraient votre âme.

— Tu as vu ça? demanda-t-il à son hôte en brandissant le journal.

— Je l'ai vaguement parcouru, répondit celui-ci, embrassant sa femme qui venait les rejoindre, son verre de gin tonic à la main.

Sophia, qui la suivait, offrit à son père un bourbon comme il l'aimait, avec un peu de soda mais pas trop.

— Il faut que tu lises l'article de Karnowski sur les Soviétiques! lança Myron en se redressant. Cela fait des années que je n'ai rien lu d'aussi bon. Il y a des portraits de tous ceux qui ont aspiré à devenir secrétaire général du parti après la mort de Staline, et son portrait du dictateur lui-même est passionnant! Je me demande à quelles sources il a eu accès!

— En temps normal, je m'y serais plongé, regretta Carmine, mais j'ai malheureusement beaucoup trop à faire en ce moment.

— C'est ce que j'ai cru comprendre.

— Myron, quel est donc le banquier new-yorkais qui te tient captif?

— Personne que tu connaisses, répliqua Myron, qui parut mal à l'aise, puis haussa les épaules : autant que je vous l'avoue. Je vais divorcer de Sandra.

— Myron! hoqueta Desdemona. Qu'est-ce qui s'est passé, après toutes ces années?

— Rien, à vrai dire. Je suis simplement lassé de ses petites entourloupes.

— Mais que va-t-elle faire? s'exclama-t-elle à nouveau en jetant un regard en coin à Sophia, qui restait impassible, un verre de Coca à la main.

— Elle s'en sortira très bien! Je lui ai alloué 20 millions de dollars, mais de telle façon qu'aucun coureur de dot ne puisse s'en emparer, même en l'épousant sous le régime de la communauté des biens.

— Pourquoi, papa? finit par demander Sophia.

Carmine ne commit pas l'erreur de croire qu'elle s'adressait à lui ; elle appelait les deux hommes papa.

— Je te l'ai dit, chérie. Je suis lassé d'elle.

— Je n'y crois pas! Tu t'en es lassé voilà des années! Qu'est-ce qui a changé?

Nous y voilà, songea Carmine en avalant une gorgée.

Myron toussa, parut hésiter.

— J'ai... rencontré quelqu'un. Une vraie dame.

— Oh! s'exclama Sophia, dont les yeux lancèrent une lueur farouche. Allez, raconte.

— C'est le Dr Erica Davenport, qui dirige le service juridique de Cornucopia. Nous n'en sommes encore qu'au début, mais quand j'ai appris la mort de son patron j'ai pensé qu'elle aurait besoin de soutien moral. Elle paraissait exténuée au téléphone. Elle ne m'a pas prié de venir, c'est moi qui ai pris la décision.

— Myron, intervint Carmine, ça pourrait poser des problèmes. Tu aurais dû rester en Californie.

— Mais Erica est mon amie !

— Et une suspecte possible pour la mort de son patron. Je ne peux t'empêcher de la voir, mais tu comprends bien qu'elle ne peut venir ici.

— Tu es amoureux, c'est pour cela que tu veux divorcer, conclut Desdemona, ramassant les verres vides.

— Tu crois ?

— Oh, que oui ! Encore un verre et nous dînons ! Gigot d'agneau rôti avec sa garniture.

Elle et Sophia partirent vers la cuisine. Carmine jeta à Myron un regard sévère.

— Je n'avais vraiment pas besoin de ce genre de complications !

— Carmine, je suis désolé ! Je n'y ai pas pensé, je voulais simplement être aux côtés d'Erica.

— Très bien, tant que tu comprends où sont les limites.

— Oui, bien sûr. J'emmènerai Erica déjeuner demain et je lui expliquerai.

— Pas question ! Comme tous les suspects, elle devra se trouver demain dans le building de Cornucopia, toute la journée, et peut-être même la nuit ! Je suggère que tu lui expliques les choses par téléphone, et je ferai mon possible pour en avoir terminé avec elle assez tôt pour que tu l'emmènes dîner.

— Merde ! Merde !

— Ressaisis-toi, ton vocabulaire se dégrade. Qu'est-ce qu'il y a de si passionnant dans l'article de *News* ?

— Tu n'écoutais pas, à ce que je vois ! C'est le meilleur article écrit sur les Russes depuis des années, notamment sur les membres du Comité central. Au cas où tu l'aurais oublié, nous sommes en pleine guerre froide avec l'URSS.

— Je ne l'ai pas oublié, mais en ce moment ma ville semble en pleine guerre chaude avec des gens encore inconnus.

Tous ceux qui assistaient à la réunion savaient combien on avait peu progressé, aussi Carmine fut-il le seul à n'être pas surpris qu'elle ait lieu. Quant à Delia, sa tâche était de tout noter, pas de faire des commentaires.

— Nous nous y prenons mal, commença le capitaine. À partir d'aujourd'hui, notre organisation revient, autant que possible, à la normale. Si on reste tous focalisés sur les douze meurtres du 3 avril, on va être submergés de cambriolages, de violences, de bagarres entre les gangs. Larry, toi et tes gars vous occuperez des affaires courantes. Sortez et faites savoir aux délinquants qu'on ne les a pas oubliés. Vous avez fait un sacré boulot sur les meurtres des trois Noirs et celui de Dee Dee, mais on est arrivés dans une impasse, et je ne veux pas mobiliser des gars pour suivre des indices qui ne mènent nulle part. Merci pour tout, mais je n'ai plus besoin de vous.

Larry Pisano et ses hommes ne parurent nullement s'indigner de ces paroles ; ils semblaient même soulagés. Face aux crimes et délits courants, leur taux de réussite avait toutes les chances de grimper. Larry était même si impatient de s'y frotter qu'il se leva aussitôt.

Carmine attendit que les trois hommes aient quitté la pièce.

— Ce que je vais dire maintenant doit rester entre nous, d'accord ?

— D'accord, répondit Silvestri. Tu es parvenu à des conclusions ?

— Oui. Je ne peux jurer qu'elles sont exactes, mais pour l'instant elles satisfont mes objectifs. Certains des onze meurtres – désormais, nous ignorerons Jimmy Cartwright – ont été, je crois, commandités hors du Connecticut. Les trois meurtres par arme à feu, ça ne fait pas de doute. Peut-être aussi la mort de Peter Norton, de Bianca Tolano, de Cathy Cartwright et de la vieille dame, Beatrice Egmont. Chacun a été accompli de manière très professionnelle.

— Cela fait sept meurtres, Carmine, remarqua Patsy en fronçant les sourcils.

— Oui.

— Et Dee Dee Hall ?

— Je crois que c'était personnel. Comme Evan Pugh et Desmond Skeps.

— Et le doyen Denbigh ? Où le placer ?

— Je n'en sais trop rien, Patsy. Mon instinct me dit qu'il a été commandité mais, si c'est le cas, pourquoi s'y prendre de manière aussi tortueuse, avec un sachet de thé qui semble ne pas avoir été trafiqué ? Peut-être que c'est une exception.

— Je refuse d'y croire ! lança Danny Marciano. Il y a déjà une exception : Jimmy Cartwright.

Un tel silence s'installa alors que le bruissement de l'air conditionné faisait l'effet d'un rugissement. Silvestri finit par le rompre.

— Carmine, tu nous proposes un seul meurtrier.

— Oui. Et si je ne me trompe, il a commis une énorme erreur en exécutant toutes ses victimes le même jour. Pourtant, ce n'est pas un imbécile, pour avoir monté une telle opération. Cela signifie donc qu'il savait parfaitement qu'il commettait une bourde, mais qu'il n'avait pas le choix. Pour une raison quelconque, ils devaient tous mourir le même jour, ce qui suggère que la menace qu'ils représentaient était très récente, et qu'il lui fallait agir sur-le-champ.

Silvestri secoua la tête.

— Carmine, je ne sais pas comment tu arrives à nous faire penser comme toi avant même que nous sachions à quoi tu veux en venir. Un seul meurtrier? C'est délirant!

— J'en conviens, mais qu'y a-t-il de plus délirant que douze meurtres en une journée dans une ville comme Holloman? En fait, pour moi, c'est la seule théorie qui tienne debout. Si onze personnes sont mortes de manière aussi différente, est-ce que ça ne veut pas dire qu'il y a un seul meurtrier? Les meurtres collectifs, d'habitude, c'est un cinglé avec un fusil-mitrailleur au milieu de la foule. Ici, c'est autre chose.

— Je vois ce que tu veux dire. Continue.

— Embaucher des tueurs à gages indique que le cerveau – mais je n'aime pas ce terme – a énormément d'argent. Pourquoi est-ce que je n'aime pas ce terme? Parce qu'en une occasion au moins il s'est trahi, et a reçu d'Evan Pugh le surnom de Moulin à Paroles. C'est pourquoi nous n'avons trouvé aucune preuve du chantage de Pugh. Il s'agissait simplement de quelque chose que Moulin à Paroles avait dit, et que tout le monde avait oublié, sauf Pugh.

— C'est un peu trop tiré par les cheveux, estima Danny Marciano.

— Certes, mais donne-moi une meilleure raison pour les trois meurtres par arme à feu, Danny! Trois Noirs inoffensifs ont été exécutés par des hommes utilisant des silencieux et s'évanouissant dans la nature. C'est bien trop élaboré pour Holloman! Un seul, d'accord, mais trois en même temps? Impossible! J'ai comme l'impression que le gars qui a commandité ces meurtres nous prend pour des péquenauds de province.

— Que comptes-tu faire? demanda Silvestri.

— Comme d'habitude! Je reprends les onze affaires avec Abe et Corey. Désolé, les gars, je ne peux me passer de vous. On va se concentrer sur Desmond Skeps. Abe a déjà fait le plus gros, mais on va resserrer le nœud coulant sur Cornucopia. Commissaire, vous allez peut-être subir des pressions du gouverneur si nous posons là-bas trop de questions gênantes. Ou même de Washington! Je dois également vous informer que mon ami, Myron Mandelbaum, s'est épris de celle qui dirige le service juridique de Cornucopia, une femme nommée Erica Davenport. J'ai mis Myron en garde, il sait qu'il ne peut l'inviter chez moi, mais je ne veux pas que vous soyez critiqué à cause de ça.

— Qu'est-ce que les critiques du gouverneur ou même de Washington en comparaison de la conférence de presse que je vais donner dans quelques minutes? rétorqua Silvestri. Les requins sont en pleine frénésie à cause de la mort de Skeps, et j'entends bien leur jeter des bouts de son cadavre. Douze meurtres? Lesquels? J'insisterai sur le fait que nous n'avons pas de suspects locaux pour celui de Skeps, évidemment. C'est bien pourquoi le FBI est là. Nous enquêtons à New York et dans les autres places financières. C'est ce que je vais raconter au cours des conférences de presse. Allez-vous-en, tous, j'ai besoin de réfléchir.

Carmine sortit en fronçant les sourcils. Le FBI? Que voulait donc dire Silvestri?

5

Le building de Cornucopia se dressait au centre de la ville, dans le quartier des affaires et des commerces. Édifié l'année précédente, doté de quarante étages, c'était le bâtiment le plus haut de tout Holloman. Le dernier abritait la résidence de Desmond Skeps, le trente-neuvième ses bureaux, les directions des nombreuses compagnies composant la société se partageaient le reste du bâtiment. Curieusement, pour aller de ses bureaux à ses appartements, Skeps devait redescendre au rez-de-chaussée, puis remonter en empruntant un ascenseur privé.

L'entrée du building était composée de marbre de toutes les couleurs et ornée de palmiers, dans des pots également de marbre. On y trouvait un bureau d'accueil pour les visiteurs, dont le seul occupant était chargé de délivrer les badges de circulation. Une série d'ascenseurs desservait tous les étages jusqu'au dix-neuvième, une autre du vingtième au trente-neuvième. Sur les portes de cuivre de l'ascenseur privé de Skeps était fixé un panneau de bois sur lequel on pouvait lire « ACCÈS INTERDIT ».

Armé d'une clé, Carmine s'y introduisit, découvrant un intérieur somptueux : cuir rose nuancé de beige, sol de marbre, moulures sculptées et dorées. Le panneau de commande ne comptait que deux boutons : « MONTER » et « DESCENDRE ». En sortant de l'ascenseur, on pénétrait dans un vestibule de la taille d'un grand séjour, puis dans un séjour de la taille d'un appartement, bordé de baies vitrées. L'une d'elles donnait sur le nord d'Holloman, Long Island Sound et le port. Carmine aperçut sa propre maison, et se demanda en découvrant un télescope sur un trépied ce que Desmond Skeps pouvait bien observer. *Monsieur Skeps*, pensa-t-il, *je ne vous aime pas*.

L'appartement couleur beige était d'un style classique assez conventionnel, sans objets de valeur ou œuvres d'art. Aux murs étaient accrochées des aquarelles de deuxième ordre que le décorateur avait sans doute surfacturées ; la chambre à coucher s'ornait de gravures victoriennes tout aussi médiocres. La facture avait dû être astronomique.

Skeps avait été assassiné non pas dans son lit, mais sur sa table de massage. Soit il y était monté de lui-même, soit son meurtrier était assez fort pour l'y déposer, après que le Glenlivet saupoudré d'hydrate de chloral eut fait son effet. *Quelqu'un de costaud*, se dit Carmine, songeant au piège à ours. Les deux assassinats avaient été commis par le tueur lui-même, et nécessitaient une grande force physique. *Cherche quelqu'un qui ait beaucoup d'argent et le physique de M. Univers, et tu ne pourras pas te tromper de beaucoup*.

Carmine, comme tout le monde, connaissait l'histoire de la victime, étalée dans les magazines de potins, les rubriques mondaines, ou parfois un article sérieux dans le *Wall Street Journal* ou le *New York Times*. Le père de Skeps était un fabricant de pièces d'automobiles déjà prospère quand, en 1938, voyant les nuages s'amonceler au-dessus de l'Europe et de l'Asie, il avait fondé Cornucopia («corne d'abondance») pour fabriquer de l'artillerie, avant de se lancer dans les moteurs d'avion et les machines de guerre. Après Pearl Harbor, son empire connut une expansion rapide et ne cessa plus de croître. Un quart de siècle plus tard, la société produisait des instruments chirurgicaux, des canons et des obusiers, des turbines, des générateurs, des réacteurs atomiques, des missiles, des armes de poing, et s'était diversifiée dans les plastiques, en particulier ceux utilisés par l'armée. Dotée d'un énorme centre de recherches, elle était à l'avant-garde dans tous les domaines qu'elle couvrait, ce qui lui valait de nombreux contrats avec le Pentagone.

Les responsabilités de Skeps étaient énormes. Il chapeautait près de cinquante directeurs généraux. Il était habituellement décrit comme étant grand, mince, disgracieux, mais exerçant sur les femmes un attrait magnétique. Celui du pouvoir, sans doute, comme pour Myron Mendel Mandelbaum. Il avait été l'époux d'une très belle femme, qu'il avait chassée par jalousie, et ne s'était pas remarié. Il n'avait qu'un fils, âgé de treize ans, inscrit à la Trinity Grey School, qui s'appelait – quelle surprise – Desmond Skeps III et vivait avec sa mère, qui en avait obtenu la garde.

Aucune photo, aucun portrait de la mère ou du fils n'était accroché aux murs de l'appartement. Carmine, bien sûr, devrait rencontrer Philomena Skeps ; mais cela impliquait un trajet jusqu'à Orleans, au cap Code, où elle vivait. D'après ce que Delmonico savait, son fils se remettait d'une grave maladie et avait de grandes chances de redoubler son année.

— Qu'en pensez-vous ? demanda-t-il à Abe et Corey une fois que, l'ayant rejoint, ils eurent fait le tour du propriétaire.

— Les gars de Patrick sont passés par là ! remarqua Abe, montrant du doigt un vase sur lequel on distinguait encore des traces de la poudre qu'on emploie pour relever les empreintes.

— C'est ma faute, soupira Carmine. Je m'étais dit qu'il valait mieux expédier le menu fretin avant de nous attaquer à un gros poisson comme Skeps. La question est : qu'est-ce qui a disparu, pourquoi et par qui ?

— Le département de la Justice, proposa Abe.

— Le FBI ! s'écria Carmine. C'est pour ça que Silvestri en parlait, tout à l'heure. Bon Dieu, je déteste ça ! Pourquoi ne pas venir nous prévenir de leur arrivée, au lieu de flanquer la pagaille ?

— Ils doivent être en dessous, dans les bureaux ! s'exclama Corey d'un ton agressif.

— On y va mollo, les gars, prévint Carmine.

Il s'agissait bien d'un agent du FBI. Près de deux mètres, dans les cent vingt kilos. C'était un homme assez beau, aux épais cheveux noirs et aux yeux bruns, et il contrôlait le travail de deux gardiens de Cornucopia qui déplaçaient un classeur à quatre tiroirs, perché de façon un peu précaire sur un chariot. Les trois flics d'Holloman restèrent perplexes : le gabarit de l'agent le rendait trop voyant pour qu'il puisse mener des enquêtes sur le terrain.

— Avec une carrure comme la vôtre, pourquoi ne pas le prendre sur le dos et le porter ? demanda Carmine d'un ton affable. Mais ce n'est peut-être pas dans vos attributions…

Le géant sursauta et s'efforça de prendre un air supérieur, sans y parvenir. Il sortit son badge.

— J'espère que vous ne comptez pas faire obstruction, lança-t-il. Agent spécial Ted Kelly, du FBI. Ceci constitue un élément essentiel de notre enquête.

— Vous avez un mandat? s'enquit Carmine.

— Non, mais je peux en obtenir un avant que vous ayez cligné de l'œil. Pas la peine d'y penser!

— Agent spécial Kelly, il se trouve que *j'ai* un mandat, et j'emporte donc cet élément essentiel en vertu des pouvoirs qui me sont conférés par l'État du Connecticut, comté d'Holloman. Je m'appelle Carmine Delmonico, voici Abe Goldberg et Corey Marshall. Les gars, saisissez l'élément. Et vous, agent spécial Kelly, vous venez marcher sur mes plates-bandes. Pourquoi ne pas aller chercher vos bouts de papier et revenir avec, histoire que vos saisies soient au moins légales?

L'autre rougit.

— Ça a le mérite d'être clair.

— Au revoir, monsieur Kelly. Et ne revenez pas tant que vous n'êtes pas décidé à partager tout ce que vous avez avec la police d'Holloman.

Et merde! songea Carmine. *Avec ce classeur de bureau, je ne suis pas près de rentrer à la maison. Dès demain, les gars du FBI auront tiré suffisamment de ficelles pour qu'on le leur rende. En tout cas, Kelly n'en a pas pris d'autre, c'est donc qu'il espère y dénicher quelque chose. Il n'est pas là que par routine.*

Il trouva un téléphone et composa un numéro.

— Delia? Trouvez nos attestations de sécurité, prenez la vôtre avec vous et envoyez-moi la mienne ici, et tout de suite. Je préfère ne pas avoir d'ennuis avec le FBI, c'est trop compliqué de sortir de prison ensuite.

Il raccrocha en souriant, puis donna un autre appel.

— Danny? Les gars du FBI sont là, et je sens qu'il y a quelque chose de pourri dans le royaume de Cornucopia. Dis à Silvestri que la bataille sera peut-être plus dure qu'il ne le pensait.

Il rappela Delia.

— Votre attestation est en route, répondit-elle, la mienne est dans mon sac à main, à côté de mon revolver. Quoi d'autre, capitaine ?

— Abe et Corey devraient arriver avec un classeur de bureau aux services du comté d'un moment à l'autre. Ça va nous poser des problèmes, Delia, je ne suis pas sûr qu'on puisse le garder. Dès qu'il sera là, je veux qu'il soit déposé dans mon bureau. Appelez les filles du service dactylo et faites-leur photocopier tout ce qu'il contient, aussi vite qu'elles pourront. Tout ce qui est dedans est confidentiel, d'accord ?

Ça devrait suffire, se dit-il en raccrochant. *Le temps que M. Kelly se souvienne qu'il pourrait s'emparer du classeur sur la route de mon bureau, il sera trop tard. J'espère que l'objet n'abîmera pas trop le siège arrière de la Fairlane.*

Les bureaux de Cornucopia paraissaient très ordinaires. Carmine alla de l'un à l'autre : des tables, des chaises, des machines à écrire, des télex, des photocopieuses, des calculatrices... Puis il découvrit, fasciné, deux petites pièces envahies par des consoles massives : des terminaux d'ordinateurs. Quelque part dans le bâtiment, dans une pièce climatisée et glaciale, se trouvaient donc les ordinateurs eux-mêmes.

L'espace interdit se limitait au domaine de Desmond Skeps, qui occupait environ la moitié de l'étage. À l'autre bout, les employés s'activaient. Des panneaux gris enfermaient les gens à hauteur de poitrine, obligeant chacun à se lever pour voir autour de lui. Aujourd'hui, beaucoup d'entre eux semblaient travailler debout ; les nerfs, sans doute. Dans un coin, Carmine repéra une pièce plus grande ; sur la porte, une pancarte annonçait qu'il s'agissait du repaire d'un certain M. D. Sykes. En entrant, il découvrit un petit homme assis derrière un énorme bureau.

— Capitaine Carmine Delmonico, de la police d'Holloman. Quelle est votre fonction ?

L'air terrifié, l'autre se leva, retomba en arrière, eut un hoquet et déglutit.

— Michael Donald Sykes, couina-t-il. Je suis le directeur général de Cornucopia Central.

— De quoi s'agit-il ?

— De la firme qui supervise toutes les filiales de Cornucopia, capitaine. Aucune d'entre elles n'a beaucoup d'autonomie.

— Alors, vous allez tout superviser, maintenant que M. Skeps est mort ?

Le petit visage rond de Sykes grimaça, comme s'il allait éclater en sanglots.

— Oh non, capitaine ! J'occupe pour ainsi dire les limbes entre la direction et les cadres moyens. M. Philip Smith est vice-président de Cornucopia, et son PDG officiel. Sans doute prendra-t-il la direction de la société.

— Et où puis-je le trouver ?

— À l'étage inférieur. Son bureau est juste en dessous de celui de M. Skeps. À cause du panorama, vous comprenez.

Carmine sourit intérieurement, puis emprunta l'ascenseur pour descendre d'un étage. Alors qu'il parcourait les couloirs, il fut intercepté par une femme d'âge mûr, superbement vêtue, qui le regarda de haut en bas comme s'il venait postuler à un emploi de concierge, avant d'accepter à contrecœur de le laisser voir M. Smith.

Le bureau possédait, lui aussi, deux baies vitrées, mais pas de télescope. Philip Smith s'y tenait debout, vêtu d'une chemise de soie grise immaculée de fabrication française aux boutons de manchettes en or, la cravate des anciens de Chubb, et des chaussures sur mesure de fabrication anglaise. Il était grand, avenant, et ses yeux gris semblaient chercher sans arrêt un miroir pour s'y refléter.

— Terrible, terrible ! déplora-t-il avant de proposer un cigare à Carmine.

Celui-ci déclina l'offre, mais accepta un café.

— De quelle façon la mort de M. Skeps va-t-elle réellement affecter la gestion de Cornucopia ? demanda le capitaine.

Smith ne s'attendait pas à cette question et cligna des yeux avant de répondre.

— En fait, pas grand-chose. La gestion quotidienne des diverses sociétés est confiée à leurs dirigeants. Cornucopia Central est comme un père qui aurait beaucoup d'enfants, et se charge de ce qu'ils ne peuvent pas faire.

Petit connard condescendant ! pensa Carmine, dont le visage ne témoignait que d'un intérêt poli. *Je devrais te faire passer deux heures dans une salle d'interrogatoire des services du comté, mais tu n'es que menu fretin, en dépit de ta garde-robe.*

Le café arriva, ce qui donna à Smith l'occasion de se ressaisir tandis qu'une secrétaire obséquieuse le servait – pas question qu'il s'en charge lui-même ! Dès qu'ils furent de nouveau seuls, l'interrogatoire reprit.

— Pourquoi un agent du FBI s'en vient-il renifler dans vos bureaux, monsieur Smith ?

— C'est inévitable, étant donné nos contrats avec le département de la Défense. Washington et le Pentagone ne peuvent que s'intéresser au meurtre d'un homme important.

— Quand M. Kelly est-il arrivé ?

— Hier, en milieu de journée.

— Qu'a-t-il fait en arrivant ?

— Il a demandé à voir l'appartement de Desmond et son bureau. Nous avons coopéré, bien entendu.

— Il n'est venu à l'idée de personne d'appeler le commissaire Silvestri pour lui apprendre la présence d'un agent du FBI sur la scène d'un crime?

— Non.

— C'est regrettable.

— Pourquoi diable? Vous êtes tous du même côté, non?

— Ah bon? Heureux de l'apprendre. Si M. Kelly a pris quelque chose, la police d'Holloman aurait dû en être informée, ce qui n'a pas été le cas. Si cela s'est produit, je vous suggère de me le dire.

— Euh… hormis le classeur personnel de Desmond, rien, répondit Smith, qui paraissait mal à l'aise. Il le conservait dans sa chambre forte, mais M. Kelly avait une clé et la combinaison. Il n'y avait rien dedans qui puisse intéresser la police d'Holloman, c'était trop ésotérique. Les dossiers concernaient des aspects sensibles de nos contrats avec le département de la Défense. Et vous n'avez pas les attestations de sécurité nécessaires, capitaine Delmonico.

— N'en soyez pas si sûr, monsieur Smith.

— Allons, capitaine! Vous êtes un gros poisson dans une petite mare. Que ça ne vous monte pas à la tête!

— Merci de me le rappeler. En attendant, je vous serais reconnaissant de diffuser une directive enjoignant à tout le personnel de Cornucopia Central de coopérer avec moi et mes hommes. Et merci pour le café, conclut-il en se levant.

Il alla jusqu'à la baie vitrée donnant sur Long Island Sound et regarda sa propre maison en fronçant les sourcils.

— Si vous consentiez à vous asseoir derrière votre bureau, monsieur, nous pourrions passer aux choses sérieuses.

Smith obéit. Sa suavité avait disparu.

— Dites-moi ce que vous savez de Desmond Skeps.

— Un homme détestable ! Je doute que vous trouviez quelqu'un qui, le connaissant, ait une autre opinion. Cornucopia est cotée en Bourse, mais Desmond en était l'actionnaire largement majoritaire, si bien qu'il pouvait faire ce qu'il voulait. Et il ne s'en privait pas.

— Vous pouvez me donner un exemple ?

— Certainement ! Cornucopia Research. Nous nous sommes tous opposés à ce qu'il crée un laboratoire de recherche, mais il y tenait. Cela voulait dire un bâtiment énorme, et une facture de plusieurs centaines de millions de dollars. En un sens, il avait raison : nous ne dépendrions plus de labos extérieurs. C'est quand il a arraché Duncan MacDougall à PetroBrit que Cornucopia Research s'est mis à exister. Il y a trois hommes au monde capables de gérer une unité de cette taille, et MacDougall est l'un d'entre eux. Mais jamais nous ne pourrons rentrer dans nos fonds. Les dividendes ont piqué du nez.

— Vous étiez lié personnellement à M. Skeps ?

— Bien sûr ! Mais beaucoup plus lorsqu'il était marié à Philomena. Une femme de nabab idéale ! Belle, cultivée, charmante, discrète comme les femmes devraient l'être – mais elles le sont rarement aujourd'hui, toutes des traînées ! Desmond était fou d'elle, surtout après la naissance de leur fils, mais il n'a pas pu surmonter une jalousie totalement infondée. Le gars chargé de l'entretien de la piscine était son amant, ou le jardinier, ou le livreur de journaux... À la fin, quiconque voulait garder son boulot se gardait d'approcher la malheureuse, qui a fait une dépression nerveuse. Quand elle en est sortie, elle a quitté Desmond, sans recevoir un sou de lui. Je la respectais, capitaine, vraiment !

— Mme Skeps habite dans le Massachusetts, monsieur, elle n'est quand même pas réduite à la soupe populaire ! Expliquez-moi pourquoi elle n'a pas touché un sou.

— Quand elle a demandé le divorce, Desmond a très mal réagi, il en a trop fait. Il l'a persécutée, embauchant des détectives privés des plus douteux. Il a même kidnappé Desmond III, bien qu'elle ne l'ait pas empêché de le voir. Le temps que l'affaire passe en justice, elle avait trouvé un avocat en or, Anthony Bera. Bref, elle a obtenu une pension alimentaire phénoménale, et la garde de leur fils. Elle a acheté une propriété dans le Massachusetts et inscrit le garçon à Trinity Grey School l'année dernière. M. Bera s'occupe toujours de ses intérêts, mais ce n'est pas une femme portée à se venger, capitaine. Desmond pouvait toujours voir son fils, qu'elle ne dressait pas contre lui.

— Je vois. À quand remonte le divorce ?

— Cinq ans en novembre dernier.

— Et M. Skeps a-t-il fréquenté d'autres femmes depuis ? Il a une maîtresse ?

— Comment le saurais-je ?

— Vous le voyiez sans arrêt.

— Je n'aurais jamais discuté avec lui de ses petites affaires, capitaine ! Tout le monde sait que je désapprouve ce genre d'activités. Allez donc demander à Erica Davenport !

Encore elle !

— Pourquoi ? Elle est sa maîtresse ?

— Certainement pas ! Cette femme est un iceberg. Mais il se peut qu'elle connaisse certains aspects plus obscurs de la vie de Desmond. Elle dirige le service juridique, qui supervise les activités contractuelles, et certaines autres, de Cornucopia.

— Quelles autres ?

— Vous savez, les bavardages indiscrets, les éventuels procès en diffamation, le comportement compromettant de certains cadres…

— Je vois que M. Skeps ne laissait rien au hasard.

— Il le fallait bien. Nous travaillons beaucoup avec le Pentagone.

— On peut donc dire que Mlle Davenport dirige le KGB de Cornucopia.

— Oh ! Vous êtes injuste ! Elle est chez nous depuis dix ans. Après des études d'économie, elle est allée à la fac de droit de Harvard, puis elle est entrée dans un cabinet de Boston pour un apprentissage assez morne, comme tous les jeunes avocats. Quand elle est arrivée chez nous, nous avons subventionné son doctorat à Chubb. Une femme d'une intelligence terrifiante ! Elle a succédé à Walter Symonds à la tête du service juridique. Toutes ces années à Boston n'ont pas été perdues, capitaine, nous avons hérité d'un diamant parfaitement taillé !

— Quel est son milieu d'origine ?

— Wasp du Massachusetts. La famille a beaucoup d'argent, elle-même connaît tous les gens qu'il faut.

Ah bon ? Mais alors, comment s'est-elle retrouvée à travailler pour un petit cabinet d'avocats de Boston ?

— Je vous remercie, monsieur Smith. Souvenez-vous que, quel que soit l'intérêt que le FBI puisse porter à Cornucopia, il s'agit avant tout d'une enquête sur un meurtre. Où se trouve le service juridique ?

— Juste en dessous.

Le bureau en question, également orné de deux baies vitrées, était de toute évidence occupé par une femme : fleurs en vases, papier peint couleur pastel, bois peint de couleur vert pâle pour s'accorder au cuir des meubles, tapis d'Orient rose sur un plancher de bois blond. On avait l'impression de se trouver sur le territoire de quelqu'un de doux et d'agréable. *Mon œil*, pensa Carmine. Erica Davenport devait sans doute arborer cuir noir et chaînes. Elle n'était pas parvenue à la tête du service juridique de Cornucopia sans une bonne part d'astuce, de férocité et de cruauté, en ne songeant qu'à elle-même. Pauvre Myron !

Elle se dirigea vers le visiteur, ce qui donna à Carmine l'occasion de la jauger. *Oui, la jeune fille de bonne famille arrivée à maturité.* Elle avait quarante ans, mais en paraissait dix de moins. De taille moyenne, elle se déplaçait avec beaucoup de grâce. Son corps mince reposait sur des jambes superbement galbées, sa tenue était sans défaut, de la robe bleu cobalt assez courte aux chaussures de fabrication française à très hauts talons. Ses boucles d'oreilles s'ornaient de diamants de deux carats, auxquels un autre, monté sur une chaîne autour de son cou, en ajoutait quatre. Sa chevelure blonde était coupée très court et encadrait un visage de statue bronzé, aux lèvres pleines. Le nez était un peu aquilin, les grands yeux avaient la même couleur que sa robe.

— Capitaine Carmine Delmonico, police d'Holloman, se présenta-t-il en lui tendant la main.

Une femme aussi belle pouvait prendre la direction du service juridique de Cornucopia par simple promotion horizontale, mais la férocité, l'astuce et la cruauté dans son regard montraient qu'elle possédait d'autres moyens pour réussir.

Sa poignée de main était celle d'un homme, mais brève. Elle désigna au policier un fauteuil et s'installa derrière son bureau. Pas question de perdre un iota d'une autorité durement gagnée.

— Je crois que nous avons un ami commun, commença Carmine.

— Myron Mandelbaum ? C'est dommage que je ne puisse le voir à loisir, mais je comprends sans peine la situation. Qui aurait pu prédire la mort de Desmond ?

— Même pas vous, docteur Davenport?

— Non. C'est un choc abominable.

— Vous pensez que c'est lié à ses activités professionnelles?

— Je n'en ai aucune idée. Nous attendons de voir ce que contient son testament, car il était l'actionnaire majoritaire et le quasi-propriétaire de Cornucopia.

Elle contempla ses ongles, laqués d'un rose pâle.

— Et quand ce testament sera-t-il lu?

— Cela dépend de ses avocats, qui sont installés à New York. Je crois que quelqu'un doit venir demain avec tous les documents nécessaires. Son fils va sans doute hériter, et quiconque sera nommé tuteur du petit Des ne sera pas en mesure de contourner les dispositions testamentaires de son père.

— J'aimerais obtenir une copie du testament dès qu'il aura été présenté, déclara Carmine.

Puis il changea de sujet sans préambule.

— Y avait-il quelque chose de changé lors de ses derniers jours, docteur Davenport? Son humeur, par exemple?

Elle fronça les sourcils pour se concentrer.

— Non, je ne crois pas.

— Vous sauriez s'il y avait une femme dans sa vie?

Elle rit.

— Je ne crois pas qu'il y en ait eu une.

— Vous êtes belle. Ce n'était pas vous?

— Certainement pas, répondit-elle d'un ton égal. Il n'était pas porté sur les blondes, comme vous le verrez en rencontrant son ex-épouse.

— Pourquoi le FBI est-il ici?

— Nos contrats avec le Pentagone, j'imagine. Cornucopia n'ayant rien fait d'illégal, je suis certaine que c'est une simple question de routine.

— Vous ne paraissez pas faire confiance à grand monde.

— Comment cela ? demanda-t-elle en se raidissant.

— Une simple intuition. Vous avez autre chose à me dire ?

— Non, rétorqua-t-elle d'un ton sec.

Puis elle eut un sourire charmeur. Sans doute se souvenait-elle que Myron, qu'elle aimait beaucoup, était lié à Carmine.

— Alors, je vais vous laisser travailler.

Une fois dehors, Delmonico retrouva Abe et Corey.

— Vous l'avez ramené sans problèmes ? s'enquit-il.

— Comme une fleur ! On l'a laissé aux bons soins de Delia.

— C'est bien.

— Qui est cette femme superbe ? questionna Corey.

— Le Dr Erica Davenport. Charmante, mais mortelle.

— La nouvelle copine de Myron ?

— Hélas, oui.

— Allons, Carmine, le rassura Abe, Myron n'est pas un débutant.

— Je ne m'inquiéterais pas si c'était une jeunette croqueuse de diamants, mais ce n'est pas le cas. Enfin, ça n'est pas mon affaire. Comment va l'agent spécial Kelly ?

Ses deux adjoints éclatèrent de rire.

— Il n'a pas été très content d'apprendre que son classeur était inaccessible sans mandat ! Il devra se rendre à Hartford pour trouver un juge fédéral. On l'a envoyé à Doug Thwaites.

— Excellent ! se réjouit Carmine. Ça va lui prendre des heures !

Les trois hommes décidèrent d'aller déjeuner à la cafétéria de Cornucopia, où Abe et Corey, un peu surpris, virent leur supérieur se diriger vers une table où Michael

Donald Sykes mangeait seul. La proie de Delmonico – car c'était bien le cas – parut d'abord un peu mal à l'aise, puis assez contente.

— Vous ne déjeunez pas dans la salle des cadres ? demanda Carmine en déposant son plateau orné d'une soupe de palourdes, de poulet au riz, de Jell-O aux poires et à la crème.

— Simplement si je le désire, répondit Sykes, un peu sur la défensive.

— On doit mieux y manger, non ?

— Oui, et c'est bien le problème. C'est plus coûteux. J'aime manger simplement. D'ailleurs, et puisque vous avez rencontré Philip Smith, est-ce que ça vous dirait de l'écouter choisir le vin qui ira le mieux avec des escalopes de veau ? Quel pénible, ce type !

— Vous n'êtes pas amateur de vin, monsieur Sykes ? s'étonna Corey.

— Je ne suis amateur de rien côté cuisine ou boisson. Mais les soldats de plomb, ça, oui !

— Gettysburg au sous-sol ? proposa Abe.

— Non ! lança Sykes d'un air méprisant. Je suis un admirateur de Napoléon ! Marengo, Austerlitz…

— Et Waterloo ? s'enquit Carmine.

— Non. C'est comme la guerre de Sécession : trop commun.

— Aussi commun que la richesse chez les cadres supérieurs de Cornucopia ? risqua Carmine.

— Hormis Erica et moi, ils sont tous riches comme Crésus. Ce sont des gens du beau monde : ancêtres descendus du *Mayflower*, écoles privées très chic, Chubb University… Je ne serais pas surpris qu'ils soient tous apparentés. Le père de Desmond était déjà à l'aise, sinon jamais il n'aurait rassemblé le capital nécessaire pour fonder Cornucopia. Jusqu'en 1938, il fabriquait des pièces pour automobiles, mais ça restait peu de chose. Il a pourtant réussi à convaincre des amis, des membres de sa famille, des anciens de la fac, de lui prêter de l'argent, qu'il a remboursé dès que l'Amérique est entrée en guerre. Il était désormais actionnaire majoritaire et veillait sur la société comme un bouledogue sur un os.

Ah, ah ! songea Carmine. *M. Sykes est peut-être dans les limbes, mais il est au courant de tout ! J'adore les ragots !*

— Et Philip Smith, dans tout ça ? demanda-t-il.

— Lié à Desmond par le sang ou le mariage, sans doute. Colossalement riche ! Et bien sûr, le fait d'être riche vous donne automatiquement le droit de vous enrichir encore plus. Prenez Gus Purvey, qui dirige Landmark Machines – un nom poli pour désigner des canons. Ce n'est pas la filiale la plus profitable de Cornucopia, mais Purvey gagne presque autant que Smith. Comme d'ailleurs Fred Collins, de Polycorn Plastics, et Wallace Grierson, de Dormus – les turbines. En tout cas, ils ne travaillent pas pour l'argent : ils ont déjà de quoi vivre en pachas jusqu'à la fin de leurs jours.

— L'éthique puritaine ? suggéra Abe.

— Le désir d'en avoir davantage ? demanda Corey.

— Pfff ! lança Sykes. Je n'y crois pas. Une vie de pacha les lasserait, sans doute. Mais surtout, ils n'ont aucune envie de passer leurs journées à la maison avec leurs femmes. Ils peuvent donc les éviter sans avoir à courir le jupon. Vous imaginez Philip Smith tirer un coup en cachette ? Impossible !

— Quelle langue de vipère ! souffla Corey quand ils sortirent de la cafétéria.

— Oui, répondit Carmine, mais maintenant nous en savons davantage sur la direction de Cornucopia. Il va falloir que je fouille dans le classeur de l'agent spécial

Kelly, mais aussi dans le passé de Smith, Purvey, Collins et Grierson, qui ont tous les quatre assez d'argent pour embaucher des assassins.

— Quand on parle du loup! s'exclama-t-il quelques instants plus tard en voyant Kelly sortir de l'ascenseur. Comment ça va? ajouta-t-il d'un ton affable. Vous avez votre mandat?

— Dites-moi, capitaine, est-ce que tout le monde est fêlé, dans cet État qui tiendrait sur un timbre-poste? Mes supérieurs sont convaincus que le commissaire Silvestri est prêt pour les hommes en blouse blanche, et le juge qui a fini par m'accorder un mandat paraissait sorti d'un asile!

— Je suis heureux d'apprendre que vous avez enfin votre bout de papier, sourit Carmine.

— Oui, et le classeur avec! Trop tôt pour que vous puissiez y jeter un coup d'œil, ce qui vaut mieux pour vous. Une chose, pourtant: comment avez-vous déniché Delia Carstairs? Quand le directeur du FBI a appris qu'elle quittait la police new-yorkaise, il a voulu l'embaucher, mais elle a disparu dans je ne sais quel trou.

— Un trou qui s'appelle Holloman, précisa Carmine, avant d'indiquer d'un signe de tête une table vide à la cafétéria, déjà presque désertée: par ici, agent spécial Kelly. Je peux vous appeler Ted? Moi, c'est Carmine, pas de diminutif. Corey et Abe vont retourner dans le bureau de Desmond Skeps tandis que nous bavarderons.

Tous deux s'assirent.

— Bon, commença Carmine, de l'espionnage. Ce qui veut dire la vente de secrets d'État à une puissance ennemie ou à des concurrents. Si Cornucopia est impliquée, alors je suppose que ces secrets entrent dans la catégorie réacteurs nucléaires, appareils d'analyse, plastiques... Je me trompe?

— Comment avez-vous découvert ça? s'exclama Kelly, apparemment sidéré.

— Ça me semble évident pour quiconque possède la moitié d'une cervelle, Ted. Et j'ai fini par me souvenir que vous étiez dans le contre-espionnage. Pourquoi le FBI serait-il ici, d'ailleurs? Pour un meurtre? Parce que les contrats avec Cornucopia sont de nature sensible? Non, à moins que la société ne soit déjà sous surveillance et que le meurtre de Skeps ne fasse que confirmer les soupçons. J'ai raison?

— Eh bien, oui, avoua Kelly d'un air sombre. Quelqu'un ici vend des secrets aux Russes depuis deux ans.

— Comment l'avez-vous appris?

— Quand un élément d'alimentation de missile ultra-secret leur a été volé, non sans peine ni dégâts, et que nous nous sommes aperçus qu'il était fabriqué par Cornucopia. Les Russes n'avaient même pas pris la peine de le maquiller.

— Il y a donc un traître chez Cornucopia Research?

— Si oui, nous n'arrivons pas à mettre la main dessus. Ce n'est pas Duncan MacDougall, il avait le même boulot chez PetroBrit, et eux ne laissent jamais rien traîner, même pas les plans d'un taille-crayon. Le problème est toujours le même : dans le secteur privé, les gens vont et viennent, ils partent s'ils pensent que ça leur permettra de monter en grade. La sécurité, c'est un bout de papier qu'on fourre dans un coffre.

— Vous parlez des gars tout en haut?

— Oui.

— Mais pourquoi bosseraient-ils pour les Russes? Ils n'ont pas besoin d'argent, et je serais surpris que ce soit par idéologie!

— La trahison, ça existe, Carmine. Quand il n'est pas question d'argent, c'est idéologique. Parfois, c'est comme un jeu : j'ai eu affaire à deux gars qui se livraient à l'espionnage pour montrer à quel point ils étaient malins.

— Mais ils ont fini par se faire prendre. Qu'est-ce qui a été dérobé, par ailleurs ?

— On ne sait pas trop, mais une fois qu'on est au courant d'une fuite, on cherche un appareil ou un instrument russe ou chinois qui, d'un coup, vient d'être considérablement amélioré. D'autres sociétés ont perdu des secrets, bien sûr, mais pas dans les mêmes domaines que Cornucopia.

— Je suis surpris, dans ces conditions, que vous recouriez toujours à elle.

— Capitaine, vous savez très bien pourquoi ! Il n'y a pas beaucoup de firmes produisant ce qu'elle produit. Et quel que soit le traître, auquel nous avons donné le nom de code Ulysse, il prend soin de limiter ses vols à des éléments que le Pentagone ne peut obtenir ailleurs. Le service juridique de Cornucopia a prétendu que les fuites devaient venir de Washington, ailleurs qu'au Pentagone, et c'est dur de prouver le contraire.

— Et vous pensez que le classeur de Skeps révélera la réponse, Ted ?

— Non. Mais son meurtre me porte à croire qu'il avait découvert qui est Ulysse.

— Et ce n'est qu'un des onze cadavres que j'ai sur les bras. Peut-être découvrirons-nous que d'autres sont liés à cet espion que vous voulez démasquer.

— Gardez vos cadavres ! sourit Kelly. On se retrouve ici demain, vers 10 heures, pour prendre un café ?

— On fait comme ça, approuva Carmine.

Il descendit sept étages pour se rendre à Polycorn Plastics et rencontrer son directeur, Frederick H. Collins. Costume de laine de Savile Row, cravate des anciens de

Chubb, boutons de manchettes en platine émaillé aux armes de son ancienne fac, chaussures sur mesure de fabrication anglaise. Il paraissait avoir la cinquantaine, était impeccablement rasé, mais il lui manquait l'allure d'aristocrate lassé de Smith. En fait, se dit Carmine, il avait une tête de boucher, avec des yeux noirs qui s'agitaient sans arrêt, non parce qu'ils cherchaient un miroir, mais parce qu'ils avaient des choses à cacher.

— C'est terrible ! Terrible ! se plaignit le directeur en s'agitant dans son fauteuil.

— M. Skeps et vous étiez amis, monsieur ?

— Oh oui, très proches. Nous le sommes tous, au conseil d'administration. Nous étions un peu plus âgés que lui. Il n'y avait personne dans sa promo avec qui il se soit lié.

— Comment cela ?

— J'ai entendu dire que ses condisciples ne l'aimaient pas. C'était l'époque où il buvait beaucoup, et quand il était ivre, il pouvait se montrer… très agressif. Son père est mort une semaine après que Des eut reçu son diplôme, si bien qu'il est entré à Cornucopia en tant que président du conseil d'administration et actionnaire majoritaire. Aucune expérience ! Trois d'entre nous – Purvey, Grierson et moi – travaillions déjà dans la société. Tous des anciens de Chubb ! Phil Smith nous a été imposé par Des, c'était son cousin. Je crois qu'il admirait son allure et sa façon de s'exprimer. Comme travail est un mot qui lui est inconnu, Phil sert avant tout d'élément décoratif. Il a la soixantaine, il a connu le père de Des. Il est aussi de Chubb, mais avant nous.

— Qui sont les membres du conseil, monsieur Collins ?

— Phil Smith, Gus Purvey, Wal Grierson, Erica Davenport et moi-même. Des était président, avec Phil comme adjoint.

— C'est un conseil assez restreint.

— Aucune loi n'impose une taille particulière, capitaine.

— Et les autres actionnaires?

— Ils sont des centaines de milliers de possesseurs d'une part de ce qu'on appelle le «flottant». Erica les représente.

— Elle s'oppose à vous tous?

— Grands dieux, non! répondit Collins en éclatant de rire. C'est un peu comme chez IBM: posséder vingt actions représente une petite fortune, mais ce n'est rien au niveau global.

— Vous parlez des projets top secret?

Collins parut surpris.

— Beaucoup.

— Où s'accomplit le travail de recherche pour Polycorn Plastics? Dans votre usine?

Le visage de boucher fut déformé par un nouvel accès d'hilarité.

— Oh, que non! Tout cela est mené à Cornucopia Research, comme il se doit. Quand on me présente un nouveau plastique, il a déjà été testé en amont. Et je n'annonce pas nos découvertes en criant sur les toits!

— Qu'est-ce qui rend un plastique si désirable pour les Rouges?

— Vous avez une attestation de sécurité, monsieur? demanda Collins.

Carmine lui tendit le document dactylographié. Le directeur l'examina avec le plus grand soin, puis haussa les épaules.

— Des plastiques extrêmement durs permettront de fabriquer des armes de poing et d'épaule, d'autres un peu différents serviront au blindage, à la protection des blocs moteur… Cela vous suffit?

— C'est plus qu'assez. Est-ce que certaines de vos recherches ont été transmises aux pays communistes?

Collins hoqueta et se couvrit les yeux des deux mains.

— Non, pas que je sache. La première avancée réelle depuis que nous connaissons l'existence d'Ulysse remonte à un mois, et j'ai refusé d'accepter les formules. J'ai même ordonné de les déposer dans une crypte scellée, avec les derniers vestiges des tests, copeaux compris. Les Rouges ne sont pas idiots, capitaine, ils font de la recherche aussi, mais pas question qu'ils profitent des miennes! Aucun plastique nouveau ne sera mis en production tant qu'Ulysse n'aura pas été pris.

Il a l'air sincère, pensa Carmine. *Pas très sympathique, mais sincère. Il est temps de changer de cheval.*

— Vous êtes marié, monsieur?

— Oui.

— Depuis combien de temps?

— Cette fois-ci, deux ans. J'ai eu trois autres épouses.

— Deux ans à chaque fois?

— Pas la première, Aki. Notre mariage a duré vingt et un ans.

— Vous avez des enfants?

— Un fils avec Aki, un avec Michelle, un avec Debbie, et un de Candy, mon épouse actuelle.

— Cela fait beaucoup de pensions alimentaires.

— Je peux me le permettre.

Il fait dans les petites jeunes, songea Carmine, en se demandant ce qui l'avait fait dérailler au bout de vingt et un ans de mariage. Il avait de l'argent, évidemment, de quoi embaucher des assassins. Mais sûrement pas au service des héritiers de Staline.

Puis Carmine descendit deux nouveaux étages pour se diriger vers les bureaux de Landmark Machines, dont Augustus Barraclough Purvey était le directeur. Contrairement à Smith et Collins, il était vêtu d'un complet de confection, d'un nœud papillon à pois et de mocassins coûteux. Son épaisse chevelure bouclée commençait à grisonner et son visage lisse était assez attirant. Ses yeux bleus plongèrent dans ceux de Carmine, qui le trouva nettement plus sympathique que les deux autres.

Purvey lui apprit que Landmark s'était fait voler les plans d'un nouveau viseur.

— Notre objectif est le long terme : il s'agit de relier le feu de l'artillerie à des ordinateurs, pour calculer la cible de manière plus précise, expliqua-t-il. C'est horriblement difficile, et il faudra auparavant lancer des satellites pour dresser une carte du globe. Ce n'est donc pas un projet exclusif à Cornucopia, nous n'en gérons qu'une petite partie. Tout le monde est impliqué, à commencer par la Nasa.

— Et si Ulysse est au courant ?

— Au courant de quoi ? Ce que je viens de vous décrire est si utopique que je me demande si nous y parviendrons.

— Merci de votre franchise, monsieur Purvey. Vous êtes marié ?

— Je ne le suis plus depuis dix ans, répondit l'autre avec un grand sourire. Les femmes n'en valent pas la peine, si vous voulez mon avis. Enfin, c'est de ma faute : j'aurais dû épouser quelqu'un comme moi, mais j'ai préféré une barmaid.

— Des enfants ?

— Non. Ils lui auraient fait perdre du temps.

— Vous fréquentez quelqu'un ?

— Bien sûr !

— Puis-je connaître son nom ?

— Erica Davenport. Socialement plus acceptable pour moi qui suis toujours aussi sensible aux barmaids.

— À quoi consacrez-vous votre argent, monsieur Purvey ?

— Aux bateaux à moteur. J'ai une cabane à Moosehead Lake, dans le Maine. Les lacs du Connecticut sont trop encombrés.

— Et comment vous y rendez-vous ?

— Dans mon hélicoptère privé.

— Où allez-vous régulièrement, à part là-bas ?

— New York. J'ai un appartement sur la 78e Rue.

— C'est fini, les barmaids ?

— Oh oui ! Cela m'a servi de leçon ! Aujourd'hui, je papillonne.

Carmine descendit six étages pour se rendre à Dormus, une société apparemment si prospère qu'elle occupait trois niveaux.

Cette fois, il eut droit aux jeans, aux bottes Caterpillar, et à une chemise froissée sans cravate. Wallace Grierson jouait le rôle d'un ingénieur spécialisé dans les turbines, et de manière convaincante. Il avait la taille et la musculature de Ted Kelly, une peau couverte de taches de rousseur, une épaisse chevelure d'un blond très pâle, des yeux gris. Et les pieds sur le bureau. Carmine le trouva aussitôt sympathique.

— Capitaine, je ne suis là que parce qu'on m'en a donné l'ordre. Je devrais être à l'usine.

— Désolé, monsieur Grierson, répondit Delmonico en s'asseyant. Je ne pensais pas qu'il y avait encore des cadres qui mettaient la main à la pâte. Qu'est-ce que Dormus a de différent ?

— Rien. La différence, c'est moi. Contrairement aux gravures de mode du conseil, je suis un véritable ingénieur, et personne d'autre ne dirige la société !

— Vous avez eu des projets top secret qui sont passés chez les Rouges ?

— Dans deux services différents, répliqua Grierson, sans se troubler le moins du monde. D'abord, le développement du turbo-propulseur, qui permet à un avion de dépasser Mach 2. Il y a eu des fuites importantes au service chargé des missiles. Tout a commencé lorsqu'on a découvert qu'un missile russe utilisait mon dispositif d'alimentation. Si Ulysse n'est pas mis hors d'état de nuire, Cornucopia est morte !

— Les contrats avec la Défense sont vitaux pour la société ?

— Oh, que oui ! C'est ce que voulait Desmond Skeps : prendre part à la défense de l'Amérique.

— Vous n'avez pas l'air d'un homme riche à millions, poursuivit Carmine, changeant une fois de plus de sujet.

— J'ai de quoi acheter et vendre Phil Smith et Fred Collins, et je suis presque à égalité avec Gus Purvey.

— Vous êtes marié ?

— Bien sûr ! Nous avons fêté nos noces d'argent voilà cinq mois. Nous nous sommes rencontrés au CalTech où nous faisions des études d'ingénieur.

— Vous avez des enfants ?

— Quatre : deux filles, deux garçons. Les deux aînés sont à Brown University.

— À quoi consacrez-vous votre argent ?

— Pas grand-chose. Nous avons une belle maison, mais ça n'est pas un palais. Avec quatre enfants, ce n'est pas possible. Nous avons aussi un pavillon de chasse dans le Maine, mais nous ne chassons pas, nous marchons. Comme voitures, des Mustang. Tous les enfants ont le permis, alors nous en avons une vraie flottille. Et un ranch au pied du Grand Teton, dans le Wyoming. Nous y passons l'été.

— Qu'est-ce qui compte le plus pour vous dans la vie, monsieur Grierson ?

— Ma famille.
— Et ensuite ?
— Dormus. Si Cornucopia se ramasse, je rachète la société et deviens fabricant de turbines pour les bateaux et les avions.
— C'est drôle, sourit Carmine en se levant, j'oublie toujours qu'aujourd'hui les navires sont propulsés par des turbines.
— Depuis 1906 et les cuirassés, capitaine !

Il ne restait plus au capitaine Delmonico qu'à s'entretenir avec Erica Davenport. Comme il arrivait au service juridique, il croisa Philip Smith, qui en sortait.
— Excusez-moi, encore une question. Vous êtes marié ?
— Bien sûr que oui ! s'offusqua son interlocuteur.
— Une fois ? Deux ? Trois ?
— Une seule ! Avec Natalia, et depuis trente-quatre ans. Vous n'êtes qu'un balourd insolent !
— Des enfants ?
— Trois. Ma fille n'est pas allée à l'université, mais les deux garçons ont fait Harvard et le MIT.
— Pourquoi pas à Chubb ?
— L'endroit où mes fils ont fait leurs études ne vous regarde pas ! Vous dépassez les bornes, capitaine ! Je vais m'adresser aux autorités compétentes pour qu'elles vous rappellent à l'ordre.
— Monsieur Smith, répondit doucement Carmine, un policier enquêtant sur un meurtre recourt à diverses techniques pour obtenir des informations et, dans le peu de temps dont il dispose, il doit savoir à qui il a affaire. Lors de notre premier entretien, vous vous êtes montré cassant et dominateur, ce qui me donne le droit de vous marcher sur les pieds, même s'ils sont chaussés sur mesure. Vous semblez croire que vous avez le pouvoir

de me faire « rappeler à l'ordre », mais je dois vous prévenir que personne, au sein des « autorités compétentes », ne prendra garde à vos plaintes, parce qu'elles me connaissent. J'ai gagné mon poste, je ne l'ai pas acheté. Il y a eu meurtre, ce qui signifie que tout dans votre vie me regarde, jusqu'à ce que j'aie fait disparaître votre nom de ma liste des suspects. Suis-je clair?

D'un seul coup, deux Philip Smith parurent le regarder. L'un était l'aristocrate hautain; l'autre, un homme vigilant, prudent, dur et très intelligent. Carmine fit semblant de n'avoir rien remarqué.

Smith s'éloigna sans répondre. En entrant dans le domaine d'Erica Davenport, le capitaine fut surpris d'y trouver un jeune homme mince, d'allure quelconque.

— Vous avez un secrétaire! lança-t-il en se dirigeant vers l'une des baies vitrées.

— Pour une femme cadre, c'est une idée agréable. Puis-je vous aider, capitaine?

— Vous ne m'aviez pas dit que vous siégiez au conseil de Cornucopia.

— Est-ce important?

— Tout est important dans une enquête à propos d'un meurtre, docteur Davenport. Vous pensiez vraiment que je ne découvrirais pas pourquoi le FBI s'intéresse tellement à Cornucopia? M. Smith et vous jugiez cela sans importance. J'ai également appris que vous sortiez régulièrement avec Gus Purvey, afin de dissimuler à ses amis son penchant pour les barmaids.

Elle se pinça les lèvres.

— Mais savez-vous, capitaine, que les barmaids qu'il apprécie le plus sont des travestis? Il les aime âgés de dix-huit ou dix-neuf ans, avec des cheveux très longs et un corps soigneusement épilé.

— C'est agréable de constater que mes soupçons sont confirmés, sourit Carmine. Et maintenant, si nous parlions de M. Kelly?

Elle rougit un peu, et ses lèvres se réduisirent à une simple ligne.

— Nous ne nous entendons pas très bien, pour deux personnes amenées à se rencontrer souvent. Mais on ne choisit pas toujours ses fréquentations. Si j'avais le choix, je ne serais pas en train de discuter avec quelqu'un d'aussi phallocrate que vous.

— Cela doit faire des années qu'un homme n'a pas été en position de vous poser des questions gênantes, c'est ce qui est train de vous arriver et vous n'aimez pas ça. Et vous ne m'aimez pas. Mais nous ne sommes pas dans une réunion mondaine, docteur Davenport. Vous êtes interrogée en tant que suspect possible dans le cadre d'une enquête à propos d'un meurtre. Nous l'oublierons tous les deux quand nous nous rencontrerons socialement.

Les yeux bleu cobalt le regardèrent, stupéfaits. Elle parut lutter intérieurement, puis soupira et hocha la tête.

— Excusez-moi, capitaine, je vois. Je ne suis membre du conseil que parce que Desmond pensait qu'il fallait que le service juridique y soit représenté. Et mes rencontres avec Gus Purvey n'ont rien de régulier, elles se limitent à ce que le conseil juge obligatoire. Pour ce qui est de M. Kelly, je présume que vous avez appris qu'il est là pour enquêter sur une affaire d'espionnage. Mais cela est sans doute en dehors de vos préoccupations. Vous témoignez simplement d'une curiosité insatiable, vous faites partie de ces gens exaspérants qui veulent connaître les moindres détails de la vie des autres.

— Vous lisez en moi comme dans un livre ouvert! Une insatiable curiosité! En plein dans le mille, docteur

Davenport. Mais c'est elle qui me permet de trouver des solutions.

— Le gouverneur nous dit que vous êtes redoutable.

Carmine s'éloigna de la baie vitrée en se disant que, tant que durerait l'enquête, tous les stores de sa maison resteraient baissés.

— Je vous verrai demain, madame.

Et il sortit, la laissant derrière son bureau, lèvres pincées.

Le classeur contenait les données de Cornucopia relatives à tout ce qui avait été transmis aux pays communistes ou que Desmond Skeps avait jugé susceptible de l'être.

Delia, dont les attestations de sécurité étaient aussi élevées que celles de Carmine, avait déjà commencé à éplucher les documents. Quand il la retrouva, vers 16 heures, elle en avait déjà terminé avec les deux tiroirs du haut, ceux concernant les vols avérés.

— Bon Dieu, s'exclama Carmine, est-ce qu'il reste encore des secrets à l'Oncle Sam?

— Allons, allons, du calme, ça n'est pas aussi mauvais que ça. Ce que vous voyez là, c'est la paperasse relative à huit produits, de l'alimentation du missile au viseur. J'ai également trouvé deux améliorations pour un turbo-propulseur, un autre élément de missile, les plans d'un canon expérimental pour avion, un analyseur d'atmosphère, et la formule d'un type particulier d'acier, qui a l'air pour l'instant expérimental. C'est moche, mais je croyais que ce serait bien pire. Skeps a tout fourré dans les tiroirs, lettres et mémos compris. Je crois qu'il comptait tout examiner lui-même. Et peut-être l'a-t-il fait, si son assassinat est lié à cette affaire d'espionnage.

— Et les deux tiroirs du bas?

— Des documents que Skeps considérait peut-être comme plus inquiétants encore. Ils concernent des éléments mis en production voilà plus longtemps, jusqu'à dix ans.

— Oui, il y a de quoi avoir la trouille ! S'il avait raison, cela veut dire qu'Ulysse s'active chez Cornucopia depuis une décennie.

— Si jamais le FBI l'ignorait, remarqua Delia, ils le découvriront dès qu'ils auront ouvert les tiroirs. Toutes les compagnies liées au Pentagone ont perdu quelque chose.

— Le plus exaspérant, c'est que je n'ai vraiment pas besoin d'un tel boulot supplémentaire. Je suis tenté de croire qu'Ulysse est un leurre, mais je n'en sais pas assez pour être sûr qu'il n'a rien à voir avec le meurtre de Skeps. C'est Kelly l'expert en espionnage, pas moi. Je vais chercher le meurtrier et, s'il se trouve que c'est l'espion, ce sera tout bénef !

Quand il rentra chez lui, vers 19 heures, Carmine s'attendait à entendre les bruits joyeux qui accompagnaient toujours la venue de Myron Mendel Mandelbaum. Mais le silence régnait. Entrant dans le séjour où tous se réunissaient d'ordinaire avant le dîner, il trouva trois des cinq personnes qu'il aimait le plus au monde muettes. Desdemona baissait la tête, le visage de Sophia montrait qu'elle avait pleuré, frustration et angoisse se mêlaient sur celui de Myron. Il se leva d'un bond en voyant Carmine.

— Dis-leur que si je leur fais du mal, ce n'est pas exprès !

— Mais de quoi parles-tu ?

— Papa, il s'en va ! s'écria Sophia, qui se remit à pleurer.

— Tu t'en vas ? demanda Carmine, stupéfait. Myron, tu viens à peine d'arriver !

— Il ne quitte pas Holloman, intervint Desdemona, qui se leva pour préparer un verre à son mari. Il s'installe au Cleveland Hotel.

— Myron, tu plaisantes !

— Non, Carmine. Je veux être libre de voir Erica, et qu'elle aille et vienne comme elle l'entend. Je comprends bien que tu ne puisses l'accueillir ici, et j'aime Sophia, mais ce n'est pas pour elle que j'ai fait ce voyage. Je suis venu pour être avec Erica, qui va passer des moments difficiles.

Bon Dieu, pensa Carmine, *il doit vraiment être fou de cette femme. Et il blesse Sophia sans s'en rendre compte. Elle réagit comme une gamine de cinq ans, Desdemona est furieuse que Myron manque autant de tact, et lui tremble comme s'il allait s'effondrer... Bon, une chose à la fois. D'abord se débarrasser de lui.*

Il posa le bras sur l'épaule de son ami et le fit sortir de la pièce.

— Tes affaires sont prêtes ?

— Oui ! Carmine, je suis désolé ! Je ne savais pas comment leur dire, j'ai tout bousillé... Ma pauvre Sophia !

— Ne t'inquiète pas, elle te pardonnera. Tu es sûr de vouloir t'en aller ?

— Oui.

— Alors, je vais appeler un taxi, décida Carmine en s'emparant du téléphone dans le vestibule. Sors avec tes valises, remonte la route et attends là-bas. Je resterai avec Sophia et Desdemona.

— Merci, Carmine. Une fois que vous connaîtrez Erica, vous en viendrez tous à l'aimer. Elle est merveilleuse !

Ton Erica est sournoise, songea Delmonico en retournant dans le séjour. *Elle déteste les hommes, donc elle est tout ce que tu détestes chez les femmes, et pourtant tu ne t'en rends pas compte. Qu'a-t-elle donc comme pouvoirs magiques, et pourquoi y suis-je insensible?*

Apaiser Sophia prit du temps, car elle était anéantie. Qu'avait donc dit Myron, avant que Carmine arrive, pour provoquer ce genre de chagrin qui vous fait croire à la fin du monde? Il n'avait pas caché les raisons de son arrivée, et Sophia avait paru bien prendre la nouvelle. Et voilà qu'elle était en larmes, poussant des hurlements que les voisins, pourtant éloignés, devaient entendre! Et Carmine ne parvenait pas à la raisonner. Elle semblait le rendre responsable de tout. Parce qu'il était un homme? Parce qu'il était son père, comme Myron?

Il n'avait jamais vu non plus Desdemona aussi remuée. Ce qui prouvait qu'elle aimait la jeune fille de tout son cœur.

— Un hôtel! lança-t-elle en serrant les dents. Comment ose-t-il! Le Cleveland a près de cent ans!

— S'il trouve que les toilettes fonctionnent mal, il a de quoi appeler un plombier! Ils ont fait refaire leurs suites l'année dernière, et tu connais Myron, il n'est pas du genre à se contenter d'une chambre de bonne.

Pour finir, Sophia fut mise au lit sans avoir voulu dîner et, Desdemona s'étant un peu apaisée, Carmine put s'asseoir avec un verre.

— Je me demande où il l'a rencontrée, s'interrogea-t-elle.

— Nous le saurons avec le temps, mon amour. Mais il y a plus important: comment va Julian? Il pourrait dormir en plein tremblement de terre apparemment, question niveau sonore. J'avais oublié à quel point Sophia pouvait hurler fort.

— Erica ou pas, Myron peut emmener Sophia déjeuner et lui offrir ces bijoux ornés de péridots dont elle a tant envie, pour se faire pardonner.

— Ce n'est pas trop cher, au moins?

— Non. Pierre semi-précieuse, de couleur vert pomme, monture en or quatorze carats. Mais il faudra qu'elle lui fasse comprendre que le pardon a un prix. Aujourd'hui, elle est sortie de l'enfance pour de bon. À l'avenir, elle aimera Myron autant qu'avant, mais sans pouvoir lui faire entièrement confiance. Il l'a trahie en lui montrant que cette femme a pour lui plus d'importance qu'elle.

— Si Sophia n'était pas venue chez nous, Myron n'aurait probablement pas succombé à cette femme.

— Oui, nous le savons tous les deux, et ta fille aussi. Mais elle était restée assez enfant pour croire qu'elle pouvait avoir le beurre et l'argent du beurre. Maintenant, elle sait que non, et une partie de son chagrin vient du fait qu'elle l'a abandonné.

Carmine l'attira contre lui et l'embrassa tendrement.

— Mes enfants ont bien de la chance d'avoir une mère aussi sage.

— Oh, simplement un peu plus âgée. Le dîner est à l'eau, et mieux vaut ne pas demander à Emilia de faire la baby-sitter, avec Sophia aussi déprimée. Elle ne fera rien de grave, mais elle va ruminer, et je préfère être là. Tu as donc le choix entre jambon et fromage pour tes sandwichs. Ou les deux.

6

Le meurtre de Desmond Skeps continuait à préoccuper Carmine, qui se rendit seul à son rendez-vous avec Ted Kelly dans un coin tranquille de la cafétéria de Cornucopia.

— Le contenu du classeur était décevant, annonça-t-il en attaquant des œufs brouillés sur des toasts, une dizaine de tranches de bacon et une grosse ration de haricots blancs.

— Comment le savez-vous ? demanda Kelly. Je l'ai récupéré avant que vous n'ayez le temps d'y fouiller !

— Vous connaissez les photocopieuses ?

— Vous n'en aviez pas le droit ! Il s'agit d'informations top secret !

— Ted, personne n'a vu mes photocopies une fois sorties de la machine, hormis Delia Carstairs et moi, et nous avons les attestations de sécurité nécessaires. Vous imaginez Ulysse entrant furtivement dans les bureaux des services du comté ? Nos copies sont enfermées dans la cage aux preuves, avec les haches couvertes de sang, les faux billets, les doses d'héroïne… Les sergents de garde connaissent tous les flics censés y accéder. Le fait important, c'est que la police d'Holloman est infiniment meilleure que le service de sécurité de Cornucopia, et vous le savez. Les connards là-bas ne pourraient même pas trouver leur cul avec leurs deux mains. La vraie sécurité, c'est connaître le visage de ceux qui passent, et tout noter sur un registre. Les gens sont fainéants, Ted ! Malheureusement, chez Cornucopia, les hauts salaires sont réservés aux membres du conseil d'administration. Et quand on paie des cacahuètes, on n'a que des singes ! Je sais, je sais, vous allez me dire que tout ça n'est pas sous votre contrôle, mais ça devrait. Vous êtes bâti comme Hercule, mais les écuries d'Augias se remplissent de merde plus vite que vous ne pouvez les nettoyer !

Ted Kelly le regardait, fasciné. Tout en parlant, Carmine avait avalé tout ce qui se trouvait sur son plateau.

— Carmine, je suis bien d'accord avec vous. Il nous faut des lois et des châtiments plus sévères et, de ce point de vue, Ulysse est une bonne chose.

Il eut un sourire un peu réticent.

— Et finalement, je suis content que vous ayez examiné le contenu du classeur. Comme ça, je sais ce qu'il y a dedans.

— Comment ça ? Où est-il ?

— En route pour Washington, sous bonne escorte. Une fois là-bas, il faudra des semaines pour que les infos reviennent jusqu'à moi.

— Le FBI est donc comme le reste de la capitale : peuplé de gratte-papier qui doivent justifier leur salaire.

Carmine avala son café et regarda Kelly.

— Je veux savoir ce que vous avez piqué dans l'appartement de Desmond Skeps.

— Je n'ai rien piqué du tout.

— Bien sûr que si. Et avant que mon médecin légiste et son équipe arrivent sur les lieux du crime.

— Rien ne vous permet de l'affirmer.

— Oh, que si. Sinon, mon ami, vous n'auriez pas fouiné sur les lieux avant. Vous connaissez les règles aussi bien que moi, vous savez qui est légalement chargé d'enquêter sur un meurtre sans franchissement des frontières de l'État. Il y avait chez Skeps quelque chose que vous ne vouliez pas nous laisser voir, nous autres péquenauds provinciaux, et je compte bien trouver ce que c'est.

— Je n'ai rien pris, même pas un trombone ! J'ai simplement jeté un coup d'œil et regardé le corps.

— Vous l'avez touché ?

— Non !

— Décrivez-le.

— Après plus de vingt-quatre heures ? Laissez tomber !

— Conneries ! Vous êtes un pro. Décrivez-le.

Kelly ferma les yeux.

— Skeps était sur la table de massage, étendu sur le dos, avec une trace d'intraveineuse sur le bras. Il en avait coulé une goutte minuscule de fluide rose, mais ce n'était pas du sang. Et oui, j'ai saisi un tampon pour prendre un échantillon, qui a séché. Skeps était nu. Quelqu'un lui avait rasé le corps, jusqu'à la base du pénis, mais pas plus loin, et on lui avait brûlé la peau pour y écrire son nom. Il y avait d'autres brûlures aussi. On lui avait tranché les tétons avec un instrument émoussé. Il y avait des marques de liens sur ses chevilles et ses poignets. C'est tout.

— Quel menteur vous êtes, Kelly ! Vous n'avez pas touché le corps ?

— Non ! Rien qu'avec le tampon !

— Combien de temps s'est-il écoulé entre le moment où vous avez quitté l'appartement et l'arrivée du Dr O'Donnell ?

— Une demi-heure.
— Vous êtes resté dans les parages?
— Non, je suis descendu voir les bureaux de la victime.
— Et vous refusez de me dire ce que vous avez piqué?
— Je n'ai rien piqué du tout!
— Ted, franchement, l'espionnage me casse les pieds. Si vous aviez laissé les choses en l'état, j'aurais partagé les informations avec vous. Soyez prévenu, je ne vous ferai plus aucune courtoisie professionnelle.
— Skeps a été assassiné par Ulysse, c'est une affaire qui regarde l'État fédéral.
— Donnez-m'en une preuve tangible.
— Je ne peux pas.
— Parce que vous ne voulez pas.
— Honnêtement, j'ai les mains liées!
— Pas moi, heureusement, se félicita Carmine en se levant. En tout cas, si vous voulez un bon repas et un bon café, pendant que vous êtes dans cet État grand comme un timbre-poste et peuplé de fêlés, je vous conseille d'aller chez Malvolio, c'est juste à côté des services du comté. Vous êtes marié?

C'était une question à laquelle les gens semblaient ne pas aimer répondre.

— Je l'ai été, avoua Kelly avec amertume. Elle avait horreur que je m'absente si souvent, elle pensait qu'il y avait une autre femme.

Carmine se dirigea vers la sortie.

— C'est bon de savoir qu'au FBI quelqu'un a de la cervelle. À un de ces jours.

— La trace d'intraveineuse n'aurait pas pu laisser couler un liquide, quel qu'il soit, déclara Patsy quand Carmine vint lui expliquer ce que Kelly avait raconté. On était en retard, d'accord, mais Skeps était mort depuis trop longtemps quand on l'a découvert. Il dit avoir prélevé ça avec un tampon ? Cela signifie qu'il est venu avec toute une panoplie de matériel. Je parie que personne là-bas ne s'en est rendu compte.

— Je vais assigner le FBI en justice pour obtenir communication de leurs résultats, déclara Carmine. Le juge Thwaites adorera ça ! Quel nul, ce Kelly ! Encore que je me demande s'il ne l'a pas fait exprès.

— Cette histoire de liquide m'agace, marmonna Patrick.

— De l'héparine ?

— Mais pourquoi diable ? Skeps était immobilisé, si une veine ne convenait pas, il y en avait toujours d'autres... Peut-être que notre meurtrier a tout simplement eu de la chance et a trouvé la bonne du premier coup. D'où l'héparine. J'examinerai la blessure moi-même. Je n'ai pas été assez exhaustif.

— Patsy, Skeps n'est qu'un des douze cadavres.

— Je sais, et c'est ça qui m'inquiète ! Combien d'entre eux ai-je vraiment examinés à fond ? Le bébé et sa mère. Je vais en revoir neuf sur les onze autres, Carmine, et cette fois de très près !

— Commence par Evan Pugh.

— Tu crois que c'est le plus important ?

— Je ne crois pas, j'en suis sûr.

— Bon, va pour Evan Pugh, confirma Patsy, qui ajouta, d'un ton un peu trop négligent : j'ai entendu dire que Myron avait quitté ta maison.

— Et comment l'as-tu appris ?

— Le téléphone arabe.

Carmine haussa les épaules.

— Alors, tu en sais autant que moi.

— Peut-être un peu plus. Il occupe à lui seul le dernier étage du Cleveland Hotel, et il compte présenter sa chère Erica à tout ce qu'Holloman compte de gens importants.

— Holà! Il sort le grand jeu!

— J'espère qu'elle est fiable.

— Et moi qu'elle est innocente du meurtre.

— Elle est en tête de la liste des suspects?

— Non, au milieu.

Il laissa son ami se préparer à un nouvel examen d'Evan Pugh et se rendit dans son bureau, où une pile de papiers l'attendait. Il s'agissait pour la plupart de mémos, mais aussi de lettres qui avaient retenu l'attention de Delia parce qu'elles étaient soigneusement tapées, mais ni signées ni paraphées, et que rien ne permettait d'en connaître l'origine.

« Monsieur, disait la première, ceci pour vous rappeler que vous avez accepté de me rencontrer pour que nous puissions discuter des améliorations à apporter à notre projet de réacteur atomique. Lieu et heure habituels, si possible. »

Les quinze documents – quatre lettres, onze mémos – semblaient tous suspects, selon Delia.

— Ils ont l'air d'avoir été tapés sur la même machine, mais c'est difficile à dire quand il s'agit d'une IBM à boule dont les lettres ne sont ni usées ni faussées. Et j'ai l'impression que toutes celles des secrétaires de Cornucopia sont neuves ou presque. Le carbone n'a été utilisé qu'une fois, et il n'y a aucune faute de frappe, ce qui veut dire qu'on a affaire à une dactylo de profession. Je ne connais aucun cadre de direction qui sache taper aussi bien.

— Et une cadre?

— Même chose pour le Dr Davenport, à moins qu'elle n'ait commencé comme secrétaire, ce qui n'est pas le cas. En fac, elle payait des dactylos pour taper ses essais ou sa thèse.

— C'est sans doute un soulagement, remarqua Carmine en pensant à Myron.

— Vous avez eu votre invitation?

— Laquelle?

— M. Mandelbaum donne une réception avec buffet samedi soir au Cleveland Hotel. Oncle John est invité, comme Patsy, et moi aussi!

— Alors, nous nous verrons là-bas. À part ça, y avait-il dans le classeur quelque chose que je devrais étudier, ou bien est-ce que je vous laisse vous en occuper?

— Je pense pouvoir dire qu'on peut en brûler le contenu.

— Ne nous comportons pas comme ce sale menteur de Kelly! Revenons aux meurtres. On est aujourd'hui jeudi, mais il est trop tard pour aller en voiture au cap Code et revenir à temps pour dîner, alors Mme Skeps attendra jusqu'à demain. Prévenez-la que je passerai, d'accord? Où sont Abe et Corey?

— Ils compulsent la presse. Je les appelle?

— Non, je les prendrai en chemin.

La bibliothèque publique se trouvait un peu plus loin sur Cedar Street, mais la réserve de quotidiens était logée dans les locaux des services du comté; c'était plus pratique pour tout le monde, de la police aux pompiers. Les journaux y étaient peu à peu convertis au format microfiche. Carmine fit signe à Abe et Corey.

— Vous avez trouvé quelque chose? leur demanda-t-il comme ils sortaient.

— Pas mal de trucs sur les Denbigh, qui sont dans les bonnes causes, expliqua Corey. Mme Denbigh est folle de littérature, son mari s'intéresse à tout ce qui concerne la Renaissance. Ils sont tous les deux préoccupés par la lutte contre les maladies infantiles. Mme Denbigh est aussi féministe, et à fond. Il est beaucoup question de Desmond Skeps, comme il fallait s'y attendre. Nous avons noté les articles où on parle de lui, et photocopié ceux qui lui sont consacrés. Il n'y avait pas grand-chose sur le divorce, c'est un peu bizarre.

— Il a été prononcé en dehors de l'État, et Cornucopia a dû tenter d'étouffer l'affaire, expliqua Carmine en souriant à l'adresse de ses deux adjoints.

— Où on va ? demanda Abe tandis qu'ils remontaient South Green Street.

— Au Cleveland Hotel, où nous allons rencontrer les Pugh. Ils sont ici pour identifier le corps, et ne comptent rentrer que lorsqu'ils pourront l'emmener avec eux. Leur avocat les accompagne.

— Des problèmes, Carmine ?

— Je ne pense pas. C'est Danny Marciano qui a pris l'appel, il dit qu'apparemment ce sont des gens décents.

Les Pugh avaient été installés dans une suite à l'avant-dernier étage de l'hôtel. Ils avaient entre quarante et cinquante ans, ils étaient bronzés, en pleine forme, avenants. Leur avocat n'était là que pour les aider dans les formalités juridiques. Ils gardaient leur chagrin pour eux, mais il était sincère. Ils tinrent à ce qu'on leur raconte toute l'histoire du meurtre, ce qui fut pénible à Carmine, qui détestait devoir anéantir leurs illusions.

Il n'en fut rien.

— Oui, soupira tristement Mme Pugh, c'est bien de lui. Il était du genre à arracher les ailes des papillons. Nous avons tout essayé, capitaine Delmonico, mais nous n'avons rien pu faire pour l'humaniser. Les psychiatres le disaient psychopathe et ajoutaient qu'il n'existait aucun traitement. Davy et moi espérions simplement qu'une fois adulte il s'améliorerait. Il était si brillant ! Quand il a choisi Chubb, il nous a bien fallu le laisser partir. Nous aurions évidemment préféré qu'il soit plus près de nous, mais il n'envisageait rien d'autre que la médecine. Son père et moi nous attendions à quelque chose de ce genre depuis longtemps.

— Je suis navré, madame, déclara Carmine.

Il reprit l'ascenseur avec ses deux adjoints. Quand, dans l'entrée, ils rencontrèrent Myron escortant Erica Davenport, le capitaine se sentit pris au piège. Elle portait un ensemble pourpre qui donnait à ses yeux des reflets violets et, nota-t-il avec amusement, des chaussures à talons plats : Myron n'était pas de grande taille. *Comme moi face à Desdemona*, pensa-t-il en faisant signe à ses adjoints de partir sans lui.

— Comment va Sophia ? demanda aussitôt son ami.

— Desdemona semble croire que si tu l'emmènes déjeuner en tête à tête et que tu lui offres les péridots qu'elle convoite, tu as une chance de rentrer dans ses bonnes grâces.

— Ce sera fait dès demain, puisqu'elle n'a pas cours en ce moment.

— Myron, en dépit de ce que tu lui as dit à propos d'Erica, elle s'est mis en tête que tu venais pour elle pendant que je travaillais sur une affaire difficile. Elle adore son petit frère, mais il accapare presque tout le temps de Desdemona.

— Oh, Carmine, je suis vraiment, vraiment navré !

— Dis cela à Sophia, pas à moi.

— Je lui achèterai des diamants !

— Pas question ! Desdemona estime que les péridots conviennent parfaitement à une gamine de seize ans, et je me fie tout à fait à son jugement.

Carmine eut un signe de tête à l'adresse d'Erica Davenport, qui n'avait dit mot. Il eut juste le temps de l'entendre demander, avant de retrouver Abe et Corey :

— Qui est Desdemona ?

Il ne put entendre ce que répondait Myron, mais se doutait qu'il devait rire en prenant un air mystérieux, et demandait à sa compagne d'attendre un peu.

— Tout le monde parle de ces deux-là, le prévint Abe.

— Pas étonnant qu'elle porte des diamants ! ajouta Corey.

Oui, pas étonnant, songea Carmine. *Depuis combien de temps la connaît-il, et comment pourrons-nous rester amis, lui et moi, alors que je la déteste ? Une harpie dévoreuse d'hommes...*

Carmine poussa un soupir de soulagement quand l'aube se leva sur un vendredi clair et lumineux. Il lui fallait un break. Il prit la route, seul, en direction du cap Code, trajet un peu compliqué par l'irrégularité de la côte, qu'on aurait dit, ici et là, comme tracée par la mâchoire d'un monstre mangeur de littoral. Pour gagner un peu de temps, et tant qu'il fut dans le Connecticut, il plaça le gyrophare sur le toit de la Fairlane et actionna sa sirène, roulant bien au-delà de la vitesse permise.

Philomena Skeps vivait à Orleans, considéré comme le plus joli de très jolis villages, bien qu'à cette époque de l'année la plupart des habitations fussent vides : cap Code était une villégiature estivale. Les maisons étaient faites de planches de cèdre et de bardeaux non peints, pour que la mer puisse leur donner une couleur argentée. En juillet, elles étaient ornées de roses. La péninsule enserrait les eaux placides de la baie, lisses comme du verre en été.

Carmine adorait l'endroit et, s'il avait un vœu à satisfaire, c'était de pouvoir s'offrir une résidence d'été n'importe où au cap Code, entre Hyannis et Provincetown, premier endroit où les Pères fondateurs avaient débarqué.

La résidence se trouvait au bout d'une allée. Une demeure traditionnelle, typique de l'endroit, de style colonial, en cèdre argenté, entourée d'un gigantesque terrain. Elle donnait sur les eaux placides du côté abrité de la baie, et bénéficiait d'une jetée et d'un hangar à bateaux. Sur le côté de la demeure, un raccord d'alimentation en fioul indiquait que la propriétaire vivait là toute l'année. Carmine remonta le chemin de gravier jusqu'à l'entrée principale.

Elle vint ouvrir. C'était une beauté aux épais cheveux noirs bouclés, à la peau brune, aux cils et aux sourcils noirs, aux yeux vert sombre.

— Entrez, capitaine, dit-elle simplement en guise d'accueil.

Elle le conduisit dans un long couloir menant à l'arrière de la maison à laquelle avait été ajouté un jardin d'hiver de style anglais, rempli de plantes dont certaines touchaient le plafond de verre. Il restait cependant assez de place pour une table et des chaises et, plus loin, deux petits sofas, tous de couleur blanche. Mme Skeps était une perfectionniste.

Elle offrit à Carmine des pâtisseries qu'il dévora, n'ayant pas pris son petit déjeuner, avec plusieurs tasses de café. Ce n'est qu'ensuite que la conversation passa aux choses sérieuses.

— Vous ne vous êtes jamais remariée?

— Non. Desmond a été mon seul amour, répondit-elle avant de laisser tomber, d'une voix paisible : nous étions en train de nous réconcilier.

— Ah bon? s'étonna Carmine. Après tout ce temps?

— Oui. Pour notre fils. J'ai contacté Desmond voilà un peu plus de quatre mois, et nous avions eu une série de discussions depuis. Il y a une autre femme, voyez-vous.

— Si c'est le cas, madame, nous ne l'avons pas trouvée.

— C'est Erica Davenport, évidemment.

— Elle l'a nié avec énergie.

— Bien sûr ! Ce n'était certes pas une grande histoire d'amour, d'un côté comme de l'autre. Néanmoins, capitaine, l'une de mes conditions était que Desmond se dispense de ses services.

— Et il l'a fait ?

— Oui, peu de temps après que je le contacte pour la première fois.

— Ne lui aurait-il pas offert, en cadeau d'adieu, des boucles d'oreilles et un pendentif en diamant ? demanda Carmine, dont la curiosité était piquée.

Mme Skeps eut un petit rire amusé.

— Desmond ? Non ! Il est l'un des hommes les plus riches d'Amérique, mais c'est un grippe-sou.

Puis ses yeux se remplirent de larmes.

— C'est si dur de devoir parler de lui au passé… Non, ce que Desmond lui a offert était infiniment plus précieux, et ne lui coûtait pas un sou !

— Un siège au conseil.

— Exactement. Ce qui ne me choquait nullement.

— Mais alors, madame Skeps, pourquoi avoir tenté une réconciliation ? C'est la jalousie de votre époux qui a détruit votre union.

— Je vous l'ai dit, à cause de notre fils.

— Ne vit-il pas mieux loin des tourments que votre mari vous imposait ? Je suis au courant, il m'a fallu lire tout le dossier relatif au divorce.

— Je lui ai fait promettre que jamais il ne recommencerait, expliqua Mme Skeps. Et pour lui, sa parole était sacrée. Notre fils arrive à l'adolescence, et un garçon de cet âge a besoin d'un père, si médiocre soit-il.

— Et tous vos plans se sont effondrés.

— Oui. Mais au moins j'ai essayé, et mon fils le sait. Maintenant que son père n'est plus là, mes frères peuvent intervenir. Ils n'osaient pas, du vivant de Desmond : il les menaçait de leur envoyer des tueurs à gages, et il ne plaisantait pas. Il disait que tout le monde peut en embaucher un, pour peu qu'on sache à qui s'adresser.

Qui d'autre pourrait faire cela? se demanda Carmine. *Erica Davenport, peut-être... Les autres membres du conseil?*

— Comment va votre fils? reprit-il.

— Il guérit, lentement. Il a eu un terrible accès de ce que j'ai pris pour une maladie infantile bénigne : la varicelle. Le pire est qu'il va devoir redoubler son année.

— Pas si vous engagez des professeurs privés et lui faites suivre les cours d'une école d'été...

— Seulement s'il en a envie, le coupa Mme Skeps d'un ton glacial.

Oh oh! Une mère protectrice! Mieux vaut changer de sujet.

— Parlez-moi d'Erica Davenport, madame Skeps.

— Je la déteste en tant que personne, mais elle méritait son siège au conseil. Je ne peux pas en dire autant des autres faux-jetons! Sauf Wally Grierson, c'est un vrai trésor! Quand le vieux Walter Symonds dirigeait le service juridique, c'était un désastre! Cornucopia ne cessait de commettre des bourdes dans la rédaction des contrats et, pour ne pas être condamné en justice, devait conclure des accords à l'amiable horriblement coûteux. Mais cela a cessé à l'arrivée d'Erica. Desmond l'adorait parce que, grâce à elle, la compagnie économisait beaucoup d'argent.

À ce moment, une voix se fit entendre devant la maison, et la voix rauque et légère d'un jeune garçon lui répondit. Il y eut un bref échange mais, quand le nouveau venu entra, Desmond Skeps III ne l'accompagnait pas. Comme Carmine, l'homme était musclé, brun de peau, avec des yeux pétillant d'intelligence, mais il avait les cheveux longs. Il était vêtu d'un pantalon à pattes d'éléphant, d'un sweater blanc et d'une veste en jean, et semblait extrêmement sûr de lui.

— Maître Tory Bera, se présenta-t-il en tendant la main.

— Capitaine Carmine Delmonico.

— Philomena, ça va? demanda-t-il à Mme Skeps.

— Très bien, merci, répondit-elle avant de se tourner vers Carmine : Tony semble croire que le monde entier est contre moi.

— Ne dites pas de mal d'un bon chien de garde, madame Skeps, lui conseilla ce dernier. Je ne serais pas ici s'il n'y avait pas un meurtrier en liberté. Je ne pense pas que vous soyez en danger, mais je suis quand même content de voir M. Bera. Vous vivez dans les environs, maître?

— Oui, juste en bas de l'allée.

— C'est bien. Selon le Dr Davenport, le jeune Desmond est le seul héritier de son père. J'étais censé obtenir une copie du testament, mais je l'attends toujours. Peut-être pourriez-vous me renseigner, maître?

L'avocat fronça les sourcils.

— J'aimerais bien, mais je n'étais pas au courant.

— Je pensais qu'il devait être lu en présence de l'héritier.

— Pas forcément. Il faut que le testament le précise explicitement. Mais si le jeune Desmond hérite, je suis en droit de voir le document dans son intégralité, car j'agis au nom de sa mère et, par conséquent, du sien.

— Est-ce absolument certain, maître?

— Elle sera son tuteur, n'est-ce pas?

— Encore quelques questions, madame, demanda Carmine à Philomena. Pouvez-vous me donner la date précise de votre premier contact avec votre mari en vue d'une réconciliation ?

— Nous en avons parlé au téléphone en novembre dernier, le lundi de la troisième semaine.

— Et quand M. Skeps a-t-il fait savoir au Dr Davenport qu'il se passerait de ses services intimes ?

— Très peu de temps après. Sans doute la même semaine.

Erica Davenport avait donc été informée de la réconciliation quatre mois plus tôt. Une femme humiliée aux intentions meurtrières n'aurait pas attendu si longtemps. On aurait plutôt dit que, le poisson Skeps lui ayant échappé, elle avait tendu un nouvel appât qui lui avait permis de prendre Myron à l'hameçon. Lequel, étant le plus généreux des hommes, lui avait offert des diamants. Près de huit carats en tout, soit entre 250 000 et 500 000 dollars. La dernière fois qu'il s'était livré à de telles dépenses, c'était pour la mère de Sophia.

— Parlez-moi donc de ces… faux-jetons du conseil, madame Skeps.

Elle ricana.

— Oh, ceux-là ! Desmond les appelait ses béni-oui-oui, et à juste titre ! Phil Smith l'admet sans peine : diriger quoi que ce soit l'ennuie à mourir. Sans doute prendra-t-il la place de Desmond, ou deviendra-t-il président du conseil d'administration, au choix. Un hypocrite qui se prend pour un roi !

— Et dans leur passé ? Des activités douteuses ? Des femmes douteuses ?

— Pas que je sache, hormis Gus Purvey, un homosexuel porté sur les jeunes travestis.

Carmine se tourna vers Anthony Bera.

— Quelque chose à ajouter, maître ?
— Non. Je ne fais pas partie du monde de Cornucopia.
Peut-être pas, songea Carmine, *mais je vais quand même enquêter pour savoir où tu étais le 3 avril, monsieur l'avocat plein aux as. Tu possèdes une maison dans le coin, ce qui veut dire que ta pratique doit te valoir de confortables revenus. Et tu es amoureux de Mme Skeps, mais elle ne voit en toi qu'un ami. C'est très frustrant, comme situation.*

Sur le chemin du retour, il refit le coup du gyrophare et de la sirène, de Providence à Holloman. La visite au cap Code lui avait fait du bien, mais ne l'avait pas vraiment fait progresser dans son enquête. Il était temps de jouer les durs. Si jamais les services du comté n'avaient pas reçu copie du testament, il avait bien l'intention de pénétrer à nouveau dans le repaire d'Erica Davenport et d'en exiger une sur-le-champ.

Mais le document l'attendait. Il le lut rapidement puis s'assit. Quelqu'un avait dû raconter à Erica Davenport qu'il allait voir Philomena Skeps, et elle avait délibérément retenu la copie du testament jusqu'à ce que la rencontre ait eu lieu. Pas étonnant ! Quel choc pour Philomena et Anthony Bera ! Qu'auraient-ils pu dire, sous le coup de la colère ?

Desmond Skeps III était bel et bien l'unique héritier, mais Erica Davenport était désignée comme tuteur. Philomena était dépouillée de toute capacité de contrôler son avenir, sa fortune, ou les destinées de Cornucopia. Jusqu'à ce que le jeune garçon soit majeur, le Dr Davenport dirigerait la société. Et Carmine ne voyait pas comment Anthony Bera pourrait contester le testament en justice : Philomena Skeps n'avait aucune expérience des affaires.

Pauvre Myron ! Erica Davenport n'avait plus besoin d'un riche époux : elle pouvait fixer elle-même son salaire et ses primes, sans que personne puisse l'en empêcher. *Non*, se dit Carmine, *il ne s'agit pas de ça*. Elle cherchait le pouvoir, non l'argent, ce qui laissait entrevoir un aspect de Myron que Carmine n'avait jamais pris en compte : son sens des affaires.

Lorsqu'elle avait été congédiée par Desmond Skeps, quatre mois plus tôt, le Dr Davenport avait sans doute cru qu'il s'agissait du début de la fin. Et voilà qu'au contraire elle allait lui succéder à la tête de Cornucopia. La grande question était donc : connaissait-elle à l'avance le contenu du testament ? Si oui, c'était un mobile colossal. Mais comment l'imaginer, puisqu'il était conservé dans les coffres d'un cabinet d'avocats new-yorkais ? Skeps aurait pu le lui dire. L'avait-il fait ? Non, ce n'était pas son genre. Il aurait plutôt pris plaisir à la torturer à mesure que passaient les semaines, puis les mois. Il était un peu comme Evan Pugh, par-delà leurs évidentes différences. *Je parie que lui aussi aimait arracher les ailes des papillons*, sourit Carmine.

De quand datait le testament ? Il l'examina de nouveau, pour s'en assurer, mais on ne pouvait s'y tromper : il avait été rédigé deux mois auparavant, bien après qu'Erica Davenport eut cessé d'être la maîtresse de Skeps. Cela voulait dire que celui-ci avait froidement analysé les capacités de la jeune femme et les avait trouvées satisfaisantes.

Il regarda sa montre : il restait suffisamment de temps pour rendre une petite visite au Dr Davenport avant la fermeture quotidienne de Cornucopia. Il ne prit pas la peine de l'appeler pour s'assurer qu'elle y était encore. Vu ses nouvelles responsabilités, cela ne faisait aucun doute.

Un passage dans les bureaux se révéla infructueux, mais il la trouva dans l'appartement de Skeps. Lequel – Abe l'avait découvert – était doté d'un escalier dissimulé dans les toilettes. Le mur du fond s'ouvrait quand on appuyait sur le deuxième d'une rangée de boutons, révélant des marches métalliques très étroites. Carmine s'y engagea, et déboucha dans l'appartement comme s'il était familier des lieux. Elle ne parut pas inquiète de son arrivée, mais simplement agacée. Quand elle tourna les yeux vers lui, ils semblaient couleur kaki. *Des yeux de caméléon*, pensa-t-il.

— Je dois être votre suspecte numéro un, maintenant, sourit-elle.

— Non. Vous êtes même descendue de quelques crans. À moins qu'il ne vous ait précisé ce que contenait son testament…

— Lui? La seule chose qui pouvait lui délier la langue, c'était l'alcool, et lorsque j'ai fait sa connaissance il avait déjà sévèrement limité sa consommation. Dirigeant l'une des sociétés les plus importantes du pays, il savait quels dégâts peuvent provoquer les confidences éthyliques. Un de ses concurrents s'était ainsi emparé d'un des projets de Cornucopia pour l'un des premiers réacteurs atomiques. C'est Grierson qui l'a tiré d'affaire. Si Desmond aimait quelqu'un, c'était bien lui. Il aurait dû virer tous les membres du conseil sauf lui, mais il pensait que les béni-oui-oui avaient leur utilité. Pourvu bien sûr que le patron ne boive pas.

— Manifestement, vous vous livriez tous deux à des confidences sur l'oreiller, docteur Davenport.

— Ah, elle vous l'a dit? C'est bien d'elle!

— M. Skeps aimait les femmes? Il s'entendait bien avec elles?

— Allons, allons, capitaine, vous savez très bien qu'il les détestait! C'est bien pourquoi son testament m'a sidérée ! Je n'aurais jamais pensé qu'il accordait la moindre valeur à mes capacités professionnelles. Et me voilà présidente du conseil d'administration, et contrôlant totalement l'avenir du jeune Desmond ! De quoi me sentir vaniteuse comme un paon !

— Et vous allez faire payer Mme Skeps.

— Pas du tout ! Je n'ai aucune intention de l'empêcher d'exercer ses droits de mère.

— Que se passerait-il si Desmond Skeps III mourait ?

Elle blêmit.

— Oh, non, non ! Ne parlez pas de ça !

— Vous êtes avocate, vous avez dû penser à cette éventualité. Que se passerait-il ?

— La famille Skeps compte d'autres membres, c'est le parent le plus proche qui hériterait.

— Philip Smith ? demanda Carmine, accablé.

— Non, pas du tout ! Smith affirme être apparenté à Desmond Skeps, mais en fait on n'en sait rien. Il y a un neveu, fils de la sœur de Desmond, et un cousin germain, fils d'un de ses oncles. À première vue, c'est ce cousin qui passerait en premier, mais le testament est rédigé conformément aux lois de l'État de New York, et je ne suis pas une experte en ce domaine.

— De toute façon, le jeune Desmond est tout à fait vivant, trancha Carmine, qui regarda autour de lui : vous comptez vivre ici ?

— Qu'est-ce qui m'en empêcherait ? Mais il faudrait tout changer. Ce pauvre Desmond n'avait aucun goût !

— Que changeriez-vous ?

— Je mettrais des tableaux, et je me débarrasserais de cette monstruosité, expliqua Erica en montrant le télescope. Il aimait jouer les voyeurs.

— Je l'avais deviné. Il avait un appareil photo fixé dessus ?

— Oui, bien sûr ! Mais il n'est pas ici.

— Il n'y était pas non plus quand on a trouvé son corps, remarqua Carmine d'un ton sombre. Je sais maintenant ce que Ted Kelly a dérobé.

— Ou peut-être est-ce le meurtrier.

— Peut-être, répondit Carmine en se dirigeant vers l'ascenseur.

— Capitaine, vous serez à la soirée de Myron, demain, avec votre famille ?

— Si nous sommes invités, oui.

— C'est bien ! J'aimerais beaucoup rencontrer votre épouse.

— Et pourquoi ?

— Elle est très courageuse, Myron m'a raconté. Ce n'est pas une qualité fréquente chez les femmes.

— Vous plaisantez ? s'exclama Carmine, agacé. Elles sont courageuses chaque jour de leur vie. Ce sont des proies. Il y a toujours quelqu'un dehors pour les observer, les suivre et frapper. Mais elles sont surtout courageuses parce qu'elles font les bébés et tiennent la maison. Ça, c'est vraiment dur !

— Vous êtes romantique, capitaine, conclut-elle d'un ton clinique.

— Non, réaliste. Bonsoir, docteur Davenport.

Et qu'est-ce que tu sais des vraies femmes, espèce de bêcheuse hautaine, toi qui vis dans un monde de pantins ?

— Tu es si romantique ! sourit Desdemona en lui tendant son verre de bourbon.

Il était rentré juste à temps pour prendre sur ses genoux un Julian bien réveillé qui gigotait en tous sens. Les yeux du bébé étaient d'un bleu topaze assez pâle, avec une bordure noire ; ses cils étaient épais, si longs qu'ils se recourbaient, et il avait déjà une touffe de boucles noires au sommet de la tête.

Sa présence était une source d'émerveillement constant pour son père, qui jamais ne s'était imaginé avoir un fils, et se sentait impuissant à exprimer envers Desdemona quel merveilleux cadeau elle lui avait fait.

Il couvrit Julian de baisers jusqu'à ce que Desmemona l'interrompe en s'emparant de l'enfant et l'emmène. Quand elle revint et s'assit pour boire son gin tonic, Carmine déclara :

— Nous nous amusions bien, pourquoi me l'as-tu enlevé ? C'est bizarre, il ne proteste jamais.

— Il est assez malin pour savoir déjà qu'il ne peut échapper à l'heure du coucher.

— Où est Sophia ?

— Elle dîne au Cleveland avec Myron et son Erica. Il l'a emmenée déjeuner, lui a offert les péridots, et bien sûr il en a rajouté, lui donnant aussi des grenats.

— Ils se sont rabibochés ?

— Évidemment ! La petite teigne a ensuite asticoté Myron jusqu'à ce qu'il accepte de l'inviter à dîner avec Erica. J'ai dit oui, parce que si Sophia s'en prend à elle, mieux vaut que ce soit en privé, plutôt que devant les dix mille personnes que Myron a invitées demain soir. À propos, j'ai accepté pour nous, bien sûr.

Elle regarda sa montre.

— Elle serait déjà rentrée si les choses s'étaient mal passées.

— Erica Davenport est une vraie énigme, Desdemona.

— Et une meurtrière ?

— Je ne crois pas, bien que la mort de Skeps lui donne les pleins pouvoirs à Cornucopia, d'après ce que précise le testament.

— Grands dieux ! Une victoire d'importance pour les femmes, se félicita Desdemona.

— Qu'est-ce qu'on mange ? demanda Carmine.

— Spaghetti et boulettes de viande *alla Emilia Delmonico.*

Il vida son verre.

— Alors, allons-y ! Demain soir, nous frôlerons probablement l'indigestion : langouste, crabe, caviar iranien, et Dieu sait quoi encore ! J'ai même entendu dire que Myron avait importé le chef !

Peut-être Carmine n'attendait-il pas la soirée de Myron avec impatience, mais sa femme ne partageait pas son détachement. Quant à Sophia, elle décida de ne pas assister à cette réunion mondaine. Elle n'en donna pas de raison précise, mais Desdemona soupçonnait qu'elle était trop intimidée par le Dr Davenport. Elle semblait être revenue enthousiaste du dîner, mais cela sonnait un peu creux. Beauté patricienne, raffinement, intelligence et distance étaient trop redoutables quand ils se confondaient en une seule personne. Sophia s'était sans doute sentie battue à plate couture.

Vu sa taille, Desdemona ne pouvait se fournir au rayon prêt-à-porter, aussi possédait-elle une garde-robe pour toutes les occasions. Cela épargna à Carmine les crises d'angoisse dans le dressing. Il la trouva éblouissante dans sa robe d'un bleu glacé, qu'elle avait brodée elle-même pour qu'elle ressemble à celle portée par Audrey Hepburn dans *Sabrina.* Elle était si douée qu'autrefois ce talent lui avait valu de confortables revenus. Elle avait même brodé des chasubles de prêtres. Carmine fut aussi ravi qu'elle n'ait pas cherché à se faire plus petite qu'elle n'était : ses sandales argentées possédaient des talons de sept centimètres.

Le premier couple qu'ils virent dans l'ascenseur fut Mawson Macinthosh et sa vaporeuse épouse Angela. Elle abandonnait la politique de Chubb à son mari, explorant d'autres plans de l'existence, allant du yoga à l'astrologie. C'était un bon partenariat : par-delà ce côté floconneux, Angela était dotée d'une mémoire incroyable. Pratique pour le président de Chubb !

— Nous allons donc rencontrer la nouvelle directrice de Cornucopia ! se réjouit Macinthosh.

— Mais, chéri, c'est déjà fait ! intervint Angela. Tu te rappelles sans doute cette soirée caritative, il y a quatre mois ? Elle était avec Gus Purvey. Elle était si belle ! Un Poisson ascendant Scorpion, avec Jupiter en Capricorne.

Son mari grommela et recula pour laisser les dames sortir en premier.

— Vous êtes merveilleuse, Desdemona !

Ils plongèrent tout droit dans la cohue, se dirigeant vers Myron et Erica. Elle était vêtue de gris argenté, qui donnait la même couleur à ses yeux. Carmine nota que ses talons n'étaient guère surélevés. Myron la présenta à Desdemona. Celle-ci la dominant de toute sa hauteur, Erica, plutôt que lever la tête, préféra contempler les bagues de son invitée.

— Elles sont charmantes ! remarqua-t-elle.

— Le diamant, c'est ma bague de fiançailles, et le saphir, c'est pour la naissance de notre fils.

— Vous êtes anglaise ?

— Oui, mais je suis devenue citoyenne américaine, répondit Desdemona, qui sourit et s'éloigna alors que la foule commençait à arriver.

— Que penses-tu de la reine des neiges ? lui demanda Carmine.

— La reine des glaces, oui !

— Bien vu. Elle est capable de meurtre ?

— En affaires, sans aucun doute, à la manière des requins : elle te couperait en deux avant même que tu aies remarqué sa présence. Mais je ne la vois pas se transformer en véritable meurtrière. À moins bien sûr que quelque chose ne l'y ait poussée.

— Elle t'a regardée comme si tu étais un monstre, et elle ne te quitte toujours pas des yeux, bien que nous soyons à l'autre bout de la pièce.

— Je crois qu'en fait c'est à toi qu'elle s'intéresse, Carmine. Elle devait espérer pouvoir te séduire, mais y a renoncé en me voyant ! Elle ne sait pas comment traiter avec les gens extérieurs à son monde, qui est tout petit. Les hommes sont pour elle de pauvres créatures inquiètes qui, par exemple, ne pourraient supporter d'avoir une femme plus grande qu'eux. Si bien qu'elle ne sait plus quoi penser.

Delia survint, extraordinaire en robe à ruchés rose ; Carmine la laissa avec Desdemona et se mit à rôder. Tout le monde était là, apparemment.

Il s'arrêta près de Philip Smith, dont l'épouse était ailleurs.

— Comment avez-vous connu Myron ?

— Il dirige Hardinge's, une banque new-yorkaise avec qui nous traitons souvent. Il s'agit d'une banque d'affaires, elle n'a pas de succursales.

Tu me prends vraiment pour un crétin !

— C'est là qu'il a rencontré le Dr Davenport ?

— Erica, vous voulez dire. Oui, bien sûr : elle dirige le service juridique, toujours impliqué dans nos transactions bancaires.

— Quand a eu lieu cette rencontre ?

— Je n'en sais rien, répondit Smith en haussant les épaules. Demandez-le-leur. À dire vrai, si vous êtes aussi intime avec Myron qu'il le prétend, je suis sidéré que vous ne le sachiez pas. Mais peut-être votre *ami* a-t-il exagéré? C'est un sacré raconteur de galéjades, par moments.

— Demandez-le-lui, proposa Carmine d'un ton affable.

Et va te faire foutre, abruti! songea-t-il en s'éloignant.

Il croisa ensuite le Dr Pauline Denbigh et le Dr Marcus Ceruski, qui faisait provisoirement office de doyen du Dante College. Ils dévoraient des pattes de crabe avec enthousiasme.

— Vous n'êtes pas en deuil, docteur Denbigh? demanda-t-il.

Elle répliqua sans se démonter:

— En noir, j'ai l'air d'une cirrhose en phase terminale, capitaine! Et puis, je mourais d'envie de rencontrer la nouvelle présidente de Cornucopia. Quelle victoire pour les femmes!

— Oui, d'autant plus que la décision a été prise en tenant compte uniquement du mérite. Pourquoi ne pas postuler vous-même à la fonction de doyen de Dante? Ce serait une aussi grande victoire.

— Chubb préférerait accorder le poste à un Martien, à condition qu'il possède un pénis et une cravate d'ancien de la maison! Je postulerai à Lysistrata College quand il sera construit.

— N'est-il pas un peu contradictoire de bâtir un établissement uniquement pour les femmes, et de dire que les facs réservées aux garçons font de la discrimination?

— Nous aurons notre part d'étudiants, j'en suis certaine. La vraie victoire, ce sera une femme à la tête de l'administration. Chubb nous doit bien cela!

— Et si votre mari avait encore été vivant à l'achèvement de Lysistrata?

— J'aurais quand même postulé. Si John avait refusé de me suivre, j'aurais divorcé. Lysistrata n'aura que faire des conventions exigeant des couples mariés. Sottises!

— Que pensez-vous de cet effondrement des vieilles traditions, docteur Ceruski?

Il rougit et parut hésiter.

— Ah, capitaine, ce ne sont pas mes affaires, d'autant plus que tout cela reste très hypothétique!

Carmine leur sourit et s'éloigna. Aurait-elle pu commettre le meurtre? Une idée s'agitait dans sa tête, mais elle devrait attendre lundi.

Il croisa ensuite le doyen Robert Highman et sa femme Nancy. Leurs enfants, parvenus à l'âge adulte, avaient quitté le nid familial et menaient à Paracelsus College une vie idéale.

— J'espère que vous trouverez qui a tué ce malheureux jeune homme, souhaita Mme Highman en sirotant un verre de vin blanc. J'ai invité ses parents à déjeuner – des gens charmants! Que peut-on faire pour apaiser leur chagrin? Essayez au moins de leur rendre le corps le plus vite possible, capitaine! Bob est submergé en ce moment. Je ne sais pas comment cela s'est su, mais toutes les familles de nos étudiants ont entendu parler du piège à ours, et leur faire comprendre que personne d'autre n'est en danger prend un temps fou à mon mari! Je suppose que vous ne nous laisserez pas les informer du chantage d'Evan?

Qui diable avait pu leur parler de cela? Les Pugh?

— Je crains que non, madame Highman, répondit Carmine. Si cela se savait, ça compliquerait considérablement notre enquête.

— Oui, je vois, soupira-t-elle avant d'ajouter d'un ton plus gai: j'ai des informations qui pourraient vous aider.

— Et quoi? demanda Carmine d'un ton circonspect.

— J'étais là-bas, cet après-midi-là. Ce n'est pas le cas, d'ordinaire, car je suis un cours de dessin d'après modèle au Taft Institute. Mais il avait été annulé, notre professeur était malade. Je suis descendue déjeuner assez tard, vers 13 h 15. L'entrée était déserte, mais il y avait quelqu'un, en uniforme brun, qui montait l'escalier des étudiants de deuxième année. Je ne me suis souvenue de lui que ce soir, à cause de cette femme en tabard brun, avec cette tunique scintillante en dessous – vous la voyez ? C'est cet énorme chapeau en forme de crêpe ! L'homme portait sur sa tête quelque chose de brun et de circulaire, c'est pour ça que j'y ai pensé, bien que l'objet soit plus grand que le chapeau. Vous la voyez ? Porter cela à une soirée mondaine ! Il avait des outils à la ceinture, comme un charpentier, c'est pourquoi je n'ai pas fait attention à lui sur le moment.

Carmine s'efforça de surmonter son exaspération.

— Madame, vous avez été interrogée à deux reprises, et vous avez à chaque fois affirmé n'avoir vu personne. Vous n'avez même pas précisé que vous étiez sur place lundi dernier !

— Capitaine, je vous en supplie, ne vous mettez pas en colère ! Je n'ai pas vraiment de mémoire, sauf lorsque quelque chose me frappe, comme ce chapeau hideux, là-bas ! Et alors, hop, ça me revient d'un coup !

— Il était grand ?

— Non, très petit, presque un enfant. Et il boitait, mais je ne pourrais pas dire de quelle jambe. Je suis allée au réfectoire et je l'ai oublié.

— Vous avez vu son visage ?

— Non, je ne l'ai aperçu que de dos.

— Les cheveux ?

— Cachés par le chapeau.

— Et ses mains ? Il était noir ou blanc ?

— Je crois qu'il portait des gants.

Bon Dieu, ce type avait du cran ! Il a choisi une heure où les lieux seraient déserts, alors qu'au même moment le réfectoire servait à déjeuner. Un étudiant aurait pu à tout moment décider d'aller faire un tour dans sa chambre, et croiser un meurtrier de petite taille et boiteux. Et que se serait-il passé? Rien. Rien de plus que ce qu'on attend d'un charpentier, même si celui qui l'avait croisé était Evan Pugh. Mais rien de tel ne s'était produit. Le tueur avait foi en sa chance, et apparemment il avait eu raison. *Quelles surprises m'attendent encore à cette soirée?* se demanda Carmine. *Et d'ailleurs, qui est cette femme au chapeau brun?*

Gus Purvey, Wallace Gierson et Fred Collins discutaient en petit comité, mais Carmine, aux côtés de Desdemona, n'eut aucun mal à percer leur petit cercle. Privé d'Erica, Purvey était venu seul, Collins avec son épouse Cindy. Celle de Grierson, Margaret, paraissait s'ennuyer à mourir. Elle aussi était très grande, et elle accueillit Desdemona avec allégresse. Toutes deux s'éloignèrent et commencèrent à bavarder avec animation.

— Votre femme a une sacrée classe, dit Grierson à Carmine. Elle était dans la police?

— Non, administratrice d'hôpital.

— J'envie les femmes qui font carrière, soupira Candy.

— Tu en as déjà une! aboya Collins. Épouse et mère!

Purvey éclata de rire.

— Tu es aigri d'avoir été coiffé au poteau par Erica, Fred. Mais remets-toi! La course n'est peut-être pas terminée!

— Pour moi, si. Comme pour toi, et pour Phil. Pas pour ce bon vieux Wallace, bien sûr. Lui, il survivra!

— Cela a dû être un sacré choc, lâcha Carmine.

— Quoi donc? demanda Collins.

— Le testament.

— Une insulte! C'était répugnant!

— Quelqu'un d'entre vous s'y attendait?

Grierson fut le seul à répondre.

— Non, même pas Phil Smith, qui était le plus proche de Desmond. Je serais tenté d'y voir un faux, mais le cabinet d'avocats Tombs, Hillyard, Spender & Hunter l'a rédigé, l'a fait signer par Desmond, puis l'a soigneusement conservé dans un coffre. Il nous a été envoyé ici par un coursier, dans un attaché-case qu'il avait menotté au poignet! Bernard Spender l'a ouvert en notre présence. C'est donc un document authentique. J'espérais qu'il expliquerait quelque part pourquoi Erica a été choisie, mais non, rien. Rien que des pages et des pages remplies de détails techniques. De quoi empêcher Anthony Bera de le faire annuler au nom de Philomena.

— Vous ne croyez pas que le Dr Davenport fera une bonne présidente?

— Je crois qu'elle va couler Cornucopia, affirma Grierson. Et je lui proposerai de racheter Dormus quand ça arrivera.

— Combien d'entre vous savaient-ils qu'elle était la maîtresse de M. Skeps? s'enquit Carmine.

Ils en restèrent stupéfaits, et on ne pouvait s'y méprendre : aucun n'était au courant.

Je m'en vais vous planter une autre petite flèche dans le cuir, pensa Carmine.

— Allons, allons! poursuivit-il d'un ton moqueur. Vous devez vous l'être demandé dès la lecture du testament, même si vous n'étiez au courant de rien.

— Moi, j'ai vraiment pensé que Desmond l'avait choisie pour ses capacités, déclara Grierson. Qu'ils aient été amants n'y change rien. Il n'était pas du genre à se laisser influencer par ses émotions.

— Skeps a en effet mis un terme aux services intimes du Dr Davenport voilà quatre mois, et a rédigé son testament deux mois plus tard. Ce qui me fascine, c'est que vous estimez que le Dr Davenport n'est pas au niveau. Qu'est-ce qui vous fait dire ça ?

— Mes tripes ! Erica est un vrai rideau de fumée, une arnaqueuse. Capitaine Delmonico, vous avez de la cervelle, et énormément d'expérience. Elle a fait une brillante carrière, mais n'a jamais rien dirigé, sauf le service juridique de Cornucopia. Elle a une vision très limitée et une calculatrice dans la tête. Elle s'appuyait beaucoup sur Desmond, qui ne s'en rendait pas compte. Mon intuition me dit aussi que diriger un empire commercial ne l'intéresse pas vraiment. Elle veut autre chose. Mais quoi, je n'en sais rien.

— C'est beau, l'intuition, conclut Carmine qui s'éloigna en laissant Desdemona papoter.

Les soirées peuvent être de meilleures sources d'informations que les interrogatoires, songea-t-il. Si Myron n'avait pas donné celle-ci, la femme au chapeau brun n'aurait pas ravivé les souvenirs de Mme Highman, et le conseil d'administration de Cornucopia n'aurait pas forcé sur la gnôle.

Et notre hôtesse commence à flancher, observa Carmine en se dirigeant vers elle. *Elle ne semble pas portée sur les mondanités, au contraire de Myron qui en a besoin pour le boulot.*

— Vous en avez assez ? demanda-t-il en arrivant à la hauteur de la jeune femme.

— Ça se voit ?

— Pas vraiment. Mais vous n'avez apparemment pas le don du bavardage, et aucune envie de l'acquérir.

— Vous pensez que je devrais ?

— Ça dépend. Si vous êtes sincère envers Myron, oui. Il vit dans un monde où c'est indispensable. Où vous êtes-vous rencontrés ?

— À New York, lors d'une réunion du conseil de la banque Hardinge's. Il m'a paru immensément attirant.

— Une femme sur deux pense comme vous. Il a dû vous dire qu'il était marié à mon ex-épouse…

— Oui. Et j'avoue ne pas comprendre comment vous et lui avez pu être liés à la même femme.

— C'est parce que vous ne saurez jamais comment était Sandra à vingt ans ! Un peu comme vous, mais sans votre intelligence. Une adorable écervelée, que tous les hommes se sentaient prêts à protéger. Sophia n'est pas comme sa mère, heureusement.

— C'est tout aussi bien ! J'ai horreur des femmes idiotes ! lança sèchement Erica.

— Vous appréciez donc Sophia.

— Oui. Elle ne méprise pas son visage, mais ne le laissera pas détruire son destin.

— Si je comprends bien, la beauté est pour vous quelque chose d'utile si vous avez le dos au mur, mais sinon un simple fardeau. Sophia est par contre tout à fait à l'aise avec son physique.

— Vous avez le chic pour me mettre en tort ! grommela Erica qui, lui tournant le dos, aperçut deux hôtes tardifs : Philomena ! Tony !

Carmine la vit emmener les deux arrivants auprès de Myron qui, toujours ravi de faire de nouvelles connaissances, les accueillit avec chaleur.

Philomena devait avoir cinq ans de moins qu'Erica, qu'elle éclipsait complètement. Comme Delia, elle portait une robe à ruchés rose, mais la comparaison s'arrêtait là. Elle portait un collier de diamants, en dépit de ce qu'elle avait révélé de l'avarice de Desmond Skeps.

Il y eut certains échanges entre les deux femmes, qui se poursuivirent tandis que Myron emmenait Bera pour le présenter au maire. Si la discussion entre les deux femmes semblait agréable, et leurs sourires sincères, Carmine sentait que leurs paroles n'étaient pas tout douceur et frivolité. Erica paraissait frétiller autour de l'ex-épouse de Skeps comme une jeune mariée devant une belle-mère féroce.

Bera parvint enfin à s'extraire des griffes de Myron et vint à la rescousse de Philomena, qu'il emmena jusqu'à un fauteuil. Il lui trouva une petite table, puis un verre de vin chilien, après quoi il se plaça derrière elle, suivant des yeux Erica Davenport partout où elle allait. Puis Philip Smith arriva, accompagné de sa femme, qui salua Philomena dans toute la gloire de son chapeau brun, ressemblant assez à une crêpe.

Smith ne resta que peu de temps auprès de Mme Skeps. Son épouse aurait voulu s'attarder, mais il l'entraîna en hâte, comme s'il craignait ce qu'elle pourrait dire. Reconnaissant une âme sœur aussi passionnée de mode qu'elle, Delia l'arracha à son mari, et les deux femmes les plus mal fagotées de la salle s'en furent ensemble. Gus Purvey et Fred Collins – ce dernier sans sa femme – vinrent présenter leurs respects. Anthony Bera les accueillit avec raideur, puis se tut pour écouter ce que disait Philomena. Quand Collins, désormais ivre au point de tituber, se mit à s'agiter, l'avocat s'avança et, de toute évidence, demanda à Purvey de l'emmener, ce qu'il fit. Moins d'une minute plus tard, Philomena donna à Bera l'ordre de s'en aller. Comme il protestait, elle eut un mouvement de menton si impérieux que Carmine en fut intrigué. Qui diable voulait-elle voir?

Myron vint alors la rejoindre. Carmine ne put savoir comment elle se débarrassa de lui, mais c'est bien ce qu'elle fit, d'une manière si charmante qu'il lui adressa un sourire plein d'adoration avant de s'éloigner. D'autres personnes s'approchèrent et furent éconduites avec le même charme : le Dr Pauline Denbigh, les MacIntosh… Carmine se rapprocha lentement, regrettant que la salle commence à se vider. Jamais il ne pourrait surprendre ce que disait Philomena Skeps.

Et pour finir arriva celle qu'elle attendait – on ne pouvait s'y tromper. Erica Davenport.

Un serveur passa. Philomena lui enjoignit de débarrasser la petite table derrière laquelle Erica s'assit, en se tournant de côté pour regarder l'ex-femme de Skeps, qui fit de même.

Elles parlaient avec un air de vouloir s'isoler si résolu que plusieurs personnes, se dirigeant vers elles, préférèrent s'éloigner. Peut-être la nouvelle qu'Erica serait tuteur du fils de Philomena s'était-elle répandue dans la salle, et que personne ne voulait interrompre leurs négociations. Ce qui expliquait la venue de Philomena : une rencontre en terrain neutre. Erica ne serait jamais allée au cap Code.

Anthony Bera observait les deux femmes avec une intensité presque douloureuse, tout en répondant d'un air absent aux questions que lui posait Wallace Grierson. Puis Phil Smith et le chapeau brun survinrent, empêchant l'avocat de voir le fauteuil de Philomena, et il renonça.

Les discussions durèrent une bonne demi-heure, à l'issue de laquelle Erica paraissait fatiguée, et Philomena plus belle que jamais. Puis le Dr Davenport se leva, se pencha pour embrasser Mme Skeps sur le front, et s'en fut rejoindre Myron.

— Je suis épuisée, souffla Desdemona en enlevant ses chaussures dès qu'ils furent dans la voiture.

— Moi aussi. Tu étais merveilleuse, ce soir.

— C'est vrai ?

— Tout à fait. D'après toi, qu'est-ce que Myron éprouve en ce moment ?

— Bonne question, s'interrogea-t-elle en fronçant les sourcils. Il est très, très amoureux – tu as remarqué le bracelet de diamants ? –, mais il doit commencer à se rendre compte que sa chère Erica n'aime guère les soirées. Sandra lui convenait sans doute mieux, de ce point de vue.

La Fairlane démarra et descendit South Green Street, parfaitement déserte.

— J'ai découvert qu'il n'avait pas encore déposé sa demande de divorce, déclara Carmine.

— Ah, il n'a pas encore renoncé à sa dernière ligne de défense !

— Il semblerait bien, en effet.

Desdemona vint se blottir contre lui.

— Tu as vu cette femme avec cet horrible chapeau brun ?

7

Véritable institution, le juge Douglas Wilfred Thwaites présidait le tribunal de district d'Holloman. Il avait suivi des études de droit à l'université de Chubb et c'était un Yankee à l'ancienne, qui ne pouvait imaginer vivre ou pratiquer ailleurs. Il possédait une maison merveilleuse sur Basquah Point; depuis laquelle il pouvait assouvir sa passion pour la navigation. Sa femme le trouvait merveilleusement drôle, et ses deux enfants, âgés d'une vingtaine d'années, étaient partis faire des études en Californie pour échapper à sa tyrannie. Pour le juge, ils auraient aussi bien pu partir pour la planète Mars.

L'agent spécial Kelly avait eu tort de le qualifier d'excentrique. Doug Thwaites se flattait d'être parfaitement impartial, ce qui était vrai – à condition, bien sûr, qu'il n'ait pas déjà formé ses conclusions sur quelqu'un. Carmine savait tout cela, mais il était prêt à se battre pied à pied quand, le lundi 10 avril dans la matinée, il fit son apparition au tribunal. Il lui fallait un mandat pour perquisitionner le logement du Dr Pauline Denbigh avant que le Dante College ne demande poliment à celle-ci de quitter les lieux, et il redoutait de se heurter à une vive opposition.

— Accordé ! aboya le juge alors que Carmine n'en était encore qu'au préambule. Cette femme est capable de tout !

Ah ah ! La soirée de Myron ! Le juge et sa femme y étaient, bien sûr, comme Pauline Denbigh. Ils avaient dû se croiser. Et elle ignorait sans doute que le vieux Doug haïssait les féministes avec passion. Il croyait fermement qu'il fallait réparer les torts infligés aux femmes, mais il détestait les excentricités – brûler les soutiens-gorge, envahir les dortoirs masculins – de la partie la plus activiste du mouvement. Pour lui, il y avait à mener une bataille législative, que de telles sottises compromettaient.

Carmine repartit donc aussi vite qu'il était venu, regrettant amèrement de n'avoir pas été témoin de ce choc de titans. Il faudrait qu'il téléphone à Dorothy Thwaites pour lui demander quelques détails. Mais, en attendant, il tenait son mandat.

Escorté de ses adjoints et de quatre flics en uniforme qui tiendraient les curieux à distance, il frappa à la porte du Dr Denbigh.

— Entrez, dit une voix langoureuse.

— Docteur Pauline Denbigh ? demanda-t-il, mandat en main.

— Vous le savez bien ! répliqua-t-elle sèchement.

— Veuillez quitter ces lieux et l'appartement du doyen sur-le-champ. J'ai un mandat pour les perquisitionner.

Elle blêmit.

— C'est un scandale ! siffla-t-elle. Je contesterai votre mandat.

— Vous en avez le droit, mais uniquement après la perquisition. Disposez-vous d'un endroit où vous rendre ?

— La petite salle commune. Je veux mes cigarettes, mon briquet, mes papiers, mon livre et un stylo.

— Accordé, du moment que vous me laissez les examiner d'abord.

— Bande de mufles !

Une fois ses affaires rassemblées, elle fut escortée jusqu'à la salle commune et s'y installa, sous l'œil vigilant d'un policier, tandis que Carmine, Abe et Corey s'attaquaient à son cabinet de travail.

Il leur fallut ouvrir chaque livre et en secouer les pages, une tâche colossale. Ils cognèrent du doigt les murs derrière les rayonnages, tandis qu'Abe, qui avait l'art de découvrir les cachettes, faisait de même pour les lambris et le parquet. Mais ils ne trouvèrent rien. Au bout de deux heures, Carmine décida de mettre un terme aux recherches dans cette pièce.

— Elle cache quelque chose, j'en suis sûr, déclara-t-il comme ils entraient dans l'appartement du doyen. Continuons.

Dans la chambre à coucher, un placard abritait une petite machine à coudre électrique.

— On chauffe ! s'exclama Carmine en souriant. Où se trouve le panier à couture ?

Mais celui-ci ne contenait rien de compromettant : des éléments d'un corsage, une jupe à pinces… Manifestement, le Dr Denbigh aimait coudre et taillait certains de ses vêtements.

Abe repéra le placard dans le mur de la cuisine. La porte, montée sur ressort, s'ouvrait en appuyant dessus. À l'intérieur, un gros tuyau en U, avec un collecteur à la base.

— Je ne crois pas qu'il soit relié à quoi que ce soit, déclara Carmine. Le Dante College est assez vieux pour qu'on y ait refait la plomberie.

Il s'en fut trouver le Dr Marcus Ceruski tandis que Corey prenait des photos.

— Vous serez notre témoin, monsieur, annonça-t-il.

— Je ne suis au courant de rien ! protesta Ceruski.

— C'est bien pourquoi je fais appel à vous. Vous nous regarderez enlever tout ce qui peut se trouver dans le placard secret, d'accord ?

Un sac de tissu noir reposait sur le coude du tuyau. Les mains gantées, Carmine le sortit du placard et le posa sur le plan de travail, puis l'ouvrit et le retourna d'un geste rapide. Il y eut de nouveaux éclairs de flash avant qu'il en examine le contenu.

— Si elle a laissé ses empreintes dessus, elle est cuite, se réjouit Corey.

— Elles y seront ! répliqua Carmine.

Il y avait là une boîte du thé au jasmin de feu le doyen, un rouleau de papier rose vif où un texte était imprimé en caractères Art nouveau, un rouleau de cette gaze fine dont on fait les sachets à thé, de la ficelle très mince se terminant par une étiquette portant le nom d'une marque, un écheveau de fil, et un flacon en verre contenant du cyanure de potassium.

Carmine fit sortir le Dr Ceruski.

— Pas un mot de tout cela ! Si la défense prétend que nous avons déposé ces preuves ici, vous serez appelé à la barre, mais uniquement dans ce cas.

— Elle a fait elle-même les sachets de thé et les sacs en papier les contenant, siffla Corey, impressionné. Mais où diable a-t-elle eu le papier, la gaze, les étiquettes ?

— Chez le fournisseur, répondit Abe. À New York, dans le Queens. C'est marqué dessus !

— Renseigne-toi auprès de lui pour voir comment elle les a récupérés, lui demanda son supérieur. Je crois qu'elle les a volés. Un petit voyage dans le Queens, tard le soir, a dû suffire. Le cyanure, par contre, ça a dû être plus difficile.

— Elle a de la ressource ! lança l'adjoint. Un labo de chimie ?

— Impossible ! C'est un poison, il doit être gardé sous clé.

— Tu parles ! grommela Corey. On connaît ces gars-là, Carmine. Ils ont la tête en l'air, oublient de fermer le coffre…

— C'est faux ! s'exclama Abe. J'en connais des vraiment sérieux !

Ils sont heureux, se dit Carmine, qui n'écoutait qu'à moitié. *Un nouveau meurtre de résolu. Plus que dix.*

Il ne revit la meurtrière qu'en fin d'après-midi, quand il entra dans une salle réservée aux interrogatoires.

— Vous connaissez vos droits constitutionnels ? demanda-t-il.

— Oui, parfaitement.

Elle paraissait calme et très élégante. Une femme flic lui avait trouvé les vêtements qu'elle voulait et les lui avait apportés en même temps que son nécessaire à maquillage : ses yeux de lionne étaient soulignés de mascara. Carmine la savait frigide parce qu'elle le lui avait avoué, mais peu d'hommes s'en seraient doutés à la regarder.

— Voulez-vous qu'un avocat soit présent ?

— Pas encore, répondit-elle en désignant sa gardienne d'un geste irrité : faut-il vraiment que cette pauvre fille soit là ? Je préférerais vous parler en privé.

— Désolé, madame. Elle doit veiller à ce que je ne fasse rien de fâcheux.

Il s'assit et mit le magnétophone en marche.

— Nous avons trouvé votre cachette dans un placard dissimulé de la cuisine, docteur Denbigh.

Elle écarquilla les yeux.

— Une cachette ? Un placard ? Je ne sais rien de tout cela.

— Vos empreintes digitales montrent le contraire, madame. Elles sont partout, sur les objets contenus dans le sac, sur le tuyau, sur la porte.

Sans cesser de lutter, elle préféra changer de tactique.

— Une fois que le jury aura entendu mon histoire, je doute qu'il condamnera mon action, capitaine.

— Vous voulez un jury ? Cela veut dire que vous plaiderez non coupable, alors que vous venez pratiquement d'avouer.

— Je n'ai pas avoué un *meurtre* ! C'était de la légitime défense.

— Docteur Denbigh, c'était un meurtre avec préméditation ! Soigneusement planifié et exécuté.

— Ineptie ! lança-t-elle d'un ton méprisant. Craindre pour sa propre vie engendre chez les gens des réactions différentes, parce que tout le monde est différent. Si j'avais été une ménagère battue, j'aurais choisi un marteau ou une hache. Mais je suis professeur associé de Chubb University, où mon mari est doyen. J'espérais naturellement que la part que j'ai prise à sa mort ne serait pas découverte, mais cela ne fait pas de moi une meurtrière de sang-froid. Je craignais chaque jour pour ma vie parce que j'étais la seule à connaître ses activités sexuelles. Ce que je vous ai dit après sa mort était exact, capitaine, mais je n'ai pas évoqué les détails sordides, ni ses six – je dis bien six ! – tentatives de me tuer. Un accident de voiture, un accident de ski, trois empoisonnements, et un accident de chasse pendant que nous étions dans le Maine à chasser le cerf !

Carmine la contempla, fasciné, et remercia le ciel que tous les meurtriers n'aient pas une telle intelligence, ni surtout une telle beauté.

— J'espère que vous pourrez fournir des preuves de ce que vous avancez, lui conseilla-t-il.

— Des témoins, certainement !

— Et qu'est-ce qui vous a décidée à vous *défendre* en plaçant une dose de cyanure dans un sachet de thé ?

— Le cyanure, précisément. Je l'ai trouvé sur un rayonnage de la salle commune des étudiants de première année. Je cherchais un de mes livres que l'un d'eux m'avait emprunté – sans bien sûr m'en demander la permission ! Je savais de qui il s'agissait parce qu'il n'y a guère d'étudiants de première année qui s'intéressent à Rilke. J'ai dissimulé le cyanure, bien sûr, c'était trop dangereux. Ensuite, je me suis dit que j'avais trouvé le moyen idéal de faire disparaître John de ma vie, une fois pour toutes, pourvu que je trouve un moyen de m'y prendre sans mettre personne d'autre en danger. D'où le thé au jasmin, qu'il buvait lors de ses sessions idiotes.

— Vous n'expliquez guère en quoi votre mari vous menaçait, madame.

— Ici ? Maintenant ? Pourquoi en prendre la peine ? Je me défendrai au tribunal. Me Anthony Bera assurera ma défense. Et c'est tout ce que j'ai à dire avant qu'il arrive. Vous savez au moins quel sera mon système de défense.

Carmine arrêta le magnétophone.

— Je vous remercie de votre franchise, docteur Denbigh, mais je dois vous prévenir que l'accusation cherchera à démontrer le meurtre et réclamera la peine maximale.

— Elle a des chances de passer à travers ? demanda-t-il à Silvestri quelques minutes plus tard. Elle est fichtrement intelligente !

— Tout dépendra de la manière dont Bera choisira le jury, répondit le commissaire en mâchonnant son éternel cigare. Il exigera que l'affaire soit jugée dans une autre juridiction, je ne sais pas si ça marchera. C'est vrai qu'il est toujours difficile d'obtenir la condamnation d'une jolie femme. Peu importe : tu as résolu le meurtre du doyen.

— Je crains que les dix autres ne soient moins faciles.

— Tu penses toujours à un tueur unique?

— Plus que jamais, rétorqua Carmine en fronçant les sourcils : maudite soit cette femme ! Son histoire idiote de légitime défense m'a tellement pris de court que je n'ai pas pensé à lui poser la seule question qui m'intéressait !

— Alors, retourne la voir.

— En présence de Bera? Il lui dira de ne pas répondre.

— L'audition relative à la mise en liberté sous caution aura lieu dans une heure, capitaine, lui annonça Bera le lendemain matin. Aussi le Dr Denbigh ne peut-elle vous accorder beaucoup de temps.

— J'en suis conscient, maître, répondit Carmine, qui s'assit et mit le magnétophone en marche. Comment allez-vous, docteur Denbigh?

— Bien, merci.

— J'ai une question à vous poser, madame. Elle ne concerne pas directement votre affaire ou votre défense, mais elle est très importante pour l'élucidation de dix autres meurtres.

— Ma cliente n'a pas commis de meurtre, objecta Bera.

— De dix meurtres, alors, rectifia Carmine en ravalant sa colère.

— Posez votre question, capitaine Delmonico, dit l'avocat.

— Y avait-il une raison pour que vous choisissiez de défendre votre vie en mettant un terme à celle de votre époux précisément le lundi 3 avril?

Tête penchée, Bera réfléchit, tandis que Pauline Denbigh le regardait fixement.

— Ma cliente avait une raison, finit-il par dire.

Carmine secoua la tête, exaspéré.

— J'aurais besoin d'explications plus précises !

— Vous ne les aurez pas, capitaine.

— Je recommence. Quelle que puisse avoir été votre raison, docteur Denbigh, était-elle liée à… disons une rumeur que vous auriez entendue, et qui disait que d'autres morts pourraient survenir ?

— Balivernes ! lança Bera d'un ton dédaigneux.

— Alors, était-ce une simple coïncidence si votre décision d'agir le lundi 3 avril fut prise le jour même où il y eut onze meurtres à Holloman ?

— Oh, s'exclama-t-elle, ignorant les grimaces de Bera, je vois ce que vous voulez dire ! Ma raison de choisir ce jour sera révélée au tribunal, capitaine, mais elle n'avait rien à voir avec les autres meurtres. Simple coïncidence due au hasard.

Carmine eut un soupir de soulagement.

— Merci, madame ! Je ne peux vous aider, mais vous, vous m'avez aidé ! Qui savait que vous aviez peur de votre mari et craigniez pour votre vie ?

— Si vous répondez à cela, madame Denbigh, je ne pourrai plus vous aider, la prévint Bera d'un ton de mauvais augure.

Elle eut un sourire un peu contraint à l'adresse de Carmine.

— Je suis entre les mains de mon avocat, capitaine. Répondre à votre question porterait tort à ma défense, je le vois bien.

Ce qui, se dit Carmine en sortant de la pièce, *était un habile moyen de me dire que oui, elle s'était confiée à au moins une autre personne. Probablement une femme.* Il ne lui restait plus qu'à trouver qui était sa meilleure amie.

Il attendit dehors que Bera sorte.

— Vous devriez pouvoir la faire acquitter sans problème, remarqua-t-il d'un ton affable.

— Je le crois.

— Comment peut-elle s'offrir vos services, maître ? Chubb n'est pas connu pour verser de gros salaires aux femmes qui y enseignent.

— J'agis *pro bono.*

Tiens ! pensa Carmine. *Et pourquoi ? Il va falloir que je retourne au cap Code et discute un peu avec Philomena Skeps. Elle ressemble de plus en plus à une araignée au milieu de sa toile.*

Il convoqua une petite réunion dans son bureau : Abe et Corey, Delia et Patrick.

— Bon, nous sommes descendus à dix, expliqua-t-il sans dissimuler sa satisfaction. On peut oublier les trois Noirs pour le moment, l'affaire est insoluble en l'état. Mais leurs meurtres ont été commandités, aucun doute là-dessus. On peut également oublier Beatrice Egmont pour l'instant. Ce qui nous en laisse cinq autres : Bianca Tolano, Dee Dee Hall, Peter Norton, Cathy Cartwright, Evan Pugh et Desmond Skeps. C'est de là que nous allons partir. Tout ce dont nous disposons montre que le viol et le meurtre de Bianca Tolano ont l'air de sortir d'un manuel. Commandités, certes, mais on n'achète pas les services d'un maniaque sexuel : l'argent ne l'intéresse pas. C'est donc quelqu'un d'ici. Le cerveau a découvert quels étaient ses fantasmes, l'a pris en main et éduqué. Si nous ne lui mettons pas la main dessus, il tuera de nouveau, maintenant qu'il y a pris goût.

— Comment savoir où chercher? questionna Patrick. C'était notre gros problème avec le Fantôme : l'anonymat. C'est pareil ici. Pourquoi appelles-tu le tueur un « cerveau » ?

— Je n'aime pas ça, répondit Carmine, c'est simplement pratique. Ou alors on fait comme le FBI, on lui donne un nom de code. Einstein? Moriarty? Non, on s'en tient à ce qu'on a. Rappelle-nous ce qui concerne le meurtre de Bianca.

— Le corps était nu, les poignets et les chevilles liés avec du fil de fer. Elle a été consciente tout du long, sauf pendant des moments d'asphyxie provoqués par un collant noué autour du cou. Vingt-neuf brûlures de cigarette, dix-sept entailles au couteau, surtout sur les seins et dans la région pubienne. Viols multiples, sans qu'on ait retrouvé de sperme. La mort a été provoquée par une bouteille cassée enfoncée dans le sexe. Elle s'est vidée de son sang. C'est une affaire qui ressemble exactement à un passage d'un livre sur les perversions sexuelles bien connu des étudiants en psychologie.

— Paru il y a combien de temps? s'enquit Delia.

— Une dizaine d'années. Il avait provoqué bien du scandale, on le jugeait trop accessible aux amateurs de frissons.

— Merci, Patsy, intervint Carmine. Nous connaissons ce type, je veux dire que nous l'avons déjà vu, peut-être même interrogé. Il est de petite taille, d'allure quelconque, mais je ne sais pas quel peut être son âge.

— On va à Cornucopia, proposa aussitôt Abe, et on commence par le secrétaire du Dr Davenport.

— Pourquoi dis-tu ça? demanda Corey, n'oubliant pas la course au grade de lieutenant.

— Je trouve juste que ce gars colle bien, répliqua son collègue.

— Qu'est-ce que ce malade peut faire comme boulot ? s'interrogea Delia.

— Avec les maniaques sexuels, c'est toujours un mystère. Mais, dans ce cas précis, je dirais qu'il est plus habitué à recevoir des ordres qu'à en donner. Sinon, le cerveau n'aurait pas pu le manipuler.

Ils retournèrent dans le building de Cornucopia et commencèrent par Richard Oakes, le secrétaire d'Erica Davenport, qui en fut scandalisée. Mais elle ne put empêcher Abe et Corey de soumettre le jeune homme à un interrogatoire qui dura des heures. Il en sortit en larmes, tremblant comme une feuille, et accablé d'une telle migraine qu'elle appela une ambulance qui le conduisit à l'hôpital.

— Je vous poursuivrai en justice pour cela ! hurla-t-elle à l'adresse de Carmine.

— Ne vous gênez pas ! riposta-t-il d'un ton méprisant. C'est une petite nature, voilà tout. Mais je sais à présent qu'il n'est pas responsable du meurtre de Bianca Tolano.

— Et qu'est-ce qui vous faisait croire le contraire ?

— Cela ne vous regarde pas, docteur Davenport, mais je dois vous informer que j'interrogerai d'autres hommes à Cornucopia, comme dans divers endroits d'Holloman, y compris Chubb University.

Elle eut un cri de colère et repartit en toute hâte dans son bureau.

Je commence à comprendre pourquoi Wallace Grierson estime qu'elle coulera l'entreprise, songea Carmine.

Au contraire de son prédécesseur, Michael Donald Sykes subit son interrogatoire avec aplomb et une bonne humeur proche de l'euphorie. Qu'on puisse le suspecter d'un meurtre sexuel le remplissait d'allégresse. Abe et Corey, épuisés par ses commentaires, finirent par le mettre dehors. Il semblait très content de lui et lança à Carmine, en le croisant :

— Il y a quelqu'un au service comptabilité que vous devriez interroger. Ah, que c'était agréable ! Quand je pense qu'il y a une semaine, j'ai eu si peur en vous voyant arriver ! Mais plus maintenant, plus maintenant !

— Qui, au service comptabilité ? l'interrompit Carmine.

— Je ne sais pas quel est son nom, mais vous ne pouvez vous y tromper, capitaine : tout petit, très maigre, et qui boite.

Carmine saisit Abe et Corey par le bras et les poussa vers l'ascenseur.

— À quel étage, la comptabilité ?

— Dix-neuvième, vingtième et vingt et unième, détailla Corey.

Lequel des trois ? se demanda son supérieur.

— Vingt et unième ! décida-t-il. On fera ceux d'en dessous ensuite !

— Bon Dieu ! s'exclama Abe, comprenant d'un coup. Le charpentier de Mme Highman !

Mais l'individu correspondant au signalement n'était pas là, et les rares personnes qu'ils croisèrent, si elles semblaient l'avoir vu, ne savaient pas où.

— Quelle bande d'idiots ! s'écria Corey. Nul ne remarque jamais la piétaille !

C'était trop beau pour être vrai ! se dit Carmine. Ils descendirent au vingtième étage, où régnait la panique. Deux infirmiers portant une civière sortirent d'un autre ascenseur et, entourés d'une demi-douzaine de personnes, se dirigèrent vers une salle immense, divisée en box. Montrant leurs insignes, les trois hommes les suivirent.

Trop tard, bien sûr. Un corps frêle était affalé sur un bureau, mort, comme Carmine s'en assura tandis qu'Abe et Corey tenaient le personnel à distance.

— Ne touchez à rien, les gars, lança-t-il aux infirmiers. Il doit être remis au légiste.

L'endroit fut interdit d'accès en quelques minutes. Patrick et son équipe survinrent presque aussitôt. Le médecin avait l'air sombre, mais ne dit rien avant d'avoir procédé à un examen préliminaire.

— Encore le cyanure ! expliqua-t-il à Carmine. Je me demande si le flacon trouvé chez le Dr Denbigh n'a pas voyagé !

— Est-ce qu'il pourrait être l'ouvrier aperçu par Mme Highman ?

— Sans aucun doute, à moins qu'il n'y ait à Holloman deux inconnus d'un mètre soixante avec la jambe gauche beaucoup plus courte que l'autre ! Il avait une talonnette dans la chaussure, mais ça ne suffisait pas pour faire disparaître la boiterie, tout en estompant les douleurs lombaires. Je ne saurai si c'est congénital ou acquis que lorsqu'il sera sur la table d'autopsie.

— Je crois qu'Erica Davenport est notre cerveau, déclara Abe comme ils repartaient en voiture vers les services du comté.

— Moi aussi ! s'écria Corey.

— Pas forcément, les contra d'un air sombre Carmine, installé sur le siège arrière. Lorsque nous avons commencé à interroger les hommes de petite taille et d'allure quelconque, ça a dû se savoir. Mme Highman n'est pas quelqu'un de discret. Comme d'ailleurs Dotty Thwaites, Simonetta Marciano ou Angela MacIntosh ! Vous avez remarqué le nombre de femmes dans cette affaire ? Suspectes, victimes, témoins… Partout ! Je n'en connais que deux qui puissent rester discrètes : l'une est ma femme, l'autre ma secrétaire !

Arrivés aux services du comté, les trois hommes se séparèrent : Abe et Corey partirent examiner l'appartement du mort, tandis que Carmine, l'air féroce, se dirigeait vers la salle d'autopsie, sans remarquer que ceux qu'il croisait s'enfuyaient aussitôt.

Le corps était déjà étendu, nu, sur la table d'autopsie.

— Joshua Butler, célibataire, trente-cinq ans, commença Patsy. C'était l'une de ces malheureuses victimes d'un syndrome de l'hypophyse empêchant la maturité hormonale. Les testicules ne sont pas descendus, il n'avait pas de poils pubiens, et son pénis est celui d'un petit garçon impubère. Je doute qu'il ait pu avoir des érections, et encore moins éjaculer. Donc, s'il est bien le meurtrier de Bianca Tolano, il l'a violée avec un objet quelconque, sans doute la bouteille avant qu'il ne la brise. La jambe plus courte, c'est l'effet d'une fracture mal remise quand il était enfant. Pour ce qui est de sa mort, je n'ai pas changé d'avis : c'est le cyanure.

Carmine soupira.

— Jamais il n'aurait pu installer ce piège à ours dans le placard d'Evan Pugh. Il devait faire à peine quarante-cinq kilos tout mouillé !

— C'est exact, répondit Patrick, impatient de se remettre à la tâche : ce n'était pas tous les jours qu'il pouvait examiner un tel corps.

Il y a donc quelque part, songea Carmine en s'en allant, *un artiste extrêmement doué, capable de jouer le rôle d'un nabot comme Joshua Butler, mais aussi d'allumer en lui un feu assez puissant pour le conduire au meurtre.*

Patsy appela moins de cinq minutes plus tard.

— Carmine, c'est bien le cyanure, mais je ne pense pas que ce soit un meurtre. J'ai trouvé entre ses dents des fragments de capsule de plastique très fin. A priori, il s'est suicidé.

— Comme Goebbels! soupira Carmine.

— Ne vous laissez pas abattre! le réconforta Delia. Au moins, vous progressez! Le meurtre de Bianca Tolano est élucidé.

— Ça montre simplement que si on retourne assez de pierres, on trouvera des choses horribles, grommela-t-il.

— Rentrez chez vous! lui conseilla sa secrétaire d'un ton sévère. Vous avez besoin d'une bonne dose de Julian!

La dose en question fit son effet, mais il fut réduit en poussière par l'apparition de Myron, l'air si furieux qu'il paraissait prêt à se battre. Carmine le regarda en éclatant de rire.

— Myron, te voilà! s'esclaffa-t-il en lui passant le bras sur l'épaule pour le faire entrer. Prends un verre et dis-moi ce qui te tourmente.

— Toi! Et la façon dont tu persécutes Erica! Voilà ce qui me tourmente! Pourquoi t'en prends-tu à elle?

— Qu'est-ce que tu racontes, Myron?

Ah, les femmes! pensa Carmine. *Pourquoi certaines d'entre elles parviennent-elles toujours à convaincre un malheureux crétin de mener bataille en leur nom?*

— Elle ne peut avoir le beurre et l'argent du beurre, expliqua-t-il. Cornucopia est en pleine tourmente, et désormais, c'est elle la patronne. Tu es homme d'affaires, tu sais qu'un tel pouvoir a un prix. Si Erica ne peut pas le supporter, elle devrait aller voir ailleurs.

La fureur de son ami disparut instantanément. Il était incapable de se fâcher avec un être cher, surtout quand sa propre position était intenable.

— Comment ai-je pu me retrouver au milieu de tout ça? geignit-il. Je l'aime et je ne supporte pas de la voir pourchassée. Elle m'a fait promettre de faire en sorte que tu la lâches un peu. Mais je ne peux pas !

Carmine lui tendit un verre de scotch.

— T'est-il venu à l'idée qu'Erica angoisse à l'idée de se voir confier Cornucopia ? Elle ne s'y attendait pas, et elle a peur de ne pas être à la hauteur.

— Il y a de ça, reconnut Myron.

— Elle te fait confiance, explique-lui qu'il faut qu'elle se détende. Les grandes sociétés ainsi que les gouvernements ont tendance à se gérer tout seuls. Les problèmes commencent quand les gens veulent tout changer, tu le sais. Cornucopia fonctionne comme ça depuis des années, elle devrait laisser faire.

— Myron, tu manges avec nous ? intervint Desdemona. Des côtelettes, à foison !

— J'aimerais bien, soupira-t-il, mais je dois retourner auprès d'Erica.

Il vida son verre, se leva et les regarda d'un air accablé.

— Je voudrais que les choses se passent comme avant, mais ce n'est pas possible, hein ?

— C'est la vie, répondit Desdemona en riant. Ouh, que c'est ringard ! Ne t'inquiète pas, Myron. Tout finira par s'arranger.

Elle n'en pensait pas un mot.

— En fait, ça ne s'arrangera pas, confia-t-elle plus tard à Carmine, après qu'ils eurent dévoré plusieurs côtelettes. Si seulement je pouvais trouver cette femme sympathique ! Elle est si cassante, et si froide. Elle va briser le cœur de ce pauvre Myron.

— Peut-être pas, répliqua Carmine avec cet optimisme qu'on éprouve toujours une fois l'estomac plein. Je crois qu'il est fasciné par ce que nous n'aimons pas chez elle. Il a cinquante ans, chérie, et il est prêt à succomber. Erica représente une phase de transition.

— Tu le crois vraiment?

— Tout à fait.

— Le hachis parmentier suffira, avec le reste des côtelettes? demanda-t-elle de but en blanc. J'en ai fait un gros, parce que Sophia a invité deux amies qui passeront la nuit avec elle.

Carmine s'irrita aussitôt.

— Il est temps que j'aie une petite discussion avec ma fille.

C'est à ce moment précis que la jeune fille fit son apparition, blême, les yeux écarquillés.

— Papa! s'écria-t-elle en se dirigeant vers lui. Quelqu'un m'a enfermée dans la remise du labo de physique!

Carmine la regarda avec attention. Ses cheveux étaient en désordre, et sa peur réelle.

— Qu'est-ce qui s'est passé, chérie? s'enquit-il.

— Personne ne la ferme jamais à clé, cette porte, expliqua Sophia en frissonnant et se serrant contre lui. J'ai entendu quelqu'un marcher dans le labo, et quelque chose est tombé par terre. Je ne sais pas pourquoi, papa, mais j'ai pensé que c'était à moi qu'il en voulait! J'étais chargée du rangement, tout le monde savait que j'étais dans la remise. Au début, j'ai cru que c'était une farce, et puis j'ai entendu à nouveau marcher et j'ai eu la trouille!

Carmine sentit son estomac se crisper.

— Combien de temps es-tu restée enfermée?

— Près de cinq minutes. J'étais sûre qu'il allait ouvrir la porte et m'attaquer dès que le lycée se serait vidé, alors je suis sortie par la lucarne. J'ai rampé jusqu'à la cheminée à l'autre extrémité du toit. Il faisait encore jour, et je l'ai vu : un homme de petite taille, qui boitait. J'ai essayé de ne pas faire de bruit en descendant jusqu'au sol, puis j'ai attendu qu'il soit de l'autre côté et j'ai couru.

Stupéfiant! songea Carmine. *C'est bien ma fille! Elle est morte de trouille, et pourtant elle me fait un compte-rendu parfait.*

— Et puis tu es allée jusqu'à ta voiture et tu es revenue ici?

— Papa! lança-t-elle d'un ton excédé. Je serais rentrée depuis bien longtemps! Non, il avait dû ouvrir la porte de la remise et voir qu'il n'y avait plus personne. J'ai couru et plongé dans un massif de fleurs juste au moment où il se dirigeait vers ma voiture. C'est comme ça que j'ai su qu'il me cherchait, moi, et pas quelqu'un d'autre! J'ai attendu jusqu'à ce que la nuit tombe, puis je suis allée jusqu'à la route et j'ai hélé un taxi. J'ai bien regardé avant de monter: le chauffeur était noir, donc je savais que ce n'était pas le type qui me poursuivait. C'est ce taxi qui m'a ramenée ici, mais je n'avais pas d'argent sur moi, et le prix de la course est monstrueux! Tu peux aller le payer?

Desdemona s'en fut, portefeuille à la main, tandis que Carmine conduisait sa fille dans le séjour et lui offrait un verre de vin rouge.

— Tu t'es bien débrouillée, ma fille! la félicita-t-il, plein d'orgueil.

Il lui prépara son repas puis la mit au lit après lui avoir donné un sédatif. Une fois retombée son excitation à l'idée de s'être échappée par ses propres moyens, elle risquait de faire des cauchemars.

De retour dans le séjour, Carmine s'assit et se mit à trembler en se tordant les mains.

— Le salaud! Le foutu salaud! cracha-t-il en regardant Desdemona, dents serrées. Pourquoi ne pas venir me trouver? Pourquoi s'en prendre à une gamine de seize ans, bon Dieu! Je lui arracherai la tête!

Sa femme s'approcha et lui caressa le visage.

— Allons, Carmine, tu ne le penses pas. Tu veux une condamnation à vie, sans possibilité de sortie ? Tu es sûr que c'est ton meurtrier ?

— Un petit boiteux, c'est forcément ça ! Mais pourquoi Sophia ? Il l'a prise pour cible au lycée, il avait donc préparé son coup dans les moindres détails. On aurait retrouvé son corps demain, sans doute battue à mort si ce qu'il a laissé tomber sur le sol était une batte de base-ball, le meilleur gourdin jamais inventé. Mais il n'avait pas compté avec la présence d'esprit de Sophia.

— Et le fait qu'elle a hérité de tes instincts ! approuva Desdemona. Quelqu'un d'autre aurait cru avoir été enfermé par erreur, ou par plaisanterie, mais elle a su tout de suite qu'elle était en danger.

— Elle a de la ressource, hein ? constata Carmine avec un faible sourire.

— Oui, et je crois qu'il n'y a pas de souci à se faire pour elle. Jamais elle ne sera une victime de l'existence.

Carmine se sentit tout d'un coup très vieux.

— Desdemona, je ne crois pas que je pourrai faire un petit frère ou une petite sœur à Julian ce soir.

— Alors, ce sera pour demain, répondit-elle gaiement. Maintenant, oublions les règles et buvons un verre avant d'aller dormir. Un bon cognac te fera du bien.

— Il faudra que je place un flic au lycée pour garder l'œil sur notre fille, ajouta-t-il en réchauffant le verre dans sa main. Une surveillance discrète, bien sûr. Et demain, tu parleras à Sophia pour la persuader de ne relater cette histoire à personne, Myron compris.

— Myron compris ?

— On ne peut pas se fier à lui, il pourrait le raconter à Erica, et ensuite… Dis bien à Sophia qu'elle ne doit jamais demeurer seule, être toujours dans un groupe et quitter le lycée avec tous les autres. Quant à cette fichue voiture que Myron lui a offerte, elle restera au garage! Elle pourra toujours conduire la vieille Mercury de ma mère.

— C'est comme du temps du Fantôme, remarqua Desdemona en frissonnant.

— Oui. C'est bien pourquoi, si tu lui parles franchement sans y aller trop fort, elle ne rechignera pas.

Apprendre ce qui était arrivé à Sophia remua profondément John Silvestri, dont la fille, Maria, avait été férocement rouée de coups, quelques années auparavant, en guise de vengeance envers son père. La jeune fille s'en était remise, s'était mariée et vivait à présent sa vie. Son agresseur avait été condamné à trente ans de prison, dont vingt incompressibles. C'est pour cette raison que Carmine raconta l'épisode au commissaire en privé : personne d'autre ne devait voir Silvestri pleurer.

— C'est horrible, horrible! s'écria-t-il en s'essuyant les yeux. Il faut que nous mettions la main sur ce fumier, Carmine! Demande tout ce que tu veux, tu l'auras!

— Je sais bien que ça n'a rien de sûr, répliqua Carmine, mais je crois qu'on l'a fait sortir de son trou. Neuf jours se sont écoulés depuis les douze meurtres, et nous avons réussi à en élucider quelques-uns. Sans compter le treizième décès, le suicide de l'assassin de Bianca Tolano.

— Oui, c'est assez positif, approuva Silvestri, qui avait repris son calme. Et maintenant?

— Je vais m'intéresser à Peter Norton, le banquier dont le jus d'orange contenait de la strychnine. Une mort atroce!

— Comme avec le cyanure.

— Oui, mais ce dernier agit vite. La mort survient dès que l'hémoglobine du sang est privée d'oxygène. Tandis que la strychnine tue en vingt à trente minutes, selon la dose. Celle versée à Norton était énorme, mais il n'a bu que la moitié du verre. Il a vomi, il a eu des convulsions, et sa famille a assisté à tout ça. C'est répugnant.

— Tu penses que c'était voulu de la part du tueur?

— Je ne sais pas. Peut-être.

— Carmine, si choisir une méthode qui ferait souffrir sa femme et ses enfants était voulu, ça nous ouvre de nouvelles perspectives. Peut-être devrions-nous examiner de plus près les familles des victimes.

— On va tout retourner, une fois de plus, promit Carmine.

Barbara Norton avait eu plus d'une semaine pour se remettre de sa crise d'hystérie, mais Carmine soupçonna que son médecin l'avait bourrée de tranquillisants. Elle avait le regard vide et se déplaçait comme si elle avançait dans un océan de mélasse. Ce qui ne l'empêchait pas de se montrer logique.

— C'est sans doute un fêlé à qui Peter avait refusé un prêt, expliqua-t-elle en offrant à Carmine une tasse de café. Si vous saviez, capitaine, à quel point les gens sont persuadés qu'une banque peut leur prêter de l'argent sans garanties! Je me souviens d'au moins une douzaine de cinglés qui déposaient des crottes de chien dans notre boîte aux lettres, de la soude caustique dans notre piscine... Peter s'était plaint à la police d'Holloman, vous devriez trouver leurs noms dans vos archives.

Elle était un peu grassouillette, mais possédait un joli visage orné de fossettes, des joues bien roses, une peau sans défaut. Quand ses enfants entrèrent, il réprima un soupir. Il se trouvait face à une famille de futurs obèses, comme Peter Norton lui-même. Selon les renseignements recueillis par la police dans le voisinage, Mme Norton avait bien tenté de les mettre au régime, mais son mari n'avait rien voulu entendre.

— Les amis de votre mari étaient-ils les vôtres, madame? demanda Carmine.

— Tout à fait. Peter y tenait.

— Que faisiez-vous?

— Bowling le mardi soir, canasta chez l'un d'entre eux le jeudi soir… Les samedis, nous allions dîner dehors avant d'aller voir un film ou une pièce de théâtre.

— Vous aviez une baby-sitter?

— Oui, toujours la même. Elle s'appelle Imelda Gonzalez. Peter allait la chercher et la ramenait en voiture.

— Vous ne sortiez jamais seule?

— Oh non!

— Qui sont vos amis?

— Grace et Chuck Simmons, Hetty et Hank Sugarman, Mary et Ernie Tripoli. Chuck travaille à la National Bank, Hank est comptable, Ernie possède un petit hôtel. Leurs épouses ne travaillent pas.

Des cadres, songea Carmine.

Il fut désagréablement surpris par l'arôme de cardamome du café, mais poursuivit néanmoins.

— Vous allez ailleurs, parfois, madame Norton?

Elle hocha la tête comme un robot.

— Oui, bien sûr! Essentiellement des soirées caritatives, mais ça n'a rien de régulier. Nous allions à celles de Cornucopia – qui possède la Fourth National Bank. Bien sûr, maintenant, je ne peux plus aller nulle part! Je ne suis pas très sociable sans Peter. C'était un plaisantin, plein de ressources!

— Les choses s'arrangeront, madame Norton, tenta de la rassurer Carmine. Vous vous ferez de nouveaux amis.

Surtout, se dit-il, *lorsque vous aurez touché l'assurance vie de feu Peter Norton*. Derrière l'épouse dominée se dissimulait quelqu'un de bien décidé à s'en sortir. Peut-être prendrait-elle part à une croisière de luxe où elle chercherait quelqu'un à dominer, à son tour? En tout cas, sa crise d'hystérie ne pouvait avoir été feinte : elle avait eu besoin pour se calmer de deux infirmiers, de son médecin, et d'un médicament si fort qu'elle avait dormi pendant des heures.

Il se tourna vers les enfants, cherchant à se faire une idée de ce qu'était cette famille. Marlene, la petite fille, était intelligente, mais plutôt agressive. *Sans doute pas très populaire à l'école*, songea Carmine. Tommy, le garçon, ne pensait apparemment qu'à manger. Quand il voulut s'emparer des cookies destinés au visiteur, sa mère lui tapa violemment sur la main, d'un air si mauvais que le petit garçon préféra battre en retraite.

— Vous ne vous intéressez à rien, en dehors de votre famille? demanda Carmine.

— Non. Tommy, laisse ces cookies tranquilles!

Une idée vint brusquement à Carmine.

— Êtes-vous pour la libération des femmes?

— Certainement pas! protesta-t-elle. Tout ça est complètement idiot! Savez-vous qu'on a essayé de m'endoctriner? Je ne me souviens pas de son nom, mais je l'ai envoyée promener!

— Où était-ce?

Mme Norton combattait l'effet des sédatifs et semblait perdre la bataille.

— Je ne me souviens pas. C'était à une soirée quelconque, il y a longtemps.

— Quelle allure avait cette femme?

— C'est bien ça le problème : elle avait l'air *normale*! Du maquillage, de jolis vêtements... Pendant un moment j'ai été impressionnée, et puis elle a sorti son argumentaire. Quand je lui ai expliqué ce que je pensais des féministes, elle est devenue désagréable, j'ai répondu sur le même ton, alors elle a laissé tomber et elle est partie.

— Blonde ? Brune ? Rousse ?

— Je ne me rappelle pas, bredouilla Mme Norton en bâillant. Je suis fatiguée.

— Je vous avais bien dit que c'était une affaire de femmes, déclara Carmine à Abe et Corey. Mais à quel endroit le féminisme y intervient-il ? Parce que je crois que c'est bien le cas, au moins pour la mort de Peter Norton. Quelqu'un, ou quelque chose, a poussé notre tueur à punir Mme Norton en la faisant assister à la mort de son mari. Ça a marché : elle est encore sous sédatifs. Mais elle a eu un moment de lucidité pendant lequel elle m'a parlé d'une féministe qui avait l'air « normale ». Si seulement j'en savais davantage sur les Norton ! Quelque chose m'échappe, mais je ne sais pas quoi. Peut-être que je n'en sais pas assez sur Mme Norton.

— Tu n'as rien pu tirer de plus d'elle ? demanda Corey.

— Elle se souvient seulement de ce qui l'arrange. Tu vas t'occuper de cette famille. Je veux connaître les lieux et les dates de toutes les soirées auxquelles Mme Norton a assisté au cours des cinq dernières années.

Puis il se tourna vers Abe.

— Toi, tu vas t'occuper du côté féministe. Tu prendras le Dr Denbigh comme point de départ. Elle est en plein dans le mouvement, et pourrait correspondre à la description que Mme Norton m'a donnée. Elle prétend qu'elle est frigide, mais j'en doute fortement. Nous l'avons coincée pour le meurtre du doyen, donc son passé mérite d'être examiné. Car la question reste entière : pourquoi a-t-elle choisi le 3 avril pour agir ?

— Tu crois que c'était lié aux autres meurtres ? demanda Abe.

— C'est une menteuse incroyable. Quand elle dit la vérité, c'est toujours de manière détournée.

Les deux hommes quittèrent le bureau du capitaine, qui posa le menton dans ses mains et se prépara pour une longue séance de réflexion.

— Carmine ?

Il leva la tête, surpris. Ce n'était pas le genre de Delia d'interrompre le patron en train de cogiter.

— Oui ?

— J'ai une idée, lança-t-elle.

— Venant de vous, c'est encourageant. Expliquez-moi.

— L'archivage est fait, et vous ne m'avez pas vraiment accablée de lettres à taper, ces temps-ci.

— C'est vrai, Delia, je suis le premier à le reconnaître.

— Eh bien… Est-ce que ça vous ennuierait si je suivais une idée personnelle ?

— Mais asseyez-vous donc ! C'est pénible de vous voir debout quand, moi, je suis assis.

Elle obéit, rose de plaisir.

— Presque tous ces meurtres doivent être liés, non ? Vous l'avez toujours pensé, mais sans que rien vienne le confirmer. Je me suis demandé où les victimes auraient pu se trouver ensemble à la même heure. Et je crois que la seule réponse, c'est à une réunion publique ou lors d'une soirée. On se trouve dans une salle à attendre que le rideau se lève, on discute avec ceux qui vous entourent, ou bien on est à une table avec des inconnus en essayant de se lier d'amitié avec eux. Et si on n'y arrive pas, la soirée est ratée ! Vous voyez ce que je veux dire ?

— Bien sûr. Continuez !

— Alors, si vous m'en donniez la permission, j'aimerais, quand j'en aurai le temps, trouver quelles réunions et quelles soirées se sont tenues à Holloman ces six derniers mois.

— Six mois seulement ?

— Oui, je crois. Si la période avait été plus longue, il n'y aurait pas eu de meurtres. Quelque chose s'est produit, qui à l'époque ne représentait pas une menace, mais qui en est devenu une avant le 3 avril. Si je peux trouver un événement auquel toutes les victimes ont assisté, alors nous aurions au moins une partie de l'équation.

— Delia, c'est une entreprise colossale ! objecta Carmine. J'avais prévu de confier ça à Abe et Corey si on n'arrivait à rien.

— Je sais bien, et je n'ai pas l'intention de vous couper l'herbe sous le pied ! déclara-t-elle d'un air digne.

— Je vous aurai prévenue ! soupira Carmine. Que dire d'autre, sinon « allez-y » ?

Elle se dressa d'un bond, rayonnante.

— Oh, merci, merci ! J'ai déjà mis au point un protocole de travail. Je compte d'abord dresser la liste des événements, et puis, si j'en trouve un ou plusieurs qui collent, je passerai à la phase deux.

— Bon courage, Delia !

Un coup d'œil à l'horloge apprit à Carmine qu'il était presque midi. Il saisit le téléphone et, après plusieurs essais, parvint enfin à joindre l'agent spécial Kelly.

— Vous avez déjeuné ?

— Non.

— Alors, on se retrouve chez Malvolio, dans un quart d'heure.

Quand Carmine y entra, Kelly était déjà assis dans un box.

— On jurerait qu'ils savent qui je suis, s'étonna-t-il tandis que le capitaine s'installait. Et pourtant, je n'ai jamais vu aucun des flics d'ici !

— Ils vous repèrent à l'odeur, Ted. Non, sérieusement, à quoi vous attendiez-vous, dans un endroit comme Holloman ? Tout le service sait qu'il y a en ville un géant du FBI.

Il commanda une salade Luigi, Kelly un sandwich au rosbif.

— Vous aviez raison, à propos de Malvolio, concéda-t-il. C'est vraiment ce qu'on trouve de mieux dans cette fichue ville.

Carmine ne releva pas.

— Où en est la recherche du mystérieux Ulysse ? demanda-t-il.

— Nulle part. Parlez-moi de Joshua Butler.

— Je vous ai envoyé mon rapport, Ted, répondit-il, surpris. Mais je peux vous le refaire oralement. Il a violé et tué Bianca Tolano, puis il a avalé une capsule de cyanure plutôt que d'être arrêté. Le crime ne paraît pas très spontané, il semble avoir suivi un manuel à la lettre.

— Delmonico, ne faites pas l'idiot ! sourit Kelly, qui ajouta d'un air paillard : un petit oiseau m'a dit qu'il avait des couilles comme des cacahuètes.

— Quel petit oiseau ?

— Vous n'avez pas à le savoir, rétorqua l'agent, l'air suffisant.

— Ne commencez pas à me gonfler, espèce de connard ! Vous cherchez la cogne ?

Bouche bée, son interlocuteur regarda Carmine d'un air incrédule, puis il se raidit.

La salle devint tout d'un coup parfaitement silencieuse. Luigi claqua des doigts à l'adresse des serveuses, qui se réfugièrent derrière le comptoir, tandis que la trentaine de flics présents paraissaient fascinés.

— Vous parlez sérieusement? reprit Kelly.

— J'en ai marre de me faire pisser dessus par un connard du FBI, gronda Carmine. Sortons!

— Vous êtes malade! Si on se bat, ça va provoquer des vagues d'un bout à l'autre du pays!

— Toujours à faire le malin, hein, connard? Vous pissez sur ma ville, vous pissez sur mon service! Allez vous faire foutre!

— OK, sortons! lança Kelly en se levant d'un bond.

Ce fut bref. Les deux hommes se mirent en garde, poings fermés, puis Kelly lança un crochet, mais dans le vide. Et avant qu'il ait eu le temps de comprendre, il se retrouva à terre, se demandant s'il pourrait encore respirer un jour. Levant les yeux, il découvrit les visages des flics par-delà les vitres de chez Malvolio, et la main de Carmine tendue vers lui.

— Je n'ai rien vu venir! haleta-t-il après avoir difficilement repris son équilibre. Mais on ne me traite pas de connard! Pas question de déjeuner avec vous!

— Refusez parce que je vous ai mis par terre, et toute la ville sera au courant! Il est grand temps que les gens comme vous comprennent qu'on n'insulte pas impunément les péquenauds!

Ils revinrent dans le restaurant et s'assirent.

— Merci de ne pas m'avoir trop amoché, concéda Kelly avec amertume.

— Je ne pouvais pas atteindre votre visage, alors j'ai visé l'estomac. Bon, qui vous a parlé des testicules de Butler?

— Son chef de service, Lancelot Sterling.

— Un garçon charmant ! Et pourquoi n'étais-je pas censé savoir que c'était lui ?

— Oh, pour rien ! Je voulais simplement faire le malin. Mais je n'aurais jamais cru que vous vous mettriez en boule pour une petite merde comme Joshua Butler !

Ce fut au tour de Carmine d'avoir l'air incrédule.

— Bon Dieu, monsieur Kelly, vous êtes vraiment borné ! J'ai horreur que les ragots soient élevés au rang d'informations classées top secret, mais ce n'est pas pour ça que je vous ai défié.

Il se demanda si l'agent du FBI savait seulement quelle était la cause de leur affrontement.

— Vous répondez à côté, reprit ce dernier. Vous vous êtes mis en boule pour Joshua Butler, Delmonico.

— Si vous voulez l'écrire dans votre rapport à Edgar J. Hoover, histoire de ne pas vous faire taper sur les doigts, allez-y, l'encouragea Carmine en finissant sa salade. Vous n'avez presque rien mangé, monsieur Kelly. Mal au bide ?

— Vous n'êtes qu'un connard pontifiant !

Carmine éclata de rire.

— Pendant que nous y sommes, pourrais-je voir le dossier du FBI sur Erica Davenport ?

Kelly prit un air méfiant, puis haussa les épaules après un instant de réflexion.

— Pourquoi pas ? concéda-t-il en se tâtant l'estomac. Je vous l'enverrai.

— Dites-moi, reprit Carmine sur le ton de la conversation, est-ce qu'un de vos informateurs de Cornucopia vous a parlé d'une tentative d'agression contre ma fille ?

Kelly le regarda fixement.

— N... Non, répondit-il d'un ton hésitant.

— Même pas Erica Davenport?

— Non, insista l'agent, qui prit un air soucieux : Carmine, c'est arrivé quand?

— Peu importe, je m'en occupe et, ce qui est plus important, Sophia sait se défendre toute seule ! Il n'y a pas eu de fuite, et je ne veux pas qu'il y en ait venant de vous, compris ? J'espère que ma confiance n'est pas mal placée, monsieur Kelly.

Celui-ci était trop intrigué pour se sentir insulté.

— C'était une intimidation?

— Je crois, mais le gars ne se contentait pas de traînailler dans les environs. J'aurais dû la retrouver morte mais, malheureusement pour lui, elle a réussi à s'échapper.

— Elle devait être complètement à plat !

— Sophia? Non. S'en être sortie lui donne un sentiment de victoire.

— Je vais ouvrir l'œil.

— Tant que vous voulez, du moment que vous gardez la bouche fermée.

Le dossier d'Erica Davenport était d'une épaisseur modeste et contenait essentiellement des déclarations de gens qui l'avaient connue à telle ou telle période, durant une quarantaine d'années. Phil Smith avait raconté qu'elle venait d'une riche famille du Mississippi, mais rien ne le confirmait. Si jamais les Davenport avaient eu des ancêtres descendus du *Mayflower*, ils l'avaient oublié au moment de la naissance d'Erica, en 1927. Son père était contremaître dans une usine de chaussures, la famille vivait dans un quartier ouvrier où se mêlaient Blancs et Noirs. Elle avait obtenu d'excellentes notes tout au long de sa scolarité, qui s'était déroulée dans des écoles publiques. La grande dépression des années 1930 avait semé le désordre au sein de la famille : le père avait perdu son emploi, sans pour autant se mettre à boire ce qui leur restait, mais il était si déprimé qu'on ne pouvait compter sur lui. La mère était femme de ménage, ce qui lui rapportait si peu qu'elle s'était suicidée en mettant la tête dans le four à gaz alors qu'Erica avait sept ans. Ses deux petits frères et elle furent confiés à une sœur aînée qui faisait le trottoir – occupation nettement plus rentable que l'entretien des maisons.

Sordide ! songea Carmine, le regard perdu dans le vague. *Une histoire typique des années 1930, une décennie horrible pour les Davenport comme pour des millions de gens.*

Comment diable avait-elle pu se retrouver à la Smith University ? La réponse se trouvait dans la déclaration de la veuve du principal d'un lycée où Erica avait achevé ses études secondaires. Lawrence Shawcross avait su voir, au-delà de la lycéenne maigre et mal vêtue, une jeune fille prometteuse qu'elle avait prise en main. Erica s'était installée chez les Shawcross en septembre 1942 – elle avait alors quinze ans. Marjorie, la femme du principal, s'y était opposée de toutes ses forces, mais la querelle était restée secrète, car si elle était connue, Shawcross y aurait perdu sa réputation et son emploi. Son épouse feignit d'être ravie de l'arrivée d'Erica, à qui le couple assura une bonne éducation.

Selon Marjorie, son mari et Erica étaient devenus amants en 1944. Fronçant les sourcils, Carmine réfléchit et estima que c'était peu probable. En tout cas, les notes de la jeune fille devinrent de plus en plus brillantes. Pourtant, la guerre prenant fin, et des millions de soldats démobilisés rentrant chez eux, elle n'avait aucune chance d'être admise dans une université de premier plan ; en 1945, il y avait pléthore d'étudiants très doués.

Puis Lawrence Shawcross mourut. Selon son médecin, il s'agissait d'une attaque cérébrale liée à l'hypertension. Les allégations de sa veuve, accusant Erica de meurtre, furent considérées comme le délire d'une femme accablée de chagrin, bien que le testament leur ait donné quelque fondement. Marjorie hérita de l'essentiel des biens, tandis que la jeune fille se voyait léguer 50 000 dollars pour lui permettre de financer ses études.

Elle s'inscrivit à la Smith University et y étudia l'économie, tout en obtenant d'excellentes notes en mathématiques, en littérature anglaise et… *en russe* !

Carmine revint en arrière, persuadé d'avoir manqué quelque chose. Mais il ne put rien trouver. Jamais les Davenport ne s'étaient appelés Davenski, on pouvait en être sûr. Il examina de près les différents établissements où Erica avait étudié, en vain. Et ce mystérieux amant pendant sa dernière année au lycée ?

Il appela Delia.

— Vous êtes plus douée que moi pour la lecture, lui déclara-t-il en lui tendant les pages concernant les années qu'Erica avait passées chez les Shawcross. Voyez si vous pouvez trouver une référence à un Russe, ou à la langue russe.

Elle s'en fut tandis qu'il réfléchissait. Le FBI savait que le Dr Davenport avait appris le russe, ce qui lui avait certainement valu de se retrouver en haut de la liste de ceux qu'on soupçonnait d'être Ulysse. Pourquoi Kelly ne le lui avait-il pas révélé ? *Parce que tu n'es qu'un péquenaud provincial, Carmine, un flic rital débile dans un État grand comme un timbre-poste et peuplé de fêlés. La prochaine fois, j'assomme ce connard !*

Delia revint et, s'asseyant, lui rendit les pages.

— Je n'ai trouvé qu'une vague référence. Et de qui ? Du laitier ! Il était vraiment idiot, et je suis sûre qu'il avait le béguin pour Erica. Il délire sur ses petits amis, apparemment sans preuves, mais voici ce qu'il dit de l'un d'eux : « Il lui parle en charabia et elle répond pareil. »

— Un petit copain russe en 1944 ? Un immigré ?

— Pourquoi pas ? D'après ce que je sais et ce que j'ai vu du Dr Davenport, elle aime le secret. Parler dans une langue étrangère lui conviendrait très bien.

— Le laitier précise aussi que le gars avait des copains.

— Cela n'a rien d'étonnant, Carmine. Des immigrés parlant mal l'anglais ont toujours tendance à se regrouper. Où était-ce ?

— Dans un faubourg de Boston.

— Là où il y avait du travail.

— En 1944, ça ne manquait pas.

Ainsi donc, elle parlait russe, se dit Carmine en retournant aux années passées à la Smith University. L'argent de Shawcross avait été bien utilisé. Si les programmes d'échange n'avaient pas encore vraiment démarré à cette époque, les étudiants se voyaient encouragés à élargir leur horizon en se rendant à l'étranger pendant deux trimestres, en automne et au printemps. En 1947, Erica, alors âgée de vingt et un ans, demanda si elle pouvait s'inscrire à la London School of Economics. Elle partit donc à Londres, et fit à la LSE des études brillantes, tout en se faisant de nouveaux amis, en allant à des soirées, et en ayant plusieurs liaisons avec des hommes généralement célibataires.

Ayant achevé ses études, elle passa l'été 1948 à explorer le continent européen. Son passeport montrait les tampons d'entrée et de sortie en France, aux Pays-Bas, en Scandinavie, en Espagne, au Portugal, en Italie et en Grèce. Elle voyageait seule, expliquant à ceux qui lui posaient des questions que la solitude lui faisait du bien. Revenant à Londres entre deux voyages, elle infligeait à ses amis des soirées diapo. L'un d'eux précisait que les paysages étaient magnifiques, mais déserts. Où étaient les gens ?

— Je ne suis pas assez insensible pour les photographier comme s'ils étaient des phénomènes de foire ! avait-elle rétorqué, agacée.

— Tu n'as qu'à les payer pour les prendre en photo ! lui avait proposé quelqu'un d'autre.

— Et les rabaisser à notre niveau ? C'est répugnant !

Ah ah ! pensa Carmine. *Il fut un temps où tu avais des passions, Erica Davenport ! Et des idéaux !*

Le récit des années à Harvard puis à Chubb ne lui apprit rien de nouveau. Elle n'était jamais retournée en Europe. Pourtant, selon l'expérience de Carmine, tous ceux qui y étaient allés brûlaient toujours d'y repartir. Erica Davenport avait évité l'Allemagne de l'Ouest et la Yougoslavie. Certes, c'était le début de la guerre froide, mais...

— Delia ! lança-t-il. Je vais chez Cornucopia !

— Vous parlez toujours aussi bien russe ? demanda-t-il à Erica Davenport sans se perdre en préambules. Aussi bien que votre petit copain de l'époque ?

— Je vois que vous travaillez dur, répondit-elle froidement.

— C'est dans le dossier du FBI.

— Dois-je en conclure que vous êtes convaincu que le FBI m'a lavée de tout soupçon à l'issue de son enquête ?

— Le FBI a ses méthodes, j'ai les miennes. À mes yeux, vous êtes toujours suspecte.

— J'ai eu un petit ami russe du temps du lycée, c'est vrai, et j'apprends facilement les langues étrangères. Un professeur de Smith University m'a donné des cours de langue et de littérature russes, tellement il était heureux de trouver quelqu'un que ça intéressait ! Je songeais aussi vaguement à devenir diplomate. Satisfait ?

— Que sont devenues vos passions ?

— Pardon ?

— Vos passions. À vingt ans, vous en aviez un certain nombre.

— Je ne crois pas, répliqua-t-elle avec un sourire qui ressemblait à un ricanement.

— Moi si, et vous ne me convaincrez jamais du contraire. Vous vouliez changer le monde. Et vous vous êtes contentée de vous y installer.

— Je crois que j'ai trouvé des exutoires à mes… passions. J'ai découvert que les femmes n'ont pas les moyens de changer le monde, parce que le pouvoir appartient aux hommes, physiquement et psychiquement. Il faut commencer par le commencement, capitaine : il nous faut acquérir du pouvoir, c'est notre principal objectif actuellement.

— Qui ça, « nous » ?

— Le monstrueux régiment des femmes.

— Vous êtes liée au Dr Denbigh et aux féministes ?

— Non.

— Et Philomena Skeps ?

Elle rit.

— Non plus !

Carmine se leva.

— J'aimerais rencontrer le Dr Duncan MacDougall.

— Pour l'importuner comme vous l'avez fait avec mon secrétaire ?

— Non, parce qu'il dirige le secteur recherche de Cornucopia.

— Je vois. Encore le pouvoir ! On peut secouer les sous-fifres, mais pas les chefs ! Allez-y, allez-y !

Carmine, attendant dans le parking où ils s'étaient donné rendez-vous, vit le petit homme frêle et noueux s'avancer vers lui, contempler les cheminées parsemant le toit, puis se mettre à courir, l'air terrifié. Il bouscula le capitaine comme un enseignant envers un enfant trop lent et s'écria :

— Dépêchons-nous ! Y a de la fumée !

Une fois à l'intérieur du bâtiment, il s'empara d'un téléphone, brailla quelques instants, puis parut soulagé.

— De la fumée sortait de chez Peabody, et ça n'aurait pas dû !

Il fut impossible à Carmine de mettre en défaut les mesures de sécurité prises par MacDougall, ni d'imaginer comment les améliorer. Dans sa chambre forte se trouvaient plusieurs coffres, dont la taille dépendait de ce qu'ils contenaient. Les plus gros, par exemple, abritaient les plans. Les gardes étaient bien formés, compétents. Sortir un document de cette pièce était quasiment impossible.

— Je ne pense pas que les vols puissent avoir eu lieu ici, docteur MacDougall, conclut Carmine après un minutieux passage en revue des procédures suivies. Continuez comme ça, et vous serez toujours à l'abri.

— Certes, mais ça ne suffit apparemment pas, répondit MacDougall d'un ton plein de colère.

— Alors, il nous faudra capturer Ulysse, monsieur. Vous pouvez y contribuer en tenant un registre précis de tous ceux qui manipulent des documents sensibles sortant de chez vous. Il faut que vous sachiez qui est qui dans les différents services. Tenez-moi au courant de ce que vous trouverez.

— Sans le dire au FBI, je suppose, demanda MacDougall.

— Tout à fait. Ils ne communiquent eux-mêmes pas grand-chose.

— Vous l'aurez !

Desdemona avait préparé des escalopes de veau avec une sauce à la crème et au vin blanc accompagnée de champignons. Elle devenait plus aventureuse, gastronomiquement parlant, maintenant que Julian lui laissait un peu plus de temps.

Carmine contempla son assiette avec un plaisir non feint. Il ne dit mot avant d'avoir terminé, puis il prit la main de sa femme et la baisa.

— Superbes ! Meilleures que celles de ma mère, et de loin ! Et même que celles de ma grand-mère Cerruti, c'est dire ! Comment as-tu fait pour que la viande soit si tendre ?

— Je l'ai battue tant que j'ai pu !

— Sophia a manqué quelque chose, ça lui apprendra. Elle va se contenter d'une pizza !

— Elle reçoit dans son repaire, ce soir. Je l'adore, mais c'est parfois agréable de t'avoir rien qu'à moi.

— J'en conviens. C'est dommage quand même que personne d'autre n'ait profité de tes talents.

— Arrête, sinon ma tête ne passera plus les portes. Tu as l'air ravi, ce soir, et pas seulement à cause des escalopes. Dis-moi tout.

— J'ai traité l'agent du FBI de connard chez Malvolio. Il a voulu régler ça dehors, et nous nous sommes battus.

— Mon Dieu ! soupira Desdemona. Il est encore vivant ?

— Mais en mauvais état. Ce n'était pas une vraie bagarre, il n'a rien d'un boxeur. Mais ça m'a beaucoup plu. À part ça, j'ai de la peine pour ce pauvre Corey, il a sa femme sur le dos en permanence. J'ai aussi lancé Delia sur une autre piste. Si seulement c'était à elle que je pouvais accorder le grade de lieutenant!

Cette histoire de promotion le tourmente autant que les meurtres, songea Desdemona en le regardant. *Un de ses deux adjoints va perdre. Pourquoi Silvestri n'a-t-il pas voulu qu'il démissionne de la commission?*

— Pauvre Erica Davenport! se désola-t-elle brusquement.

— Comment ça?

— L'intelligence, la beauté, le compte en banque… Et pourtant, sa vie est si terriblement vide.

Carmine sourit largement.

— Ce n'est pas ce qu'elle ressent. Elle m'a lâché le morceau, cet après-midi: le pouvoir, voilà le ressort de son existence.

— Pfff! Le pouvoir sur quoi? Sur le salaire des gens? Sur leur vie? C'est une illusion, comme les échecs: des morceaux de bois qu'on déplace. Le pouvoir transforme les êtres humains en animaux. Tu lui diras de ma part, la prochaine fois que tu la verras!

Pour toute réponse, Carmine la saisit, l'allongea sur le sol de la salle à manger, et la contempla avec des yeux farouches.

— Carmine! Tu ne peux pas! Si jamais Sophia…

— Alors, tu as dix secondes pour gagner la chambre à coucher.

8

— Jusqu'où peut aller la coïncidence ? demanda abruptement Carmine, le lendemain matin, à ses deux adjoints, qui n'avaient pas la moindre idée de ce qu'il voulait dire.

Était-ce une sorte de mise à l'épreuve ? Corey se risqua à murmurer :

— Comment ça, Carmine ?

— Le 3 avril. Jimmy Cartwright, c'était une coïncidence. A priori, le doyen Denbigh aussi. Mais notre banquier ?

— C'est quand même aller un peu loin, douta Corey.

— Pourquoi te poses-tu la question, Carmine ? interrogea Abe à son tour.

— La date. Elle est si… pratique ! Je consacrerais plus de temps à Mme Norton, s'il n'y avait la date. Le 3 avril ! Ce ne peut pas être elle ! On n'a pas trouvé l'origine de la strychnine ?

— Non, répondirent-ils en chœur.

— Voyons les choses sous un angle différent, même si ça paraît un peu macabre.

Carmine n'aimait pas se servir d'un tableau noir, mais c'était nécessaire. Il y traça une ligne centrale et verticale pour former deux colonnes.

— Il y a les morts douces et les morts douloureuses. Les premières, ce sont Beatrice Egmont, Cathy Cartwright, et les trois Noirs, puisqu'ils ont été tués sur le coup. Donc, cinq morts douces. Dans les morts douloureuses, on pourrait inclure le doyen Denbigh, mais nous le laisserons de côté, car il est en dehors de notre cadre. Il nous reste cinq morts de ce type : Peter Norton, Dee Dee Hall, Bianca Tolano, Evan Pugh et Desmond Skeps. Classons-les de la plus facile à la pire. Qui a eu la mort la plus facile ?

— Peter Norton, répliqua aussitôt Corey, apparemment en pleine forme.

— Et pourquoi ?

— Parce qu'il a sans doute perdu conscience dès le début des convulsions. On ne peut pas en être sûrs, mais je parie que Patrick dirait qu'elles interrompent les connexions avec le cerveau.

— En effet, Corey. Nous notons donc que Peter Norton a eu la mort la plus facile. Qui vient ensuite ?

— Dee Dee Hall, intervint Abe. Elle ne s'est pas débattue, elle est restée là à perdre son sang, les deux jugulaires tranchées. Elle n'a pas bougé pour se défendre ou pour s'enfuir. Ça peut laisser penser qu'en fait elle ne regrettait pas que sa vie prenne fin.

Carmine écrivit son nom sur le tableau.

— Evan Pugh vient ensuite ! dit Abe.

— Tu crois vraiment ?

— Moi aussi, lança Corey. Une mort lente, mais propre.

— Evan Pugh, commenta Carmine en écrivant son nom. Ensuite ?

— Desmond Skeps, répondit Abe. Une mort diabolique, mais les tortures qu'il a subies sont moins brutales, à mon avis, que celles de Bianca Tolano.

— Abe a raison ! s'exclama Corey. Skeps était quelqu'un de connu, il savait qu'il avait beaucoup d'ennemis, et qu'il y avait des chances pour que l'un d'eux le haïsse au point de le tuer. Tandis que Bianca Tolano était une innocente qui a subi ce qu'on peut connaître de pire.

Carmine écrivit le nom de la jeune fille en bas du tableau, qu'il contempla longuement.

— Il nous faut présumer que le tueur connaissait toutes les victimes. Alors, qu'est-ce qui a décidé des méthodes de mise à mort ?

— Beatrice Egmont était une vieille dame très gentille que tout le monde aimait, remarqua Abe.

— Cathy Cartwright était une pauvre femme qui avait beaucoup de mal avec ses enfants, ajouta Corey.

— Et les trois victimes noires étaient parfaitement inoffensives, convint Carmine. Alors, les morts douloureuses ?

— Le banquier était un brutal qui parfois abusait de son pouvoir, proposa Abe. Et Dee Dee tapinait, ce qui pour certains est un crime en soi.

— Evan Pugh était un maître chanteur qui a ciblé la mauvaise victime, commenta Corey. Skeps était sans doute responsable de la ruine de milliers d'existences, d'une façon ou d'une autre.

Carmine fronça les sourcils.

— Et pourtant, la pire mort a été réservée à une innocente. Pourquoi le meurtrier la haïssait-il à ce point ? Corey, c'est toi qui as mené l'enquête. Tu as trouvé quelque chose dans son passé ?

— Absolument rien ! Elle était exactement ce qu'elle paraissait être, j'en mettrais ma main au feu.

Carmine s'assit et fit signe à ses adjoints de l'imiter.

— Nous avons donc quelqu'un qui a tué neuf ou dix personnes, et qui peut témoigner d'une certaine pitié pour plusieurs de ses victimes, mais aussi d'une haine implacable envers d'autres. Cette haine ne s'est exercée à fond que dans un seul cas : Bianca Tolano. Vingt-deux ans, diplômée en économie, voulant décrocher un MBA à Harvard. Très jolie mais réservée, ne courant pas les hommes. Selon Patsy, elle était sans doute vierge.

— Elle me fait penser à Erica Davenport, annonça Abe d'un air songeur.

— Pourquoi ?

— Je la vois très bien à cet âge-là, avec son diplôme et le monde entier devant elle. Aujourd'hui, c'est un vrai glaçon, mais je parie qu'à l'époque ce n'était pas le cas. Elle ne devait cependant pas être une chasseuse d'hommes non plus, car trop ambitieuse ! Comme Bianca Tolano.

— Pourquoi est-ce que je n'ai pas vu ça ? s'étonna Carmine. J'ai passé la moitié de la journée d'hier à éplucher le dossier du FBI sur cette femme, et je ne l'ai pas remarqué ! Bianca est une variante d'Erica.

— Bon Dieu, cette affaire devient de plus en plus démente ! s'exclama Abe.

— Pensez-y ! reprit Carmine. Si Bianca est une variante d'Erica, ça met son meurtre en perspective. Le côté aléatoire disparaît. Toutes ces morts sont liées ! On peut disculper le Dr Davenport. La seule chose que je me demande, c'est si le meurtre de Bianca la place à l'abri du danger.

— Il n'y a plus eu d'assassinats, remarqua Corey.

— Où on va, à partir de là ? demanda Abe.

— Vous allez vous occuper de Peter Norton, répondit Carmine. Et si sa femme avait voulu le tuer depuis un certain temps, et qu'on l'ait manipulée pour qu'elle s'y prenne le 3 avril ? Si elle est coupable, elle a dû se procurer la strychnine, et c'est peut-être là le lien avec notre cerveau. Je veux que vous retourniez tout ce qui concerne le passé de Mme Norton. Un amant, j'en doute, mais ça n'est pas exclu. Des dettes, des bijoux, des fourrures... Est-ce qu'elle s'ennuyait dans sa vie de femme de banquier ? Examinez tout, les gars. Je veux savoir où se situe ce meurtre.

Il retrouva Myron chez Malvolio pour le déjeuner. Son ami paraissait épuisé.

— Elle s'appuie trop fort sur toi ? demanda Carmine en s'installant.

— Un peu moins, depuis que je lui ai suggéré de laisser Cornucopia tourner tout seul. J'aurais dû y penser !

Carmine se tourna vers la serveuse.

— Une salade laitue, tomate, concombre et céleri avec une vinaigrette, Minnie.

Elle s'éloigna.

— Carmine, c'est tout ce que tu manges ? s'étonna Myron.

— Ma femme est devenue l'un des plus grands chefs du monde. Alors, au déjeuner, c'est fourrage ou rien du tout. Sinon, je deviendrai un vrai ballon dirigeable !

— Et les meurtres ?

— On progresse. Qu'est-ce qu'Erica t'a raconté de son enfance et de sa jeunesse ?

— Plus qu'elle n'en a dit à Desmond Skeps, je crois. Les enfants de la Dépression ont vécu des moments difficiles, Carmine.

— Ne m'en parle pas, j'en suis un ! Mon père a eu de la chance, il a gardé son boulot, mais il lui fallait soutenir aussi le reste de la famille. East Holloman a été l'un des premiers quartiers à aller mieux. En 1935, les choses s'arrangeaient, et le lycée St Bernard était à moitié vide, alors les profs ont eu le temps de s'occuper de nous.

— Je n'ai pas connu ça, avoua Myron. L'industrie du cinéma marchait bien, et les affaires de mon père aussi.

— C'était vraiment une décennie de folie. Comment crois-tu qu'Erica est devenue la personne qu'elle est aujourd'hui ?

— Je n'en sais rien, et elle ne me le dira pas.

— Elle t'a raconté ce qu'elle avait fait pendant l'été 1948, quand elle s'est promenée en Europe ?

— Je ne le savais même pas ! Je suis simplement au courant pour Londres et la LSE.

— C'est dans le dossier que le FBI a sur elle, et ça pourrait expliquer beaucoup de choses.

— Je ne ferai pas l'espion pour toi, Carmine.

— Et je ne te le demanderai pas. Mais l'espionnage fait déjà partie de l'histoire. Quelqu'un à Cornucopia vend des secrets industriels aux Russes, et Erica est fortement suspectée.

Myron blêmit. Sa fourchette tomba bruyamment sur son assiette.

— Tu plaisantes ?

— C'est aussi une information confidentielle, Myron, et tu ne peux en parler à personne, sauf à Erica. Elle sait tout sur Ulysse.

— Ulysse ? C'est l'espion ?

— C'est le nom de code que le FBI lui donne. Je ne crois pas que ce soit Erica, mais je suis persuadé qu'elle sait qui il est. Si tu l'ignores, cela signifie que tes affaires et tes associés ne sont pas impliqués.

Les grands yeux gris de Myron se remplirent de larmes. Il hocha la tête en silence, avant de lâcher :

— J'ai perdu l'appétit ! Je n'ai pratiquement pas touché à ce superbe pâté en croûte… Si tu le veux…

— Désolé, fourrage à midi.

— Eh bien ! Desdemona a dû se hisser au rang d'Escoffier !

— En tout cas, elle a dépassé ma grand-mère, c'est tout dire !

Le lendemain, il repartit voir Philomena Skeps. Pourquoi diable devait-elle vivre au cap Code ? Trois heures de route, même en faisant fonctionner la sirène tant qu'il était au Connecticut. Cette fois, il doutait qu'elle lui offrît le brunch. Ce n'était pas une journée à se montrer hospitalier : le ciel était couvert, le vent soufflait, l'Atlantique semblait se lancer à l'assaut des dunes.

Il ne s'était pas trompé. Philomena Skeps l'accueillit à la porte, accompagnée d'Anthony Bera, et se vit conduire dans un petit salon médiocrement éclairé par une fenêtre couverte de roses sur treillis. L'avocat était vêtu de façon assez solennelle – costume trois-pièces, cravate de Harvard –, et Philomena d'une robe de laine mousseuse, de couleur verte, qui soulignait sa superbe silhouette. La présence de Bera n'était pas surprenante : il était le molosse attendant qu'on lui jette un os.

— Avez-vous des contacts avec les mouvements féministes, madame Skeps ? commença Carmine.

— Pas vraiment, capitaine. J'ai donné de petites sommes pour des projets qui me tenaient à cœur, mais je ne me considère pas comme une féministe.

— Ces projets vous ont-ils été présentés par le Dr Pauline Denbigh ?

— Je la connais vaguement, mais jamais elle ne m'a sollicitée en ce sens.

— Vous sympathisez avec les causes féministes ?

— Pas vous, capitaine ?

— Si, bien sûr.

— Alors, nous sommes d'accord.

— De quoi discutiez-vous si vivement avec le Dr Davenport, lors de la soirée de M. Mandelbaum?

— Philomena, intervint Bera, vous n'êtes pas tenue de répondre à cette question et, à vrai dire, je vous conseille même de n'en rien faire.

— Je vais répondre, le contredit-elle de cette voix douce et patiente qui ne perdait jamais son rythme. Nous avons discuté de l'avenir de mon fils, puisque le Dr Davenport est désormais l'arbitre de son destin. C'était la seule raison pour moi de me rendre à cette soirée, et elle n'en avait sans doute pas d'autre quand elle a demandé à M. Mandelbaum de m'inviter. Elle n'est pas la bienvenue chez moi, je ne suis pas la bienvenue à Cornucopia. Nous avons donc choisi un terrain neutre.

— Je m'en doutais, avoua Carmine. Mais vous ne répondez pas vraiment à ma question. De quels aspects de l'avenir de votre fils avez-vous discuté, et quel a été le résultat de vos… négociations?

— Mon fils va devoir endurer l'autorité du Dr Davenport pendant près de huit ans, et les trois ou quatre derniers seront pour lui tout à fait insupportables. Il ne l'aime pas, il ne l'a jamais aimée. J'espérais la convaincre d'accepter la présence de quelqu'un d'autre. Je suis terriblement inquiète à l'idée que cette femme puisse ruiner son héritage – pas intentionnellement, mais par incompétence.

— Mais quiconque est responsable en attendant la majorité de votre fils doit aussi gérer un empire industriel, objecta Carmine. Vous ne vous fiez pas à la présence d'une femme à la tête de Cornucopia?

— Je ne me fie pas à Erica Davenport! Je lui ai demandé de s'adjoindre les services de Tony – Me Bera –, mais elle a refusé. Notre conversation en est restée là.

— Pourquoi votre fils ne l'aime-t-il pas ? Quand se sont-ils rencontrés ?

Elle tourna la tête vers Anthony Bera. *Au secours ! Que dois-je dire ?*

— Je vous conseille de ne pas répondre, Philomena, lui conseilla-t-il.

Carmine s'extirpa de son fauteuil très inconfortable.

— Je vous remercie de m'avoir accordé un peu de votre temps, madame Skeps.

J'ai l'impression d'être Michel-Ange taillant un bloc de marbre, se dit-il en entamant l'interminable voyage de retour. *J'ai dégagé un coude, un avant-bras... Mais est-ce le droit, le gauche ? Et Ulysse, que fait-il dans tout ça ?*

À son retour, il découvrit que Delia avait réquisitionné la moitié de son bureau, y installant une table sur tréteaux et un fauteuil pivotant.

— Je manque de place, expliqua-t-elle. Un capitaine se doit d'avoir une secrétaire, mais une secrétaire se doit d'avoir un bureau digne de ce nom. Je suis dans un placard !

— Alors, pourquoi ne pas vous plaindre à votre oncle ? Où Abe et Corey vont-ils s'asseoir durant nos réunions ?

Elle prit la remarque avec bonne humeur, sans pour autant avoir l'intention de déplacer les hectares de papier qu'elle avait étalés autour d'elle, des feuilles immenses auxquelles d'autres, plus petites, étaient attachées avec des trombones.

Lorsque Carmine eut quitté la pièce, Delia attendit un moment, pour être sûre qu'il était parti, puis s'en alla voir son oncle John.

— As-tu réfléchi à mon problème de place, mon oncle ? gazouilla-t-elle.

— Non, Delia. J'ai pensé qu'il valait mieux attendre que tu me conseilles comment faire.

— Parfait ! Le problème, c'est Mickey McCosker. Il a deux fois plus de place que Carmine ou Larry, mais il n'est jamais là. Ce que je propose, c'est un échange entre Carmine et lui. Dois-je demander au service administratif de s'en charger dès demain ?

Il acquiesça sans répondre. Pourquoi avait-elle toujours raison ?

— Demande-le-moi, annonça-t-il à Carmine cinq minutes plus tard chez Malvolio, et je te donne le boulot de Danny, ou même le mien si tu veux !

Le capitaine leva son verre.

— Santé ! Je suis heureux à mon poste, surtout si je peux avoir le bureau de Mickey. Est-ce que je m'installe aussi dans la seconde pièce ?

— Non, le bureau seulement. Selon Delia, l'autre est deux fois plus grande, c'est celle-ci qu'elle occupera. J'ai dit oui. C'est plus facile à long terme, conclut Silvestri en buvant pensivement son bourbon.

— Si je me souviens bien de cette pièce, sourit Carmine, au rythme où Delia accumule les classeurs de bureau, ça devrait la calmer pendant deux ou trois ans. Après, il faudra en parler à la mairie, John, et bâtir un nouveau bâtiment pour les services du comté.

Le commissaire vida son verre et fit signe qu'on lui en apporte un autre.

— Jamais de la vie ! Que fait Delia en ce moment ?

— Elle s'est lancée dans un projet délirant comme elle seule peut en avoir. Il s'agit de réunions et de soirées, c'est lié à nos affaires, c'est comme si je l'employais comme inspectrice. Vous lui accorderiez le grade de lieutenant ?

— Certainement pas ! C'est déjà suffisamment pénible qu'elle me pousse à boire en plein milieu de l'après-midi. Ah, Delia et sa paperasse !

Le lundi suivant, Carmine était installé dans son nouveau bureau, situé à l'arrière des services du comté, et par conséquent éloigné des bruits de la circulation. La lumière entrait par de hautes fenêtres placées face aux vents dominants, ce qui lui assurerait des bouffées d'air frais pendant les journées brûlantes d'août. Bonus supplémentaire : le bureau d'Abe et de Corey était à deux portes du sien.

— Il nous faudra de nouveaux meubles et un bon coup de peinture, remarqua Delia.

— Quand je serai en vacances ! répondit Carmine d'un ton sans réplique, avant de contempler les papiers qu'elle entassait. Qu'est-ce que c'est ? Des plans ?

— En quelque sorte. Je peux les étaler, maintenant que j'ai la place. Je devrais pouvoir vous faire mon rapport dès vendredi.

Corey entra.

— Carmine, un meurtre dans le Hollow ! Une femme battue à mort, l'amant reste introuvable.

— Il y a du nouveau chez les Norton, annonça Abe le mardi matin, l'air horrifié.

Carmine se leva d'un bond.

— Quoi ?

— Le petit garçon est mort.

— Oh, bon Dieu ! Comment ?

— On m'a dit qu'il avait mangé ou bu quelque chose.

— Encore la strychnine ?

— Je ne sais pas si c'est ça.

— Patsy est en route ?

— C'est lui que j'ai prévenu en premier. Corey est avec lui.

— Comment s'appelle le gamin ?

— Thomas Peter. À peine cinq ans.

Ils montèrent dans la Fairlane, et Abe mit machinalement le gyrophare sur le toit du véhicule. Carmine s'assit sur le siège avant. *C'est pas vrai, c'est un cauchemar, un cauchemar!*

— Sa mère a avoué? Quelqu'un l'a vue?

— Dave O'Brien, c'est tout. Il est de service à North Holloman, cette semaine. Elle l'a appelé, très calme. Dave y est allé aussitôt et m'a contacté. C'est tout ce que je sais.

— Comment son idiot de médecin n'a-t-il pas vu ce qu'elle cachait? Elle était tellement assommée les deux fois où je l'ai vue, je n'ai rien pu en tirer!

— Carmine, aucun d'entre nous ne pouvait savoir. Si elle a vraiment tué son mari, elle était si loin de la réalité qu'elle a flippé. Son hystérie n'était pas feinte. Ça arrive, ce genre de merde, on n'y peut rien, calme-toi!

Quelques voisins s'étaient rassemblés devant la maison, dont deux policiers avaient interdit l'accès, et Patsy les attendait sur le perron. Il vint à leur rencontre.

— Ce n'est pas de la strychnine, annonça-t-il à voix basse. Le gamin s'est étouffé avec un taille-crayon qui avait l'allure d'une fraise.

Carmine et Abe furent envahis par un profond soulagement. Ils n'avaient pas été négligents!

— Comment va-t-elle? demanda Carmine.

— Assieds-toi. Et toi aussi, Abe.

Ils se posèrent sur les marches du perron.

— Elle est là, précisa Patsy avec un signe de tête vers les fenêtres du séjour. Je ne veux plus jamais revoir cette femme!

Carmine se leva aussitôt, stupéfait.

— Qu'est-ce qu'elle a fait? C'est elle qui lui a donné l'objet?

— Elle aurait pu, mais elle vous expliquera très bien elle-même.

Il les conduisit au premier étage, dans la chambre de Thomas Peter, où ils le virent soulever doucement le petit et le glisser dans un grand sac, puis l'emmener en hâte sur ce qui ressemblait à un brancard plat, muni en son fond d'un creux qui ne trahirait pas la présence d'un corps.

Barbara Norton était assise auprès de Corey et du sergent Dave O'Brien. Ce n'est qu'à mesure qu'elle raconta son histoire, impassible, que sa folie se révéla, par couches successives, de plus en plus profondes. Elle ne semblait pas savoir que son fils était mort, bien qu'elle ait appelé Dave O'Brien au téléphone, lui disant que Tommy avait le visage tout noir et ne respirait plus, avant d'ajouter qu'elle l'avait tué.

— Maintenant que Peter n'est plus là, je peux faire ce que je veux, précisa-t-elle avant de chuchoter : c'était un goinfre. Il voulait que nous mangions comme lui. Sa sœur et lui gonflaient comme des ballons ! J'ai essayé de l'en empêcher, mais ça n'en valait pas la peine. J'ai simplement attendu mon heure. Attendu mon heure, ajouta-t-elle en hochant la tête d'un air grave, avant de se redresser et de sourire. Personne n'aime les obèses, reprit-elle, alors, après la mort de Peter, je nous ai mis au régime. Marlene et Tommy boivent de l'eau, moi du café. Pas de pain, pas de cookies, pas de gâteau, rien qui contienne du sucre, pas de lait, pas de crème, pas de dessert. Nous mangeons du poulet bouilli, du poisson, des légumes cuits à la vapeur, du riz. Ça fait perdre du poids ! Le temps que Tommy rentre à l'école, en septembre, il sera mince !

Je comprends mieux pourquoi le pauvre gamin a voulu avaler un taille-crayon, songea Carmine, *mais depuis quand est-elle vraiment folle? Qu'est-ce qui a provoqué sa folie? La mort de son mari? Ou bien est-ce qu'il est mort à cause de ça? Celle de Tommy, en tout cas, l'a fait basculer, mais il faut que j'obtienne des réponses.*

— Qu'est-ce que vous avez fait de la strychnine, Barbara?

— Je l'ai jetée dans la rivière.

— Pourquoi avoir choisi le 3 avril pour en mettre dans le jus d'orange de Peter?

— Allons, allons, vous le savez bien!

— J'ai oublié. Dites-le-moi.

— Parce que ça ne marchait que ce jour-là! La potion aurait perdu son pouvoir magique, sinon. Il a été très ferme là-dessus.

— Qui?

— Reuben, voyons!

— Reuben qui?

— Reuben.

— Vous l'avez rencontré où?

— Au bowling, bien sûr!

— Quel devait être l'effet de la potion, le 3 avril?

Elle commençait à s'ennuyer, ou elle était fatiguée, ou les deux. Ses paupières se fermaient, elle dut faire un effort pour rouvrir les yeux.

— Reuben m'avait déclaré que la magie n'opérait que pour une journée, dit-elle en commençant à s'agiter. Il a menti! Il a menti! Il a prétendu que Peter s'endormirait! Et je ne me suis pas trompée! C'était bien le 3 avril!

— Non, Barbara, confirma Carmine, vous ne vous êtes pas trompée. C'était un menteur. Reposez-vous et pensez à des choses heureuses.

Suivit un silence que les quatre hommes endurèrent, sans oser se regarder.

— Où est Tommy ? s'enquit-elle.

— Il dort, répondit Carmine.

— Elle ne passera jamais en jugement, expliqua-t-il plus tard à Silvestri, et la mort du pauvre gamin a résolu l'affaire. Vous vous rendez compte, John ? Un régime de diabétique imposé à un enfant de cinq ans qui mange sans arrêt depuis qu'il sait marcher. La fille a trois ans de plus, elle est maligne, elle volait dans le porte-monnaie de sa mère pour s'acheter à manger.

— Elle va bien ? demanda Silvestri. Il y a des membres de la famille qui veulent la prendre ?

— Les parents de Peter Norton, qui vivent à Cleveland. Elle aura plus de chance avec eux. Enfin, j'espère !

— Une fraise en caoutchouc ! Elle était si ressemblante que ça ?

— Pour un gamin de cinq ans mourant de faim, oui. C'était un taille-crayon appartenant à sa sœur.

— Si on ne veut pas avoir d'enfants obèses, mieux vaut commencer très tôt, soupira Silvestri. Ce régime idiot a transformé la gamine en voleuse et tué son petit frère.

— Je suppose que je n'ai pas le choix, constata Desdemona comme elle et son mari buvaient un verre avant le dîner.

— Le choix de quoi ?

— Je me suis mariée dans une famille catholique, donc mes enfants seront élevés en catholiques.

— Je n'aurais pas cru que ça t'importait, s'exclama Carmine, très surpris. Tu n'y as jamais fait allusion.

— Jusqu'à la naissance de Julian, je pensais que ça n'avait pas d'importance pour toi. Tu n'es pas très pratiquant !

— C'est vrai. C'est à cause de mon boulot, Dieu en est absent. Mais je veux une éducation catholique pour mes enfants : mon lycée pour les garçons, St Mary pour les filles, affirma Carmine, se préparant pour la bataille.

— Si nous étions en Angleterre, soupira Desdemona, je choisirais une école anglicane, mais ça n'existe pas vraiment ici. Je suis entrée dans une famille très soudée, les avantages l'emportent sur les inconvénients. Mais je refuse de me convertir ou d'aller à la messe, et je n'y enverrai pas nos enfants.

— C'est honnête, répondit Carmine, soulagé que la querelle s'éloigne. Moi-même, je n'y vais qu'à Noël et à Pâques. Mais pourquoi n'as-tu pas insisté davantage lors de notre mariage ?

— J'étais enceinte, à l'époque, et je n'étais pas d'humeur à m'occuper de ça. Je voulais simplement devenir Mme Carmine Delmonico aussi vite que possible.

— Mais concernant les enfants ?

— C'est très simple, déclara Desdemona en vidant son verre. J'abomine la mixité, et les écoles catholiques d'Holloman ne sont pas mixtes. La présence du sexe opposé dans une salle de classe, c'est bien la dernière chose dont aient besoin des ados en pleine poussée d'hormones. Presque tous y survivent, mais pas sans dégâts. Regarde Sophia, qui se pomponne chaque fois qu'elle part au lycée.

— Tu as porté l'uniforme, à l'école ? demanda Carmine en la suivant dans la cuisine.

— Oui, une veste bleu marine hideuse, avec une chemise, une cravate et une jupe plissée. J'avais même un chapeau, avec un élastique sous le menton, pour qu'il ne s'envole pas si le vent soufflait. Je crois que c'était vraiment le pire.

Elle sortit du four le rôti, qu'elle déposa dans un plat.

— Une école de garçons sera très importante pour Julian, ajouta-t-elle.

— Pourquoi lui en particulier?

— Parce qu'il sera grand et terriblement beau. S'il côtoie des filles en classe, jamais il n'aura la paix. Et ça fera enfler son ego. Les filles de St Mary pourront l'adorer de loin.

— Elles trouveront bien le moyen de l'adorer de plus près.

— Serait-ce la voix de l'expérience?

— Qui sait?

— J'ai donc épousé un briseur de cœurs?

— Non, un quadragénaire avec de l'arthrite.

— La mort de Peter Norton prouve l'existence d'un cerveau, exposa Carmine à Silvestri, Danny Marciano, Patrick, Abe et Corey, Delia s'étant excusée en invoquant son travail. Quatre affaires sont désormais résolues, poursuivit-il. Jimmy Cartwright, John Denbigh, Bianca Tolano et Peter Norton. Les trois Noirs tués par balles sont en suspens. Nous soupçonnions l'existence de ce cerveau, mais nous n'avions pas de preuve de son intervention jusqu'à ce que Barbara Norton nous explique pourquoi elle avait tué son mari précisément le 3 avril. Mais nous n'obtiendrons jamais d'elle une description précise. Et, bien sûr, Reuben est une fiction. Mon intuition est que Pauline Denbigh a été prise dans un piège très raffiné du même genre. Mais, là non plus, nous n'irons nulle part. Barbara avait besoin de se rassurer et de penser que son mari s'endormirait, sans plus. Pauline Denbigh se souciait peu des souffrances de son mari, du moment qu'elle n'avait pas à en être témoin. Nous avons le flacon de cyanure. Patrick, combien en manque-t-il, d'après toi?

— Si le flacon était plein, une trentaine de grammes, soit deux cuillerées à café.

— Tu as raison, Carmine, approuva Silvestri. Il n'y a qu'un seul assassin.

— Aussi adroit qu'ingénieux. Il se sert de tous les instruments à sa disposition – généralement des gens mécontents. Barbara Norton et Pauline Denbigh voulaient toutes deux être libérées d'hommes dominateurs. Joshua Butler voulait vivre ses fantasmes dans le monde réel, mais il avait besoin qu'on lui montre comment.

— Et les autres ? demanda Corey.

— Si tu veux parler d'Evan Pugh et de Desmond Skeps, c'est plus direct. Je crois qu'on peut oublier Beatrice Egmont, Cathy Cartwright et les trois Noirs. Une compagnie d'assurances dirait que ce sont des dommages collatéraux.

— Tu ne penses pas ça de Dee Dee Hall ? intervint Marciano.

— Non, je crois qu'il l'a tuée lui-même. Mais pourquoi, je n'en sais rien.

— Bon, qu'est-ce qui se passe ensuite ? questionna Silvestri en plaçant sous le nez de Danny son cendrier et son cigare.

— On regroupe tout. J'ai horreur de Cornucopia, mais il va falloir s'y remettre, les gars.

— Erica Davenport ? interrogea Corey.

— Elle est impliquée, mais ce n'est pas elle le cerveau. J'estime… qu'elle constitue un leurre.

Il avait hésité à parler d'Ulysse, puis s'y était finalement refusé.

— Ce n'est pas ce que tu allais dire, observa Silvestri pendant que les autres quittaient le bureau.

— Parce que je ne pouvais pas ! C'est bien pourquoi je déteste Cornucopia : trop de secrets !

Myron l'attendait dans son bureau, qu'il étudiait d'un œil approbateur.

— Des meubles neufs et un bon coup de peinture ne feraient pas de mal, commenta-t-il. Mais c'est toujours mieux que ton ancien repaire!

Il semblait avoir vieilli d'un seul coup : ses yeux étaient bordés de rouge, ses joues creuses, sa bouche molle, il paraissait s'être affaissé.

— Personne n'y touche avant que je parte en vacances! prévint Carmine en s'asseyant. Que puis-je pour toi, Myron?

— Je prends l'avion cet après-midi pour la Californie.

— Si tu le souhaites..., répondit Carmine en haussant les épaules. Erica est au courant?

— Oui.

— Tu lui as proposé le mariage?

— Non.

— Pourquoi pas, si tu l'aimes?

— C'est que... je l'aime, oui, mais je pense qu'elle ne m'aime pas. Du moins, pas de la façon dont Desdemona t'aime.

— Myron, tu dois te souvenir que Desdemona et moi sommes un cas à part. Nous avons affronté le danger ensemble, si bien qu'il y a entre nous un lien très fort. Nous avons commencé par nous détester, tu sais! Tu ne peux pas comparer votre histoire et la nôtre.

Myron vira à l'écarlate et pinça les lèvres.

— Bon, d'accord. Mais comment faire pour percer les défenses d'une femme dont je sais qu'elle n'est pas la princesse glaciale qu'elle prétend être?

— Qu'est-ce qui te fait croire que je pourrais t'aider? demanda Carmine, perplexe.

— Parce que, quand elle parle de toi, elle exprime vraiment des sentiments très forts ! Pourtant, je croyais qu'elle n'en avait aucun. Non, non, elle n'est pas folle de toi, pas la peine de courir vers l'escalier d'incendie ! Je pensais que peut-être, vu ton métier, tu aurais pu m'indiquer une technique…

— Tout ça signifie que quelque chose en moi passe à travers ses défenses, et que tu espères que je sais ce que c'est. Mais ce n'est pas le cas, Myron, et même si je le savais, je ne te le dirais pas. Toi aussi, tu as percé ses défenses, sinon elle ne se serait pas confiée à toi. C'est quand même un grand progrès.

— C'est rien du tout, répliqua Myron d'un air découragé. Quand nous faisons l'amour, c'est comme si elle était ailleurs. Du genre « ferme les yeux et songe à l'Angleterre ».

— Ce n'est pas toi qui es en cause, Myron, c'est elle, tenta de le rassurer Carmine qui brûlait de voir cette conversation prendre fin. Si j'étais toi, j'irais en parler à Desdemona.

— Non, c'était déjà suffisamment dur d'en discuter avec toi. Allez, je te laisse, transmets tout mon amour à notre fille.

— Tu devrais t'en charger toi-même.

— Je n'ai pas le temps, il faut que je parte d'ici le plus vite possible.

Et il s'en fut. Carmine écouta le bruit de ses pas décroître dans le couloir, en priant pour que son ami le plus cher ait plus de chance avec sa prochaine conquête.

— Je pense que tu peux être rassurée pour ta mère, annonça Carmine à Sophia ce soir-là. Il n'est plus question de divorce.

— Alors, je lui pardonne, déclara sa fille, magnanime. Cette femme le tuerait.

9

Quand, le vendredi 21 avril, à 8 heures, Carmine pénétra dans son bureau, Delia l'attendait. Manifestement, c'était un grand jour pour elle. Elle avait revêtu sa tenue la plus chic, un ensemble orange et pourpre qui faisait mal aux yeux.

— Si cela ne vous ennuie pas, dit-elle en s'asseyant sur une chaise face à son bureau, je préférerais d'abord vous parler en privé. Est-ce possible?

— Bien sûr. Allez-y!

Une grande feuille de papier roulée fut déposée avec déférence sur le bureau, avec plusieurs autres de taille standard. Carmine les inspecta rapidement, puis la regarda, en haussant les sourcils.

— J'ai trouvé une soirée où les onze victimes étaient toutes présentes, annonça-t-elle, veillant à éviter tout accent de triomphe. Elle a eu lieu le samedi 3 décembre de l'année dernière, à la mairie d'Holloman, sous l'égide de la Fondation Maxwell, en vue de financer la recherche sur les désordres infantiles chroniques.

Puis elle s'interrompit, rayonnante.

— Waouh! s'exclama Carmine, très impressionné. Ils étaient vraiment tous là? Les trois victimes noires aussi?

— Oui. C'était un dîner suivi d'un bal pour cinq cents personnes, assises autour de tables rondes pour dix personnes. La plupart de ces tables avaient été achetées par des institutions diverses. Si Desdemona ne venait pas d'avoir un fils, elle et vous auriez été placés à celle d'oncle John. Une assiette coûtait 100 dollars, soit 1 000 dollars par table. Cornucopia et ses filiales avaient acheté vingt des cinquante tables, Chubb dix, le maire une, la police et les pompiers une en commun, et ainsi de suite.

— Stupéfiant ! s'écria Carmine, bien conscient qu'un commentaire s'imposait, mais incapable d'en trouver un à la hauteur de la révélation.

— Carmine, j'ai été sidérée de découvrir quelle organisation il faut mettre en œuvre pour une soirée de ce genre ! Déterminer où installer une table achetée par telle ou telle organisation, définir l'emplacement des autres tables qu'elle a également réservées, de celles des autres sponsors en évitant les éventuels conflits... Ensuite, il faut répartir les invités, en tenant compte de ceux qui viennent en couples, de leurs affinités avec les autres personnes d'une même table... Un petit groupe de la Fondation Maxwell se chargeait de cette logistique, et magnifiquement ! Six volontaires équipés de listes étaient postés à la réception pour indiquer son numéro de table à chacun, afin d'éviter la cohue.

— Continuez, Delia, continuez !

— Une des nombreuses tables de Cornucopia était sponsorisée par une de ses filiales, la Fourth National Bank, sous l'égide de Peter Norton. Par un caprice du destin, il y manquait du monde. Son épouse, par exemple, souffrait de la gastro-entérite qui sévissait à l'époque – je l'ai attrapée aussi –, elle était donc trop malade pour venir, tout comme l'épouse du doyen

Denbigh. Beatrice Egmont est venue seule, le mari de Cathy Cartwright était à Beechmont pour apaiser son chef de cuisine. Bianca Tolano s'était vu offrir deux billets par son patron, M. Dorley, car ni lui ni sa femme ne pouvaient venir. Elle aussi était seule, mais comme c'était une fille généreuse, elle a laissé l'autre billet à la réception. Comment est-ce que je sais ça? Il avait un numéro et a été revendu à l'entrée à quelqu'un qui n'en avait pas, un jeune homme nommé Evan Pugh. Mais pourquoi, me direz-vous, Peter Norton n'avait-il pas rameuté ses amis? Aucun n'a en effet assisté à la soirée!

L'expérience avait appris à Carmine que Delia possédait un style inimitable, mais aujourd'hui elle était lancée dans un véritable tour de force qu'elle avait préparé aussi minutieusement que la Fondation Maxwell son banquet. Il lui suffisait d'attendre pour connaître la suite.

— Pour parler franc, reprit-elle, il avait bien trop peur! La place d'honneur revenait en effet à Desmond Skeps, qui avait choisi cette table de préférence à toutes les autres, et qui était venu accompagné de Dee Dee Hall.

— *Quoi?*

— Son nom est écrit noir sur blanc sur la liste! confirma Delia en jetant une feuille de papier à Carmine.

Celui-ci s'en empara et la lut avec incrédulité.

— Mais, bon Dieu, à quoi jouait-il? Continuez, continuez!

— Il y avait donc à cette table quatre femmes – Cathy Cartwright, Bianca Tolano, Beatrice Egmont et Dee Dee Hall – et quatre hommes: Desmond Skeps, Peter Norton, Evan Pugh et John Denbigh. Huit personnes, toutes mortes.

— Et les victimes noires?

— Elles étaient là aussi. Le traiteur de la soirée était Barnstaple Catering, une entreprise de création récente, qui n'avait encore jamais eu la responsabilité d'événements de cette ampleur. Il s'agissait donc pour elle d'un test grandeur nature. La fondation, qui semble avoir eu des expériences un peu désagréables par le passé, voulait que tout se déroule sans anicroche. Barnstaple devait pour cela assurer un service de trois personnes à chaque table. À celle de Peter Norton officiaient Cedric Ballantine, Morris Brown et Ludovica Bereson. Tout s'est parfaitement bien passé : les gens étaient servis sans retard, l'alcool coulait à flots…

— Il y avait une raison particulière pour que les trois Noirs soient affectés précisément à cette table ?

— Non. Ils travaillaient déjà les week-ends pour Barnstaple depuis un certain temps. Cedric Ballantine avait triché sur son âge pour être engagé – ils ne vérifiaient pas de très près.

— Delia, si je n'étais déjà marié, j'irais attendre à votre porte, bien résolu à vous épouser ! s'exclama Carmine en souriant. Jamais je ne pourrai vous remercier comme vous le méritez !

— Ce n'est pas nécessaire, j'ai adoré faire ça ! répondit sa secrétaire en se levant. Gardez les papiers !

Dès qu'elle eut disparu, Carmine appela Desdemona.

— Delia vient d'accomplir un boulot formidable. Qu'est-ce que je peux lui offrir comme fleurs ?

— Des orchidées aux couleurs vives, répliqua aussitôt sa femme. En pot, pas en bouquet ! Des cattleyas.

— La grande question, annonça Carmine à Corey et Abe, c'est : pourquoi Desmond Skeps s'est-il assis à la table de Peter Norton ?

— On ne le saura jamais, soupira Corey d'un ton lugubre. Tous ceux qui étaient autour sont morts.

— Moi, intervint Abe, ce qui m'intrigue, c'est qu'il se soit passé quatre mois entre le banquet et les meurtres.

— On essaiera de savoir pourquoi, riposta Carmine, mais pas maintenant.

— Si seulement quelqu'un pouvait nous raconter un peu ce qui s'est passé durant cette soirée..., poursuivit Corey.

— Silvestri ! s'exclama Delmonico en se levant. Il s'y trouvait, comme d'ailleurs Danny et Larry. Je vais lui en parler, pas un mot aux deux autres ! Pour le moment, nous gardons le secret.

John Silvestri écouta avec la plus vive attention, très fier de sa nièce.

— À quoi jouait cet enfoiré de Skeps ? s'exclama-t-il une fois que Carmine en eut terminé. Mais je ne peux te venir en aide, Carmine, je suis autant dans le brouillard que toi.

— John, vous étiez présent, racontez-moi ce qui s'est passé, j'ai besoin de me faire une idée.

Silvestri ferma les yeux.

— Franchement, tout s'est très bien déroulé. C'est suffisamment rare pour que je m'en souvienne. On nous a servi trois plats en une heure, il nous restait donc beaucoup de temps pour danser et bavarder sans devoir attendre jusqu'à plus de minuit. La bouffe était bonne, ça ne traînait pas, à cause du nombre de serveurs et de serveuses. Après, ils nous ont servi café et alcools à volonté. Je me souviens que nous étions tous d'accord pour dire que tout était parfait.

— Vous dites que vous avez eu tout le temps de bavarder, qu'est-ce que vous entendez par là ?

— Carmine, si tu allais à ce genre de soirées plus souvent, tu le saurais ! Beaucoup de ceux qui y vont n'ont guère l'occasion de se rencontrer ailleurs. Alors, une fois le café servi, ils vont de table en table. L'orchestre jouait du Glenn Miller, mais se balader est aussi agréable que danser.

— Et il y avait deux chaises libres à la table de Peter Norton... Ce qui veut dire que d'autres personnes ont dû venir s'y asseoir. Je n'ai plus qu'à les retrouver, conclut Carmine en soupirant.

— Ne compte pas sur moi! l'avertit Silvestri. J'y ai vu Desmond Skeps et j'ai aussitôt fait un grand détour. Comme bien d'autres, dont le maire et ses lèche-culs.

— Et pourquoi donc? demanda Carmine, surpris que le maire se soit dérobé.

— Parce que, même de loin, tout le monde pouvait voir que Skeps était saoul comme une barrique!

— Je vois! Merci infiniment pour ce précieux renseignement.

Carmine, pensif, retourna dans son bureau, où Abe et Corey examinaient le plan de table de la Fondation Maxwell. Chacune portait le nom de son sponsor et un numéro. Celle de la Fourth National Bank avait reçu le numéro 17, avec la 16 à sa gauche et la 18 à sa droite. On comptait cinq rangées de dix tables, la 17 étant près d'une extrémité, et loin de toute table importante de Cornucopia. Celle de Phil Smith était la 43, celle de Wal Grierson la 39, celle de Fred Collins la 40. Autour de la 17, on ne trouvait que des tables occupées par des gens relativement peu importants. Alors, pourquoi Desmond Skeps était-il allé s'y asseoir? Parce qu'il devait traverser presque toute la salle? Il était avec Dee Dee Hall et tenait à le faire savoir?

— Il aurait dû être avec Erica Davenport, fit observer Abe.

— Certainement pas! rétorqua Corey. Tous deux venaient de rompre, elle était avec Gus Purvey.

— Il devait vouloir épater la galerie, supposa Abe. Norton devait être fou de joie d'avoir à sa table une telle personnalité, même si elle était complètement ivre.

— Je me demande, dit Carmine rêveusement, comment Bianca, Cathy et la vieille dame ont réagi en voyant Dee Dee. Surtout si Skeps était bourré. Je pense que les chaises vides se trouvaient de chaque côté du couple. Les femmes devaient être très mal à l'aise. Elles craignent toujours que les poivrots ne vomissent partout.

— On a beau se tourner de tous les côtés, constata Abe, on se heurte à un mur : tous les témoins sont morts. Il est quand même surprenant que Marty Fane ne nous ait pas révélé que, ce soir-là, Dee Dee accompagnait Skeps. Il était pourtant prêt à tout pour nous aider à retrouver le tueur.

— Il n'était tout simplement pas au courant, supposa Carmine. Skeps a peut-être glissé à Dee Dee un ou deux gros billets pour qu'elle n'en parle pas à son mac.

— On n'en sortira jamais ! soupira Corey.

— Mais si ! lança Carmine. Erica Davenport m'a affirmé que Skeps ne buvait jamais plus d'un verre d'alcool par jour, et m'en a même donné la raison. Mais plus j'y réfléchis, plus j'ai de mal à croire tout ce que peut me raconter un membre du conseil d'administration de Cornucopia. Ou même des gens comme Philomena Skeps, Anthony Bera ou Pauline Denbigh. L'autre truc qui me ronge, c'est qu'il est certain que le cerveau a un assistant ici même, à Holloman, sans doute quelqu'un que nous ne connaissons pas.

— Il pourrait avoir toute une série de porte-flingues, envisagea Abe.

— Certainement, mais tout maître a un apprenti. Une chose est certaine : ces onze personnes sont mortes à cause d'un événement survenu à la table de Peter Norton. Il nous faut découvrir quoi.

— Des gens sont allés s'y asseoir, réaffirma Corey.

— Bien sûr. Beatrice Egmont était très aimée, elle a dû avoir des visiteurs. Abe, tu as la liste de ses amis : va leur demander s'ils savent ce qui s'est produit. Certains étaient forcément à cette soirée.

Puis Carmine se tourna vers Corey.

— Tu iras interroger Gerald Cartwright. Sa femme était peut-être trop fatiguée pour lui raconter ce qui s'était passé mais, s'il avait tenu à ce qu'elle aille là-bas seule, c'est qu'il savait qu'elle y trouverait beaucoup d'amis. Obtiens leurs noms et discute avec eux.

— Et toi, tu t'occuperas d'Erica Davenport, bien sûr ! conclut Abe.

Depuis le départ de Myron, Erica Davenport semblait s'être tassée, même si la coiffure, le maquillage et la tenue demeuraient parfaits. Ce jour-là, elle portait une robe bleu lavande, de la même couleur que ses yeux. Sa démarche avait perdu son caractère impérieux, ses mains ne cessaient de s'agiter, manipulant un stylo, un dossier… *Elle est au bord de la rupture*, songea Carmine. En tout cas, elle n'était ni le cerveau, ni Ulysse. C'était comme si, venant brusquement de comprendre que son importance était bien moindre qu'elle ne le pensait, elle se sentait trahie.

Pourquoi quatre mois s'étaient-ils écoulés entre la soirée de la Fondation Maxwell et les onze meurtres ? Assis face à celle qui dirigeait désormais Cornucopia, Carmine était certain que, si quelqu'un connaissait la réponse, c'était bien elle.

Il lui fallut dix bonnes secondes pour la contraindre à croiser son regard. Il fut alors sidéré par la peur, l'inquiétude et le désespoir qu'on y lisait. Que savait-elle exactement ? Comment le lui arracher ? Carmine en vint à regretter l'absence de Myron, qui aurait sans doute été le seul à pouvoir y parvenir.

— Il vous manque? demanda-t-il.

— Beaucoup. Mais je ne pense pas que vous soyez ici pour me présenter vos condoléances, capitaine. Que voulez-vous?

— Les onze personnes sur les meurtres desquelles j'enquête étaient toutes, voilà quatre mois, à une soirée caritative, et plus précisément autour d'une table sponsorisée par la Fourth National Bank. C'était le samedi 3 décembre de l'année dernière, pour un banquet de la Fondation Maxwell.

— Oui, je m'en souviens, répondit Erica, qui semblait avoir recouvré son calme. Je m'y suis rendue avec Gus Purvey, et nous étions à la table de Phil Smith.

— Vous savez où était Desmond Skeps?

Le visage si lisse se crispa.

— Je me rappelle qu'il était d'une humeur bizarre. Ce qui n'avait rien d'inattendu. Je venais d'apprendre qu'il désirait mettre un terme à notre relation intime. Il était à l'autre bout de la salle, avec des gens que je ne connaissais pas.

— Mais vous êtes allée le voir.

— Oui, en effet, grimaça-t-elle. C'était très déplaisant, mais je m'y attendais.

— Déplaisant? Comment ça?

— Il était ivre.

— Pourtant, selon vos propres déclarations, M. Skeps avait limité sa consommation à un verre d'alcool par jour, et ce depuis bien des années. Vous ne m'avez pas signalé sa rechute, ce soir-là.

— Cela ne s'est produit qu'une fois, capitaine.

— Et pourquoi?

— Je n'en ai pas la moindre idée, mais si vous pensez que c'était parce qu'il avait rompu avec moi, vous vous trompez. Il n'y avait plus rien entre nous.

— Et la femme qui était avec lui ce soir-là ?

Elle parut sincèrement surprise.

— Laquelle ? Il était seul.

— Une métisse, assez grande, les cheveux tirant sur le roux, de la poitrine, beaucoup de maquillage, sans doute vêtue d'une robe moulante de couleur vive.

— Ah, oui ! Elle était effectivement à la table, mais assise entre une jeune femme assez jolie et une vieille dame aux cheveux blancs qui avait du mal à respirer. Elle ne prêtait aucune attention à Des, et lui ne la regardait pas non plus, il était trop ivre pour ça. Je ne comprenais pas un mot de ce qu'il disait, alors je ne suis pas restée très longtemps.

— Vous vous êtes assise à côté de lui. Qui donc était de l'autre côté ?

— Un homme très gras, il semblait déborder de sa chaise.

— Et au-delà ?

— Je ne pouvais pas voir, il me bouchait la vue.

— Qui était assis à côté de vous ?

— Un jeune homme passablement répugnant qui a tenté de me poser la main sur la cuisse. Toutes les femmes s'étaient regroupées, et j'ai compris pourquoi à ce moment-là ! Même le doyen Denbigh était déplaisant.

Carmine insista encore un moment, mais sans apprendre rien de nouveau, et repartit avec un sentiment d'échec.

Il fut rejoint devant l'ascenseur par le secrétaire d'Erica, Richard Oakes, qu'accompagnait un homme d'une dizaine d'années son aîné. Quand ils montèrent pour se rendre au rez-de-chaussée, Oakes, frissonnant, prit soin de se tenir aussi loin de Carmine qu'il le put.

— Qui est votre compagnon, monsieur Oakes ? demanda le capitaine.

Le secrétaire étant trop pétrifié pour répliquer, ce fut l'autre qui répondit.

— Je ne suis pas le compagnon de M. Oakes. Je suis Lancelot Sterling, du service comptabilité.

Carmine resta silencieux jusqu'à l'ouverture des portes. Sterling lui jetait des regards mauvais, mais le visage de Oakes signifiait clairement que toute agression serait une erreur. Personne à Cornucopia n'avait parlé, et surtout pas l'agent Ted Kelly, mais on avait appris l'histoire de la bagarre devant chez Malvolio.

Au rez-de-chaussée, Oakes et Sterling se dirigèrent ensemble vers un autre ascenseur, desservant le parking. Carmine sortit et monta dans sa Fairlane, qu'aucun flic de la ville n'aurait jamais eu l'idée de verbaliser.

Plusieurs jours passèrent, pendant lesquels Carmine, Abe, Corey et Delia s'efforcèrent de trouver quelqu'un qui aurait pu faire un tour à la table 17. N'obtenant aucun résultat, Delmonico s'en alla voir Silvestri.

— Il faut qu'au cours de l'un de vos bulletins à la télé locale vous disiez que quiconque avait rencontré Desmond Skeps lors de la soirée de la Fondation Maxwell, en décembre dernier, doit contacter la police pour lui fournir des informations.

— Heureusement que personne ne sait que tous ceux qui étaient à sa table sont morts. Ne t'inquiète pas, Carmine, je ferai en sorte que ça paraisse une simple question de routine.

Il tint parole, mais personne ne sortit du bois.

— Bloqués, lâcha Delia.

— Coincés, dit Abe.

— Bousillés, confirma Carmine.

Tout cela ne rendait pas Carmine plus facile à vivre, alors que le premier mois d'enquête touchait à sa fin. Desdemona tenta donc de lui redonner un peu de bonne humeur en préparant des repas savoureux, et en lui ménageant autant de moments que possible avec Julian. C'était un Carmine bloqué, coincé et bousillé qui rentrait à la maison beaucoup plus tôt que d'habitude.

Julian n'avait encore que six mois, mais Desdemona voulait avoir un autre enfant dès que possible, persuadée que deux frères, ou un frère et une sœur, proches par l'âge, auraient plus de chances de bien s'entendre. Sa belle-mère ne cessait de lui répéter que c'était une idée fausse, et qu'il lui fallait profiter de son fils, mais Desdemona pouvait se montrer très obstinée. Emilia Delmonico finit par être à ce point exaspérée par l'immobilisme de sa belle-fille qu'elle eut un de ses rares accès de colère.

— Arrêtez de pleurnicher ! Emmenez le bébé en promenade, exposez-le au soleil ! Il est né à l'automne, il ne sait pas ce que c'est. On est au printemps, maintenant, et c'est une belle journée ! Profitez-en !

— Mais je voulais préparer une sauce béarnaise !

— Carmine mangera son steak sans sauce ! Allez-y !

— J'ai envie de passer l'après-midi dans ma cuisine.

— Vous devriez en sortir plus souvent ! Vous voulez un Carmine obèse et cardiaque ?

— Non, bien sûr, mais…

— Pas de mais ! Mettez Julian dans la poussette et allez faire un tour !

— Il est trop jeune pour la poussette.

— Allons, allons ! Il sait déjà se redresser et tenir la tête comme il faut ! Ce sera un bon exercice pour vous deux. Allez-y ! Allez-y !

Carmine ayant fixé des sangles sur la poussette, Desdemona se retrouva à court d'arguments. Veillant à ce que l'enfant puisse s'étendre sur le dos s'il avait sommeil, elle partit avec lui. Il était vrai, reconnut-elle, que le terrain autour de chez eux était trop raide pour un landau. Julian, dans la poussette, regardait autour de lui d'un air vivement intéressé.

Après un tour des environs, elle finit par se sentir reconnaissante envers sa redoutable belle-mère. C'était une belle journée, en effet : un ciel sans nuages, une brise légère… Le mois de mai serait parfait. Au bout du long chemin sinueux qui menait de la rue à leur demeure, Desdemona décida de montrer à Julian sa toute première étendue d'eau : le port.

Respirant à pleins poumons, elle fit descendre la poussette de leur maison à la jetée et au hangar à bateaux, s'émerveillant de la verdure qui l'entourait. Les forsythias en avaient fini avec la floraison, et formaient maintenant d'épaisses haies auxquelles succédaient, en bordure de l'eau, des buissons amateurs de sel.

Le chemin menant à l'océan avait été élargi là où on avait installé un banc. Desdemona s'assit, puis regarda son fils pour voir s'il appréciait, et c'était le cas : ses yeux étaient grands ouverts entre ses longs cils. Emilia avait raison. Moins de temps à la cuisine, davantage de promenades avec Julian. Elle défit les sangles et le souleva pour le poser sur ses genoux, la joue contre ses boucles, en respirant l'odeur si douce. Mon bébé, mon Julian !

Quelques minutes passèrent avant qu'elle ne se rende compte qu'il devait y avoir quelqu'un dans le hangar à bateaux, et qu'il y déplaçait des choses. L'eau clapotait, comme si on la remuait. Comme elle tournait la tête pour mieux voir, un homme en sortit. Il était vêtu d'une tenue de camouflage et coiffé d'une cagoule qui ne laissait voir, sous sa laine kaki, que ses yeux et sa bouche. Elle le regarda fixement, tendant lentement l'enfant vers lui, comme pour lui montrer l'énormité du crime qu'il allait commettre. Ce n'était pas le genre de considération qui pouvait le détourner de son objectif, mais maintenant Julian le gênait pour tirer. Il leva son arme pour viser la tête de Desdemona qui comprit aussitôt : c'était un tireur d'élite qui ne manquerait pas sa cible.

Elle posa alors une main sur la bouche de son fils et plongea dans l'eau. Elle y tomba en tenant Julian sur le côté, puis ses grands pieds prirent appui sur la rive en pente pour plonger de nouveau, aussi profondément qu'elle l'osa, tout en réfléchissant : où aller, où se cacher ? L'enfant était blotti contre elle, mais se débattait plus fort qu'elle ne l'aurait pensé.

Elle émergea là où les buissons amateurs de sel poussaient en abondance, entre le chemin et l'océan. Sa main quitta le visage du bébé qui respira à fond en se préparant à hurler. Aussi lui couvrit-elle de nouveau la bouche avant de reprendre elle aussi son souffle et replonger.

L'eau était glaciale. Desdemona savait qu'elle n'aurait que peu de temps avant d'être trop engourdie pour refaire surface. Il fallait qu'elle s'éloigne et gagne la maison des Silberfein. Leurs voisins, disaient les vieux briscards, avaient bâti sur un terrain étroit, trop près de l'eau. Pour elle, c'était le salut.

Le temps qu'elle replonge pour la quatrième fois, Julian semblait s'être pris au jeu, ou du moins c'est ce que sa mère pensa. Il respirait profondément, puis se serrait contre elle sans chercher à se débattre. Mais tout cela était peut-être vain : si le tueur l'attendait sur le rivage, elle était morte. Elle n'avait cependant pas le choix : elle déposa l'enfant en bordure de l'eau et rampa, épuisée. Il n'y eut aucun coup de feu. Elle serra Julian contre elle et se traîna jusque chez les Silberfein en appelant à l'aide. Fini ! C'était fini !

Lorsqu'il se fut assuré que sa femme et son fils étaient saufs et à peu près indemnes, Carmine put enfin bannir cet horrible sentiment d'impuissance à l'idée que Desdemona avait dû s'en sortir seule. Il aurait dû être là pour les défendre, elle et Julian ! Ce n'était pas la première fois que sa femme avait risqué sa vie ; il espérait simplement que ce serait la dernière. Intérieurement, il tremblerait pendant des jours, pleurerait pendant les nuits d'insomnie, mais ce Carmine-là n'était pas celui qu'il pouvait montrer aux autres, pas plus qu'à Desdemona. *Peut-être est-ce en fait une bénédiction*, se dit-il, *aujourd'hui, j'ai été brisé au plus profond de moi-même en apprenant que j'avais failli perdre ma famille. Je comprends enfin quelle importance elle a pour moi : tout.*

Sa mère était dans un bien plus triste état que Desdemona et Julian, se sentant coupable de les avoir envoyés en promenade. La maison grouilla bientôt de sœurs, de tantes, de cousines. D'après le Dr Santini, voyant Julian s'endormir l'estomac plein sans se comporter autrement que d'habitude, l'enfant avait subi l'épreuve sans en souffrir psychiquement. Quant à Desdemona, après un bon bain chaud, elle s'assit dans un fauteuil à côté du berceau enveloppée dans un épais peignoir et refusa d'en bouger. Carmine la laissa en toute confiance aux mains de sa famille.

Les questions seront pour plus tard, songea-t-il en descendant à son tour le chemin menant à la jetée. *Pour le moment, elle remarque à peine ma présence, et je ne vais pas me glisser de force entre elle et Julian sous prétexte que je suis policier.*

Patrick et son équipe se trouvaient devant le hangar à bateaux, discutant avec Abe et Corey.

Le corps d'Erica Davenport avait été sorti de l'eau et déposé à terre. La pente était trop raide pour une civière ; il faudrait la porter jusqu'à la route.

— On lui a brisé les bras et les jambes bien longtemps avant qu'elle meure, expliqua Patrick à Carmine, et en deux endroits : tibia et fémur, radius et humérus. Elle est morte étranglée, je pense par une cordelette.

— Encore une méthode différente.

— Comment vont ta femme et ton fils ?

— Indemnes, selon le Dr Santini. Mais maman est aux quatre cents coups, elle pense que c'est de sa faute.

— Tu as une femme comme on en trouve une sur un milliard.

— Je le sais. Bon, je vous retrouve à Cedar Street.

— Reste chez toi, on y arrivera, le rassura Abe.

— Je n'ai pas grand-chose à y faire, en fait. Ma maison a été envahie par une vingtaine de femmes prêtes à réduire Holloman en cendres si nous ne trouvons pas celui qui a tenté de tuer une femme avec son bébé. Et je suis dans le même état d'esprit. D'abord ma fille, ensuite ma femme et mon fils. Nous devons être plus près du salopard que nous ne le pensions.

Les bureaux de la police du comté étaient en ébullition. Quand Carmine y pénétra, ses collègues se pressèrent autour de lui, prêts à l'aider de quelque manière que ce soit, ce qui lui fit chaud au cœur. Il comprit alors brusquement que les jours du cerveau étaient comptés. L'homme avait perdu son sang-froid, il était devenu trop arrogant. Il avait moins prévu de tuer Desdemona et son bébé que d'envoyer un avertissement à Carmine en laissant dans l'eau, sous le hangar à bateaux, le cadavre d'Erica Davenport. En plein jour ! Quelque chose s'était passé lors de la soirée de la Fondation Maxwell, et pendant quatre mois tout avait semblé bien se dérouler. Puis Evan Pugh avait envoyé sa lettre et, quatre jours plus tard, tous les témoins du « quelque chose » étaient morts. Il s'était donc produit autre chose aux alentours du 29 mars, dont le tueur redoutait que cela le démasquât aux yeux de tous.

— Il nous faut un témoin vivant, affirma-t-il à Abe et Corey, une fois qu'il fut parvenu dans son bureau.

— De ce qui est arrivé à la table de Peter Norton ? demanda Corey.

— Oui, mais aussi de tout ce qui a pu pousser Evan Pugh à se lancer dans le chantage. Je crois qu'Erica Davenport le savait, et c'est probablement la raison pour laquelle elle est morte. Je m'en veux de n'avoir pas dissuadé Myron de repartir en Californie ! Quand je l'ai vue pour la dernière fois, j'ai compris qu'elle ployait sous le poids d'un fardeau qu'elle ne pouvait continuer à porter. Je ne peux m'empêcher de penser que s'il avait été là…

Il se passa la main sur le visage.

— Et maintenant, je vais devoir lui apprendre qu'elle est morte.

— On te laisse tranquille, déclara Abe.

La conversation dura longtemps. Myron pleura, mais il n'était pas détruit.

— Je crois que je m'attendais à quelque chose comme ça, sanglota-t-il, et je crois qu'elle aussi. Pas vraiment sa mort, mais quelque chose d'horrible. Elle était si heureuse de me voir partir ! Non parce qu'elle en avait assez de moi, plutôt comme si j'étais un sujet d'inquiétude supplémentaire. Le problème, c'est que je n'ai pas réussi à lui faire dire ce qui l'effrayait.

Carmine le laissa divaguer, détestant devoir aggraver sa souffrance, avant de lui apprendre comment elle était morte, au cas où un imbécile quelconque le ferait savoir. Des crétins comme Phil Smith ou Fred Collins par exemple, constamment en visite dans les milieux d'affaires de New York.

Pour finir, Carmine dut également lui apprendre la tentative de meurtre de Desdemona et Julian.

— Il faut que tu les envoies loin d'Holloman ! s'écria Myron. Écoute, je comptais te demander si je pourrais avoir Sophia un moment… Elle peut finir son année à L.A., ça ne la retardera pas.

— Bien sûr, Myron, répondit Carmine. Je dois avouer que je me sentirai plus tranquille si elle n'est pas ici.

— Très bien, très bien, mais ce n'est pas tout ! insista son interlocuteur. Je vais t'envoyer de l'argent et tu emmèneras Desdemona à Londres avec Julian. Pas question que tu refuses, Carmine !

— Hélas si, Myron. Pour commencer, je suis fonctionnaire, et je ne peux accepter d'argent des millionnaires – et, par voie de conséquence, ma femme non plus. Ensuite, je suis en train de résoudre une affaire, je ne peux pas m'en aller. Et d'ailleurs, pourquoi Londres ?

— Parce que Desdemona comptait y vivre avant de te rencontrer, et parce que c'est de l'autre côté de l'Atlantique, très loin du tueur.

— J'apprécie ton geste plus que je ne saurais dire, vieux filou, mais c'est impossible. Restons-en là.

Carmine raccrocha, épuisé. Abe et Corey n'étant plus dans leur bureau, il alla voir Patrick, en quête d'un visage ami.

— Tu as prévenu Myron ? demanda celui-ci.

— Oui. Il ne l'a pas trop mal pris, finalement. Il va prendre Sophia chez lui un moment. Elle sera ravie d'aller là-bas, chacun gâtera l'autre à n'en plus pouvoir, et je n'aurai plus à m'inquiéter pour elle. Je ne crois pas que ce foutu cerveau prenne la peine d'embaucher quelqu'un pour aller la tuer sur la côte Ouest.

— Moi non plus. Et, si ça peut te consoler, je ne crois pas qu'il aurait tenté de tuer Desdemona si elle ne l'avait pas surpris dans le hangar à bateaux. Dommage toutefois qu'elle ne soit pas originaire du Montana ou du Nouveau-Mexique, ce serait de bons endroits pour s'y dissimuler.

— C'est ce que suggère Myron, sauf que sa solution est que j'accepte une grosse somme d'argent et que j'envoie la mère et le fils à Londres.

Patrick eut un petit rire, puis se tourna vers la table d'autopsie. Une silhouette était couverte d'un drap. Quand il l'ôta, Carmine fut contraint de regarder le corps nu d'Erica Davenport, dont les bras et les jambes étaient atrocement gonflés, déformés et livides, le visage d'un bleu tirant sur le noir, et la langue sortie. Seul le torse était resté intact, à tel point qu'on n'aurait pas cru que les membres appartenaient au même corps.

— Pauvre femme, soupira Carmine.

— Tu n'as pas idée à quel point, confirma Patrick.

— Qu'est-ce que tu veux dire?

— Vers la fin de l'adolescence, ou au début de l'âge adulte, elle a été victime de viols répétés extrêmement brutaux. Le tissu cicatriciel devait l'empêcher de s'ébattre en toute quiétude au lit, et elle devait être terrifiée à l'idée que ses amants s'en rendent compte. Skeps, peut-être, si leur relation a été aussi longue que le prétend Philomena. J'ai découvert ça en lavant le corps.

Carmine préféra s'appuyer contre le mur.

— Ça explique beaucoup de choses, Patsy.

— Oui, j'en ai peur.

— Quand procèdes-tu à l'autopsie complète?

— Maintenant, mais cette découverte va la rendre un peu plus longue, alors tu n'auras mon rapport que demain matin. Qui va l'enterrer, Carmine?

— Myron. Comme je te le disais, il avait l'air moins surpris que je ne le pensais, parce qu'elle lui avait confié son testament avant qu'il s'en aille. Il sera son exécuteur testamentaire. Ses biens – je ne sais pas ce que ça représente – iront à une organisation appelée Les Femmes contre le viol. Elle ne lui a pas révélé qu'elle-même en avait été victime, bien sûr. Il va encore falloir que je le lui apprenne! Il n'y a aucune allusion au fait qu'elle était tutrice de Desmond Skeps III. Elle devait savoir que, s'il lui arrivait quelque chose, Philomena Skeps avait toutes les chances d'obtenir la garde complète de son fils. Le cerveau devait le savoir aussi, ce qui suggère qu'il ne recherche pas le contrôle de Cornucopia. Les chiens vont s'entre-dévorer!

— Rentre chez toi, Carmine, répondit simplement Patrick.

C'est bien ce qu'il fit.

Toutes les femmes, sa mère comprise, avaient quitté la maison, mais la police patrouillait dans les environs, et l'atmosphère était tendue. La nouvelle s'était répandue dans tout East Holloman encore plus vite que d'habitude. Les Silberfein, ses plus proches voisins, s'étaient magnifiquement montrés à la hauteur lorsque Sam avait découvert Desdemona dans sa cour. Il aurait dû être à sa teinturerie, comme d'habitude, mais Sylvia ne se sentait pas bien ce matin-là, et il était resté à la maison. Le temps que Carmine arrive, des ambulanciers accompagnés d'un étudiant en médecine s'étaient occupés de Julian, glacé jusqu'aux os mais apparemment peu affecté. Le problème, c'était Desdemona, qui ne voulait même pas qu'on ôte ses vêtements trempés à son fils qu'elle serrait contre elle, et qui était bleue de froid. C'est Carmine qui la convainquit de rentrer, Carmine qui remercia les Silberfein avec effusion, Carmine qui ôta à sa femme ses habits, donna à Julian un biberon de lait pris dans les réserves de sa mère, tandis qu'elle prenait un bon bain chaud.

Quand il entra dans la chambre, elle était encore assise à côté du berceau, qui d'habitude se trouvait dans la nursery. Elle avait glissé les pieds sous elle et restait penchée, les yeux sur le bébé endormi.

Carmine ne tenta pas de l'en détourner. Il attrapa un fauteuil et le plaça en face du sien.

— Il est temps de me donner des détails, commença-t-il d'un ton détaché.

— Demande.

— Tu peux me décrire le gars?

— De taille moyenne. Je pense qu'il était entraîné, il avait des gestes rapides. Un pistolet automatique, de calibre .22, je crois. Pas de silencieux, donc un coup de feu aurait fait du bruit. Je n'ai rien entendu, je suppose donc qu'il a tué cette pauvre femme dans le hangar à bateaux…

— Non, elle a été étranglée. L'arme, ça devait être pour les urgences, et tu en étais une.

— Il faut que je laisse cette journée derrière moi. Regarde notre fils ! Il a nagé et plongé sous l'eau pour la première fois, il ne savait pas ce qui lui arrivait, il a simplement suivi sa mère !

— Et il est trop jeune pour se le rappeler.

— Nous le saurons quand il reverra le port, ou quand on l'emmènera à la piscine. S'il a enregistré cette journée, les souvenirs referont surface.

— On verra. Regarde-le ! Il dort paisiblement. Il s'est réveillé angoissé? Il s'est débattu dans son berceau?

— Non.

— Je ne m'inquiète pas pour lui, il tient de moi au moins pour une moitié. Toi, tu réagis à l'anglaise, tu enfermes tout, en te servant de la logique pour le réprimer. Tu en garderas des cicatrices ; avant tout la crainte que ça puisse arriver de nouveau. Ma mère – qui s'en veut terriblement, tu dois t'en douter – va sans doute rester inquiète pendant des mois. Si tu veux vraiment un petit frère ou une petite sœur pour Julian, il ne faut pas laisser aujourd'hui dominer ta vie. Alors occupe-toi, apprécie ce que tu as, ce que nous avons. Ne permets pas à ce salaud de nous détruire, de détruire notre famille. Arrête de penser au meilleur moyen d'oublier ! Le temps s'en chargera. Vous avez pris un bon bain glacé, Julian et toi, c'est tout. Tu es une héroïne, comme quand tu es passée d'un balcon à l'autre, dans l'immeuble de la Nutmeg. Ce qui est arrivé aujourd'hui devrait renforcer ta confiance en toi, non la détruire.

Elle finit par sourire et se tourna vers Carmine.

— Oui, tu as raison, admit-elle avant de frissonner. J'étais vraiment terrifiée ! Je n'ai pas su quoi faire au début, puis j'ai vu que c'était la marée haute. Je savais que sous l'eau la pente est très raide, suffisamment pour que je disparaisse. Pauvre petit Julian ! Carmine, tu te rends compte que je serais morte si je n'étais pas aussi grande ? La première fois, dans l'immeuble Nutmeg, j'étais en pleine forme parce que j'avais fait beaucoup de marche, mais aujourd'hui m'a fait comprendre qu'il faut que je la retrouve. Heureusement que le gars a laissé tomber, sinon je serais morte en sortant de l'eau. Et si Sam n'avait pas été dans son jardin, nous serions morts également.

Il l'attira vers lui et la fit asseoir sur ses genoux.

— La marche, ça n'est plus vraiment possible. Si tu t'inscrivais à un club de gym?

— Non, je ferai de l'exercice ici. Je sais que c'est idiot, mais je veux garder Julian avec moi.

— D'accord, tant que tu ne l'étouffes pas! Les mères surprotectrices ne rendent pas service à leurs enfants.

— Je te promets que non! D'ailleurs, je ne pourrais sans doute pas: il est toi pour moitié. Et merci pour ta tendresse, je me sens beaucoup mieux. Qu'est-ce que tu as besoin de savoir?

— Plus de détails sur l'allure du gars.

— Son visage était caché par une cagoule, avec deux trous pour les yeux et un pour la bouche. Je ne me suis jamais trouvée très près de lui: j'étais sur le banc, il est sorti par la petite porte sur le côté du hangar, à une bonne quinzaine de mètres. Il avait des gants, une tenue de camouflage, un pantalon assez large passé dans des brodequins de type militaire. Je me suis dit qu'il avait dû venir en longeant le rivage, il devait être difficile à voir s'il était dans les buissons.

— Tu as vu son arme?

— Tout de suite. C'était un tireur d'élite. Quand je me suis mise à bouger, il l'a pointée en direction de ma tête. À cette distance, il ne pouvait manquer son coup. Tu vois, je suis une bonne épouse de flic, je connais les ficelles!

— Il doit avoir observé la maison assez longtemps pour croire qu'il connaissait nos habitudes.

— En tout cas, qui que ce puisse être, il n'a pas pu voir quelqu'un dans notre jardin par-devant! J'étais trop enceinte pour me risquer sur cette pente, puis j'ai eu Julian et c'était l'hiver. C'était mon premier voyage au bord de l'eau depuis un temps fou!

Elle se mit à trembler.

— Oh, Carmine, et si Julian avait été sanglé dans sa poussette ? Nous serions morts tous les deux !

Il la berça tendrement.

— Il ne l'était pas, tu l'avais sur les genoux.

Un grand cri, suivi d'une série de tremblements, aida l'épouse de Carmine à surmonter le choc. Après quoi elle en revint peu à peu à l'instant présent.

— Je n'ai rien à te proposer pour dîner !

— J'ai rapporté une pizza.

— Et Sophia ? Comment ai-je pu oublier Sophia ?

— Patsy l'emmène à l'aéroport JFK. Myron veut qu'elle vienne le rejoindre.

Sur quoi Julien se réveilla, affamé, mais sinon égal à lui-même.

Carmine regarda sa femme allaiter leur fils, tout en s'efforçant de chasser ses propres démons. Le problème, c'était qu'Holloman était suffisamment petit pour que sa femme ait une présence. Sa taille, sa dignité, son allure d'invincibilité attiraient l'inimitié comme l'aimant les copeaux de fer. Si ses ennemis haïssaient le capitaine Delmonico, ils haïssaient aussi sa femme, mais pour ce qu'elle était : non pas une princesse, mais une reine.

Mai 1967

10

La mort d'Erica Davenport fut comme l'épicentre d'un véritable tremblement de terre, qui ébranla les hommes et les immeubles, des dirigeants de Cornucopia à Carmine Delmonico et sa famille, sans oublier le FBI.

— Mais c'était elle, Ulysse ! martela Ted Kelly, venu trouver Carmine dans son bureau. Nous le savons depuis deux ans !

— Alors, pourquoi ne l'avez-vous pas arrêtée ?

— Faute de preuves ! Nous n'avons jamais pu trouver le moindre élément contre elle, du moins qui pouvait être présenté devant un tribunal. Si nous l'avions traînée en justice, elle en serait sortie innocentée, ce qui aurait porté préjudice à notre bureau tout en rehaussant son image.

— C'est tout bêtement parce qu'elle n'était pas Ulysse, répondit Carmine. Je pense qu'elle savait qui il était, ce qui est une autre histoire. Et vous savez quoi, agent spécial Kelly ? Je n'aime pas plus votre attitude aujourd'hui que lorsque je vous ai envoyé par terre l'autre jour. Vous êtes vraiment bouché à l'émeri.

— C'était elle, Ulysse, je vous dis ! s'exclama Kelly en se frappant la cuisse du poing. Nous venions juste de monter la plus belle arnaque de l'histoire de l'espionnage! Elle n'aurait pas pu résister à l'appât; elle se serait rendue à l'un de ses points de chute et nous l'y aurions attendue. Et maintenant... merde!

— Vous aviez trouvé ses points de chute? demanda Carmine en feignant une innocence émerveillée.

— Celui-là, du moins, répondit Kelly, qui se lança dans un véritable cours: les espions en possèdent toute une série, et n'en utilisent aucun deux fois de suite. Ils en ont une liste, codée, des signaux pour prévenir leurs contacts qu'ils vont leur laisser quelque chose, généralement dans un endroit peu fréquenté, un bois, une usine abandonnée...

— ... ou deux serviettes identiques, un paquet dissimulé sous un siège d'autobus, ou dans la quatrième brique à partir de la droite de la dix-septième rangée en partant du haut. Allons, Kelly, tout ça, ce sont des conneries, et vous le savez. Pour commencer, notre espion ne fait pas ça pour l'argent ou le plaisir intellectuel. C'est un idéologue, qui travaille pour la plus grande gloire de la mère Russie. Bref, un communiste. En second lieu, ce qui est volé est transmis ouvertement, après un coup de fil depuis un numéro qu'on ne peut pas connaître, ou un fax. Vous aurez beau surveiller frénétiquement quelqu'un, s'il est aussi malin qu'Ulysse, il transmettra ses informations sous votre nez et vous ne vous en rendrez jamais compte! Vous voudriez que je croie que le FBI ne sait pas à quel point Ulysse est quelqu'un de haut placé? Ce qui veut dire qu'il roule en limousine, qu'il a ses appartements privés, descend dans des hôtels cinq étoiles et mange dans des restaurants où vous et moi ne pourrions nous payer l'eau des rince-doigts!

— Erica Davenport était Ulysse, s'entêta Kelly.

— Ulysse est bien vivant, et c'est lui qui a passé le nœud coulant autour du cou de cette pauvre fille. Après lui avoir brisé les bras et les jambes, pour s'assurer de ce qu'elle savait, et connaître les noms de ceux à qui elle aurait pu parler.

Le masque tomba d'un seul coup. En un instant, l'agent du FBI lourdaud et pas très futé disparut et fut remplacé par un vrai pro, extrêmement intelligent.

— Bon, lâcha-t-il à contrecœur, je laisse tomber. On m'avait prévenu que vous n'étiez pas facile à duper, mais il fallait bien que j'essaie. Je ne voulais pas que tout le monde à Cornucopia pense que je pouvais être aussi habile que vous à repérer les malfaiteurs. Je veux qu'Ulysse croie que je suis l'agent débile d'une agence débile. Tout ça est bon pour vous, vous recherchez un meurtrier, vous pourrez vous pavaner ensuite. Mais moi, je dois faire semblant de ne rien comprendre. Le gars que je cherche ne commet pas d'erreurs.

— Ces derniers temps, si, le contredit Carmine. Voilà tout d'un coup que vous et moi cherchons le même prédateur. Je sais depuis un certain temps que mon tueur et votre Ulysse ne font qu'un. Ce n'est même plus une conjecture, c'est un fait. Vous avez une demi-heure devant vous ?

— Bien sûr.

— Alors, je vais faire en sorte qu'on ne nous dérange pas.

Carmine ferma la porte et chargea Delia de prendre tous ses appels téléphoniques. Puis il revint à son bureau et expliqua à Ted Kelly pourquoi il savait qu'Ulysse avait tué onze personnes venues assister, quelques mois plus tôt, à une soirée caritative.

— Vous voyez donc, conclut-il, que nous trouverons peut-être bientôt des preuves, non d'espionnage, mais de meurtre. Qu'en penserait le FBI ?

— Ce ne serait pas un problème. Vous pourrez vous assurer toute la gloire, et je rentrerai à Washington en passant pour un imbécile.

— Ce n'est pas la gloire qui m'intéresse! grommela Carmine.

— Je sais mais, si on coince l'enfoiré, il faudra bien que quelqu'un en tire le bénéfice, et ça ne peut pas être moi. Si vous le chopez – *quand* vous le choperez –, il faudra veiller à ce que jamais il ne puisse sortir de prison.

— Rien ne permettra de le faire juger par un tribunal fédéral, et le Connecticut est un État assez libéral. Ni vous ni moi ne pourrons être sûrs de ce qu'une commission de remise en liberté conditionnelle pourra décider: ce genre d'organisme est toujours peuplé d'idéalistes.

Kelly déplia sa taille immense et, se levant, serra chaleureusement la main de Carmine.

— Je ne m'en ferais pas, à votre place. La commission devant laquelle il passera sera bourrée de partisans convaincus des dangers de la récidive. Je vous pardonne de m'avoir traité de connard. Je me suis comporté de manière injuste.

Carmine le raccompagna.

— En public, continuons à nous affronter chaque fois que nous nous rencontrerons, proposa-t-il. Au fait, qu'y avait-il sur la pellicule de l'appareil photo fixé sur le télescope de Skeps?

— Rien d'intéressant. Le port, le rivage, les quais, les marées… Nous nous étions dit que ça pouvait être lié à une rencontre ou un point de chute.

L'agent spécial Ted Kelly parcourut le couloir désert en trois longues enjambées et disparut dans l'escalier. Carmine se rendit aussitôt dans le bureau de Delia.

— Notre dindon fédéral est moins bête qu'il n'en a l'air, constata-t-il en souriant. En fait, c'est un aigle, mais, si vous vous en rendez compte alors qu'il est en mode dindon, il vous convaincra qu'il est une buse. Des nouvelles?

— Rien du tout. Abe et Corey ont épuisé leur liste des personnes qui auraient pu se trouver à la table de Peter Norton, sans obtenir le moindre résultat. Ne partez pas! Oncle John veut vous voir. Je crains qu'il ne soit pas de très bonne humeur.

C'était un euphémisme, à en juger par l'expression de Silvestri. Carmine se prépara au pire.

— Qu'est-ce que ce fumier va faire, maintenant? demanda le commissaire.

— Ça dépend si c'était bien lui qui se trouvait dans le hangar à bateaux.

— Pourquoi?

— Son assistant est quelqu'un de précieux, mais qu'il peut toujours sacrifier. Mon sentiment est qu'il l'a envoyé sur place.

— J'ai entendu dire que Myron allait récupérer le corps d'Erica Davenport et l'emmener à L.A. pour l'y faire inhumer.

— Qui vous a raconté ça?

Le commissaire parut mal à l'aise.

— Eh bien... J'en ai parlé avec lui.

— En personne ou au téléphone?

— Au téléphone. Assieds-toi, Carmine, assieds-toi!

— Allez, crachez le morceau, John!

— Ce n'est pas une façon de parler à son supérieur!

— Ma patience a des limites, *patron.*

— Tu sais que Myron est un homme important. Le problème est qu'il harcèle le gouverneur. Il veut que le meurtre d'Erica devienne notre priorité, et le gouverneur est d'accord avec lui, vu le retentissement de l'affaire.

— C'est Myron qui l'a divulgué aux journaux.

— Nous le savons tous. Mais le gouverneur aimerait qu'il aille bourdonner ailleurs, aussi loin que possible. Alors…

— Allez, dites-moi tout !

— Alors, je t'envoie à Londres enquêter sur la période que le Dr Davenport y a passée quand elle était étudiante. Un… bienfaiteur anonyme a fait en sorte que ta femme et ton fils puissent t'accompagner. En raison de cette récente tentative d'assassinat.

Il y avait deux manières de réagir. La première lui gâcherait sa journée, la seconde lui permettrait de lâcher ses émotions. Ce fut cette dernière qu'il choisit : il hurla de rire.

— L'enfoiré ! hoqueta-t-il en se tenant les côtes. Je ne peux pas aller à Londres, c'est impossible. Dès que je partirai, tout va exploser. Vous vous en rendez certainement compte, John ?

— Bien sûr ! Et je l'ai fait savoir ! Mais j'aurais mieux fait d'épargner ma salive. Cette enquête devient politique, grâce à Myron Mandelbaum.

— Il veut bien faire, mais il ferait mieux de ne pas se mêler de ce qu'il ne comprend pas. Le problème, c'est qu'il tend à envisager l'existence comme un film : ça file à toute allure et personne ne prend la peine de réfléchir. Non seulement un voyage à Londres ne me permettra pas d'arrêter un espion et un tueur, mais ça pourrait lui donner l'occasion de disparaître.

— Je sais, je sais.

— Le gouverneur a précisé le temps que je dois passer là-bas ?

— Vu les restrictions budgétaires, plus tôt tu seras de retour, mieux ça vaudra. Comment puis-je t'aider ?

— Myron pense avant tout à Desdemona et Julian. Même si je reviens dans deux ou trois jours, il faudra qu'ils restent à l'écart un petit moment. Et, avant de quitter Holloman, il me faut le nom de quelqu'un qui, sur place, pourra me parler d'Erica, ça m'aidera. Je rentrerai dès que je lui aurai tiré les vers du nez.

— Demande à Delia de s'en charger, Carmine !

— C'est elle qui devrait aller en Angleterre.

— J'en suis bien d'accord, mais Myron n'acceptera pas. Toutefois, ajouta le commissaire d'un air de conspirateur, nous pourrions peut-être brouiller les pistes. Ne dis à personne où tu vas, explique que tu emmènes ta famille loin d'Holloman pour un moment, et va à l'aéroport Kennedy comme si tu prenais l'avion pour L.A. Je parlerai à Myron, pour qu'il prétende qu'il va les accueillir chez lui. Ça paraîtra vraisemblable et ça m'étonnerait qu'on te suive.

En définitive, seuls Silvestri et Delia surent où Carmine, deux jours plus tard, emmena Desdemona et Julian. Après y avoir réfléchi, il décida également d'en informer Ted Kelly, qui pourrait faire savoir dans les bureaux de Cornucopia qu'il était parti pour L.A. et reviendrait par le premier avion si les choses tournaient mal.

Desdemona expliqua aux femmes de la famille Delmonico qu'elle attendait avec impatience de revoir l'endroit de leur lune de miel : le palais californien de Myron. Leur départ ne passa pas inaperçu. Une limousine assez grande pour accueillir une équipe de football vint les prendre à leur domicile, et les conduisit directement à leur Boeing 707 où ils furent installés en classe affaires sans se mêler à la foule en salle d'embarquement. Carmine remarqua que nombre de leurs voisins frémirent à la vue d'un nouveau-né, toujours prêt à brailler, mais ils n'eurent pas à s'en plaindre : Julian fut très sage et ne grimaça qu'au décollage et à l'atterrissage, à cause de la pression dans ses tympans, mais il ne hurla pas. Ce n'était pas grand-chose comparé à sa plongée dans le port d'Holloman.

— Je préfère le train, décréta l'épouse de Carmine, qui s'était fort ennuyée.

Myron les avait installés au Hilton, sachant que beaucoup d'hôtels londoniens n'étaient pas équipés de grands ascenseurs, de hautes portes et de vastes lits : il faudrait de la place à Desdemona, surtout avec un landau.

Carmine était déjà venu souvent à Londres, et Delia lui avait trouvé une personne à contacter : le professeur Hugh Lefevre. Elle avait même obtenu un rendez-vous le lendemain, à 11 heures, chez l'intéressé, à St John's Wood. Apparemment, Lefevre se souciait peu d'aller déjeuner dans un restaurant.

S'attendant, vu le quartier, à une certaine aisance, Carmine fut surpris de devoir emprunter une rue bordée de maisons mitoyennes en assez mauvais état, datant du début du siècle, auxquelles on accédait par des marches crasseuses. Il trouva celle qu'il cherchait. Un coup d'œil à sa montre lui apprit qu'il était à l'heure. Un escalier mal éclairé le mena à un étage comportant cinq portes. Il frappa à celle du fond.

— Entrez ! dit une voix.

Carmine s'exécuta, se retrouvant dans une grande pièce que n'éclairaient que deux fenêtres révélant un ciel de plomb. L'intérieur était assez miteux, comme l'immeuble. Il y avait des livres partout. Des papiers s'entassaient sur un bureau, à côté duquel une table basse accueillait une machine à écrire.

L'occupant des lieux se tourna vers Carmine, et serra la main qu'il lui tendait.

— Professeur Lefevre ?

— C'est moi. Asseyez-vous, capitaine Delmonico.

Carmine regarda autour de lui d'un air perplexe.

— C'est là tout ce que l'Angleterre peut faire pour un professeur d'université ?

— Je suis communiste, capitaine, et vivre dans le confort pendant que tant d'autres en sont privés ne fait pas partie de mon éthique. J'ai choisi de vivre de cette manière.

Vingt ans plus tôt, quand Erica Davenport était son élève, Lefevre devait attirer les femmes : grand, assez beau, un nez très droit, une épaisse chevelure, des yeux d'un bleu très vif. Il lui en restait quelque chose, mais la maladie – il souffrait manifestement d'arthrite – et une vie d'ascète l'avaient rongé, à l'intérieur comme à l'extérieur.

— Que faites-vous de votre argent ? demanda Carmine, intrigué.

— Je le donne au parti.

— Où, selon toute vraisemblance, quelqu'un d'autre l'utilise pour vivre dans le confort !

— Pas du tout ! Nous sommes tous des convaincus.

Mieux valait cesser de l'agacer. Carmine se pencha en avant.

— Professeur, je suis désolé, je n'entendais pas vous offenser, ni dénigrer vos idéaux. Ma secrétaire vous a précisé que j'avais besoin de renseignements à propos d'Erica Davenport, qui a été une de vos étudiantes, si je ne me trompe.

— Ah, Erica ! sourit le vieil homme. Mais pourquoi devrais-je répondre à vos questions ? Que je sache, le maccarthysme est terminé, aux États-Unis.

— Elle est morte, professeur. Assassinée de manière particulièrement brutale, après qu'on lui a brisé les bras et les jambes. Pour le reste, je ne suis qu'un policier chargé d'enquêter sur son meurtre. C'est cela qui me préoccupe, non ses opinions politiques.

Les yeux de Lefevre s'embuèrent. Sans doute avait-il eu une véritable affection pour son étudiante.

— Dites-moi simplement comment elle était, il y a vingt ans.

Il y eut une lueur dans ses yeux bleus.

— Elle? Un vrai soleil! Pleine de vie, brûlante d'enthousiasme. Nous sommes assez à gauche à la London School of Economics, nous sommes même connus pour ça. Elle nous est arrivée déjà politisée, alors achever le processus a été facile. Quand j'ai découvert qu'elle parlait russe, j'ai compris quelle était sa valeur, d'autant qu'Erica était remarquablement intelligente. Moscou a été intéressé : l'occasion d'infiltrer un agent «dormant» dans une énorme compagnie américaine était trop belle pour qu'on la néglige.

— Pourquoi être si franc, professeur? Vous me parlez de sa trahison, mais aussi de la vôtre.

— Je n'ai jamais trahi personne! La LSE n'a rien qui puisse intéresser les Russes – sauf certains de ses étudiants.

Il s'interrompit brusquement.

— Une tasse de thé?

— Non, merci. Continuez.

— Les responsables du parti ont fait en sorte qu'elle puisse se rendre à Moscou, où elle a rencontré beaucoup de gens importants. Le KGB lui a donné un passeport spécial, tandis que le sien recevait toutes sortes de tampons, pour faire croire qu'elle avait voyagé en Europe. La guerre froide venait de commencer, il fallait être très prudent : elle resterait sans doute dormante un bon moment avant d'être activée.

— Erica est donc allée à Moscou au cours de l'été 1948? Que s'est-il passé là-bas?

— Le premier voyage a été magnifique. Elle en est revenue enchantée. Elle avait rencontré des membres du Comité central, et même serré la main de Staline, qui n'était pourtant pas en très bonne santé à cette époque. Puis elle a dû retourner à Moscou pour y être formée – et aussi pour qu'on soit sûr de sa loyauté. Cela a duré neuf semaines. Pour quelqu'un d'autre, ça aurait été plus long, mais elle était très brillante, et témoignait de beaucoup de zèle.

Le professeur se tut, manifestement accablé. Carmine savait que, s'il ne lui avait pas appris la mort de son étudiante, jamais Lefevre ne lui aurait confié tout cela. Nul doute que des agents du FBI ou de la CIA avaient déjà dû le rencontrer pour lui poser des questions, et qu'il s'en était tenu à la version du voyage touristique en Europe. Il était vieux, seul, dépassé : maintenant, il pouvait parler sans plus risquer de la mettre en danger.

— Autre chose ? demanda Carmine.

Lefevre finit par se décider.

— Lors de sa dernière soirée à Moscou, Erica a été violée. D'après ce qu'elle m'a raconté, cela s'est passé lors d'un dîner très arrosé, auquel assistaient des responsables du parti et du KGB. Je ne sais pas pourquoi ils s'en sont pris à elle, sinon parce qu'elle était très belle et américaine.

— J'étais au courant, avoua Carmine. Elle en portait encore les traces à l'autopsie, vingt ans plus tard. Comment a-t-elle fait pour survivre ?

— Une fois de retour à Londres, je l'ai envoyée au Guy's Hospital, où j'avais des amis, puis nous avons fait en sorte que son dossier médical se perde.

— Et comment a-t-elle réagi ? Elle a dû revenir de Moscou totalement changée.

— D'un côté oui, de l'autre non. Le feu en elle avait disparu, remplacé par une sorte de résolution glacée. Une grosse somme d'argent a été déposée à son nom dans une banque de Boston, et elle a entamé son ascension sociale. Après quelques lettres, j'ai perdu tout contact avec elle.

— Alors, vous ignorez qu'elle était devenue dirigeante d'une très grosse société américaine d'armements?

— Vraiment?

— Mais elle n'espionnait pas pour Moscou. Elle était le paravent de quelqu'un d'autre. Elle devait avoir un contrôleur, quelqu'un qui guidait ses actions et lui disait que faire.

Quand Carmine s'en fut, il rentra à pied au Hilton, traversant Regent's Park, ses azalées et ses rhododendrons, ses arbres en fleur. Pauvre professeur Lefevre! Vieux, malade, soutenu par son idéologie. Combien y en avait-il comme lui?

Il se joignit à Desdemona pour le déjeuner. Elle revenait juste d'une promenade avec Julian dans Hyde Park et paraissait reposée et détendue.

Comment lui dire que je rentre? Autant y aller franco.

— J'ai obtenu tout ce que je voulais du professeur Lefevre, expliqua-t-il en lui prenant la main. Ce qui signifie que je dois rentrer.

Au prix de gros efforts, elle parvint à paraître simplement déçue.

— Je sais que tu resterais si tu le pouvais. J'imagine que toutes les femmes de policiers passent par là. Mais, capitaine Delmonico, ajouta-t-elle en souriant, vous ne vous débarrasserez pas de moi aussi facilement! Oui, je suis déçue, mais en t'épousant je savais quel genre d'homme tu étais. Toujours ta fatale attraction pour les affaires tordues! Mon lit sera froid, mais pas autant que le tien, car j'aurai Julian. Promets-moi simplement que, quand tout sera terminé, tu me ramèneras ici. Et pas aux frais de Myron ! Un petit hôtel minable sur Gloucester Road fera l'affaire. Et nous n'aurons pas besoin de louer un landau, Julian semble préférer la poussette.

— Marché conclu, acquiesça Carmine en lui baisant la main. Je m'inquiéterai quand même, Londres est une grande ville.

— Nous n'y resterons pas, je me suis arrangée avec Delia. Nous savions que tu rentrerais très rapidement, alors je vais me rendre avec Julian chez les parents de Delia, dans le Lancashire. La générosité de Myron nous y conduira en Rolls.

— La prochaine fois, ce sera train, autobus et taxi ! la prévint Carmine.

— Oui, mais tu seras là pour m'aider. Je suis très grande, mais je n'ai que deux mains.

— Tu es furieuse contre moi ! sourit-il, comprenant enfin. Quel soulagement !

— Bien sûr ! Ce n'est pas facile d'être une femme de policier parfaite, crois-moi ! Je ne pensais pas que tu trouverais ce que tu cherchais si facilement, je croyais que tu resterais deux ou trois jours. Je n'ai jamais vu les joyaux de la Couronne.

— Ça tombe bien, moi non plus.

— Pendant combien de temps puis-je profiter de ta présence ?

— Je pensais repartir ce soir, mais je vais voir s'il y a un avion demain matin.

— Au moins, nous pourrons nous blottir cette nuit dans un grand lit. J'appellerai Mme Carstairs pour lui annoncer notre arrivée, puis nous quitterons l'hôtel et monterons ensemble dans la Rolls de Myron. Nous te déposerons à Heathrow, c'est sur notre chemin.

— C'est très bien, noble dame. A priori, tu n'es pas en danger ici, mais ça ne peut pas faire de mal d'agir un peu clandestinement. Personne ne sait que les parents de Delia habitent là-bas.

— C'est une histoire d'espionnage, non?

— Je ne m'intéresse qu'à ce qui concerne les meurtres.

— Vous avez eu une sacrée chance, s'exclama Ted Kelly quand Carmine eut achevé son récit. Nous avons plusieurs fois approché le professeur Lefevre, mais il a juré qu'Erica Davenport n'était qu'une brillante étudiante américaine venue s'imprégner de la sagesse économique de la LSE. Quel menteur, ce vieux bouc! Il nous a dupés, tout en se flattant constamment d'être membre du parti communiste. L'Angleterre en est pleine, tandis qu'ici les plus dangereux ont plongé dans la clandestinité à l'arrivée du sénateur McCarthy. Qui a fait plus de bien que de mal, cela dit.

— Comme toutes les chasses aux sorcières!

— En tout cas, on n'en sait guère plus sur Erica Davenport.

— Je ne suis pas d'accord. Ulysse a perdu son paravent. Avez-vous réussi à savoir quand Cornucopia a commencé à se faire voler des secrets?

— Quand elle est arrivée, voilà dix ans. C'est la découverte du vol du dispositif d'alimentation de missiles, voilà deux ans, qui nous a alertés.

— Cornucopia a perdu d'autres choses, ces derniers mois?

— Vous pensez au banquet de la Fondation Maxwell?

— Bien sûr.

— On n'en sait rien, avoua Kelly d'un air lugubre. Apparemment, il n'y a pas eu de gros progrès chez les Russes. En tout cas, notre propre réseau d'espionnage n'a rien découvert.

— Je pense qu'Ulysse se tient coi. Il possède une réserve de secrets à divulguer, mais il n'est pas sûr que l'orage ait pris fin. Erica ayant été réduite au silence, il a dû se détendre un peu, mais ça dépend de ce qu'elle lui a avoué quand il l'a torturée.

— Qu'est-ce qu'elle aurait pu lui dire ? demanda Kelly.

— Ce qui s'est passé entre elle et Skeps lors du banquet, d'abord. Il se peut qu'Ulysse n'ait pas été présent ce soir-là, qu'il ait envoyé Erica pour le sonder – peut-être sur ce qu'il savait d'Ulysse ? Mais elle est restée en dehors jusqu'à la lettre de chantage d'Evan Pugh. Nous ne savons pas si elle a été envoyée à Erica, qui l'aurait transmise à Ulysse, ou directement à celui-ci. Que ça me plaise ou non – et ça ne me plaît pas –, il faut que je fasse un nouveau trajet en voiture jusqu'au cap Code, pour rencontrer une fois de plus Philomena Skeps. Elle devrait être un peu plus franche concernant sa relation avec Erica, maintenant que celle-ci est morte.

— Carmine, voyons ! Je mets à votre disposition un hélicoptère du FBI.

— Voilà bien pourquoi nous autres, petits flics, détestons votre agence ! Tant d'argent à claquer ! Mais ça ne m'empêchera pas d'accepter votre offre.

— Demain ?

— Le plus tôt sera le mieux.

— Que fait votre famille, à Londres ?

— Elle se balade dans toute la ville, répondit Carmine.

Il n'avait aucune intention de révéler à son nouvel allié que sa femme et son fils séjournaient dans un petit village. Il était devenu si paranoïaque qu'il avait équipé le téléphone de sa maison d'un brouilleur et ne conversait avec Delia qu'en chuchotant.

— Dommage que vous n'ayez pas pu rester un peu plus longtemps avec eux.

— Oui, mais ils sont en sécurité et se donnent du bon temps.

— J'ai compris l'importance des photos prises par l'appareil fixé sur le télescope, expliqua lentement Kelly. Ulysse voulait savoir comment parvenir chez vous en longeant le rivage.

— C'est mon idée aussi, Ted. Ulysse a envoyé son assistant, plus jeune, ou physiquement plus apte, ou les deux. Pendant ce temps, lui pouvait se créer un alibi. Le plus sinistre, c'est que ce n'est pas le premier cadavre qui finit sur ce terrain. Une pauvre adolescente assassinée y a été jetée du temps du précédent propriétaire. Mais c'est un canot qui l'avait amenée là, alors qu'Erica a été portée ou traînée le long du rivage.

Kelly le regarda, stupéfait.

— Bon sang! Et on prétend que la foudre ne frappe jamais deux fois au même endroit! C'était l'affaire du Fantôme, non?

— Exact.

L'agent se leva.

— Appelez-moi quand vous aurez fixé un rendez-vous avec Mme Skeps. Un de nos hélicos vous attendra sur ce qu'à Holloman on appelle un aéroport.

— Nous avons des vols en semaine pour New York et Boston! répliqua Carmine en souriant. Chubb University possède une fac de droit, une fac de médecine, toutes deux peuplées d'experts qui témoignent sans arrêt devant les tribunaux.

Carmine se retrouva à Chatham, sur un minuscule aérodrome réservé aux avions privés, trente-cinq minutes après avoir décollé d'Holloman. C'était une curieuse sensation que de regarder le paysage sous ses pieds dans cet appareil semblable à une bulle de verre.

Le pilote ne desserra pas les dents, sauf pour lui dire, une fois qu'ils furent arrivés :

— J'attendrai ici.

Une Ford Fairlane semblable à la sienne était garée près de la clôture, les clés sur le tableau de bord. Personne en vue.

Bien joué ! se dit Carmine. *Le FBI veut que Mme Skeps et Me Bera croient que je suis venu comme d'habitude, ayant mal aux fesses et d'une humeur de chien.*

Depuis sa dernière visite, les villages du cap Code avaient commencé à se couvrir de verdure, et quelques fleurs apparaissaient. La journée était belle, le ciel parfaitement bleu, l'Atlantique placide.

Philomena Skeps se tenait dans son jardin, en baskets, vêtue d'un T-shirt blanc et d'un short en jean révélant de longues cuisses bronzées. Il était évident qu'elle n'avait pas besoin de soutien-gorge. Ses longs cheveux noirs étaient négligemment relevés au-dessus de sa tête.

— Bonjour, capitaine, l'accueillit-elle en lui serrant la main. Allons nous asseoir derrière la maison, nous pourrons y trouver un peu de fraîcheur.

Ils contournèrent la demeure jusqu'à un patio.

— Me Bera n'est pas là ? demanda Carmine.

— Il arrivera plus tard, répondit-elle en lui indiquant un fauteuil blanc. Limonade ?

— Oui, merci.

Il l'écouta parler des joies du printemps, l'observant tout en sirotant un excellent breuvage. Sous le soleil, les yeux de Philomena apparaissaient d'un vert semblable à une eau pleine d'algues.

— Vous n'avez pas été tentée de vous rendre à Los Angeles pour les funérailles d'Erica ?

— Non, répliqua-t-elle tandis que son regard se remplissait de larmes. Personne n'a voulu me dire comment elle était morte, à part le fait qu'on l'a assassinée. Que s'est-il passé? C'était horrible à ce point?

— Oui. Elle a d'abord été torturée, on lui a brisé les bras et les jambes. Puis on l'a étranglée avec une corde.

— Une pendaison?

— Non. Une simple strangulation – enfin, si j'ose dire.

Elle n'eut pas de larmes, mais parut battre en retraite, là où Carmine ne pourrait l'atteindre.

— Je vois, finit-elle par dire. C'est un crime assez étrange, non? Pas d'agression sexuelle?

— D'après mon expérience, ce n'était pas un crime sexuel. Je crois qu'on l'a torturée pour qu'elle livre des informations. Avez-vous jamais eu l'impression qu'elle était en danger?

— De meurtre, non. De viol, j'aurais pu le comprendre, elle était si froide, si hautaine… Un certain nombre d'hommes considèrent que les filles comme elle doivent être rabaissées, et quel moyen plus efficace que le viol?

Une femme intelligente! pensa Carmine.

— Vous saviez qu'elle avait été victime d'un viol collectif dans sa jeunesse?

— Non, mais ça ne m'étonne pas. Elle ne se confiait pas à moi, capitaine. Je vous l'ai dit, nous n'étions pas en bons termes.

— Récemment, oui, mais pas autrefois, madame Skeps, avouez-le.

— Oui, nous avons été de grandes amies. C'est à cause de moi qu'elle est devenue la maîtresse de Desmond, je l'en ai suppliée. Bien entendu, cela a altéré nos rapports, même si nous sommes restées très proches ensuite. Et je ne le lui aurais jamais demandé si j'avais appris cette histoire de viol. J'étais très égocentrique, capitaine : pendant qu'Erica le satisfaisait sexuellement,

Desmond me laissait tranquille. J'ai été surprise quand elle m'a avoué qu'elle se limitait à des fellations. En fait, elle ne s'intéressait nullement au sexe. Je vous en prie, restons-en là !

— Pourquoi étiez-vous de si grandes amies ?

— Parce que nous nous entendions parfaitement. Nous adorions lire, discuter de ce que nous avions lu... Nous appréciions la beauté, sous toutes ses formes. Aucune de nous deux n'avait jamais connu d'amitié aussi forte. J'ai été accablée quand elle a pris fin.

— De quelle façon ? Et pourquoi ?

— Je ne le sais toujours pas. Erica y a mis un terme brusquement. C'était en novembre 1964, le jour de Thanksgiving. Elle devait venir dîner avec moi, mon fils, et Tony. Elle est arrivée très en avance, alors que j'étais à la cuisine, à préparer la farce pour la dinde. Elle est entrée et m'a déclaré que notre amitié était terminée, qu'elle me méprisait et en avait assez de feindre le contraire. Que mon fils lui rendait la vie impossible, qu'il la détestait et qu'elle le lui rendait bien. Sans compter bien d'autres raisons. J'étais si stupéfaite que je suis restée sans rien trouver à répondre. Et puis elle a tourné les talons et elle est partie. Je ne l'ai jamais vraiment revue, sauf lors de soirées ou de réunions que nous ne pouvions éviter.

— Cela a dû être un vrai chagrin pour vous, madame Skeps.

— Une tragédie, plutôt ! La vie n'a plus jamais été la même depuis.

— Comment avez-vous réagi en apprenant que votre ex-époux avait laissé à Erica le contrôle de l'héritage de votre fils ?

— J'en ai été accablée, mais pas surprise. Desmond faisait toujours tout pour me rendre la vie difficile. Tony en a été beaucoup plus affecté. Il n'a rien pu trouver dans le testament qui lui aurait permis de le contester devant les tribunaux. Bien sûr, maintenant qu'Erica est morte, les choses sont différentes.

Elle eut dans sa voix un accent de triomphe qui n'échappa pas à Carmine.

— Pourquoi votre fils détestait-il Erica?

— La jalousie, bien sûr! Il avait l'impression que, pour moi, elle était plus importante que lui. D'une certaine façon, il avait raison. Nous étions toutes deux liées par l'intellect, et les enfants ne peuvent évidemment pas lutter sur ce terrain. Certains le comprennent, mais pas Desmond. Il a été ravi que notre amitié prenne fin.

Par la suite, Carmine ne comprit jamais tout à fait comment il avait réussi à rester impassible en entendant cette femme faire ce récit où se mêlaient Œdipe, Clytemnestre, Médée, et une bonne douzaine de personnages mythologiques si souvent cités dans les manuels de psychologie.

— Maman! dit une voix.

Quand on parle du loup...

Le jeune garçon ressemblait davantage à sa mère qu'à son père. Le début de la puberté avait provoqué sa première crise de croissance, et il était désormais plus grand qu'elle. Torse nu, vêtu d'un simple short en jean, il avait fière allure: larges épaules, hanches étroites, de belles mains, de beaux pieds. Son visage avait une beauté un peu androgyne qui avait peu de chance de disparaître en grandissant: des traits ciselés, de grands yeux verts aux longs cils noirs, une peau brune parfaite...

Carmine sentit qu'il avait la chair de poule. Ce garçon courait tout droit aux ennuis.

— Capitaine Delmonico, voici mon fils.

Carmine se leva et lui tendit la main. Le jeune garçon la serra, mais d'un air distant, avec une petite moue de dédain.

— Bonjour, le salua-t-il simplement avant de se tourner vers sa mère : c'est à propos de la sorcière de Cornucopia ?

— Oui, chéri. Tu veux de la limonade ?

— Non. Je m'ennuie !

— Avec tout le travail scolaire que tu as à faire ? s'étonna sa mère.

— Maman, j'ai un QI de deux cents, ça ne devrait pas poser de problème !

— C'est vrai, avoua Philomena à Carmine, un peu à contrecœur. Je crains que nous ne soyons obligés de nous installer à Boston. J'aime le cap Code, mais cela retarde Desmond.

Elle se tourna vers son fils.

— Dès que les problèmes juridiques seront résolus, chéri, nous irons à Boston. Tony pense que cela ne devrait prendre que quelques semaines.

— Où est-il ? demanda le jeune Desmond, qui s'agitait déjà.

— Je suis là ! répondit une voix venant de la porte de service.

Il y eut chez le jeune garçon un changement immédiat : il se précipita vers l'avocat et le serra dans ses bras.

— Tony ! Prenons le bateau, je m'ennuie.

— C'est une bonne idée, approuva l'avocat, mais il faut d'abord que je parle au capitaine. Va donc tout préparer, il va nous falloir des appâts.

Le garçon s'en fut après avoir échangé quelques mots supplémentaires avec Bera. Carmine étouffa un soupir de tristesse mêlé de dégoût. Desmond avait déjà été initié sexuellement, mais pas par une femme : Bera avait été son mentor dans ce domaine.

Toujours les Grecs.

— Est-ce que Desmond n'exagère pas son QI ? demanda Carmine dès que l'intéressé eut disparu.

— Un peu, répondit l'avocat en riant, mais il est quand même dans la catégorie supérieure.

Puis il fronça les sourcils.

— Mais il n'est pas très ouvert. Ses talents sont d'ordre mathématique, pas du tout artistique, et il manque de curiosité.

— C'est un point de vue un peu détaché à propos de quelqu'un qui vous est tout dévoué.

— N'exagérons rien ! sourit Bera, apparemment inconscient du fait que Carmine avait compris ce qui se passait entre l'avocat et le jeune garçon.

— Je présume que vous allez contester le testament, maintenant ? poursuivit le capitaine.

— Je ne suis pas sûr que ce soit nécessaire. Il ne prévoit rien en cas de mort d'Erica. Si un conseil d'administrateurs est nommé, et qu'il soit suffisamment crédible pour les tribunaux new-yorkais, je pense qu'on peut tout arranger sans finasseries juridiques. Philomena est une tutrice idéale, injustement traitée par son ex-mari. Imaginez-vous Phil Smith, ou les autres membres du conseil, lui rendre la vie difficile ? Tant qu'ils seront administrateurs, tout ira bien.

Un résumé très superficiel à l'intention de quelqu'un qu'il prend pour un ignorant des subtilités juridiques, songea Carmine, *mais c'est sans doute comme ça que ça se passera. Et ça répond à mes questions : Cornucopia gardera les mêmes dirigeants pendant quelques années. Après cela viendra le jeune Desmond, auréolé de son diplôme d'Harvard et prêt à jouer son rôle. Qu'il soit homosexuel ne m'inquiète pas. Concernant le patriotisme, par contre… Ted Kelly est-il certain de celui d'Anthony Bera ? Il faudra que je lui en parle.*

Se levant, il prit congé de ses hôtes. Philomena s'abstint de le raccompagner jusqu'à sa voiture, contrairement à Bera, qui l'examina de près.

— Vous en avez fait, des kilomètres, en venant trois fois jusqu'ici !

— Ah, il le fallait bien, répondit Carmine, qui monta dans le véhicule et partit.

Quelques minutes plus tard, il se trouvait dans les airs.

Cet après-midi-là, faute d'avoir mieux à faire, il retourna à Cornucopia, qu'il détestait pourtant plus que tout.

Phil Smith s'était installé dans le bureau de Desmond Skeps, sans pour autant recourir aux services de Richard Oakes. Le décor mis en place par Erica avait été subtilement déféminisé : les vases de fleurs avaient disparu, comme les paysages rêveurs, remplacés par des gravures de Hogarth très noires. Sur les meubles, le chevreau vert était devenu rouge.

— Vous devriez ajouter quelques fanions ornés de croix gammées, ironisa Carmine.

— Pardon?

— Du rouge, du blanc et du noir partout, ça fait un peu nazi.

— Capitaine, rétorqua Smith, vous aimez toujours autant faire des remarques déplaisantes, mais aujourd'hui je n'ai pas l'intention de répondre à vos provocations. Je suis trop heureux.

— Vous n'aimiez pas obéir à une femme.

— Comme tous les hommes ! J'aurais pu m'y faire, pourtant. Mais ce qui m'exaspérait, c'était son indécision.

Smith était vêtu d'un costume trois-pièces de soie noire – en guise de deuil? –, complété par une cravate de même couleur piquetée de points blancs et de boutons de manchettes d'or et d'onyx noir. *Une merveille d'élégance*, songea Carmine en s'asseyant. Son interlocuteur paraissait plus jeune, plus avenant. Être devenu le grand patron de Cornucopia le métamorphosait.

— Où est donc Richard Oakes?

— C'est un homosexuel, capitaine, déclara Smith d'un ton méprisant, et je n'aime pas les gens de ce genre. Je l'ai exilé en Mongolie extérieure.

— Où ça?

— Au service comptabilité.

— J'avoue que, pour moi aussi, ce serait la Mongolie! Il se demanda à cet instant si Smith avait rencontré Desmond Skeps III, récemment. Quel choc ce serait pour lui!

— Que voulez-vous? s'enquit son interlocuteur d'un ton cassant. Je suis très occupé.

— Je voudrais savoir où vous étiez le jour où Erica Davenport a été assassinée.

— Ici, jusqu'à 18 heures, j'ai des témoins qui le jureront! Allez chercher ailleurs, bon sang de bonsoir!

— Vous dites qu'elle était indécise. Qu'entendez-vous par là, exactement?

— Une des méthodes de Cornucopia pour rester au premier rang, c'est d'absorber des compagnies plus petites, qui ont des idées neuves ou ont trouvé sur le marché une niche pour des produits nouveaux. Mais les négociations en ce domaine ont une forme et une durée dont Erica ignorait tout. En moins de quatre jours, nous avons manqué le rachat de quatre sociétés, par sa faute. Fred Collins s'occupait de trois d'entre elles, et moi d'une. Cela faisait des mois que nous nous livrions aux danses rituelles de rigueur, mais elle a tergiversé, cette sotte, avant de se tourner vers Wallace Grierson.

— Ne pouviez-vous pas passer outre?

— Pas de la manière dont Desmond a rédigé son testament : étant la tutrice de son fils, elle avait tout pouvoir de décision.

— Se débarrasser d'elle présentait donc des avantages, même sans recourir au meurtre.

— Capitaine, seriez-vous un sot, vous aussi ?

— Non, répondit celui-ci d'un ton froid, j'ai simplement besoin de certitudes.

Se levant, Carmine se dirigea vers le long mur où les gravures de Hogarth étaient accrochées avec une précision mathématique. Un Londres depuis longtemps disparu, marqué par une horrible pauvreté, peuplé d'une humanité dont personne, manifestement, ne voulait. Smith le suivit des yeux, perplexe.

— Étonnant ! commenta Carmine. La souffrance humaine dans ce qu'elle a de pire, et l'artiste la côtoyait chaque jour. Ça ne témoigne guère en faveur du gouvernement de l'époque, vous ne trouvez pas ?

Smith haussa les épaules.

— Je suppose que non. Ça vous intéresse tellement ?

— Disons que c'est un thème assez surprenant dans le bureau du directeur d'une société d'armements.

— Voyez ça avec ma femme ! C'est à elle que j'ai confié le soin de décorer la pièce.

— Ça explique tout, sourit Carmine, avant de s'en aller.

Il passa voir successivement Gus Purvey, Fred Collins et Wal Grierson.

Le premier avait vraiment été bouleversé par la mort d'Erica, au point de se rendre à Los Angeles pour assister à ses funérailles. Comme Phil Smith, il avait un alibi en béton pour la journée de son meurtre.

— M. Smith m'a expliqué que le Dr Davenport était indécise, déclara Carmine.

— Je ne suis pas d'accord. Phil et Fred sont des requins, qui avalent tout sur leur passage sans se préoccuper de savoir si c'est bon à manger ou si ça leur donnera une indigestion. Erica pensait que les quatre sociétés que ces deux-là voulaient absorber risquaient de nous porter tort.

Collins partageait l'opinion de Smith, mais Grierson se rangea aux côtés de Purvey.

— Elle avait une sorte de prudence naturelle, je pense que c'est pour cela que Des voulait qu'elle dirige Cornucopia. Mais je sais aussi qu'elle était favorable au rachat par Domus d'une petite société qui a de bonnes idées sur l'énergie solaire. Ça n'est pas pour demain, mais ça m'intéresse. Même chose, par exemple, pour le dessalement de l'eau de mer. Il faut trier les petites sociétés, pas les avaler. De ce point de vue, son indécision était une bonne chose. Pour le reste, malheureusement, c'était un désastre.

— Que va-t-il se passer, maintenant qu'elle est morte?

— Phil Smith va prendre le pouvoir. C'est amusant: voilà quinze ans qu'il n'a pas levé le petit doigt, et, tout d'un coup, voilà qu'il se réveille. Le problème, c'est que je ne suis pas sûr que ce sursaut d'énergie dure longtemps. En tout cas, je ne souhaite aucunement être à sa place.

— À quoi ressemble sa femme? demanda Carmine, songeant au chapeau brun en forme de crêpe.

Grierson éclata de rire.

— Natalia? C'est une Lapone. Difficile à croire, hein? Des cheveux blonds, des yeux bleus… Je l'aime bien, c'est quelqu'un d'assez jovial. Les enfants, blonds aussi, sont très beaux. Une fille, deux garçons. Aucun n'a voulu suivre papa à Cornucopia. C'est étonnant comme ça arrive souvent: les parents ont beau être riches, leurs rejetons cherchent à faire leur propre truc.

— Il n'y a pas de médiocres parmi eux?

— Ce sont des bosseurs, Natalia y a veillé. Une fois son diplôme en poche, chaque môme est parti pour la terre natale de sa mère. Sans y rester, bien sûr : ils sont à présent dispersés un peu partout dans le monde.

Qui aurait cru que Wal Grierson aimait à ce point les ragots ? C'est fascinant, se dit Carmine.

— Les Smith forment un drôle de couple, constata-t-il.

— Ils sont tout à fait dans la lignée des Collins, du temps d'Aki, la première épouse de Fred. Elle était turque et blonde ! Venue des environs de l'Arménie ou du Caucase, je ne sais plus. Très belle, comme ses fils. L'un est officier de marine ; l'autre scientifique à la Nasa, il bosse sur le projet d'expédition sur la Lune.

— Qu'est-ce qu'elle est devenue? Un divorce?

Le visage de Grierson se rembrunit.

— Non. Elle est morte lors d'un accident de chasse dans le Maine. Un imbécile l'a prise pour un cerf et lui a tiré en plein visage. C'est bien pourquoi nous pardonnons à Fred ses histoires avec les petites jeunes. Du temps d'Aki, il était différent.

— Une vraie tragédie, soupira Carmine.

D'étranges images se formaient dans l'esprit du capitaine Delmonico, mais elles ondulaient en bordure de ses pensées, comme des objets mouvants qu'un ophtalmo sadique maintiendrait délibérément à la périphérie du champ de vision. Elles étaient présentes, mais disparaissaient dès qu'il essayait de se concentrer sur elles.

— Est-ce que je deviens fou? demanda-t-il à Desdemona après avoir mis le brouilleur de conversations en marche.

— Pas du tout ! Tu es parfaitement sain d'esprit. Je connais ce sentiment. Oh, comme tu me manques !

Elle fit une pause avant d'ajouter d'un ton espiègle :

— Et tu manques à Julian, crois-moi ! Chaque fois qu'approche un homme qui a un peu ton allure, il se met à sautiller, c'est adorable.

— C'est horrible de t'entendre dire ça.

— Tu ne sais toujours pas qui c'est ?

— Non. Je devrais, mais je ne sais toujours pas.

— Ne t'en fais pas, tu trouveras.

11

Quand Simonetta Marciano surgit dans son bureau en marchant au pas, Carmine n'en fut pas vraiment surpris, car elle procédait toujours ainsi. Elle était restée bloquée dans les années 1940, du temps de la guerre, où elle avait connu son plus grand triomphe : la capture du major Danny Marciano, qui jusque-là avait réussi à rester libre. À peine sortie de l'adolescence, Simonetta ne s'intéressait nullement aux G.I. de son âge : elle voulait un homme mature. À peine eut-elle posé les yeux sur Danny qu'elle entreprit de le pourchasser en recourant aux charmes délicieux de la jeunesse : la beauté et la gaieté. Aujourd'hui, il était tout près de la retraite alors qu'elle avait la quarantaine.

Elle était vêtue d'une robe rose semée de pois de la même couleur, mais plus sombres, et qui s'arrêtait aux genoux, dévoilant de belles jambes couvertes de bas à couture. Ses chaussures étaient ornées de petits nœuds. Sa chevelure noire formait une choucroute, maintenue par un énorme nœud de satin rose au-dessus de la nuque. Elle présentait, pour ceux qui ne la connaissaient pas, les signes d'une femme peu avare de ses faveurs, mais rien n'était plus éloigné de la réalité. Simonetta était passionnément dévouée à son Danny et à leurs quatre enfants. Par contre, elle possédait des antennes dans toute la ville : à la mairie, aux services du comté, à Chubb, à la chambre de commerce, au Rotary... Marciano disait en plaisantant que l'avoir épousée lui donnait l'impression d'être inscrit à une bibliothèque publique sans avoir besoin d'y emprunter des livres.

— Bonjour, Netty ! la salua Carmine, qui l'embrassa sur la joue et la fit asseoir. Tu es superbe !

Elle minauda.

— Venant de toi, c'est un compliment.

— Café ?

— Non, je ne peux pas rester, je dois assister à une réunion féministe dans la cave à vin de chez Buffo, précisa-t-elle avant d'ajouter en gloussant : un bon repas, du vin rouge italien et beaucoup de poussière !

— Je ne savais pas que tu étais féministe, Netty.

— Moi ? Pas du tout ! Mais à travail égal, salaire égal.

— Et comment puis-je t'aider ?

— Tu ne peux pas, et de toute façon je ne suis pas venue pour ça. Je me suis juste souvenue que Danny disait que toi et tes gars cherchaient des gens ayant assisté au banquet de la Fondation Maxwell.

— Tu y étais ?

— Oui, à la table de John. Aucun d'entre nous ne peut te venir en aide, hélas. Tu connais l'entreprise de pompes funèbres de Bart ?

— Comme tout le monde ! Il a dû enterrer la moitié d'East Holloman.

— La moitié qui compte, en tout cas.

C'était typique de Simonetta, véritable perfectionniste du ragot. On jette du pain dans l'eau, on attend que les canards s'approchent, et alors seulement on les tire.

— Il n'est plus le même depuis la mort de Cora, poursuivit-elle.

— C'était un couple très uni.

— Quel dommage qu'il n'ait pas eu de fils pour reprendre son affaire !

— Mais le mari de sa fille aînée s'en est chargé. Bon, Netty, où veux-tu en venir ?

— J'y arrive, j'y arrive ! Cora est morte depuis un an et demi, et les filles de Bart s'inquiètent pour lui. Elles l'ont laissé tranquille les six premiers mois, puis elles l'ont poussé à sortir, à aller au cinéma, à assister à des soirées… Le pauvre ne peut plus avoir la paix !

— Tu veux dire qu'il assistait à la soirée qui nous intéresse ? demanda Carmine.

Elle parut dépitée.

— Bon sang, Carmine, tu es vraiment impatient ! Oui, en effet, ses filles l'ont poussé à acheter une assiette. Je discutais hier avec la cadette, elle m'a dit qu'il n'avait guère apprécié, du moins au début. Quand il s'est assis à sa table, il était entouré de poivrots et de gens bizarres. Enfin, c'est ce qu'il a raconté à Dolores. Nous étions dans le salon de coiffure de Gloria, j'ai demandé comment allait Bart, et voilà.

Elle se leva brusquement.

— Il faut que j'y aille, Carmine ! Va voir Bart, peut-être qu'il pourra t'aider.

Elle manqua se heurter à Delia en sortant.

— Grands dieux ! s'écria celle-ci. Qu'est-ce que c'est que ça ?

— Simonetta, la femme de Danny Marciano. Un des plus précieux atouts de la police d'Holloman ! Si les gens du FBI pouvaient l'utiliser, ils n'auraient plus aucun problème. Trouvez-moi le numéro de téléphone de Joseph Bartolomeo, et son adresse.

Après réflexion, Carmine lui demanda d'inviter l'entrepreneur de pompes funèbres à déjeuner chez Malvolio, situé près de chez lui. Il accepta sans hésiter.

Le temps que Carmine arrive, Bart était déjà installé dans un box au bout de la salle, buvant un café que lui avait apporté Minnie. Il aimait beaucoup son surnom ; il y avait beaucoup de Joe, de Staline à McCarthy, mais les Bart étaient bien plus rares. Il approchait des soixante-dix ans, avec une allure quelconque qui faisait que les gens ne se rappelaient jamais à quoi il ressemblait. Son visage, son teint, ses manières : tout en lui était ordinaire. Gros avantage pour un croque-mort, qui doit s'effacer devant le cher disparu, organise ses obsèques et ne laisse aucune trace de lui-même parmi les souvenirs de la famille.

— Comment ça va, Bart ? demanda Carmine en s'installant dans le box et en lui tendant la main.

Une poignée de main ordinaire, ni trop molle ni trop ferme.

— Je vais bien, répondit-il en souriant.

— Déjeunons, proposa le capitaine, et ensuite nous discuterons. Qu'est-ce que tu prends ?

— Minnie dit que le bœuf est bon. Et ensuite, un pudding au riz.

Carmine commanda une salade Luigi. En l'absence de Desdemona, il en revenait à ses habitudes de célibataire.

Ce n'est que le repas terminé qu'il devint sérieux.

— Netty Marciano est passée ce matin et m'a raconté que tu avais assisté au banquet de la Fondation Maxwell. C'est vrai, Bart ?

— Oui. C'était bien organisé, mais je ne me suis guère amusé !

— Explique-moi, j'ai besoin de savoir.

— J'étais censé me trouver à une table d'amis, mais j'ai appris en arrivant qu'ils avaient annulé leurs réservations, pour cause de gastro-entérite ! Je me suis retrouvé avec quatre couples de dentistes, et je n'en connaissais aucun, soupira Bart. C'est le problème quand on va seul quelque part. Et lorsqu'on est entrepreneur de pompes funèbres ! Dès que les gens l'apprennent, ils me regardent comme si j'étais Boris Karloff !

— C'est triste, convint Carmine.

— Après le dessert, j'ai décidé de chercher une table un peu plus sympathique. Le premier essai a été un bide : c'était Dubrowski, l'avocat, avec des collègues. Ils ont parlé boutique, je leur ai avoué que j'étais croque-mort et j'ai eu droit au traitement Boris Karloff.

— Où es-tu allé ensuite?

— À une table de gens bizarres, vraiment bizarres ! Quatre hommes et quatre femmes, mais qui n'avaient pas l'air d'être amis. L'un d'eux était un type de Chubb qui regardait les autres de haut. Un autre était si gras que je me suis dit qu'il aurait bientôt besoin de mes services. Même chose pour une vieille dame qui avait du mal à respirer et des lunules bleues sous les ongles. Quelques-uns étaient vraiment bourrés, en particulier un grand type qui restait là, le nez dans son verre de gnôle. Il y avait aussi une jolie fille qui ne paraissait pas être dans son élément, et une femme si fatiguée que j'ai cru qu'elle allait s'endormir sur la table. Et puis il y avait Dee Dee Hall, que je connaissais, comme tout le monde ! Je ne sais pas du tout ce qu'elle faisait là.

Carmine écoutait, fasciné, se demandant s'il fallait interrompre Bart pour lui poser des questions ou attendre qu'il ait terminé. Il choisit la seconde option.

— Un des types était très jeune, sans doute un étudiant, il avait l'allure des gens de Chubb. Je me suis assis entre lui et le gros type sur l'une des deux chaises libres. L'autre était en face, entre le poivrot et le snob. Puis est arrivée une femme qui s'est assise entre eux. Elle aussi était ivre, et elle semblait avoir un compte à régler avec le poivrot.

— Au bout de cinq mois, tu te souviens de tous ces détails, Bart ? demanda Carmine.

Il lui fallait bien poser la question, car un avocat de la défense ne manquerait pas de le faire plus tard.

— C'est mon métier de me souvenir des détails, répondit Bart, un peu froissé. Qui est assis où, qui ne parle pas à qui, quelle couleur préfère la famille du défunt… Les pompes funèbres, c'est un métier très délicat. Et il vaut mieux que je n'oublie rien, car des gens peuvent revenir me voir pour enterrer un autre membre de leur famille.

— Tu as bien raison, Bart ! Tu peux me décrire cette femme ?

— Bien sûr ! Très belle, avec beaucoup plus de classe que les quatre autres de la table. Blonde, des cheveux très courts… une robe bleu pâle… Quand le gros lard a voulu jouer au maître de cérémonie, elle l'a envoyé bouler. À vrai dire, je ne pense pas qu'elle ait fait attention aux autres, elle ne s'intéressait qu'au poivrot. Je crois que c'était quelqu'un d'important, vu la façon dont le traitaient les autres ; comme s'ils en avaient peur, tout en ayant besoin de lui. Pas le jeune gars : il était comme Netty Marciano, tout ouïe pour les ragots.

— Il a été satisfait ?

— La beauté et le poivrot étaient des amants qui venaient juste de rompre, c'est ça qu'elle n'encaissait pas. Elle était vraiment furieuse ! Le poivrot n'a pas dû faire attention, il était complètement cuit. Elle n'a pas compris ça.

— Tu te souviens des mots qu'ils ont prononcés ? C'était lié à la fin de leur liaison ? Elle a cité des noms ?

Bart fronça les sourcils pour se concentrer.

— Oui, plusieurs, mais je ne me souviens que d'un seul : Philomena, c'est le nom d'une sainte, et jamais je n'ai rencontré de femme qui s'appelle comme ça. Les gens autour de la table paraissaient très attentifs. Les serveurs leur chuchotaient à l'oreille et remplissaient leurs verres, vidaient leurs cendriers, en apportaient des propres... La beauté était de plus en plus ivre, elle s'est mise à divaguer. Elle a parlé à l'oreille du poivrot en lui demandant s'il savait ce qui se passait dans sa propre société, qu'il y avait un ennemi. Elle a continué comme ça, ça paraissait vraiment venimeux, mais il était quasiment dans les pommes, et je ne crois pas qu'il ait compris quoi que ce soit. Le gros lard tentait de les convaincre de prendre un café, les trois serveurs rôdaient aux environs.

Carmine contempla Joseph Bartolomeo avec une sorte de crainte respectueuse, ne pouvant croire à sa chance.

— Qu'est-ce qui s'est passé, ensuite ?

— Je ne sais pas, Carmine, répondit Bart en haussant les épaules. J'ai vu des gens que je connaissais à une autre table, alors je suis parti les retrouver. Là, au moins, j'ai pris du bon temps.

— Bart, tu pourrais avoir à témoigner de tout cela devant la justice. Alors, n'oublie rien !

Les grands yeux le regardèrent avec surprise :

— Oublier, moi ?

Carmine le raccompagna jusque chez lui, lui serra la main avec ferveur, puis se mit en quête de ses adjoints. Il n'avait jamais fait devant eux que des références indispensables, mais limitées, au côté espionnage de l'affaire, avant tout parce qu'ils ne possédaient pas les attestations de sécurité nécessaires. Mais il ne pouvait plus les tenir à l'écart.

— Si l'un de vous souffle le moindre mot de ce que je vais vous dire, même à sa femme, je lui coupe les couilles, les prévint-il après s'être enfermé dans son bureau. Ma carrière est en jeu, les vôtres aussi. Je vous fais confiance, les gars.

Quand il eut terminé son récit, Abe et Corey échangèrent des regards où se mêlaient soulagement et triomphe : ils connaissaient enfin les tenants et les aboutissants de cet invraisemblable foutoir.

— Dès qu'elle a dessaoulé, termina Carmine, Erica Davenport a tout avoué à son contrôleur, c'est-à-dire à Ulysse. Ça vous surprend ? Elle ne pouvait même pas péter sans sa permission. Je pense qu'elle lui a raconté en détail ce qui s'était produit, en ajoutant qu'à son avis, personne n'avait rien remarqué, et surtout pas Skeps ! Ulysse savait qu'elle lui disait la vérité : elle dépendait entièrement de lui et il la terrifiait.

Corey avait du mal à comprendre la suite des événements.

— Bon, d'accord, elle commet une grosse bourde, et Ulysse l'apprend, sans doute dès le lendemain. Mais ensuite, quatre mois se passent, et tous les invités de la table 17 sont assassinés ! Pourquoi a-t-il attendu si longtemps ?

— Parce que tuer onze personnes, c'est un très gros boulot, expliqua Carmine. Il avait besoin de temps.

— Pour ça, et aussi pour que tout le monde oublie la soirée de la Fondation Maxwell, intervint Abe. Ce type est malin. Il savait que, s'il commettait de multiples meurtres, les flics se lanceraient à ses trousses.

— En fait, résuma Corey, s'il avait pu, il aurait tué ses victimes une par une. Mais nous sommes à Holloman, une petite ville, donc c'était impossible. Certaines étaient très connues, ça aurait fait du bruit. S'il voulait les tuer toutes, il fallait que ce soit en même temps.

— Vous avez raison tous les deux, confirma Carmine en souriant. Elles devaient toutes disparaître au même moment, y compris les serveurs. Pas tout de suite après le banquet, mais au bout de deux, trois mois. Ulysse a attendu de voir quelles étaient les conséquences des révélations d'Erica, mais il ne s'est rien passé du tout. Je l'imagine sans peine, au bout du quatrième mois, poussant un soupir de soulagement. Et puis, le 29 mars, il a reçu la lettre d'Evan Pugh. Il y a une certaine justice dans le fait qu'elle soit venue de lui : un salopard en faisait chanter un autre.

— Pugh n'a pas envoyé sa lettre à Erica ? demanda Corey.

— Non. Ses divagations alcoolisées n'avaient pas d'importance, même quand elle racontait avoir serré la main de Staline ou embrassé le crâne chauve de Khrouchtchev. Si quelqu'un l'avait accusée, elle lui aurait ri au nez. Ce doit plutôt être quelque chose qu'elle a chuchoté à Desmond Skeps un peu plus tard, quand elle parlait du traître infiltré à Cornucopia. Je crois que c'était son nom.

— Mais si c'est ça, pourquoi est-ce qu'Evan Pugh, lui, a attendu quatre mois ?

— À cause de son caractère. C'était un sadique, il a pris son pied à ressentir les mauvaises vibrations qui accompagnaient l'arrivée d'Erica à sa table. À la fin de la soirée, il est rentré dans sa chambre d'étudiant, a tout oublié, jusqu'à ce qu'il s'en souvienne grâce à un de ces caprices du destin que personne ne peut prévoir. Fin mars, il y a eu dans *News* un grand article consacré aux dirigeants soviétiques depuis les grandes purges des années 1930. Le numéro a été mis en vente le 26, Myron en possédait un exemplaire quand il est venu chez nous. Il m'a d'ailleurs vivement conseillé de lire l'article, mais je n'en ai pas eu le temps, à cause de tous ces meurtres.

— Bon Dieu ! s'exclama Corey. Evan Pugh l'a lu !

— Oui, et ce qu'écrivait le journaliste recoupait exactement ce qu'Erica avait dit. Pugh s'en est alors souvenu. Quelle chance nous avons d'avoir trouvé Bart ! C'est le témoin parfait !

— Erica a révélé à Skeps qui était Ulysse ! s'exclama Abe.

— Oui, et Pugh s'en est souvenu. Tout ce qu'il lui fallait, c'était le nom. Une bonne occasion de tourmenter quelqu'un qui avait beaucoup plus à perdre que de l'argent ! Argent dont, d'ailleurs, Pugh n'avait pas besoin. C'est l'un des aspects les plus étranges de cette affaire : *personne* n'en avait besoin.

— Il a envoyé sa lettre, poursuivit Abe.

— Et Ulysse a été contraint de tuer tous ceux qui étaient à la table 17, conclut Corey.

Son collègue fronça les sourcils.

— Carmine, explique-moi pourquoi ce type n'a pas embauché un tueur à gages venu d'ailleurs pour les flinguer tous ? Pourquoi toutes ces techniques différentes : poison, injection, viol, étouffement ? Il veut se moquer de nous ?

— Non : il voulait faire croire que les meurtres n'avaient aucun rapport. Ce type est sans doute colonel ou général du KGB, il est froid comme la glace. Il s'était efforcé depuis décembre de rattraper les bourdes d'Erica, qui n'était pas celle qu'il aurait choisie. Mais peut-être était-elle le seul agent dormant dont Moscou disposait.

— Donc, Ulysse a tué de différentes manières, en espérant que nous serions dépassés par leur nombre, résuma Abe pensivement.

— Exactement.

Il y eut une pause à laquelle Corey mit fin.

— Carmine, quelque chose me surprend, tout de même.

— Et quoi donc?

— Pourquoi Bart n'a-t-il pas été assassiné?

Carmine parut un instant indécis.

— Il est possible qu'Erica ne se soit jamais rendu compte de sa présence. Il gardait le silence et se trouvait caché par un homme très gras. De plus, elle était ivre, et ne pensait qu'à Desmond Skeps. Si elle avait remarqué la présence de Bart, elle l'aurait précisé à Ulysse. Et même si elle l'avait vu, Bart étant d'allure quelconque, elle l'aurait aussitôt oublié. En tout cas, je suis sûr d'une chose, c'est que si Bart est en vie c'est qu'Ulysse ignore son existence, ou n'a pas réussi à l'identifier.

— Il va falloir le protéger, déclara Corey.

— Et révéler qu'il a beaucoup d'importance? C'est aussi pour ça que j'ai déjeuné avec lui et que je l'ai raccompagné. Nous n'avions pas l'air d'un flic et d'un témoin, mais de deux vieux copains qui ne se sont pas vus depuis longtemps. J'ai vécu autrefois dans l'immeuble de la Nutmeg Insurance, où il habite, et Ulysse doit le savoir. Il est normal que j'y aie des amis, non?

— Et Netty? demanda Abe.

Ils se regardèrent, un peu accablés. Puis Carmine haussa les épaules.

— Espérons qu'elle aura appris quelque chose de saignant à son meeting féministe. Un repas entre femmes, beaucoup de féministes… Peut-être Pauline Denbigh?

— En tout cas, si l'un de nous la croise, pas question de lui parler de Bart! conclut Corey.

Le lendemain matin, Carmine, Danny Marciano et John Silvestri devaient assister à l'une des « cérémonies officielles » du maire, comme les appelait le commissaire. Ethan Winthrop était un authentique Yankee du Connecticut, mais qui avait l'âme d'un barnum : son mandat était marqué par une pompe théâtrale digne du célèbre cirque.

Devoir assister à de tels événements contrariait les responsables de la police, et c'était pour Delmonico un des rares inconvénients de l'accession au grade de capitaine. Pis encore : il allait devoir sortir son uniforme. En temps normal, seul Danny Marciano en portait un. Silvestri s'en tenait à un costume noir et un sweater à col roulé de même couleur ; Carmine travaillait quant à lui en pantalon léger, veste de tweed avec une cravate de Chubb dans la poche, et mocassins. Simple et confortable.

L'uniforme des responsables de la police, comportant galons et fanfreluches, était de couleur bleu marine. On avait banni le noir pour éviter toute connotation Gestapo. Delia Carstairs, Desdemona Delmonico et Simonetta Marciano trouvaient les trois hommes superbes ainsi vêtus, d'autant plus qu'ils étaient minces, larges d'épaules et avenants. Netty avait couvert un mur entier de photos de son mari en grande tenue. Mais ce point de vue n'était nullement partagé par les intéressés, dont l'uniforme comportait un col à la chinoise dont Carmine jurait qu'il avait été aiguisé sur une meule.

Les policiers se rendirent donc sur le Green, tandis que les orchestres des lycées défilaient en jouant et que le maire faisait son numéro en compagnie de Mawson MacIntosh, dans toute sa splendeur de président d'université, portant tunique et bonnet carré. C'était l'hommage de la ville à Chubb, alors que l'année universitaire allait prendre fin. Fort heureusement, il faisait beau, le Green était en fleur, l'herbe épaisse et verdoyante, surplombée par de magnifiques hêtres pourpres.

Tous les officiels étaient entassés sur et autour d'une estrade tendue de pourpre et de bleu, couleurs respectives de Chubb et d'Holloman, dominée par les personnalités de la ville, en compagnie du maire et de MacIntosh. Les chefs de la police se tenaient trois rangs plus bas, flanqués du capitaine des pompiers et de son adjoint, vêtus d'un uniforme d'un bleu légèrement plus clair.

— Du Ethan tout craché, constata Silvestri. On ressemble à un arrangement floral !

Carmine n'y prêta guère attention. Son col l'étouffait et lui sciait la nuque en même temps. Les discours avaient commencé, les orchestres s'étaient tus, les enfants étaient paisiblement assis dans l'herbe. Il tendit le cou, tourna la tête d'un côté et de l'autre, puis leva le menton aussi haut qu'il put. Il vit alors comme une lueur dans les hautes branches du hêtre le plus proche. Il s'immobilisa, regarda avec attention, le visage soudain impassible. Là ! Un autre éclair de lumière tandis que quelqu'un, allongé sur une branche, ajustait son arme. Le soleil se reflétait sur la lunette de visée d'un fusil.

— Tout le monde à terre ! hurla-t-il. À terre ! À terre !

Il avait déjà sorti de son holster son revolver à long canon, et vit du coin de l'œil Silvestri faire de même, ainsi que Danny, avec un peu de retard. Les discours avaient commencé, les orchestres s'étaient tus, les enfants étaient paisiblement assis dans l'herbe.

Ce ne fut pas le cri de Carmine qui poussa les dignitaires à plonger dans les parterres de fleurs, mais la vue de trois flics en uniforme, armes au poing, courant à toute allure en direction du hêtre, Carmine en tête. Les enfants s'égaillèrent en toute hâte, tandis que la foule s'éclipsait, à l'exception de l'équipe de Channel Six, à qui l'événement vaudrait les félicitations des responsables de la chaîne.

Danny Marciano tomba à terre, tenant son bras gauche, mais ses deux collègues étaient déjà trop près pour un fusil, trop peu maniable à courte distance. Le sniper tira une deuxième fois, en vain, mais personne n'entendit son coup de feu, noyé sous ceux des deux revolvers : Delmonico et Silvestri avaient tiré, chacun à trois reprises. Une branche craqua tandis qu'un corps flasque tombait entre eux et restait immobile sur le sol.

Des sirènes hurlaient déjà ; quelqu'un avait dû lancer un appel radio.

— Il est mort, constata Carmine. C'est dommage.

— On ne pouvait courir aucun risque, le rassura Silvestri.

— Bon Dieu, quelle audace ! Comment va Danny ? Il faut interdire d'accès l'endroit, John, et tout de suite.

Ôtant sa veste, qu'il jeta de côté, Carmine s'agenouilla. Un inconnu, à son grand désespoir : la quarantaine, mince, en survêtement brun, le visage barbouillé de fard gras de même couleur, qui l'avait rendu presque invisible dans l'arbre.

Silvestri revint à ses côtés.

— Danny va bien. Il est amoché, mais la balle n'a touché aucun organe vital. Qui est cet enfoiré ?

— Personne que nous connaissions.

— Qui voulait-il tuer ?

— Je dirais Winthrop et MacIntosh, et sans doute tous ceux qu'il aurait eu le temps de flinguer sur l'estrade.

Carmine prit le fusil.

— Un Remington 308 à cinq cartouches. Un modèle récent.

Silvestri explosa de colère.

— Comment a-t-il osé ? Faire ça dans ma ville, *ma* ville ! Et il y avait des gamins, *nos* gamins !

— En tout cas, John, une chose est certaine : plus jamais je ne pesterai contre mon uniforme. Mon col me faisait souffrir, je tournais la tête dans tous les sens, et puis un rayon de soleil s'est reflété sur la lunette de son fusil. J'ai vu un éclat de lumière, puis un autre. Ça m'a rappelé une situation que j'avais vécue à Fort Bragg. Vous savez quoi ? Danny m'importune sans arrêt pour que je me munisse d'un automatique, et je commence à me ranger à son opinion.

— Oui, Carmine, Danny a raison, il est temps de passer aux automatiques. Voyons un peu si quelqu'un d'autre a été touché.

Celui qui constituait probablement l'une des cibles principales, Mawson MacIntosh, était trop furieux pour penser à sa dignité de président d'université. Il marcha vers les deux policiers avec ce regard qui faisait frémir les commissions du Congrès avant même que sa langue ne les taille en pièces.

— Où va le monde, messieurs, où va le monde ? Il y avait des enfants, ici !

— Monsieur, répondit le commissaire, venez dîner avec moi ce soir au Sea Foam, et je vous raconterai toute l'histoire. Dix-neuf heures, pas d'épouses, et je me fous éperdument des attestations de sécurité !

La fureur du président de Chubb fit place à une expression de triomphe.

— J'en sais assez pour comprendre que je n'en sais pas assez ! J'y serai, John, et je veux tout savoir !

— Vous saurez tout !

C'était une si belle journée ! songea Carmine en revenant aux services du comté, où il lui faudrait d'abord confier son arme au sergent de service. Heureusement que la fusillade n'avait pas duré, car il n'avait pas emporté de cartouches supplémentaires. Ce n'était pas lui que le tireur avait visé. Parce qu'il était une cible trop insignifiante? *Continue à le penser, Ulysse.*

— Le commissaire rendra son .38 dès qu'il arrivera, informa-t-il le sergent Tasco. On ne sait pas qui a touché le tueur. Alors, nos deux armes devront être confiées au service balistique.

Tasco avait l'air un peu perplexe.

— Comment se fait-il que vous ayez la même vieille pétoire que le commissaire?

— Un canon plus long, ça permet de mieux viser à longue distance. C'était bien pratique, ce matin!

— Vous étiez loin?

— Une dizaine de mètres.

Delia avait déjà disposé des chaises pour la réunion qui devait inévitablement avoir lieu. Elle était calme, efficace, pas plus effrayée que ça par la menace qui avait pesé sur son oncle et son supérieur.

Abe et Corey entrèrent avec le commissaire, et tous s'assirent.

Il y eut d'abord un long silence, brisé par Silvestri.

— C'est une campagne de terreur, ou quoi?

— Ulysse aimerait que nous le pensions, John, répondit Carmine.

— On progresse, s'agissant de gauler ce salopard? Est-ce qu'on connaît son nom?

— Toujours pas. J'ai de vagues idées, rien de solide. Mais je pense qu'on se rapproche, car les preuves s'accumulent. Comment va Danny?

— Il sortira de l'hôpital dans trois ou quatre jours. La pauvre Netty est comme folle.

Abe et Corey échangèrent un regard qui n'échappa pas à Carmine, et qui signifiait manifestement que Bart était désormais en sécurité.

— Je vais informer MacIntosh, déclara Silvestri. Pour moi, Chubb a plus d'importance que Cornucopia.

— Et deux de nos meurtres ont eu lieu là-bas, convint Carmine. Ulysse a l'air très préoccupé. Il tente de nous envoyer dans toutes les directions à la fois, comme des boules de billard sur un tapis. Imaginez le chaos si le tueur avait descendu le maire, le président de l'université et peut-être d'autres ! Dans la confusion, il aurait pu effacer les traces qu'Erica l'a contraint à laisser derrière lui.

— Je peux poser une question ? demanda Delia.

— Bien sûr !

— J'ai cru comprendre que vous pensiez que le tireur était prêt à mourir. Est-ce que ça signifie qu'il agit pour des idéaux politiques ?

— La question se pose, effectivement, répliqua Carmine. Mais je ne crois pas que les Russes soient à ce point riches en personnel pour sacrifier des hommes de valeur pour pas grand-chose, en fait. Je crois plutôt qu'ils sont comme nous : toujours à racler les fonds de tiroir pour joindre les deux bouts ! L'URSS est riche, mais moins que l'Amérique. Certes, ils obtiennent de Cornucopia des secrets très importants pour eux, mais mon opinion est que l'opération est à la discrétion d'Ulysse, et qu'il doit faire face à des réalités très éloignées des intérêts soviétiques. Il a dû chercher un assassin de profession, sans se préoccuper de ses éventuels idéaux.

— Mais l'assassin en question n'aurait-il pas préféré survivre, ne serait-ce que pour profiter de son salaire, qui devait être élevé ? s'obstina Delia.

— Et si c'était le boulot rêvé ? intervint Silvestri. Il a une famille, et Ulysse lui offre tant d'argent qu'elle sera tranquille pour le restant de ses jours. Si le gars n'est pas un idéaliste, c'est la seule raison que je puisse imaginer pour qu'il accepte. Le marché conclu avec Ulysse devait spécifier qu'il ne serait pas pris vivant, sinon la somme ne serait pas versée.

— Les snipers, c'est une catégorie à part, objecta Carmine. Ils ne voient qu'une silhouette dans leur lunette de visée, puis une forme humaine affalée sur le sol. C'est un peu comme les pilotes de chasse, ils tuent de loin. Je comprends qu'un homme puisse devenir un sniper sans perdre toute son humanité.

— En tout cas, le chaos risque d'être propagé par Channel Six, soupira le commissaire. D'ici 14 heures, il va me falloir fabriquer une histoire convaincante pour mon interview. Et je devrai aussi affronter les quotidiens !

— Quelqu'un qui en voulait au maire ! proposa Carmine en souriant. On peut espérer que ses empreintes nous permettront de lui donner un nom, mais je doute qu'on l'identifie facilement. Ce devait être un étranger, venu d'Allemagne de l'Est via le Brésil ou l'Argentine. Je vais lui donner le passé que vous voudrez, et nous dirons que nous ne révélons pas sa véritable identité pour protéger des innocents.

Silvestri se leva en grimaçant.

— Je me fais trop vieux pour courir sur le green ! Quand je pense que j'ai tiré pour la première fois depuis mon entrée dans le service…

— Et maintenant, Carmine ? questionna Abe.

— Nous allons demander au juge Thwaites de nous accorder les mandats de perquisition des demeures, résidences secondaires et bureaux de MM. Phil Smith, Gus Purvey, Fred Collins, Wallace Grierson et Lancelot Sterling. Ils ont assez d'argent pour verser 5 ou 10 millions de dollars à un sniper. À certains égards, la fusillade de ce matin fait notre affaire : le vieux Doug sera tellement furieux qu'il nous accordera ces mandats sans rechigner.

— Mais on n'a pas le personnel, objecta Corey. Et si on veut leur tomber dessus, il faut que ce soit en même temps. Pourquoi un type comme Sterling? Contrairement aux autres, lui n'est pas millionnaire!

— Une intuition. Ce type est un sadique, c'est ce qui le rend intéressant. Pour ce qui est du personnel, trouve-moi une meilleure raison qu'un sniper pour arracher des flics à leurs tâches quotidiennes! Dans toute la ville, on balance des substances bizarres dans les toilettes, on cache des armes sous des matelas, et tous les délinquants d'Holloman se cachent la tête dans le sable. Nous ferons retentir toutes nos sirènes, et chacun pensera que nous sommes sur la piste des assassins.

— On commence par les bureaux?

— Non, par les maisons. Delia, enchaîna Carmine, alors que celle-ci débarrassait les chaises, vous avez déjà prêté serment, alors je vous nomme provisoirement sergent de la police d'Holloman. Vous vous occuperez de Wallace Grierson. C'est une pure formalité, vous serez en sécurité, même si je ne peux vous confier d'arme à feu. Mais la fouille devra être exhaustive, je ne veux pas que les autres membres du conseil pensent que j'ai des chouchous. Ils ont généralement des pavillons dans le Maine, les flics de la police de cet État pourront s'en charger, en prêtant spécialement attention aux granges, aux cabanes et aux pièges à ours! Je vais les prévenir pendant que Tasco rassemble nos troupes. Elles n'ont pas besoin de savoir à l'avance à quoi nous jouons.

Delia était en pleine extase.

— Que cherchons-nous, Carmine? demanda-t-elle, les yeux brillants.

— Des hobbies un peu surprenants. En particulier des chambres noires capables de développer des films couleur, de faire des agrandissements. Des livres sur l'Allemagne nazie, le communisme, la Russie, la Chine populaire. Et des ouvrages scientifiques de haut niveau. Abe, tu t'occuperas de Lancelot Sterling, tu as l'art de trouver les cachettes secrètes. Et toi, Corey, de Fred Collins. Gus Purvey sera pour Larry Pisano.

— Donc, c'est toi qui te chargeras de Phil Smith, en déduisit Abe pensivement. Il y a une raison?

— Pas vraiment. Mais comme il est maintenant patron de Cornucopia, il s'attendra à ce que ce soit moi qui m'occupe de lui.

— Sa femme est bizarre, estima Delia en plissant le nez.

— Comment ça?

— Elle prétend qu'elle est lapone, mais j'en doute, ses traits me paraissent trop tartares. Son accent est beaucoup trop lourd pour quelqu'un qui a passé presque toute sa vie dans un pays anglophone.

— C'est vrai que vous avez discuté avec elle, lors de la soirée de Myron. Quelle est votre opinion?

— Je l'ai bien aimée. Mais c'est une bizarre.

Le juge Thwaites étant, comme prévu, tout disposé à lui accorder ses mandats, Carmine entama ses perquisitions dès 14 heures. C'était une opération soigneusement coordonnée: toutes les équipes furent en place pour l'invasion simultanée des demeures. Les quelques retards dans la synchronisation vinrent du fait que les occupants devaient vider les lieux pendant les fouilles, à l'exception du chef de famille.

Phil Smith vivait assez loin de la ville, dans une superbe propriété nichée au fond d'un canyon dont les parois abritaient une grande demeure de style géorgien, entourée de jardins typiquement anglais aux parterres fleuris. Carmine y découvrit un petit temple aux colonnes ioniques, abritant une table et des chaises. Il dominait un lac artificiel dans les eaux duquel des cygnes nageaient avec grâce, des saules pleureurs bordant la rive d'en face. Pas étonnant, dans un tel cadre, de voir des paons, queue repliée, se promener à pas lents en cherchant des larves et des vers de terre.

Bien sûr, Phil Smith n'apprécia pas particulièrement d'être perquisitionné. Après avoir examiné le mandat avec la plus vive attention, il demanda à sa femme d'aller attendre dans le temple tandis qu'il escorterait Carmine et ses flics dans la maison. Les serviteurs – tous porto-ricains, nota Carmine, et qui semblaient habitués aux manières arrogantes de leur patron – se virent enjoindre d'attendre dans leurs voitures.

Smith était vêtu d'un pantalon en poil de chameau, d'une chemise beige clair et d'un sweater de même couleur. Sa chevelure d'un gris acier, superbement taillée, était ramenée en arrière, et ses joues fraîchement rasées présentaient un léger parfum d'eau de Cologne.

— C'est une intrusion intolérable ! enragea-t-il en suivant Carmine dans la maison.

— En temps normal, monsieur Smith, je serais d'accord avec vous, mais vu ce qui s'est passé ce matin, j'ai peur que nous ne puissions plus prendre de gants.

Regardant autour de lui, Carmine constata que la maison s'étendait sur deux étages. Elle était couronnée d'un plafond de verre aux teintes bleue, verte et blanche. Le sol était constitué de travertin, les murs beiges, les œuvres d'art étonnantes. Les goûts artistiques des Smith étaient assez éclectiques : vieux maîtres, impressionnistes, modernes, contemporains, et des photos de très grande qualité.

— Bon, allons-y, déclara Carmine au propriétaire. Chaque peinture doit être décrochée, son envers examiné, comme le mur auquel elle est fixée. Mes hommes savent être délicats, mais vous pouvez rester pour surveiller. À moins que vous ne préfériez venir avec moi ?

— Je vous suis, capitaine, répondit-il, lèvres pincées.

Carmine inspecta minutieusement toutes les pièces. Si Smith était Ulysse, elles n'en portaient aucune trace.

Dans la bibliothèque se côtoyaient ouvrages reliés en cuir, dorés sur tranche, et livres aux couvertures criardes, histoires de cow-boys ou biographies de stars de cinéma. Carmine découvrit un coffre-fort derrière les volumes de la *Britannica* : une moulure un peu usée signalait l'endroit où Smith avait appuyé sur un bouton.

— Ouvrez-le, monsieur, demanda-t-il.

Smith obéit en souriant ; ne s'inquiétant nullement.

Le coffre-fort contenait 10 000 dollars en liquide, quelques actions, et trois mèches de cheveux : deux nouées par un ruban bleu, la troisième par un rose.

— Les cheveux de mes enfants, expliqua-t-il.

— Pourquoi les conserver dans un coffre ?

— En cas de cambriolage, ou de simple vandalisme. Ça a pour moi beaucoup plus d'importance que les tableaux.

— Ils sont loin d'ici ?

— Oui. Ils me manquent, mais on ne peut pas empêcher ses enfants de grandir sous prétexte qu'on veut les garder près de soi, reconnut Smith un peu tristement.

— Où sont-ils ?

— Anna est en Afrique, avec le Peace Corps. Sa mère est assez inquiète, notre fille a déjà attrapé la malaria.

— Oui, c'est un programme mal fichu, convint Carmine. On ne prépare jamais vraiment les mômes à ce qui les attend. Et les garçons ?

— Peter est en Iran, il est géologue, spécialisé dans le pétrole. Stephen est biologiste marin, quelque part aux alentours de la mer Rouge.

Une fois le coffre-fort refermé, ils passèrent à autre chose : la chambre à coucher fut inspectée – les Smith partageaient encore le même lit –, ainsi que les chambres d'amis, puis ils montèrent au dernier étage.

— Des vieilleries, précisa Smith. Mais Natalia aime que tout soit en ordre, ça ne sera pas difficile à fouiller.

— Vous n'avez pas de domestiques à demeure ?

— Non. Nous aimons l'intimité, comme tout le monde.

— Qu'est-ce que c'est ? demanda Carmine en découvrant une porte qu'il tenta d'ouvrir en vain.

— Ma chambre noire, répondit Smith en sortant une clé.

— C'est vous qui avez pris toutes ces superbes photos, en bas ?

— Tout à fait.

Carmine pénétra alors dans le labo photo le mieux équipé qu'il ait jamais vu. Rien n'y manquait, et tout était automatisé. Philip Smith pouvait convertir des plans en micro-points s'il le désirait. Mais le faisait-il ? Il y avait peut-être un moyen de le savoir.

— Monsieur Smith, étant donné la nature de cette affaire, j'ai peur qu'il ne me faille emporter le contenu de votre chambre noire. C'est-à-dire toutes vos pellicules, développées ou non, vos livres, vos appareils, vos produits chimiques… Tout cela vous sera rendu plus tard.

Smith se tendit. Carmine avait enfin réussi à percer son armure.

— Bouchez-vous les oreilles, monsieur.

Le capitaine saisit le sifflet pendu à son cou et y souffla.

— Doucement, les gars, prévint-il les policiers accourus. Tout doit être emballé avec le plus grand soin. Je veux que rien ne soit abîmé ou taché. Malloy et Carter, vous restez ici pendant que les autres vont chercher des boîtes et des caisses.

— Je vais perdre des clichés qui me sont chers ! protesta Smith.

— Pas forcément ! Tout ce qui n'est pas encore développé sera traité dans nos labos, et nous essaierons de protéger vos pellicules vierges. Qu'est-ce qu'il y a sur le toit ?

Smith bouillonnait, sentant manifestement que protéger sa chambre noire était impossible.

— Il n'y a rien ! aboya-t-il.

— Pourtant, remarqua Carmine, la peinture sur ces marches est bien usée.

Les grimpant, il poussa une porte qui s'ouvrit sur le côté.

Il déboucha sur un vaste toit plat recouvert d'asphalte, et contempla ce qui, vu du sol, lui avait semblé être une coupole. Autrefois, chez les riches, elle aurait fait office de réservoir d'eau. Mais celle-ci était surmontée d'une antenne qu'il n'avait pas aperçue d'en bas, et comportait une porte dissimulée par le parapet.

— De quoi s'agit-il ? demanda Carmine en s'avançant.

— Ma station de radioamateur, déclara Smith. Je suppose que vous voulez en examiner le contenu, puisque vous croyez que je suis Ulysse.

— En effet ! répondit gaiement le capitaine.

Une fois à l'intérieur, il regarda autour de lui.

— Installation dernier cri ! Vous devez pouvoir communiquer sans peine avec Moscou !

— Avec le canyon tout autour ? On voit que vous n'y connaissez rien. Et, en 1967, je doute que les espions communiquent encore directement avec leurs maîtres. Vous n'avez pas remarqué que le monde devient de plus en plus sophistiqué, tourne de plus en plus vite ? Examinez tout ce que vous voulez, vous ne trouverez rien qui puisse suggérer que je me livre à une activité aussi puérile ! Allez-y, confisquez mon matériel, mais il me sera rendu dès que mes avocats interviendront !

— Je suis navré, monsieur Smith, compatit Carmine. Si cela peut vous consoler, tous vos collègues du conseil d'administration ont droit au même traitement.

— Capitaine, votre travail, c'est le meurtre, pas l'espionnage, crime fédéral qui ne relève pas de votre compétence. Je pourrais vous attaquer en justice !

Carmine prit un ait stupéfait.

— Monsieur, le mandat accordé par le juge Thwaites cite explicitement « relatif à un meurtre », et c'est bien ce qui me préoccupe. On peut dissimuler du poison dans des flacons de développeur, des seringues dans toutes sortes d'équipements, des rasoirs dans une armoire à pharmacie, et ainsi de suite. Jusqu'à ce que tout ce que j'ai confisqué ait été examiné, je ne peux certifier que cela n'a aucun rapport avec un meurtre.

— Raisonnement stupide ! lança Smith.

— On peut voir ça comme ça. Comme vous l'avez si justement remarqué, l'espionnage n'est pas mon affaire, et, de toute façon, je n'ai pas été formé à cela, comme d'ailleurs tous les membres de la police d'Holloman. Si le FBI s'intéresse à votre matériel, je suis certain qu'il obtiendra les mandats nécessaires. Ce qu'il en fera, ça le regarde. Moi, je m'occupe des meurtres, et, comme vous le savez, j'ai participé ce matin à des événements qui auraient bien pu déboucher sur un meurtre collectif.

— J'en ai entendu parler, confirma Smith qui paraissait s'apaiser. Je comprends bien la raison de cette frénésie d'activité, mais je ne vois pas en quoi cela concerne Cornucopia.

Carmine prit un air de conspirateur.

— Je vais vous faire part d'une information qui vous aidera à comprendre, monsieur. Le tireur n'était pas un fou, mais un assassin professionnel louant ses services au plus offrant. Quiconque a beaucoup d'argent devient donc, de ce fait même, un suspect. Et il y a peu de millionnaires à Holloman, hormis les membres du conseil de Cornucopia.

— Je vois, rétorqua Smith.

Faisant demi-tour, il se dirigea vers la porte donnant sur le toit et disparut.

Carmine le suivit à pas lents.

Si Smith était le seul à posséder un équipement de radioamateur, les policiers trouvèrent également des labos photo chez Gus Purvey et Wallace Grierson.

— Leurs clichés sont de très grande qualité, constata Carmine le lendemain, si bien qu'on ne peut les suspecter simplement parce qu'ils possèdent des chambres noires. Nous avons fait ce que nous comptions faire : les priver de l'occasion de transformer les secrets industriels de Cornucopia en quelque chose d'assez petit pour pouvoir les sortir discrètement du pays. Mais je pense qu'Ulysse s'est déjà servi de son labo, au moins pour une partie de ce qu'il n'a pas encore transmis. Et je suis bien d'accord avec Phil Smith : l'espionnage n'est pas notre affaire. Notre second objectif était de donner un coup de pied dans la fourmilière, et je crois que nous y sommes parvenus. Tous les membres du conseil connaîtront bientôt notre théorie sur l'assassin, grâce à Smith. Quelqu'un a découvert quoi que ce soit d'intéressant ?

— Moi, répondit Abe, sans entrain. Tu avais raison pour Lancelot Sterling, Carmine, c'est un sadique. Il vit seul, dans un grand appartement très agréable, non loin de Science Hill. Ses murs sont ornés de photos de jeunes gens musclés, nus, souvent pris de dos. Un placard dissimulé contenait des chaînes, des menottes, des fers, et des godemichés vraiment bizarres. Je crois qu'il espérait que ça me suffirait, mais quelque chose dans son attitude m'a fait comprendre que d'autres accessoires étaient cachés quelque part. J'ai donc continué à chercher. Sous le plan de travail de la cuisine, j'ai découvert des fouets qui déchiquètent la peau. Ils empestaient le sang, alors je les ai confisqués. Mais ce qui m'a vraiment retourné l'estomac se trouvait dans sa poche : une bourse contenant de la monnaie, qui s'ouvrait et se fermait avec une ficelle. On aurait dit du cuir, mais plus fin que le chevreau, de couleur brun clair. Dès que je l'ai trouvée, il s'est mis à hurler que je violais ses droits civiques, et quand je l'ai prise, il est devenu complètement cinglé. Je l'ai rapportée et confiée à Patrick.

— Et quelle est ton opinion, Abe ? demanda Carmine.

— Que nous sommes tombés sur un autre meurtrier, mais sans rapport avec notre affaire, Carmine. J'ai fait interdire l'accès à l'appartement, je vais y retourner avec deux hommes et peut-être un marteau-piqueur. Il a tué, j'en jurerais, mais je ne sais pas s'il a mis le corps dans sa cave ou ailleurs. Je l'ai installé dans un motel, il cherche déjà un avocat.

— Alors, réclame un nouveau mandat au juge Thwaites, Abe, et montre-lui un des fouets, lui conseilla Carmine. Quelqu'un veut ajouter quelque chose ?

Tous secouèrent la tête. Épuisés, ils n'étaient guère d'humeur à discuter.

Carmine s'en fut voir Patrick, qui avait tiré parti de l'avalanche de meurtres. La mairie et l'État du Connecticut avaient approuvé l'achat de nouveau matériel, et il avait étendu son empire pour y inclure l'analyse balistique et l'examen des documents. L'embauche d'un troisième coroner nommé Chang Po, spécialiste du médico-légal, avait de plus beaucoup soulagé son adjoint, Gustavus Fennel.

— Comment ça va? demanda le capitaine en se versant du café.

Son ami posa les pieds sur son bureau et sourit largement.

— J'ai passé une sacrée matinée! Regarde donc ça!

Tendant la main, il s'empara d'une boîte dont il sortit un petit sac brun pâle, qui se fermait avec une ficelle.

— Fais attention! prévint-il Carmine en le lui tendant.

Celui-ci le retourna dans sa main, intrigué.

— Dis-moi ce que c'est, Patsy.

— Un scrotum humain.

Carmine, révulsé, dut se retenir pour ne pas jeter l'objet à terre.

— Bon Dieu!

— Certaines peuplades tannent les scrotums des grands animaux. À l'époque victorienne, c'était la mode chez les chasseurs de la haute de confier celui d'un éléphant ou d'un lion à un taxidermiste, pour en faire une blague à tabac... Mais l'horreur de la castration est telle qu'il est rare d'ériger un scrotum humain en trophée. Mais c'est très certainement le cas du suspect d'Abe.

— Tu es sûr qu'il est humain?

— Il reste quelques poils pubiens, la forme et la taille correspondent... En tout cas, on a affaire à un fêlé.

— Je ferais mieux de téléphoner à Abe avant qu'il aille voir le juge.

Cela fait, Carmine revint au sujet principal de sa visite.

— Qui a tiré la balle qui a tué notre assassin ?

— Silvestri. On sent qu'il s'est frotté aux nids de mitrailleuses japonais ! Il a fait des merveilles avec ce vieux .38, il ne voudra pas s'en séparer ! Ses deux balles ont touché le gars en pleine poitrine. Mais tu ne t'es pas trop mal débrouillé non plus, Carmine. Deux de tes projectiles l'ont touché à l'épaule droite, le troisième s'est logé dans un arbre.

— Je n'ai jamais prétendu être Guillaume Tell, surtout à cette distance.

— Je suppose que tu espérais l'immobiliser et faire en sorte qu'il reste vivant, pour pouvoir l'interroger.

— Exact. Mais John avait raison : on ne pouvait pas courir de risques, à cause des enfants. Patsy, fais-moi une faveur.

— Tout ce que tu voudras !

— Envoie les empreintes du gars à Interpol et à nos militaires. Je suis certain qu'il n'est pas d'ici. Je dirais qu'il vient d'Allemagne de l'Est, mais ce n'était pas un idéologue. Il travaillait pour l'argent, ce qui doit vouloir dire qu'il a une famille, quelque part.

— C'est vague, mais je le ferai. Une dernière chose avant que tu disparaisses.

— Parle.

— Qu'est-ce que je suis censé faire d'une salle entière bourrée de caisses de matériel photographique et d'émetteurs radio ?

— Nous n'avons pas le personnel pour procéder à ce genre d'examens, Patsy. Je vais devoir les confier à l'agent spécial Ted Kelly. Que le FBI cherche des micropoints ou des photos de grand-maman tenant des plans !

Je chargerai Delia de prévenir les membres du conseil de Cornucopia que le FBI nous a assignés en justice pour récupérer nos preuves. On leur rendra tout, mais ça prendra des semaines.

— Mais est-ce vraiment utile? Ces gens-là sont tous si riches qu'ils peuvent racheter du matériel dès demain et recommencer.

— Ils peuvent, mais de tels achats seraient remarqués. Et, tu sais, même les riches rechignent à racheter ce qu'ils ont déjà. De toute façon, on leur rendra, alors pourquoi se presser? Crois-moi, ils ont des raisons de ne pas chercher à attirer l'attention sur eux.

— Tu veux parler d'Ulysse?

— Comment connais-tu ce nom?

— Ted Kelly a une bouche aussi grande que ses pieds, et chaque fois qu'un agent du FBI arrive en ville, il lui donne rendez-vous chez Malvolio. Pour lui, de toute façon, on est des péquenauds. Et à Holloman, comme tu le sais, personne ne peut garder un secret.

— Netty Marciano y est pour quelque chose!

— Oui, mais elle ne sait pas ça. C'est une histoire d'hommes.

Carmine repartit donc un peu abattu. Toute la ville avait entendu parler d'Ulysse, et c'était en partie sa faute. Cela lui rappela l'époque où un maire, plus zélé qu'Ethan Winthrop, avait tenté d'introduire à Holloman des rues à sens unique, alors que, depuis la nuit des temps, on y circulait dans les deux sens. Cela ne plut pas aux citoyens, qui refusèrent d'obéir. Les années passèrent avant que la pression du trafic automobile rende enfin cette mesure applicable. *Rien de plus ridicule que de vouloir créer l'utopie*, songea Carmine. *Et je parie que les Russes le savent*.

Lancelot Sterling ne revint jamais dans son appartement, dans lequel Abe découvrit les restes bien préservés d'un homme dans le double fond d'une très longue malle de rangement attachée au mur de la cave. Celle-ci contenait également des vêtements, des livres, des magazines, des cartes, une tente, un sac de couchage et autres objets indiquant que tout cela appartenait à un voyageur itinérant.

Le corps était nu et dépourvu de scrotum, bien que le pénis soit resté intact. Une incision, suturée avec minutie, allait de la gorge au pubis. Il n'était pratiquement pas décomposé, du fait de la présence autour de lui de cristaux hygroscopiques. Quelqu'un, sans doute Sterling, les réactivait périodiquement, d'où leur aspect varié, rose ou incolore.

— Il les chauffe dans un four pour leur faire perdre l'humidité qu'ils ont accumulée, expliqua Patrick à Abe, d'où leurs différences de couleur. En amasser autant a dû lui coûter cher ! Il a de plus utilisé du bicarbonate de soude pour supprimer toute odeur, mais, de toute façon, elle était moins forte que dans les salles de dissection des étudiants en médecine !

Il désigna l'incision.

— Il faudra que je le dépose sur ma table d'autopsie pour en être sûr, mais je suis prêt à parier que Sterling lui a enlevé les entrailles et les poumons, en laissant peut-être le cœur en place. On est en présence d'une momie. Quand le double fond est en place, l'humidité doit être à peu près nulle. Je la testerai avec un hygromètre.

Carmine ayant confié cette affaire à Abe, il espérait maintenant pouvoir en trouver une pour Corey. Le jour où la commission se réunirait pour savoir qui succéderait à Larry Pisano et accéderait au grade de lieutenant se rapprochait de plus en plus, et quatre personnes – deux sergents et leurs épouses – examineraient sa décision au microscope. Lancelot Sterling était un meurtrier particulièrement impressionnant. Que donner à Corey pour équilibrer la balance?

En dépit de la nature sinistre du crime, Abe rayonnait quand Carmine entra dans la salle d'autopsie. C'était son talent de découvreur de cachettes secrètes qui lui avait permis de révéler le meurtre, et il éprouvait le bonheur du travail bien fait, et surtout mieux fait que par d'autres.

— Il y avait aussi un portefeuille dans les affaires, précisa-t-il à Carmine. La victime s'appelait Mark Schmidt, âgé de vingt ans. Son permis de conduire a été délivré dans le Wisconsin voilà deux ans. J'ai aussi sa carte de crédit. Le dernier reçu date d'octobre 1966, voilà sept mois. Ni photos, ni lettres.

— Le thorax et la cavité abdominale ont été remplis de mousse plastique, intervint Patrick, ainsi que de bâtons d'encens et d'épices. Comme vous le voyez, il était très beau, avec une chevelure couleur abricot. Sterling n'a pas voulu la détruire, c'est sans doute pour ça qu'il n'a pas essayé d'enlever le cerveau. Le gars était en pleine santé quand il est mort asphyxié, sans doute avec un sac en plastique pendant son sommeil. Aucune trace de strangulation. L'aspect de l'anus laisse supposer que Sterling s'est livré à des activités nécrophiles.

— C'est pas vrai..., chuchota Abe, horrifié. Quand est-il mort? questionna-t-il après une pause.

— Je pense que la carte de crédit le dira mieux qu'une autopsie. Où se trouve ce Sterling? demanda Patsy, à l'adresse de Carmine.

— En bas, dans une cellule.

Il en fut extrait pour être emmené dans une salle d'interrogatoire. Abe se chargea de le questionner, tandis que Carmine suivait ce qui se passait de l'autre côté d'un miroir sans tain.

Sterling était de taille moyenne, doté d'une abondante chevelure brune et de traits réguliers. On aurait dû le trouver beau, mais ce n'était pas le cas, sans doute à cause de son expression hautaine, sournoise, sans humour, et de ses yeux dépourvus de vie.

Lui n'a jamais arraché les ailes des papillons, mais parce qu'il n'a même pas remarqué leur existence. Son monde est sans couleur, sans vitalité, sans joie, sans chagrin, il se résume à une impulsion dévorante. Un monstre, en fait. Être pris ne le bouleverse pas: tout ce qui compte, c'est qu'il a perdu Mark Schmidt, et sa petite bourse avec une ficelle.

— Tu crois qu'il en a tué d'autres? demanda Carmine à son adjoint au terme de l'interrogatoire.

— Je ne pense pas. Il payait des jeunes gens pour se faire fouetter, mais Mark Schmidt est son premier meurtre. Il lui a fallu beaucoup de temps pour rassembler tout ce dont il avait besoin, à commencer par les trente kilos de cristaux hygroscopiques.

— Tu penses qu'il aurait recommencé?

Abe réfléchit, puis secoua la tête.

— Sans doute pas, du moins tant qu'il restait fasciné par sa victime. Le corps une fois décomposé, il aurait peut-être cherché quelqu'un d'autre, qui sait? Il n'a pas caché que Schmidt et lui avaient vécu ensemble six mois durant. Il prétend qu'il est mort de causes naturelles, et qu'il n'a pu supporter de le perdre. Il est fou, complètement fou!

— En tout cas, déclara Carmine, tu as mené cette enquête exactement comme elle devait l'être, Abe. Tu pourras dormir, ce soir?

— Je ne pense pas, mais on finit par tout oublier. Je préfère perdre le sommeil plutôt que devenir insensible.

Carmine rentra dans sa maison vide. Il se dirigea vers la chambre et resta là, à contempler le grand lit soigneusement fait. Il n'était pas homme à tolérer le désordre. Né et élevé en catholique, il avait depuis longtemps abandonné toute religion. Son métier, comme son intelligence, se rebellait contre ces devinettes mystiques qu'on appelle la foi, contre tout ce qu'il ne pouvait voir ou toucher. Bien entendu, Julian irait à St Bernard, comme tous les petits frères qu'ils pourraient lui donner, mais cela n'était pas sans logique. Les enfants ont besoin de principes, de morale, d'éthique, à l'école comme à la maison. Ce que Julian et ses frères à venir feraient de la foi quand ils parviendraient à l'âge adulte, ce serait leur problème.

Regardant le lit, Carmine pouvait sentir la présence, les restes intangibles de tous ceux qui avaient vécu et vivaient là. Ce qui ne faisait qu'aggraver sa solitude. Quel temps, quels soins il avait consacrés à cette pièce pour la décorer de couleurs somptueuses! Desdemona avait d'ailleurs été sidérée de son instinct en ce domaine. Il possédait un très ancien paravent chinois à trois panneaux blancs ornés de brocart noir et argent, sur lesquels se détachaient des montagnes arrondies perdues dans le brouillard, des pins balayés par le vent, une pagode au sommet d'un immense escalier aux marches innombrables. Il l'avait suspendu au-dessus du lit, après avoir peint la chambre de couleurs bleu lavande et rose pêche. Enceinte, Desdemona avait commencé à broder un dessus-de-lit noir et blanc, pour faire écho au paravent. La naissance de Julian en avait interrompu l'exécution, et il était désormais dans un coffre de cèdre. «Il attend ma prochaine grossesse», disait-elle en plaisantant.

Elle lui manquait si douloureusement qu'il fit demi-tour et partit vers la cuisine, où sa tante avait laissé une sauce aux palourdes pour des pâtes. La mère de Carmine était encore trop occupée à se reprocher d'avoir mis Desdemona en danger pour lui faire la cuisine, mais sœurs, tantes et cousines veillaient à ce qu'il ne meure pas de faim. La porte donnant sur le repaire de Sophia était fermée à clé. La jeune fille était à L.A. où, avait-elle expliqué à son père au téléphone, elle passait des moments difficiles, Myron paraissant au bord de la dépression nerveuse. À juste titre agacé, Carmine avait contacté son vieil ami, l'avait traité de tous les noms parce qu'il inquiétait leur fille, et lui avait ordonné de se sortir de là. *Fichue Erica Davenport!* songea-t-il pour la centième fois en versant des fettucini dans une casserole d'eau bouillante. Elle avait blessé tous ceux et celles qu'il aimait.

Il y eut des voix à l'entrée. Une clé fut glissée dans la serrure. Carmine resta près de la cuisinière, immobile. Desdemona! C'était Desdemona! Mais il ne put courir vers elle, ses pieds semblant cloués au sol.

— J'aurais dû me douter qu'il serait encore au boulot! Et je parie qu'il a oublié de faire les courses! s'exclama-t-elle avant d'ajouter à l'adresse du chauffeur de taxi: merci beaucoup, monsieur, tout ira bien!

Elle entra dans la cuisine comme un cuirassé lancé à toute allure, Julian sur le bras gauche, vêtue d'un pantalon et d'un corsage un peu froissés par le voyage, mais le visage tout rose et les yeux brillants.

— Carmine! s'écria-t-elle en le voyant. Chéri, tu as l'air d'un poisson au fond d'un bateau!

Il prit sa famille dans ses bras, embrassa sa femme, les larmes aux yeux. Puis il couvrit de baisers le visage de Julian, à qui cela plut énormément. Desdemona se dirigea vers la cuisinière.

— Des pâtes et de la sauce aux palourdes? Je parie que c'est la tante Maria, vu qu'il y en a pour tout un régiment!

Elle reprit l'enfant à son père.

— Pardonne-moi, mais je vais lui donner son dîner, son bain, et ensuite au lit !

— Et le décalage horaire, mon gars ? demanda Carmine au bébé.

— Ne t'inquiète pas, le rassura-t-elle, je l'ai maintenu éveillé, exprès, pendant des heures ! Les autres passagers étaient ravis.

— Comment es-tu revenue depuis JFK ?

— Le train du Connecticut. Je n'avais pas envie que Myron sache que j'étais déjà rentrée, il n'aurait pas compris.

Et elle s'éloigna avec Julian, en lui murmurant à l'oreille. Carmine se détendit. Tous les fantômes avaient disparu.

12

— Nous n'avons rien découvert dans tout ce matériel photo et radio, déclara Ted Kelly d'un ton lugubre. Rien, bon Dieu !

— Vous l'espériez vraiment ? demanda Carmine.

— Non, je dois l'admettre. En tout cas, ajouta l'agent à contrecœur, le commissaire et vous avez été très habiles. Nous n'avions jamais pu trouver de prétexte pour fouiller les demeures des membres du conseil de Cornucopia. Mais attention, vous courez des risques. Ces gars-là ont assez d'argent pour traîner le comté d'Holloman en justice, et jusqu'à la Cour suprême !

— Nous nous sommes excusés d'avoir agi sous la pression de l'événement. Vous pensez vraiment qu'ils nous attaqueront, Ted ?

— Non. Trop de tapage ! Ils auront trop la trouille que les journalistes parlent d'Ulysse.

— C'est bien ce que nous pensions, le commissaire et moi.

— Mais comment se fait-il que tout le monde connaisse l'existence et le nom de code de l'espion ?

— C'est de votre faute. Avec la voix que vous avez, pas besoin de mégaphone, et vous donnez tous vos rendez-vous ici, un restaurant fréquenté par les flics. Leurs oreilles s'agitent comme celles de Dumbo.

— Je hais les petites villes !

— Parlons franchement. Est-il vrai que tout le conseil d'administration de Cornucopia se rend à Zurich pour tenter d'acquérir une compagnie suisse qui fabrique des transistors ?

Kelly prit un air soupçonneux.

— Quelle est votre source ?

— Richard Oakes, l'ancien secrétaire d'Erica Davenport, qui est désormais celui de Michael Donald Sykes, autre malheureuse victime du conseil. Lui et moi sommes allés nous promener ce matin en longeant les rives de la Pequot. Nos paroles se perdaient dans le vent, et les mouettes étaient nos seuls témoins. À ce propos, nous sommes bons pour l'orage.

— Comment ça ? demanda Kelly, un peu perdu.

— Les mouettes se replient à l'intérieur des terres !

— Oh ! Et qu'est-ce qu'Oakes vous a dit, exactement ?

— Que, désormais, il était plus profitable de fabriquer des transistors que des pendules à coucou, et que cette société suisse était sur un gros coup. Ça s'est su, et tout le monde tourne autour. Oakes estime que Cornucopia perd son temps. Ni lui ni Sykes ne comprennent pourquoi le conseil se rendait à Zurich.

— Mais nous, nous le savons, grommela Kelly.

— En effet. Ce voyage permet à Ulysse d'emporter avec lui les petits secrets qu'il a chapardés. Ce qui m'amène à penser qu'il n'a rien transmis à Moscou depuis les environs du 3 avril. Son sac est rempli.

— C'est probable, et nous ne pouvons rien faire ! Le salopard quittera le pays en sentant la rose, entouré de ses copains du conseil.

Carmine leva les bras au ciel.

— Mais comment a-t-il convaincu les autres de faire le voyage ? Ce sont des hommes d'affaires ! Si Oakes et Sykes savent que Cornucopia perd son temps, les autres aussi doivent le savoir ! Comment leur a-t-il fait changer d'avis ?

Kelly soupira.

— Ça, c'était facile. Le conseil vient juste de se voir livrer un turbo-propulseur Lear flambant neuf, et tous sont impatients de voir de quelle couleur est le ciel au-dessus de Zurich. En plus, les femmes restent à la maison, car il n'y a pas assez de place, avec un équipage de trois personnes et deux hôtesses.

— Et quand a lieu cette virée ? demanda Carmine.

— Demain après-midi. L'avion est déjà sur le tarmac. Ils se rendront d'abord à l'aéroport JFK, pour que leur plan de vol soit autorisé. Tous les petits secrets de Cornucopia s'envoleront demain, et nous ne pourrons rien y faire !

Ulysse va s'en sortir, songea Carmine, remontant Cedar Street en direction des services du comté. Qu'il sache qui il était n'avait aucune importance, car il ne possédait pas la moindre preuve. Rien que son instinct de flic, la synthèse d'une myriade de petits éléments se rassemblant dans son esprit, dont certains obtenus à grand-peine.

Kelly n'a pas deviné, et je n'ai pas envie de le lui dire. Le problème, ce n'est pas l'espion, mais ses patrons sans visage, ceux qui appuient sur les boutons, et le protocole dicte sa loi avant que les canons soient prêts à tirer. Bientôt, Ulysse se sera livré à son petit tour de magie et paraîtra blanc comme neige. C'est un seul homme, nul besoin d'une armée pour le capturer. Que Ted Kelly agisse à sa manière. J'agirai à la mienne, parce que je sais qui je dois combattre, depuis le récit de Bart. Grâce à lui, l'ampoule s'est allumée d'un coup, comme dans les bandes dessinées. Ce que je dois faire, c'est coincer Ulysse pour meurtre. Il a forcément laissé des traces que je trouverai si je cherche aux bons endroits.

Carmine avait dépassé depuis longtemps les services du comté, mais il décida de marcher encore un moment. Le vent soufflait assez fort, il aimait le sentir sur son visage. Levant les yeux au ciel, il vit un nuage pommelé et se dit qu'il lui faudrait s'assurer, avant d'aller se coucher, que les volets de sa demeure étaient bien fermés. Puis il en revint à Ulysse.

Réfléchis, Carmine, réfléchis ! Qui Ulysse a-t-il tué de ses propres mains ? Desmond Skeps. Dee Dee Hall. Dommage de tuer une prostituée qui taille si bien les pipes. Et personne d'autre. Son assistant s'est chargé d'Evan Pugh, de Cathy Cartwright et Beatrice Egmont. Des tueurs ont abattu les trois Noirs, certainement noirs eux-mêmes, pour mieux se fondre dans le décor. L'assistant a joué le rôle d'un vendeur de potions magiques nommé Reuben pour duper la femme de Norton, et a sans doute incité Joshua Butler à passer à l'acte. Il se peut qu'Ulysse lui-même ait dû percer l'armure de Pauline Denbigh, mais, en tout cas, ce n'est pas lui qui a tué son mari. Je n'ai absolument aucune chance de prouver quoi que ce soit là-dedans. Il faut que ce soit Desmond Skeps, ou Dee Dee, ou les deux.

Quelles armes avait-il utilisées ?

Desmond Skeps : plusieurs seringues hypodermiques, pas très bien manipulées. On lui avait montré autrefois comment s'en servir, mais les années avaient passé. Ou alors, Skeps avait des veines difficiles. Du curare. Un nettoyant ménager. Un garrot. De l'hydrate de chloral dans un verre de scotch. Un rasoir. Un fer à souder miniature. Du fil de fer.

Dee Dee : un rasoir genre coupe-chou. Seul un scalpel aurait eu le même tranchant, et même ceux dont Patrick se servait pour ses autopsies ne pouvaient infliger de telles blessures à une femme debout, face à son assaillant. De très près. Très personnel. Ulysse devait avoir été inondé du sang de Dee Dee, comme sous un robinet qui coule. Il avait attendu que les jugulaires n'aient plus rien à laisser couler, puis il avait pris un second bain de sang en tranchant les carotides. La haine ! Une haine farouche, absolue, bien plus forte que celle qu'il éprouvait pour Desmond Skeps. Lequel escortait Dee Dee lors de la soirée de la Fondation Maxwell. Ce qui signifiait que Skeps savait pourquoi Ulysse la haïssait, même s'il ignorait qui il était. Et que s'était-il passé chez Dee Dee ? Elle avait accepté sa mort sans protester, selon Patsy. Elle savait donc pourquoi Ulysse la haïssait, et admettait sa propre culpabilité.

Je me demande s'il a conservé ces vêtements inondés de sang ? Si sa haine était si forte, peut-être avait-il besoin d'un souvenir ? Le rasoir ? Forcément. Il doit l'avoir quelque part.

Une image apparut devant les yeux de Carmine, si vive, si forte, qu'il en eut la chair de poule. Je sais où ! Je sais où !

Il ralentit le pas, s'arrêta, fit demi-tour, et revint vers les services du comté à vive allure, mais sa jubilation se mourait déjà. Savoir était une chose ; rassembler ses forces pour le prouver, une autre. Le juge Thwaites devait s'être calmé, il serait plus facile de tirer du sang d'une pierre que d'obtenir de lui un nouveau mandat. Non qu'Ulysse risquât de se séparer de ses petits souvenirs. De ce point de vue, le temps ne pressait pas.

Le temps qu'il regagne son bureau, il avait repris son calme. Il y retrouva Delia, vêtue de cachemire vert et orange.

— Abe est avec Lancelot Sterling, lui annonça-t-elle, et Corey se promène autour de l'aérodrome. Il m'a parlé d'un nouvel appareil, mais je dois admettre que je n'écoutais qu'à moitié, j'étais au téléphone avec Desdemona.

Carmine se sentait tenaillé par l'envie de partager avec elle ce qu'il avait en tête, mais rechignait à lui imposer le fardeau de ses propres frustrations.

— Votre femme et Julian sont en sécurité, ajouta sa secrétaire en souriant.

Cela le décida.

— Asseyez-vous, Delia. J'ai besoin de parler.

Quand il en eut terminé, elle parut horrifiée. Puis, réaction qui ne lui ressemblait guère, elle lui posa la main sur le bras.

— Carmine, je comprends parfaitement votre dilemme. Mais si Ulysse haïssait si farouchement Dee Dee, cela devait être lié à un désastre dont elle a été l'instrument. Je crois qu'il pourrait être fructueux d'enquêter sur son passé. C'est le problème avec les prostituées, personne ne cherche à savoir d'où elles viennent. Ai-je toujours le pouvoir d'agir en tant que membre de la police ?

— Je n'ai pas annulé la directive.

— Alors, je vais aller voir son maquereau, ses amis, ses ennemis et connaissances, annonça Delia en se levant. Ce serait sans doute beaucoup plus facile si j'avais un badge.

— Je n'irai pas jusque-là, Delia. Ne tirez pas trop sur la corde.

Au milieu de la nuit, l'orage déferla sur Holloman avec des vents dignes d'une tempête. Blotti dans le lit au côté de Desdemona, Carmine fut réveillé par une violente pluie fouettant les volets, leva la tête pour écouter, puis se rallongea en soupirant. Aucune chance que cela dure assez longtemps pour retarder l'expédition zurichoise des membres du conseil de Cornucopia. La tempête se serait dissipée dès l'après-midi.

— Pas de dégâts, mais le jardin est un vrai désastre, constata Desdemona le lendemain matin, en ôtant ses bottes de caoutchouc dans la buanderie. Une branche arrachée par le vent a mis KO l'un des plus beaux saules pleureurs. Notre maison de rêve est trop exposée aux éléments !

— On ne peut pas tout avoir, ô dame de mes pensées, philosopha Carmine en enfilant une veste et en tâtonnant parmi les cirés accrochés sur des cintres. Il va pleuvoir toute la journée, alors laisse Julian à la maison. Si tu as besoin de faire des courses, appelle quelqu'un.

Sous une pluie froide qui lui battait le visage, il remonta péniblement le chemin menant à leur grand garage, situé près de vingt mètres au-dessus de la maison. Une fois entré, il ôta son ciré avant de grimper dans la Fairlane. Dès qu'il eut mis le contact, il brancha la radio de la police et resta un instant à l'écouter. Pas grand-chose, rien que des phrases laconiques mêlées de chiffres et de lettres abstrus pour veiller à ce que les affaires de la police demeurent leur domaine réservé. *Si seulement c'était le cas !* songea le capitaine en sortant du garage. *Je vais aller examiner l'avion de Cornucopia, mais pas question de l'annoncer par radio. Trop de gens ont la manie de se brancher, qui n'ont pas besoin d'être renseignés.*

Le petit aéroport d'Holloman, entouré d'un grillage, se situait dans le bras ouest du port, composé pour moitié d'usines, le reste n'étant qu'un terrain vague. Entre lui et l'autoroute I-95 perpétuellement bourdonnante se dressaient les groupes de grands réservoirs cylindriques abritant tous les carburants nécessaires aux avions.

Au lieu d'emprunter l'autoroute pour ce bref trajet, Carmine longea les docks et franchit le portail grand ouvert de l'aéroport pour se retrouver sur une dalle de béton qui servait de parking. Il la traversa, contourna l'abri assez luxueux qui servait de terminal à ceux qui partaient d'Holloman ou y arrivaient, et aperçut le Lear Jet, plus petit qu'il ne s'y attendait. Il était stationné non loin de l'abri, dans toute la gloire d'une peinture blanche sans défaut, la corne d'abondance, logo de Cornucopia, peinte sur la queue.

Des coups frappés sur la vitre passager de sa voiture firent sursauter Carmine. Corey ouvrit la portière et se glissa à l'intérieur, la veste ruisselante.

— Tu es trempé !

— Tu l'as dit, Carmine ! Désolé, mais il fallait que je reste planqué, pas d'autre solution que de courir sous la pluie. Je savais bien que tu viendrais jeter un coup d'œil. Qu'en penses-tu ? S'entasser là-dedans, ça doit être comme de vouloir entrer dans un tube de dentifrice ! Ils n'ont pas l'air de pouvoir décoller. Ah, le train, il n'y a que ça de vrai !

— C'est une histoire de pouvoir, Corey. Tu es resté là toute la nuit ?

— Pas la peine. Avec cette tempête, ils n'auraient pu aller nulle part. Et ils ne bougeront pas non plus aujourd'hui si la pluie ne s'arrête pas.

— Qu'est-ce que tu espères trouver ? demanda Carmine, intrigué.

Les yeux de son adjoint se réduisirent à des fentes.

— Si seulement je le savais ! J'ai juste une intuition. Quelque chose dans le vent, la pluie, l'écume de la mer, je ne sais pas.

— Je t'enverrai quelqu'un avec des sandwichs et un thermos de café dans une voiture banalisée, près de ce hangar. Suis ton instinct, Corey.

Corey n'en tirera rien, mais ce n'est pas le problème, pensa-t-il en s'éloignant. *J'aurais dû me douter que les gars de Cornucopia seraient assez sournois pour partir plus tôt que prévu.*

Les sandwichs et le café furent vraiment les bienvenus. Réchauffé, à peu près sec, Corey Marshall s'apprêta à passer quelques heures d'attente fastidieuse. Les vitres de sa voiture étaient légèrement baissées, juste assez pour empêcher son pare-brise de se couvrir de buée, et il s'était habilement placé pour ne pas être vu, tout en voyant lui-même dans toutes les directions. La pluie continuait. Ni déluge ni bruine, elle tombait maintenant depuis huit heures d'affilée. Le sol était trempé, mais dur. Au-delà de l'entrée de l'aéroport, pourtant, une partie de la route s'était affaissée et désagrégée, obstruant une grille d'évacuation : il s'y était formé une flaque assez profonde. *Un beau temps pour les grenouilles*, songea Corey en s'efforçant de trouver un intérêt à tout. Il lui fallait rester éveillé et aux aguets.

Il consacra une bonne partie de son attente à réfléchir à l'accession au grade de lieutenant. Il repensa également à son mariage, qui n'avait pas tourné comme prévu. Oh, il aimait réellement Maureen, et plus encore leurs deux enfants, qui semblaient souffrir davantage que lui des défauts de son épouse. Il les plaignait, un sentiment abominable pour un père. Il comprenait bien qu'on ne pouvait changer la nature de quelqu'un, mais il souhaitait de tout son cœur que Maureen soit moins mesquine, moins revêche. Leur fille, âgée de neuf ans, avait réussi à sortir de son influence, avant tout en s'effaçant, tandis que leur fils, qui en avait désormais douze, commençait à hériter des frustrations de sa mère face au monde des hommes. Toujours désordonné, toujours bruyant, toujours des mauvaises notes à l'école. Quinze jours plus tôt, ça avait franchement pris mauvaise tournure, et Corey avait espéré que, se souvenant de ses propres défauts, Maureen lâcherait un peu la bride aux deux mâles de sa maisonnée. Ce qu'elle avait fait pendant une semaine. Puis les choses étaient redevenues comme avant.

Il savait, tout au fond de lui-même, que le divorce était inévitable car, même s'il obtenait le boulot de Larry Pisano, Maureen trouverait un autre sujet de mécontentement : une seconde voiture en ruine, une cuisine inadaptée, l'acné de Gary parce qu'il se bourrait de hamburgers... Elle râlerait contre tout ce que son augmentation de salaire ne pourrait résoudre, sans autre raison que sa rancœur permanente. Comment venir à bout de ça ? S'il n'y avait pas eu les enfants, il aurait déjà divorcé. Mais, à cause d'eux, il se l'interdisait. Il était leur allié, leur complice. Dans une guerre ?

Allez, la famille Marshall doit simplement faire avec. Ça durera jusqu'à ce que Denise soit en fac et qu'il ne reste plus que Maureen et moi à la maison. Alors, il pourra y avoir tous les emmerdements du monde, ça me sera égal.

Ses soucis disparurent dès qu'une camionnette franchit l'entrée et vint se garer près du Lear, alors que la pluie avait cessé. *L'équipage*, nota-t-il quand ils descendirent, discutant gaiement entre eux. Trois pilotes en uniforme, l'un d'eux portant quatre rangs de galon doré sur la manche, les deux autres trois. Hou là ! Le conseil de Cornucopia ne mégotait pas sur les salaires des gars qui se chargeraient de les maintenir en l'air. Deux femmes minces, très jolies, les hôtesses sans doute – on n'avait pas mégoté non plus ! –, survinrent à leur tour. Les hommes entrèrent dans le cockpit, les filles revinrent vers l'arrière du van et entreprirent d'en sortir des conteneurs enveloppés de papier d'aluminium, un grand coffre en polystyrène contenant probablement des repas froids, des serviettes et du linge. Étonné, Corey les regarda s'affairer un moment. Elles sortirent même un arrangement floral.

Puis le personnel au sol arriva. L'un d'entre eux commença à remplir les réservoirs, en prenant bien soin de ne pas verser la moindre goutte de carburant sur le béton. Les tuyaux furent ensuite raccrochés, les pneus vérifiés, toutes sortes de tâches accomplies. Corey pouvait voir, dans le cockpit, les têtes du pilote et du copilote, dont les mains allaient et venaient sur ce qui devait être le tableau de bord.

Surgit ensuite une Rolls Royce Silver Ghost avec deux hommes à son bord : Wallace Grierson et Gus Purvey. Ils en descendirent et se rendirent dans l'abri. Tous deux portaient des attachés-cases, mais aucun n'était vêtu de manière très guindée : jeans, chemises à col ouvert, sweaters, une veste sur le bras. Ils se dirigèrent vers le Lear en riant et y montèrent. Au même moment survint une Ford avec deux hommes à son bord, dont l'un sortit pour grimper dans la Rolls, puis les deux véhicules s'éloignèrent.

Un véhicule de pompiers arriva avec lenteur. Aucun avion ne pouvait décoller en son absence. Ceux qui l'occupaient semblaient heureux d'être délivrés de la pluie et, de toute évidence, admiraient l'appareil qu'ils étaient tenus de surveiller tant qu'il n'aurait pas décollé de la piste d'envol.

Il ne manquait plus que Phil Smith et Fred Collins. Les hôtesses montèrent à bord de l'avion, le van disparut, le camion de pompiers se rendit à la position qui lui était assignée.

Corey se tourna sur son siège pour regarder la route, notant vaguement que, juste après la flaque, là où le revêtement s'était légèrement effondré, un tuyau d'acier de près de dix centimètres de diamètre avait percé l'asphalte et y gisait comme un câble de navire. Il entendit au loin le bruit d'une voiture de sport roulant à vive allure, et même beaucoup trop vite. Il s'agissait d'une Jaguar E peinte de ce vert sombre des voitures de course britanniques. Phil Smith était au volant, Fred Collins à son côté. Ils riaient.

Les roues avant de la Jaguar heurtèrent le tuyau, et le reste parut se dérouler au ralenti. Le long capot se dressa d'abord à la verticale, puis la voiture fit un véritable saut périlleux qui valut à Smith et Collins d'être éjectés, avant de retomber sur le sol, retournée, ses roues tournoyant follement.

— Ambulance ! Une ambulance pour l'aéroport, accident de la route ! hurla Corey dans sa radio. Des infirmiers ! Il faut des infirmiers ! Accident de la route à l'aéroport ! Accident de la route !

Il sortit en toute hâte de son véhicule et se mit à courir, comprenant que personne d'autre n'avait remarqué l'accident. Il se dirigea d'abord vers Collins, se pencha pour sonder la carotide. Oui ! Le pouls était bien net, la flaque de sang ne semblait pas s'étendre. Une de ses jambes paraissait tordue, il geignait, mais il ne paraissait pas avoir d'autres problèmes, à moins de blessures internes.

Smith était étendu sur le côté, les yeux clos. La carotide révélait un pouls régulier, mais il ne bougeait pas.

Le vent se leva, poussant une feuille de papier sur le visage de Corey, qui la repoussa avec agacement. Il remarqua alors la mallette dans une des mains de Smith. L'avait-il tenue tout en conduisant ? L'avait-il saisie par réflexe pendant l'accident ? Elle était faite d'acier satiné, avec deux serrures à combinaison, mais la violence du choc l'avait ouverte, laissant échapper des papiers, échoués pour la plupart dans la flaque.

— Je ne peux rien faire de plus pour toi, mon gars, se désola Corey, mais je peux au moins récupérer tes papiers avant que le vent ne les emporte.

Frénétiquement, il ramassa tous ceux qu'il put. Beaucoup étaient trempés, mais il n'y prit pas garde et les rassembla avant de courir vers sa voiture, alors que retentissaient les sirènes des pompiers.

Il déposa son butin dans le coffre, au cas où un gars de Cornucopia un peu trop curieux viendrait fouiner, puis il contacta le service par radio ; celui-ci l'informa que le capitaine Delmonico était en route, et que deux ambulances arriveraient sous peu.

— Dieu merci, il avait cessé de pleuvoir, expliqua-t-il à Carmine une minute plus tard. Tu veux que j'empêche l'avion de décoller?

— Abe s'en occupe déjà, répondit Carmine, qui ajouta : je voudrais savoir pourquoi tu as l'air si content de toi.

— À cause de ça, sourit Corey, en ouvrant le coffre. C'est ce qu'il y avait dans la mallette de Phil Smith. J'aurais préféré récupérer aussi celles des autres, mais c'est toujours mieux que rien. J'ai vu un type allongé sur la route, inconscient, et des papiers qui tombaient dans la flaque, là-bas. Alors, j'ai fait ce que ferait tout bon citoyen : je les ai ramassés. Ensuite, je me suis dit que, par la suite, je pourrais toujours expliquer que les labos de la police ont des installations pour sécher des papiers qui, sinon, se seraient désagrégés. Smith n'y croira pas, mais il n'est pas non plus en état de discuter.

— Sacré bon boulot, Corey, le félicita Carmine. Nous avons eu de la chance que l'accident se produise, mais ta présence d'esprit nous a permis de mettre la main sur ces papiers.

Les deux hommes se dirigèrent vers la route, où deux ambulances venaient d'arriver. Deux étudiants en médecine accompagnaient le personnel habituel. Ils s'occupèrent d'abord de Fred Collins.

— Je ne crois pas qu'il ait beaucoup de blessures internes, conclut la femme en repliant son stéthoscope. La pression artérielle est bonne. Fracture comminutive du fémur droit – il ne pourra pas faire de ski avant un bon moment ! Des écorchures et des bleus, c'est à peu près tout.

— Blessure à la tête, signala celui qui s'occupait de Smith. Humérus droit brisé. Sa tête a heurté le sol, mais l'eau a un peu amorti le choc. Je n'ai pas trouvé de déficience motrice dans la partie gauche du corps, mais nous en saurons davantage quand il sera examiné par les neurologues. Ses pupilles réagissent à la lumière. Excusez-moi, mais je vais l'emmener là où on pourra s'occuper d'un œdème cérébral éventuel.

Wal Grierson et Gus Purvey attendaient dans l'angoisse, sans pouvoir approcher, l'endroit ayant été interdit d'accès. Le sergent Terry Monks et son équipe étaient là ; ils se chargeraient de déterminer les circonstances de l'accident, et d'en désigner les responsables. Monks paraissait furieux.

— Mais qu'est-ce que deux vieux schnocks faisaient dans une Jaguar E sans ceintures de sécurité ?

— Terry, les ceintures de sécurité, c'est bon pour les conducteurs de blindés. Et tu reconnaîtras, ajouta Carmine pour l'agacer, que ne pas en avoir leur a sauvé la vie !

— Ouais, mais on aurait été débarrassé de deux crétins !

Carmine se dirigea vers Grierson et Purvey.

— C'est terrible ! Terrible ! gémit ce dernier, livide. J'ai dit je ne sais combien à fois à Phil d'arrêter de conduire comme un fou ! Il fonce à toute allure !

— Dommage qu'il ne soit pas conscient, il aurait entendu le sergent chargé de la circulation le traiter de vieillard débile.

— Débile, c'est le mot ! lança Grierson entre ses dents. Je crois que nous pouvons oublier Zurich ! Gus, charge-toi de prévenir Natalia et Candy, je m'occupe de tout ici.

À ce moment, comme sur un signal, la petite Ford et la Rolls refirent leur apparition. Purvey, qui avait un air de chien battu, marcha vers la Rolls.

— Je croyais que vous étiez un fan des Mustang, ironisa Carmine.

Grierson sourit tristement.

— Sur la route, il n'y a pas de voiture plus confortable que la Rolls, répondit-il avant d'ajouter : quel gâchis, bon Dieu !

Carmine se tourna vers ses deux adjoints.

— Corey, tu sors de l'aéroport en traversant la piste. Abe, tu montes avec moi.

La Fairlane suivit de près la voiture de Corey. Ce n'est que lorsqu'ils eurent dépassé les réservoirs et furent de nouveau sur la route que Carmine poussa un soupir de soulagement. Il venait d'expliquer ce qu'il y avait dans le coffre de Corey à Abe, dont les mains tremblaient d'excitation.

— Une chance sur quatre que ce soit la bonne mallette ! s'écria-t-il.

— Où est Delia ?

— Elle s'est lancée sur la piste de Dee Dee comme un chien de chasse.

Carmine s'arrêta sur le bord de la route en apercevant une cabine téléphonique.

— Mets-toi en contact avec Danny et demande-lui d'envoyer quelqu'un chercher Delia. Je ne veux pas utiliser la radio, ça ne regarde ni les camionneurs, ni les ménagères désœuvrées. Et Delia est la personne dont nous avons le plus besoin dans cette histoire.

Elle les attendait, les yeux brillants. On avait rempli le bureau d'autant de tables sur tréteaux qu'il pouvait en accueillir, et recouvert le dessus de papier sulfurisé fixé par des punaises. Le contenu détrempé de la mallette de Phil Smith fut déposé sur une chaise, sous l'œil vigilant de Delia. Puis elle entreprit de séparer les feuilles et de les déposer l'une après l'autre sur les tables à sa disposition.

— Un vrai trésor ! s'exclama-t-elle en passant de l'une à l'autre. C'est quelqu'un d'extrêmement méticuleux. Et ce n'est pas sa secrétaire qui a fait le boulot, c'est moi qui vous le dis ! Chaque page porte en haut à gauche le sujet du document, ou la personne à qui il s'adresse, avec la date en haut à droite. Merveilleux !

Il y avait en tout cent trente-neuf pages de lettres et de rapports, auxquelles s'ajoutait un texte relié de soixante-treize pages, traitant des avantages d'un centre de recherches. Cela parut bizarre à Carmine : celui de Cornucopia avait été mis en place au moins cinq ans auparavant. Pourquoi Smith emportait-il un document traitant de faits connus de toute l'industrie ?

Le rapport fut enveloppé dans une serviette propre pour que ses bords puissent sécher.

— Un vrai snob ! jugea Delia. Le papier est du pur chiffon, même pour les blocs-notes ! Pas de camelote pour M. Smith ! Et les en-têtes sont imprimés à l'ancienne.

Pour autant, il ne veut pas en mettre plein la vue : papier blanc, caractères noirs, rien de plus, même pas le logo de Cornucopia. De première qualité, mais très discret.

— Alors, vous et moi allons nous mettre à lire, Delia, annonça Carmine. Corey, tu monteras la garde à l'hôpital. Signale-moi toute modification de l'état de santé de Smith dès que tu en es informé. Tom Dennis, le neurochirurgien, est un de mes amis, je veillerai à ce que nous sachions tout. Abe, tu t'occupes de Dee Dee, Lancelot Sterling, Pauline Denbigh et tous ceux qui présentent un quelconque intérêt. S'il y a une nouvelle affaire, tu t'en charges.

— Qu'est-ce qu'on cherche ? demanda Delia une fois les adjoints partis. J'ai bien une idée, mais j'aimerais des directives un peu détaillées.

Carmine fronça les sourcils.

— Le problème, c'est que s'il s'agit d'un code verbal. Nous avons peu de chance de le déchiffrer.

— Des choses du genre « le ciel est couvert sur Leningrad » ?

— Oui. Mais ce genre d'information n'est probablement pas de notre ressort. Nous sommes à la recherche de plans, de formules, sans doute sous forme de micro-points.

— Quelle est leur dimension ?

— Selon Kelly, tout ce qui, à première vue, peut paraître logique, du point sur un *i* à une chiure de mouche sur le dessin d'une cible. Un micro-point n'a pas besoin d'être rond, c'est une forme qui est simplement peu évidente à détecter.

Le visage de Delia se plissa.

— Il doit y avoir des milliers de points sur des *i*, là-dedans ! Nous n'avons aucune chance de trouver quoi que ce soit, même si Smith reste dans les vapes plusieurs jours !

On avait apporté du café. Carmine s'en versa une tasse, puis s'assit sur la chaise pivotante à roulettes qu'il avait dérobée chez les dactylos, pour pouvoir se déplacer plus facilement.

— C'est bien pourquoi je pense que les micro-points ne sont pas des points sur des *i*, ou du moins pas des points ordinaires. Nous devrions en chercher qui ressemblent à des coquilles typographiques ou à des taches. Kelly est si cachottier que je n'ai pas pu tirer grand-chose de lui, alors il va falloir nous débrouiller seuls, Delia. À ma connaissance, le processus de réduction a des limites ; quand on les atteint, il faut recommencer. On miniaturise les choses de plus en plus vite, depuis que la course à l'espace a commencé, mais… Je suis très ignorant de la manière dont on procède.

Puis il haussa les épaules.

— Delia, le meilleur conseil que je puisse vous donner, c'est de faire usage de votre bon sens. Si quelque chose paraît bizarre, cherchons d'où ça vient. Nous l'examinerons avec l'un des microscopes de Patsy, qui grossit cinquante ou cent fois.

Ils se mirent à dépouiller les documents, Delia se chargeant des lettres et Carmine des mémos. Une heure passa dans un silence à peu près complet.

— C'est quand même extraordinaire ! s'exclama-t-elle à un moment.

Carmine sursauta.

— Quoi donc ?

— Smith n'a-t-il pas la réputation de quelqu'un qui ne fait jamais rien ?

— C'est bien le cas, d'après mes sources.

— Pour quelqu'un qui flemmarde depuis des années de présence au conseil, il a gardé l'œil sur bien des choses ! Et il semble qu'il ne tienne pas à laisser ses observations derrière lui pendant son absence. Je suis en train de lire une lettre qu'apparemment il adresse à un certain M. D. Sykes, qui a le titre de directeur général de Cornucopia. Ce qui veut sans doute dire qu'il commande le papier à lettres, vérifie les salaires et les primes, contacte des sociétés de nettoyage et ainsi de suite, bien que de temps en temps, au fil des années, il ait sans doute dû remplacer tel ou tel plus haut que lui.

— Bon sang de bonsoir ! s'écria Carmine, qui prenait toujours soin d'employer un langage décent devant les dames. Je croyais Smith incapable de remarquer l'existence d'un directeur général de Cornucopia, et encore moins celle de Sykes ! La lettre est intéressante ?

— Oui et non. Elle est très longue. Smith expose en détail toutes les choses extraordinaires accomplies par M. Sykes quand il remplaçait d'autres cadres au-dessus de lui, louant son expérience et sa diligence. Il l'informe que, en sa qualité de président du conseil d'administration, il le nomme président-directeur général, donc juste en dessous du conseil. Il sera désormais responsable de la supervision de toutes les filiales de Cornucopia, et n'aura de comptes à rendre qu'au conseil.

Carmine sourit, ravi.

— Une vraie bombe ! C'est Michael Donald qui va être heureux ! Je comprends pourquoi Smith ne voulait pas laisser la lettre traîner sur son bureau pendant qu'il était à Zurich. Mais pourquoi ne l'a-t-il pas envoyée en interne avant de partir ? En tout cas, avec son nouveau salaire, Sykes va pouvoir s'offrir le couronnement de Napoléon à Notre-Dame, avec toutes les dorures qu'il faut. Il joue à des jeux de guerre napoléoniens.

Delia gardait les yeux fixés sur la lettre.

— Comme c'est bizarre ! s'exclama-t-elle.

— Quoi donc ?

— La manière dont Smith utilise systématiquement la tabulation. Moi, quand je tabule, je préfère les lettres de l'alphabet aux chiffres. Ainsi, si le nombre d'éléments ne dépasse pas vingt-six, la largeur de la colonne reste constante. Alors qu'avec les chiffres, une fois qu'on a atteint dix, elle s'élargit, et sur la gauche, en plus ! Smith, lui, utilise de gros points ronds.

Elle s'interrompit.

— Un gros point rond ! glapit-elle.

Carmine fit le tour de la table sur son fauteuil, examina la lettre et oublia la bienséance.

— Bon Dieu !

— Autre chose, ajouta Delia d'une voix tremblante. Qu'est-ce qui peut produire un point de cette taille ? Sûrement pas une machine à écrire, c'est impossible, et je ne vois rien d'autre qu'une presse à imprimer. Ces points de tabulation ont été appliqués à la main. Si ce ne sont pas des micro-points, Smith a utilisé du Letraset, et pour être aussi fanatiquement minutieux il faudrait être fou. Aucune secrétaire n'accepterait de le faire.

Carmine fut envahi par une sorte de jubilation lugubre.

— Une chose est sûre, Delia, Smith n'est pas fou. Je le tiens, ce salaud, je le tiens !

— Vous voulez dire que c'est lui, Ulysse ?

— Oh, cela fait un moment que je le sais.

Il se propulsa vers une petite table sur laquelle il avait déposé une boîte remplie de lames de verre, de pinces très fines et d'un scalpel pointu. Il s'en empara, puis revint vers le bureau pour examiner la lettre destinée à Michael Donald Sykes. Il entreprit, avec la plus grande délicatesse, de faire passer la pointe du scalpel sous la bordure d'un des points, qui se souleva facilement. Carmine le déposa entre deux lames de verre, puis il choisit, au hasard, quatre autres points de la lettre, sur les onze qui s'y trouvaient.

Après quoi, accompagné de Delia, il se rendit chez Patrick O'Donnell.

— Dis-moi si ce sont, ou non, des éléments Letraset, et s'ils comportent un texte ou un plan.

Patrick examina la première lame et s'exclama :

— Tu as trouvé un authentique micro-point ! Une réduction au centième ! Incroyable ! Il a fallu se servir d'un sacré appareil photo ! Aucune perte, la définition est parfaite.

Carmine repartit vers son bureau, toujours suivi de Delia.

— Nous savons donc maintenant pourquoi Smith n'a pas envoyé cette lettre à Sykes en interne. Il fallait qu'elle quitte le pays avec lui. À Zurich, les micro-points auraient été remplacés par du Letraset standard, et une fois de retour à Holloman, Smith aurait pu la faire parvenir à l'intéressé.

— Je suis ravie pour vous ! s'enthousiasma Delia.

— Maintenant, je vais devoir appeler Ted Kelly et lui apprendre ce que nous avons découvert. J'ai peur que notre participation à l'affaire d'Ulysse l'espion ne prenne fin.

La prédiction se révéla exacte. Kelly arriva quelques minutes plus tard, sidéré par ce qu'il appelait la chance de Carmine, ce qui énerva celui-ci.

— Ma chance n'y est pour rien ! gronda-t-il. C'est grâce à la présence d'esprit du sergent Corey que vous avez vos preuves, agent spécial Kelly, et je tiens à ce que ce soit mentionné. Si son nom n'apparaît pas dans votre rapport, je vous tirerai les oreilles !

— D'accord, d'accord ! hurla Kelly, paumes en avant, comme pour se protéger. Ce sera précisé, je le jure !

Carmine lui remit deux pages dactylographiées.

— Voici le rapport de mon adjoint sur ce qui s'est passé, et c'est là que commencera le vôtre ! Vous avez constamment profité de notre travail, je veux qu'il soit reconnu !

— Je suis tellement heureux que je consens à tout ! Les documents de Smith sont là ?

Carmine lui tendit une boîte en carton.

— Les voici, moins cinq micro-points prélevés sur la lettre destinée à Sykes. Que d'ailleurs, j'ai photocopiée, pour être certain qu'il la reçoive. Il en existe sans doute une copie dans le bureau de Smith, mais on ne sait jamais. Sykes s'est fait suffisamment marcher dessus.

Kelly saisit la boîte comme si elle contenait les joyaux de la Couronne, puis il prit un air soupçonneux.

— Hmmm… Cinq micro-points, avez-vous dit ?

— Qui m'accompagneront, avec un microscope, chez le juge Thwaites, répondit Carmine. J'ai besoin d'un nouveau mandat de perquisition. Cela fait, je vous les enverrai.

— Mais vous n'avez pas le droit de faire ça !

— Essayez un peu de m'en empêcher ! Je vous les rendrai, je vous dis. Je ne fais confiance ni au FBI, ni à vous, agent spécial Kelly. Pour autant que je sache, le contenu de la mallette de Smith ne sera peut-être jamais révélé au grand jour, et il se peut qu'on ne puisse le juger pour trahison. Par contre, il passera en jugement pour au moins un meurtre, ce qui lui vaudra une longue peine de prison. Maintenant, dégagez, et laissez-moi m'occuper de mes affaires.

— Vous croyez que Smith ne sera pas jugé pour trahison ? demanda Delia après le départ de Kelly.

— Je n'en sais rien, répliqua Carmine. Débarrassez les tables, je m'en vais voir votre oncle John.

Il s'arrêta en arrivant à la porte.

— Delia ?

— Oui ? répondit-elle, une main sur le téléphone.

— Vous avez fait un boulot magnifique. Je ne sais pas ce que je ferais sans vous, croyez-moi !

Elle émit un son un peu semblable à celui d'un chaton qu'on écrase, vira à l'écarlate et détourna la tête.

— John, dès que le juge Thwaites aura vu mes micro-points, il me donnera mon mandat, affirma Carmine.

— Et d'autant plus que ça valide ceux qu'il nous avait accordés après l'histoire du sniper ! Carmine, j'espère que la preuve du meurtre de Dee Dee est là où tu le penses, parce que j'ai la bizarre impression que les gars du FBI ne tiennent pas à ce que Smith soit jugé pour trahison. C'est fini, le temps des Rosenberg ! L'accusé est un Wasp de Boston.

— Je ne crois pas. Il a bel et bien existé un Philip Smith, mais à un moment, au cours des vingt-cinq dernières années, un colonel du KGB a pris sa place. Smith commet parfois des erreurs bizarres, s'agissant des coutumes et des traditions américaines. Sa femme n'est pas non plus une Lapone, selon Delia, qui pense qu'elle est originaire de Sibérie ou d'Asie centrale.

— En tout cas, elle n'est pas turque !

— C'est vrai. Je parierais jusqu'à mon dernier dollar que son identité est bidon. J'ai vérifié, s'agissant de leurs enfants. Il n'y a pas d'Anna Smith dans le Peace Corps en Afrique. Le Stephen Smith qui fait des recherches en biologie marine en mer Rouge – je ne sais pas si ce choix de couleur est symbolique – n'a qu'une sorte de statut honoraire dans la fondation qui les mène, en raison de dons très importants pour des projets qu'elle peine à financer. Peter Smith, le géologue spécialisé dans la recherche pétrolifère, travaillait bien en Iran, pour le compte de la British Petroleum, mais il est parti prospecter en Afghanistan.

— Tu penses qu'ils sont tous les trois en URSS?

— Entre deux missions, oui. Ils sont parfaitement bilingues, donc très précieux.

— Alors, qu'est-ce qui t'inquiète? demanda Silvestri.

— En premier lieu, l'assistant. Nous ne l'avons toujours pas démasqué, et pour ce qui est du meurtre, il a encore plus de ressources que son patron. C'est bien pourquoi j'ai demandé à Danny de mettre sous surveillance la chambre d'hôpital de Smith. Ses hommes les plus vigilants, et par groupes de deux.

— Tu as une idée de qui il pourrait s'agir?

— Je sais seulement qu'il est relié à Cornucopia. J'avais pensé à Lancelot Sterling, mais j'avais tort. Ça ne peut pas non plus être Richard Oakes, l'ancien secrétaire d'Erica Davenport, il est trop fragile. Qui que ce puisse être, il n'a encore jamais été soupçonné de rien. S'il est pris, il est possible que nous n'ayons jamais eu la moindre idée de son visage, et encore moins de son nom.

— Mais est-ce que les communistes ne se rencontrent pas dans des cellules?

— Le militantisme et l'espionnage sont deux choses différentes. C'est pourquoi la chasse aux sorcières de McCarthy a été un échec: on confondait idéologie et activités subversives. Mais il se pourrait qu'il existe à Holloman, autour de Cornucopia, un groupe dirigé par Philip Smith. Nous savons qu'il a un assistant, et qu'Erica Davenport était impliquée. Cela fait déjà trois personnes. Y en a-t-il d'autres? Combien un groupe de ce genre compte-t-il de membres? Quatre? Six? Dans ce dernier cas, trois d'entre eux nous restent inconnus. Ted Kelly pourrait peut-être me le dire, mais je n'ai pas envie de le lui demander. Ça, c'est ma tête de cochon.

— Pauline Denbigh ? suggéra Silvestri.

— J'en doute fort. C'est une féministe élitiste, qui ne risque pas d'avoir ce genre d'idées. De plus, les cellules du parti communiste ne font pas beaucoup de place aux femmes. Non, je pense qu'on a réussi à la convaincre de tuer son mari le 3 avril, et qu'elle prend son pied à refuser de le reconnaître.

— Et Philomena Skeps ?

— Je ne peux même pas l'imaginer. C'est une mère beaucoup trop protectrice, et rien de plus. Mais je compte bien la revoir. La personne qui aura le contrôle de Cornucopia n'a pas encore été désignée, et ce qui est arrivé à Phil Smith ne fait que compliquer les choses. Philomena Skeps est-elle capable de diriger la société ? La confiera-t-elle à son homme à tout faire, Anthony Bera ? Ou bien à Phil Smith, une fois qu'il sera remis sur pied, et dont elle ignore que c'est un traître et un assassin ?

Silvestri sourit largement.

— À moins que Sykes n'hérite du trône.

Carmine soupira si bruyamment que le commissaire en fut surpris.

— Qu'est-ce qu'il y a ?

— L'hélicoptère du FBI permettait de me rendre si vite au cap Code ! Je suppose que le comté ne peut s'en offrir un ?

— C'est à peu près aussi envisageable qu'un aller-retour pour la planète Mars.

— J'ai horreur de faire ce trajet !

— Alors, emmène Desdemona et consacres-y la journée.

— Oui, mais pas avant samedi.

— Comment va Smith ?

— D'après Tom Dennis, il s'en sort. Pas d'hématome sub-crânien ou de contusions cérébrales, malgré une fracture du crâne. Son épaule et sa clavicule droite sont plus douloureuses. Il a fallu opérer Collins pour remettre en place sa jambe brisée, et il jure qu'on ne l'y reprendra plus. D'après Corey, l'accident était très spectaculaire.

— Des ados qui se prennent pour des hommes mûrs! lança Silvestri.

Le lendemain matin, mandat en poche, Carmine se rendit, escorté d'une voiture de police et du van des techniciens de Patrick, jusqu'au canyon où Philip Smith avait fait bâtir sa demeure.

Natalia Smith vint lui ouvrir. Ses yeux très bleus semblaient en feu, et la colère déformait son visage lisse couleur ivoire.

— Vous ne pouvez pas nous laisser tranquilles?

— Désolé, madame Smith, je dispose d'un mandat.

— Je vais encore devoir attendre dans le temple? Il fait froid, aujourd'hui.

— Non, madame. C'est précisément cet endroit que nous allons fouiller, vous pouvez rester chez vous.

Les piliers ioniques soutenaient un toit un peu semblable à un chapeau chinois, aux tuiles de terre cuite. Carmine monta les marches qui, comme le sol, étaient recouvertes de mosaïque verte, tout le reste étant composé de marbre blanc. Qui donc en Amérique aurait assez d'habileté pour créer tout cela? Personne, probablement. Les piliers avaient sans doute été importés d'Italie.

Une inspection succincte ne révéla aucune cachette, mais Abe Goldberg aurait peut-être plus de chance.

— Tu penses pouvoir trouver quelque chose? lui demanda Carmine.

Son adjoint sourit alors que ses yeux bleus s'animaient.

— Tu plaisantes ou quoi ?

Le capitaine quitta le temple et s'assit dans l'herbe, suivant des yeux le travail d'Abe. Il chargea d'abord deux flics d'enlever la table et les chaises, puis se plaça au centre de l'édifice et tourna sur lui-même, en levant la tête. Ensuite, il recommença, mais cette fois en contemplant le sol. Il s'y allongea, le frappa de la main.

— Rien, conclut-il d'un ton sec.

Les marches avaient été mises en place en douze sections entourant le temple, dont chacune faisait un angle de trente degrés avec sa voisine.

— Ça ne sera pas facile à enlever, mais c'est possible, annonça Abe en saisissant une pince à levier et en l'insérant sous un premier nez de marche.

Il trouva celui qui bougeait à la cinquième tentative. Rien ne le distinguait des autres, mais, lorsque Abe le manœuvra, il se dressa d'un coup avant de se briser en menus morceaux.

— Une chose est sûre, Carmine, expliqua son adjoint, il n'ouvrait pas le compartiment avec une pince ! La section glisse sur des rails, un peu comme un tiroir. C'est dommage que je l'aie brisée, c'était du beau boulot ! Enfin, les regrets sont inutiles. Où est mon appareil photo ?

La police d'Holloman utilisait des sacs de supermarché en papier brun pour les éléments de preuve de grande taille, et des enveloppes de même couleur pour les plus petits. Tandis que Abe prenait des photos au flash, une odeur fétide s'échappa du compartiment. Carmine, retenant sa respiration, plongea ses deux mains à l'intérieur et en retira un vêtement assez semblable à un bleu de chauffe. Il était de couleur brune, raide de sang séché, à tel point qu'il fallut un certain temps pour le plier afin qu'il entre dans le sac. De la moisissure en couvrait les plis, des insectes couraient en tous sens en quête d'abri.

— Il n'y a rien d'autre, déclara Abe, déçu.

Carmine s'assit sur ses talons.

— Nous avons tout photographié, avant, après, la marche, le système d'ouverture, tout. C'est suffisant, mais je veux le rasoir. Où est-il ?

— On ne place pas ce qu'on révère au même endroit que des vêtements ensanglantés.

— Donc, il doit se trouver dans l'un de ces piliers. Cherchons un compartiment secret à hauteur de tête. Qu'on puisse voir sans avoir à le toucher.

— Le marbre est trop épais pour sonner creux, répondit Abe, pessimiste. Le compartiment doit s'ouvrir grâce à un ressort, et Smith doit avoir installé un dispositif électrique. Je parie qu'il provoque l'ouverture par une télécommande. Il est radioamateur, il doit connaître tous les trucs. Elle doit être cachée dans la station radio.

— Vérifions d'abord chaque pilier à la loupe. S'il y a une jointure, ça doit se voir.

— Hélas ! Regardes-en une de près, n'importe laquelle. Il y a des rainures verticales sur chacune. Soit on trouve sa télécommande, soit on démolit tout.

— Ce qui serait un peu difficile à faire avaler. Bon, Abe, va fouiller la station radio. Elle est sur le toit, donc à l'extérieur, donc on peut y entrer, même si notre mandat ne s'étend pas à la maison elle-même. Ça n'aura pas d'importance…

Il fit une pause, l'air absorbé, puis reprit :

— Non, ça serait trop bête ! Smith est trop riche pour qu'on puisse espérer bluffer les avocats qu'il embauchera. Je retourne voir le juge.

Deux heures plus tard, il revenait avec un nouveau mandat, qui lui permettrait de fouiller la station et l'ensemble de la demeure. Le juge Thwaites, horrifié d'apprendre ce qu'ils avaient déjà trouvé comme preuves d'implication de Smith dans le meurtre de Dee Dee, n'avait pas mégoté.

Après une fouille minutieuse, les deux policiers trouvèrent trois télécommandes dans le local radio de Smith, semblables à celles dont on se sert pour ouvrir les portes de garage, mais de fabrication artisanale. L'une d'elles permit d'ouvrir un pilier.

Replié dans son boîtier d'ivoire, le rasoir était posé sur les pointes d'un superbe support de filigrane métallique dans une cavité tendue de satin rembourré écarlate.

— Le support n'est pas en argent, fit observer Abe. Il serait terni, sinon.

Carmine examina l'objet avec attention.

— Pas du platine non plus… sans doute un placage de chrome.

À l'aide d'un mouchoir propre, il sortit le rasoir avec précaution. Il n'avait pas été nettoyé : une épaisse croûte de sang séché le recouvrait, des lames à la charnière. Carmine le déposa dans une enveloppe brune qui fut ensuite scellée.

— J'aurais dû me souvenir d'apporter des gants de caoutchouc, regretta-t-il. Patrick est très à cheval là-dessus. Mais tant pis.

— Si les empreintes de Smith sont dessus, on le tient, se réjouit Abe en remballant son appareil photo.

— Je me demande à quoi servent les deux autres télécommandes. Le juge va m'arracher les yeux, mais je pense qu'il me faut un nouveau mandat spécifiant que je cherche ce qu'elles permettent d'ouvrir.

— Alors, vérifie bien que les piles qui les alimentent fonctionnent.

Le samedi, les Delmonico montèrent dans la Fairlane et prirent le chemin du cap Code. Desdemona était ravie, tout en sachant qu'il lui faudrait attendre dehors tandis que Carmine interrogerait Philomena Skeps. Elle n'avait jamais visité cet endroit, et la perspective d'une journée dehors avec son mari la grisait. À Holloman, ils étaient toujours à la merci de l'envahissante famille Delmonico. Sans parler des exigences du boulot ! Aujourd'hui, elle avait l'assurance de l'avoir tout à elle pendant huit ou dix heures. C'était de plus une parfaite journée de printemps.

Julian avait été confié à la tante Maria et à une tribu entière de cousines qui l'accableraient de gâteries. Desdemona n'était pas mère poule au point de ne pas vouloir s'éloigner de son fils. C'était un jour de congé et, à voir l'importance de la circulation sur l'autoroute, beaucoup de gens avaient décidé de partir vers la même destination qu'eux. La seule chose qui l'inquiétait, c'était que Carmine avait son automatique à la ceinture. Et quand, ouvrant la boîte à gants pour y déposer un sac de confiserie, elle y découvrit un second, ainsi que des chargeurs, elle hoqueta, épouvantée.

— C'est incroyable ! s'écria-t-elle. Qui allons-nous voir ? Billy the Kid ?

Carmine sourit.

— Tu regardes trop la télé !

— Et toi, donc ! Carmine, franchement ! Deux armes à feu ? Des chargeurs supplémentaires ? Comment veux-tu que je me sente à l'aise au milieu d'un tel arsenal ?

— Les munitions sont toujours dans la boîte à gants ! D'ordinaire, tu ne l'ouvres pas, c'est tout. J'avais oublié qu'elles étaient là.

— Tu parles ! Tu oublierais plutôt ta tête !

— Peut-être, répondit Carmine avec un grand sourire. Mais je me sens tout nu sans mon arme ! Quand nous prendrons le petit déjeuner chez HoJo, je mettrai ma veste et personne ne se rendra compte de rien. C'est Silvestri qui a suggéré que je t'emmène, ne me le fais pas regretter ! Aujourd'hui, il faut que je rencontre deux témoins. Je ne m'attends pas à ce que ça se termine à coups de pétard, mais il faudrait être complètement idiot pour ne pas être prêt à tout.

Elle resta silencieuse un moment, remâchant la fermeté de ton de son mari, et n'appréciant guère d'avoir été rembarrée. Elle fut tentée de se rebeller, mais dut admettre qu'elle savait parfaitement ce qui l'attendait en épousant un flic. Ce qui la préoccupait le plus, c'était le gouffre qui s'ouvrait entre hommes et femmes dès qu'il était question d'armes. Elles les abominaient, ils les estimaient. Et, bien sûr, Julian serait du côté de son père.

— Je me demande, finit-elle par dire, comment certaines épouses réussissent à dormir en sachant que leurs maris mettent un revolver sous leur oreiller…

— Je n'en aurais pas besoin si j'étais gratte-papier ou ajusteur, se justifia Carmine. Mais les flics sont les soldats des temps de paix. Et donc, ils se doivent d'être armés. Sinon, que faire lorsqu'on rencontre quelqu'un comme le tueur qui a tenté de vous tuer, toi et Julian ?

— Alors, je ferais peut-être mieux d'apprendre à manier une arme, même si je ne la transporte pas sur moi.

— Je crois que c'est une bonne idée. Les accidents en ce domaine sont presque toujours causés par l'ignorance. Je m'arrangerai pour que tu puisses t'entraîner au stand de tir de la police. Mieux vaut un automatique, calibre .38, comme celui que je viens de récupérer.

Encore une bataille perdue, songea Desdemona. *Je n'ai pas réussi à lui faire accepter mon point de vue, et il est parvenu à me faire changer d'avis. Mais que ferais-je si quelqu'un s'en prenait encore à Julian? Je chercherais à le protéger...*

Ils longèrent sans se presser les magnifiques demeures en bord de mer de Rhode Island, désormais presque toutes converties en sièges d'institutions ou en maisons de repos. Après un solide petit déjeuner, ils parvinrent enfin au cap Code, dont la beauté émerveilla Desdemona.

— C'est encore mieux en juillet, quand les roses sont en fleur, déclara Carmine.

— Je ne me doutais pas qu'il y avait dans cette partie de l'Amérique des lieux aussi superbes. On dirait l'Europe.

Ils atteignirent Orleans en début d'après-midi. Carmine laissa Desdemona près des dunes qui couraient vers l'Atlantique, puis repartit vers la demeure de Philomena Skeps.

Elle l'attendait, placide et impavide. *Je vais lui gâcher sa journée*, songea Carmine en s'asseyant dans un fauteuil blanc, sur le patio derrière la maison.

— Quand comptez-vous vous installer à Boston? commença-t-il.

— Pas avant septembre, de manière à passer un dernier été ici.

— Mais vous garderez cette maison, tout de même?

— Oui, mais je doute d'y rester plus d'un week-end de temps à autre. Desmond tient à être quelque part où il pourra voir des films, jouer au flipper, rencontrer des amis.

Elle parlait d'une voix douce et égale, mais on devinait que cette perspective ne l'enchantait guère. *Peut-être a-t-elle commencé à discerner quelles étaient les préférences sexuelles de son fils*, se dit Carmine.

En quelques semaines à peine, elle semblait avoir vieilli de plusieurs années. On commençait à distinguer des pattes-d'oie aux coins de ses yeux ; deux rides menues couraient des ailes du nez aux coins de sa bouche, qui paraissait s'affaisser. Le plus étonnant, c'était, au-dessus du front, sur la gauche, une mèche de cheveux blancs parmi ses boucles noires, qui lui donnait un air inquiétant, un peu comme une sorcière médiévale.

— Avez-vous déjà défini quel sera l'avenir de Cornucopia ? demanda Carmine.

Elle sourit faiblement.

— Je le crois. Phil Smith en restera président, les autres membres du conseil demeureront en place, et moi à l'arrière-plan, à veiller sur la défense des intérêts de mon fils. Je ne vois pas pourquoi il faudrait changer quoi que ce soit, pourvu, bien sûr, que rien de fâcheux n'arrive. La mort d'Erica laisse au conseil une place vide que je compte voir occupée par Me Bera.

Carmine crut bon de répondre sur le même ton un peu guindé.

— C'est précisément au sujet de la composition du conseil que je suis ici, madame Skeps. Phil Smith va le quitter définitivement.

Elle ouvrit de grands yeux.

— Comment cela ?

— Il va être arrêté pour meurtre et espionnage.

Elle en eut le souffle coupé et porta la main à sa gorge.

— Phil ? Mais c'est impossible ! Vous vous trompez, capitaine !

— Je puis vous assurer que non. Les preuves sont écrasantes.

— Mais pour *espionnage* ?

— Oui. Cela fait dix ans au moins qu'il fait passer aux Russes les secrets industriels de Cornucopia.

— C'est donc pour cela que…

— Que quoi, madame ?

— Qu'il parle russe quand il est seul avec Natalia.

— Si vous m'aviez révélé cela plus tôt, madame, cela m'aurait été très utile.

— Je n'y ai jamais attaché d'importance. Natalia n'est pas très à l'aise en anglais, et elle parle bien russe, sans être originaire du pays. Phil disait que quand il l'avait épousée, il avait suivi des cours chez Berlitz, il en riait souvent.

— Il ne rit plus, maintenant.

Elle s'agita sur sa chaise, bouleversée.

— Tony ! Il me faut Tony ! s'écria-t-elle. Où est-il ? Il devrait être ici !

— Connaissant Me Bera, je parie qu'il attend dehors le bon moment pour apparaître, dit Carmine.

Il se leva et marcha jusqu'au coin de la maison.

— Maître Bera ! hurla-t-il. On a besoin de vous !

L'avocat fit aussitôt son apparition, regarda brièvement Philomena, puis se tourna vers Carmine d'un air furieux.

— Que lui avez-vous raconté pour la mettre dans un tel état ?

Après avoir appris la vérité, l'avocat fut manifestement aussi stupéfait que Mme Skeps. Il alla s'asseoir à côté d'elle, et tous deux regardèrent le capitaine comme s'il allait leur apprendre leur condamnation à mort.

— Deux sièges vacants au conseil ! s'exclama Bera.

Ce qui me donne une idée de tes priorités, se dit Carmine. *Tu te moques éperdument des meurtres et de l'espionnage ! Tout ce qui t'intéresse, c'est que le conseil protège les intérêts du jeune Desmond, et les tiens par la même occasion. Ça vaut la peine de s'intéresser un peu à toi.*

— Si cela peut vous consoler, reprit-il, la dernière décision de M. Smith a été de nommer un nouveau PDG pour Cornucopia Central, qui occupera les fonctions d'Erica Davenport, mais pas son siège au conseil. Il s'appelle Michael Donald Sykes.

L'information ne les intéressa aucunement, mais Carmine s'y attendait. Il ne leur avait appris la nouvelle que pour provoquer une réaction. S'il en avait obtenu une, il aurait été contraint de fouiller dans le passé de M. Sykes. Quel soulagement de savoir que ce serait inutile !

Carmine quitta la propriété avec la conviction qu'au cours des huit prochaines années Anthony Bera dépouillerait le jeune Desmond de tout ce qu'il pourrait. Mais c'était là le domaine de la brigade financière, non le sien.

— Quel monde bizarre ! confia-t-il à Desdemona comme ils se dirigeaient vers un restaurant de langoustes. Un type dérobe 10 000 dollars à son patron, il va en taule. Un autre dérobe des millions et on ne le poursuit même pas.

— Mieux vaut être en haut qu'en bas ! répondit-elle. Merci, Carmine, pour cette journée merveilleuse ! Je me suis roulée dans le sable, j'ai fait du canoë, j'ai laissé le vent courir dans mes cheveux, j'ai admiré ces merveilleux villages… le paradis !

— Si seulement j'en avais obtenu davantage ! grommela-t-il. Ces deux-là ne sont ni des tueurs ni des espions, mais ils sont coupables de beaucoup de choses. Bera a séduit Philomena, mais aussi son fils. Ce fumier est à voile et à vapeur !

— Mais c'est répugnant ! s'écria Desdemona. Faire l'amour à une femme et à son fils ! Elle n'est sans doute pas au courant ?

— Non, bien qu'elle commence à soupçonner que le jeune Desmond aime beaucoup les hommes. Cela a sans doute débuté au lycée, qu'elle rendra probablement responsable.

— Tu crois que c'était déjà en lui ?

— Tout à fait.

— Il est efféminé ?

— Non ! Dur comme l'acier.

C'est à ce moment que la Fairlane entra dans le parking du restaurant.

Desdemona décida alors d'oublier tous les soucis qui n'étaient pas les siens. Si elle était revenue de Londres en toute hâte, c'était parce que la partie fertile de son cycle approchait et que, si elle ne passait pas cette période avec Carmine, il lui faudrait attendre un mois de plus pour essayer d'être à nouveau enceinte. Julian allait avoir six mois. Si elle concevait maintenant, il en aurait neuf de plus à l'arrivée du nouveau bébé. Cela suffirait. Et ainsi, songea-t-elle avec satisfaction, l'aîné ne serait pas longtemps en mesure de s'en prendre à son petit frère.

Sur le chemin du retour, Desdemona, le ventre rempli de langouste, s'endormit avant même qu'ils n'atteignent Providence.

C'était une sacrée journée, songea Carmine, le bras droit ankylosé par le poids de la tête de sa femme. *Et avec un peu de chance, je n'aurai jamais à retourner chez Mme Skeps.*

13

Le lundi, Carmine reçut la permission de rendre visite à Philip Smith, qui occupait une chambre de l'un des étages supérieurs de l'hôpital d'Holloman. À la requête du capitaine, elle se trouvait tout au bout d'un long couloir, aussi loin que possible de tout escalier d'incendie. Celle d'en face avait été réquisitionnée par le comté et accueillait les gardiens de Smith, qui se relayaient vingt-quatre heures sur vingt-quatre et pouvaient s'y détendre, en utiliser les toilettes, y boire du café et se reposer de temps en temps dans des fauteuils confortables. Carmine ne voulait pas savoir comment le commissaire s'y était pris, mais c'était le FBI qui payait la note.

La chambre du suspect était remplie de fleurs, ce qui, associé à la couleur lilas des murs et des fauteuils, contrastait bizarrement avec les cordes, les poulies, et l'aspect racorni de l'occupant du lit, privé d'autorité et de pouvoir. Philip Smith paraissait faire plus que la soixantaine. Son visage avait l'air de s'être effondré sur lui-même, et on pouvait lire une profonde lassitude dans ses yeux gris-bleu, qui furent les seuls à bouger quand Carmine entra.

— Je vous attendais depuis plusieurs jours, déclara-t-il en guise de bonjour.

— Il n'y a pas d'infirmière à vos côtés? s'étonna son visiteur.

— Une sotte! Je lui ai demandé d'attendre que je sonne. Je ne veux qu'on m'aide que quand j'en ai besoin, et je déteste la sollicitude gratuite. «Est-ce que je peux faire ceci, ou cela, pour vous?» Pfff! Quand je veux quelque chose, je suis capable de le demander.

Carmine s'assit dans un fauteuil tendu de vinyle lilas.

— Vu ce que ça coûte ici, je m'attendais à trouver du chevreau.

— Pour que le gamin d'un visiteur pisse dessus? Un peu de sérieux, capitaine!

— C'est vrai. Le chevreau, c'est pour les salles de conférences et les bureaux directoriaux. Là où vous irez, monsieur Smith, il n'y aura même pas de vinyle, rien que du plastique dur, de l'acier, un matelas et du béton.

— Ridicule! Ils ne me condamneront jamais.

— C'est ce qu'on verra. Vous avez été interrogé par le FBI?

— Oui, ça n'en finissait pas. C'est pourquoi j'étais impatient de vous voir, capitaine. Votre visage possède une certaine noblesse romaine dont ceux des fédéraux sont dépourvus. Je crois que le seul à n'avoir pas fait le voyage depuis Washington pour me voir, c'est Edgar J. Hoover lui-même. Mais on prétend qu'il est très décevant en chair et en os: mou, plutôt boudiné.

— Les apparences sont parfois trompeuses. Vous avez été inculpé?

Smith eut un sourire qui découvrit des dents jaunies par son séjour à l'hôpital.

— D'espionnage? Oui, mais ils n'iront pas jusqu'au bout. Ma chance m'a abandonné, la vôtre l'a emporté.

— Les gens de votre âge ne devraient pas conduire de voitures de sport, surtout de cette façon. Il avait plu, la route était endommagée, vous alliez beaucoup trop vite, et vous pensiez à autre chose.

— J'ai pourtant dû l'emprunter une bonne centaine de fois, pour prendre un avion privé. J'étais probablement enivré par la pensée qu'il s'agissait cette fois de *mon* avion.

— Vous allez être accusé du meurtre de Dee Dee Hall, monsieur Smith. Nous avons trouvé le bleu de travail et le rasoir.

Le corps de Smith se raidit, s'efforçant de se libérer, mais la douleur fut la plus forte. Il geignit.

— Cette innommable putain ! Elle méritait la mort, comme toutes ses pareilles ! La gorge tranchée, d'une oreille à l'autre !

— Ce qui m'intéresse, c'est de savoir pourquoi elle ne s'est pas défendue.

Smith geignit de nouveau.

— Il me faut l'infirmière !

Carmine appuya sur le bouton.

— Regardez ce que vous avez fait ! grommela la femme, glissant une seringue au creux du bras pour une intraveineuse.

— Ne parlez pas sans savoir, espèce d'idiote ! maugréa Smith.

Elle s'en fut, profondément indignée.

— J'aimerais savoir, à propos de Dee Dee, insista Carmine.

— Oh, vraiment ? Mais ai-je envie de vous le dire ?

Smith se rencogna dans ses oreillers, satisfait. La douleur s'atténuait.

— Nous sommes seuls ? Vous enregistrez ce que je dis ? reprit-il.

— Nous sommes seuls, et je n'enregistre rien. Une bande magnétique n'a pas valeur de preuve au tribunal sans présence de témoins, et il faut que vous donniez votre consentement. Quand je vous accuserai formellement, j'aurai des témoins, et je vous rappellerai quels sont vos droits aux termes de la Constitution.

— Quelle sollicitude pour moi ! lança Smith d'un ton moqueur, avant de fermer les yeux à demi : oui, pourquoi pas ? Vous êtes un croisement entre un molosse et un bouledogue, mais il y a aussi du chat en vous. Erica me disait que la curiosité était votre péché mignon, et que cela l'effrayait.

Ses paupières s'abaissèrent, et il se mit à somnoler. Carmine attendit patiemment.

— Ah, Dee Dee ! s'exclama brusquement le blessé en ouvrant les yeux. Je suppose que vous vous êtes intéressé à ma fille qui est dans le Peace Corps ?

— Oui, mais je n'ai pu trouver personne de ce nom.

— Anna n'a jamais éprouvé le moindre intérêt pour les bonnes œuvres. Elle était portée à l'autodestruction, et l'Amérique lui convenait parfaitement. Il y a ici peu de freins sociaux grâce auxquels on puisse ramener à la raison les enfants têtus. C'était pour elle le mauvais âge pour venir d'Allemagne de l'Ouest et s'installer à Boston, puis à Holloman. Elle avait jusque-là mené une vie très morne, qui a disparu sous une orgie d'aspirations infantiles, de passions déchaînées… Le mauvais âge, le mauvais endroit, la mauvaise fille…

Il s'interrompit. Carmine ne dit rien, ne bougea pas. Tout viendrait peu à peu au gré de son interlocuteur, et par bribes.

— Le lycée ? Un endroit à éviter par-dessus tout ! Anna a tellement séché les cours que Natalia et moi avons été contraints de faire croire qu'elle avait des précepteurs privés. Nous étions impuissants, incapables de la contrôler. Elle nous riait au nez. À partir de quatorze ans, elle est devenue un véritable ennemi dans notre demeure; elle savait que nous cachions quelque chose. Alors, Natalia et moi sommes tombés d'accord: elle pourrait avoir autant d'argent qu'elle voudrait, pour en faire ce qu'elle voudrait. Elle ne vivait plus guère chez nous, si bien que peu de gens étaient au courant de son existence. Incroyable, non? Nous l'avons considérée comme une cause perdue afin de pouvoir poursuivre nos devoirs socialistes.

Nouvelle pause, nouvel endormissement. Carmine attendit.

— Un peu après ses quatorze ans, elle s'est trouvé un petit ami, un petit truand nommé Ron David. Un Noir! s'écria Smith avec dégoût, si fort que Carmine sursauta. Elle était folle de lui, elle voulait faire l'amour n'importe où, n'importe quand. Il avait un appartement en bordure du ghetto d'Argyle Street – un endroit infect, infesté de rats. Et de putains, dont Dee Dee, qui était une amie à lui. David lui a présenté Anna, Dee Dee lui a fait connaître l'héroïne. Vous êtes épouvanté, capitaine Delmonico? Vous ne devriez pas! Attendez la suite: toutes deux sont devenues amantes. Elles étaient inséparables… inséparables…

Grands dieux, songea Carmine, *c'est pire que je ne le pensais. Aimiez-vous vraiment votre fille, monsieur Smith, ou bien n'était-elle qu'une gêne pour vous? Comment savoir?*

— Il n'y avait pas de différence entre Dee Dee et l'héroïne, reprit Smith, dans la mesure où toutes deux étaient indispensables à Anna, qui s'est installée dans son appartement, quittant celui de David.

Il émit un ricanement sinistre.

— Celui-ci n'a pas apprécié d'être congédié, d'autant plus que ça voulait dire que l'argent d'Anna lui échapperait désormais. Sans doute pensez-vous, capitaine, que ma fille aurait accepté mon offre de les loger dans le luxe, elle et Dee Dee, quelque part en Californie ? Non, cela aurait été trop simple. Toutes deux *aimaient* vivre dans ce cadre sordide ! L'héroïne ne manquait pas, rien d'autre ne comptait.

— Combien de temps sont-elles restées ensemble ? demanda Carmine.

— Deux ans.

— C'était pendant les années 1950 ?

— Oui.

— Dee Dee n'était donc guère plus âgée qu'Anna. Deux gamines !

— N'essayez pas de les plaindre ! Ni de me plaindre non plus !

— Aucun risque. Qu'est-ce qui s'est passé ?

— David est arrivé chez Dee Dee un rasoir à la main, bien décidé à leur donner une bonne leçon. J'ai cru comprendre qu'il était complètement défoncé. Dee Dee a réussi à lui subtiliser l'arme et lui a tranché la gorge très efficacement, puis elle m'a appelé pour m'apprendre la nouvelle. Il m'a bien fallu m'occuper de ce cauchemar, car mes… devoirs socialistes patriotiques venaient à peine de commencer à Cornucopia. David a donc disparu définitivement. Et n'espérez pas retrouver son corps, capitaine, il se trouve très loin du Connecticut.

— Et où se trouve Anna, aujourd'hui ? demanda Carmine.

— Dans un camp, en Sibérie, où elle n'a plus accès à l'héroïne, au sexe ou aux putains. Elle a trente et un ans.

Carmine ne put en croire ses oreilles.

— Et après toutes ces années, vous avez assouvi votre vengeance sur une pauvre prostituée sans défense ? Il ne vous est jamais venu à l'idée que vous pouviez être en partie responsable de tout ça ?

Smith choisit d'ignorer cette dernière remarque.

— Pauvre? Sans défense? N'importe quoi! hurla-t-il. Dee Dee était un symptôme de cette maladie qui ronge la carcasse puante de l'Amérique! Les femmes comme elles devraient être fusillées ou condamnées aux travaux forcés! Comme les drogués, les juifs, les homosexuels, les Noirs…

— Vous me donnez envie de vomir, Smith, déclara Carmine d'un ton égal. Je pense que vous n'êtes pas un communiste patriote, mais un nazi. Marx lui-même était juif, et il vous aurait craché dessus! Depuis combien de temps vous êtes-vous glissé dans la peau du véritable Philip Smith, ce colonel dans l'U.S Army très discret. Il n'obéissait à personne, allait où il voulait, faisait ce qu'il voulait, et tout le monde, sur sa base d'Allemagne de l'Ouest, pensait qu'il était un haut responsable des services secrets. Comment est-ce que je sais cela, alors que le FBI a mis un terme à ses enquêtes, pensant que vous étiez de la CIA? C'est simple, monsieur. Pendant la guerre, j'ai appartenu à la police militaire. Il n'y a rien, ni personne, dont je ne puisse être informé. En 1946, Philip Smith est parti en mission secrète, il a été capturé et exécuté, et un autre a pris sa place: vous. Vous êtes rentré d'Allemagne au début de l'année suivante, avec une épouse étrangère, comme tant d'autres à l'issue de la guerre. Le plus difficile, naturellement, c'était de dissimuler la date de votre mariage et de vos enfants. Alors, vous vous y êtes pris de la manière la plus simple: vous avez tout bêtement fait votre réapparition à Boston, colonel démobilisé, désormais marié.

Smith gardait un air impassible, la bouche pincée. Mais ses yeux, fenêtres sur un cerveau engourdi par la morphine, paraissaient à la fois perplexes et sidérés.

— Cet aristocrate bostonien, de surcroît millionnaire, adopta une attitude lointaine qui lui permit d'endosser le rôle de quelqu'un que personne n'avait revu depuis 1940, quand le véritable Smith, sans parents proches, avait rejoint l'armée, bien avant Pearl Harbor. Vous vous êtes inventé une relation familiale avec les Skeps de la manière la plus habile : simplement en le répétant à tout le monde. Si bien que tout le monde a fini par le croire. Y compris la famille Skeps. Et en 1951, quatre ans après votre réapparition à Boston, vous êtes devenu membre du conseil de Cornucopia. Vous vous êtes installé à Holloman après vous être fait construire cette superbe demeure, et vous êtes devenu ce que vous êtes aujourd'hui : une merde grossière et arrogante. Les gens de Cornucopia, y compris Desmond Skeps, encore jeune alors, ont accepté le fait de vous voir exercer au conseil des fonctions purement décoratives, sans accomplir aucun travail réel. Après tout, cela n'avait rien d'exceptionnel : beaucoup de membres de conseils d'administration se contentent de toucher de gros salaires.

— Cela vous fait envie, hein, capitaine ? demanda Smith, ronronnant presque.

— Vous envier ? Certainement pas. Je suis consumé d'admiration pour l'agent communiste dévoué qui accomplit son devoir patriotique entouré d'ennemis idéologiques. Vous, vous n'avez jamais vécu dans un logement au cinquième étage sans ascenseur, où les tuyaux d'eau gèlent en hiver, et ça ne vous arrivera jamais. Vous êtes bien au-dessus du commun des mortels, et vous le serez toujours. En URSS, comme aux États-Unis, vous avez toujours roulé en limousine, entouré de serviteurs à traiter comme des chiens, avec tous les privilèges d'un homme de parti. Capitalisme, communisme, finalement, ça revient au même pour vous ! Mais vous avez échoué, dans un rôle comme dans l'autre, et vous n'êtes plus utile à personne.

Smith peinait à réprimer sa fureur.

— Quel romantique vous faites, Delmonico !

Carmine se pencha en avant, jusqu'à ce que son visage soit tout près de celui de son interlocuteur.

— On me l'a déjà dit, mais je ne considère pas ça comme une insulte. Vous savez ce qui est vraiment romantique ? C'est que vous ayez été démasqué par le biais d'un petit jouet capitaliste : une voiture de sport. Vous étiez presque tiré d'affaire ! Si vous êtes dans cette situation, c'est entièrement votre faute. Pensez-y quand vous serez assis sur les toilettes puantes de votre cellule, en contemplant les taches sur votre matelas ! Car il faudra vous isoler ; les tueurs les plus dégénérés, les agresseurs d'enfants voudront à coup sûr faire la peau à un traître à son pays ! Vous vous imaginez sans doute que vous serez condamné pour meurtre, et non pour trahison ? Qu'avec de l'argent, vous pourrez convaincre les gardiens de vous accorder divers menus privilèges ? Il n'en sera rien, monsieur Smith. La prison que vous honorerez de votre présence sera parfaitement informée de votre trahison. Vos livres et vos magazines arriveront déchirés, ou tachés de merde.

L'espion était livide.

— Vous mentez ! Vous n'oserez pas ! Le FBI et la CIA ne vous laisseront pas faire ! Ils veulent des noms, ils pensent que je peux leur en donner ! Je serai très confortablement logé, vous verrez !

Carmine sourit de toutes ses dents.

— Ah, je vois que vous aussi, vous êtes un romantique ! Je crois plutôt qu'ils vous laisseront à la merci de l'État du Connecticut jusqu'à ce qu'un de vos noms se révèle exploitable, mais il n'y en aura aucun ! Les seuls noms qui comptent sont ceux qui vous vaudront d'être condamné pour meurtre.

— C'est faux!

— Vous ne passerez jamais en jugement pour espionnage, c'est trop délicat. Mais une condamnation pour meurtre satisfera tout le monde, monsieur Smith.

Celui-ci battit l'air de sa main gauche, la seule valide.

— Tout ça pour une putain?

— Oh que oui, répondit Carmine. Desmond Skeps avait découvert son histoire avec Anna, et l'a amenée à la soirée de la Fondation Maxwell exprès, pour l'exhiber sous votre nez. Sans doute vous rendait-il responsable de son divorce. Quant à sa liaison avec Erica… je suppose que vous n'en savez pas plus que moi. Skeps était quelqu'un d'assez parano, et vous représentiez beaucoup de choses qu'il enviait. Vous étiez si à l'aise dans vos vêtements luxueux, comme dans votre personnage… Il manquait de courage, alors, ce soir-là, il a forcé sur l'alcool. Ce qu'il ignorait, c'est que vous étiez Ulysse. Mais Erica, elle, le savait, et le lui a révélé. Votre grande chance fut qu'il était trop ivre pour s'en souvenir le lendemain. Cette soirée a pourtant marqué le début de votre dégringolade.

— Tout ça est absurde, lâcha Smith d'un ton las.

— Vous avez dû beaucoup vos inquiéter! Apparemment, vous vous en sortiez, mais vous avez quand même fait des plans, au cas où les choses tourneraient mal. Quatre mois se sont écoulés. Quatre mois entiers! Et puis Evan Pugh est passé à votre bureau, l'air sûr de lui, et vous a remis une lettre. Le temps que vous la lisiez, il avait disparu. Mais vous saviez à qui vous aviez affaire: à quelqu'un comme vous. Et vous avez mis votre plan en œuvre.

— Je suis fatigué, soupira Smith, et j'ai mal. Allez-vous-en.

— Un piège à ours ! s'exclama Carmine. Qu'est-ce que ça voulait dire ?

— Je n'en sais rien. je ne vois pas de quoi vous parlez. C'est à cause de lui que vous me persécutez, pas à cause d'une putain. Dee Dee n'a aucune importance, n'est-ce pas ?

— Pour moi, si, répondit Carmine.

Et il s'en fut.

— John, raconta-t-il plus tard au commissaire, c'était vraiment irréel. Au début, j'avais pensé qu'il adorait sa fille, mais c'est impossible. Sinon, jamais il n'aurait pu la faire incarcérer dans un camp sibérien. Il suffisait de la boucler dans un asile pour riches, comme on en trouve à Los Angeles ou New York.

Silvestri fit la grimace et jeta dans la corbeille à papier le cigare qu'il mâchonnait.

— Incroyable. Quand as-tu trouvé le temps de faire toutes ces recherches ?

— Un bout par ci, un bout par là, répondit Carmine en souriant. Ça paraissait tellement délirant que je ne pouvais en parler à personne avant d'avoir tout reconstitué. Je pense que Smith vient d'une famille d'aristocrates qui ont changé de camp au bon moment. En 1917, Lénine manquait de cadres éduqués, il était sans doute prêt à oublier les antécédents de certains de ceux qui se portaient volontaires. Smith a donc connu le système soviétique depuis son plus jeune âge. La révolution russe n'a que cinquante ans, finalement.

— Le temps d'un battement d'ailes ! s'exclama Silvestri. C'est un système si contraire à la nature humaine qu'il ne tiendra pas plus de trente ou quarante ans.

— J'adore vous entendre philosopher !

— Encore une remarque de ce genre, et tu prends mon pied dans le cul, lança Silvestri, qui revint au sujet :

c'est très bien, mais je me sentirais plus à l'aise si nous avions fait des progrès dans la recherche de l'assistant de Smith.

— Pas le moindre signe de ce fumier ! Il se tient coi en attendant les ordres. Et je ne sais pas s'ils sont censés venir de Smith ou de Moscou.

— J'en ai marre des guerres, surtout quand elles sont froides.

— À dire vrai, Smith n'est pas en mesure de le contacter. Il a le téléphone dans sa chambre, mais le FBI l'a évidemment mis sur écoute. Vous savez quoi ?

— Non, mais tu vas me le dire.

— Smith ne peut se résoudre à parler d'espionnage. Quand il en est arrivé à un point de son récit où il devait employer ce mot, il a parlé de « devoirs socialistes patriotiques ». Jamais je n'ai entendu quelque chose d'aussi bizarre sortir de la bouche de quelqu'un comme lui. J'ai vraiment eu l'impression de me retrouver dans une bande dessinée.

— Dénégation ! trancha Silvestri.

— Oui, sans doute.

— Quand comptes-tu retourner à son domicile pour jouer avec tes télécommandes ? Peut-être que ça donnerait quelque chose.

— Probablement, mais accordez-moi encore un jour ou deux ! Le juge Thwaites est parfois très exaspérant.

Et, de fait, il demanda au capitaine Delmonico de patienter. Silvestri décida alors de s'en mêler.

— Je vais appeler le vieux monstre pointilleux et le supplier d'être compréhensif. Une fois qu'il aura entendu toute l'histoire, il se laissera faire.

Abe et Corey se trouvaient dans leur bureau, s'ennuyant suffisamment pour suivre avec empressement Carmine dans le sien.

— Nous avons deux télécommandes, leur expliqua-t-il, et près de trois hectares de jardins et une demeure de deux étages à fouiller.

— Objection, le contredit Abe, trois ! Celle qui a ouvert le pilier peut ouvrir quelque chose d'autre.

— C'est possible, ajouta Corey. J'ai entendu dire qu'un machin de ce genre, qui ouvrait une porte de garage à Long Island, pouvait également commander celles d'un hangar à missiles du Colorado.

— On n'aura pas à se préoccuper d'un hangar à missiles, lança Carmine, mais tu as raison, Abe, il faut emporter les trois. Mettons un plan sur pied.

— Delia ! s'écrièrent en chœur ses deux adjoints.

— Delia ! s'exclama à son tour Carmine.

Elle arriva aussitôt. L'explication du rôle de Dee Dee dans l'affaire l'avait déçue, car elle avait mis fin à sa mission d'investigation sur le passé de la prostituée.

— Par chance, s'exclama-t-elle cependant gaiement, il existe des photos aériennes de la propriété de M. Smith ! J'en ai trouvé, ainsi que de celles de nos trois autres suspects, et j'ai demandé à Patrick O'Donnell de me faire des agrandissements.

— Toujours une longueur d'avance ! s'extasia Carmine.

Le cliché était en noir et blanc, mais il montrait de façon suffisamment claire la plupart des détails, sauf bien sûr sous les arbres. Une frontière de grands conifères entourait toute la propriété. On distinguait les caractéristiques extérieures de la demeure, des corniches à la station radio, ainsi qu'un lac artificiel comportant en son centre une île minuscule qu'un pont d'allure chinoise reliait à la rive. La photo avait été prise au moment où le soleil se trouvait juste à la verticale, position nécessaire pour obtenir une image vraiment exploitable.

— Les points blancs ou gris doivent être des statues, commenta Delia. Pour les fontaines, on ne peut pas s'y tromper. Ce qu'on voit derrière la maison, ce doit être les garages, les cabanes à outils, enfin tout ce qu'on trouve d'ordinaire autour d'une demeure entourée d'un vaste terrain. Vous voyez ceci ? C'est un carré d'herbe complètement desséchée : il y a peut-être du béton en dessous. Mon père a tenu à installer un abri antiatomique au fond de son jardin, et ça se voit en surface !

— Je ne crois pas que nous devrions commencer par l'extérieur, s'opposa Corey. Si j'étais à la place de Smith, je ne dissimulerais pas mes petits secrets là où je risque de me mouiller les pieds. Il tombe des mètres de neige, en hiver.

— Tu as raison, Corey, convint Carmine. On commence donc par la demeure. Ainsi que par les bâtiments extérieurs et les environs immédiats. Il a une armée de Portoricains pour balayer la neige.

— Encore une chose, intervint Abe.

— Quoi donc ?

— Chaque télécommande peut commander plus d'une ouverture.

— C'est vrai, soupira Carmine. Qui pourrait nous donner des conseils ?

— Le gars que Patrick vient d'embaucher, proposa Corey. J'ai déjeuné avec lui l'autre jour. C'est lui qui m'a parlé de ces histoires de hangars à missiles, il a été sergent dans l'armée de l'air. Il s'appelle Peter Tucker, il va s'occuper de tout ce qui peut concerner la photo, l'électronique, la mécanique... Je peux lui demander.

— Vas-y !

— Et notre mandat ? s'enquit Delia.

— Le commissaire m'assure que le juge Thwaites sera d'accord.

— Ça, j'y croirai quand je le verrai ! maugréa Abe.

Quoi que Silvestri ait pu dire au juge, cela se révéla efficace. Quand Carmine rendit visite à Thwaites, le lendemain matin, le mandat était déjà prêt. Le juge affichait cette expression qu'il prenait toujours en condamnant quelqu'un à la peine maximale.

— Des espions communistes ! Clouez-moi ce salaud au mur, Delmonico !

Le plan avait été soigneusement mis au point : ils commenceraient aussi loin les uns des autres que possible, Carmine sur le toit, descendant d'étage en étage, Abe au rez-de-chaussée et montant, Corey dans les bâtiments extérieurs, chacun armé d'une télécommande. Cela fait, ils échangeraient leurs boîtiers et recommenceraient, avant de se livrer à un troisième essai. Pour cette raison, il leur fallait agir avec méthode. Chacun s'occuperait du même territoire à chaque fois.

Cela prit moins de temps qu'ils ne l'avaient imaginé. Avec des piles neuves, appuyer sur un bouton faisait naître un signal qui durait aussi longtemps que le pouce maintenait la pression. Ils apprirent vite à se placer au centre d'un espace quelconque et à appuyer, tout en tournant lentement sur eux-mêmes, en prenant soin de placer la télécommande au-dessus des meubles ou des objets qui pouvaient faire obstacle. Le signal émis semblait puissant, à tel point que Carmine commença à trouver moins farfelue l'idée de pouvoir commander à la fois les portes d'un garage de Long Island et celles d'un hangar à missiles du Colorado.

Ils découvrirent sept cachettes en tout, dont une seulement obéissant à la télécommande du pilier du temple. Quatre d'entre elles contenaient une boîte métallique pourvue d'un cadenas. Chaque compartiment secret fut photographié, encore en place, puis celui-ci fut sorti et photographié à son tour.

— Quand comptes-tu avertir le FBI ? demanda Abe une fois qu'ils furent de retour à Cedar Street.

— Seulement après avoir découvert des preuves des onze meurtres, répondit Carmine. Ensuite, ils pourront emporter tout ce qui concerne l'espionnage, ainsi que les télécommandes ! Connaissant l'agent spécial Kelly, lui et ses petits camarades en auront pour des mois et finiront par démonter la demeure pierre par pierre. C'est dommage, mais je ne vois pas qui accepterait de vivre là-bas, désormais.

Carmine garda Delia dans son bureau et libéra Abe et Corey, afin qu'ils puissent à la fois s'occuper de nouvelles affaires et revenir sur les meurtres liés à Smith.

Son butin se composait donc de quatre boîtes métalliques cadenassées de la taille de boîtes à chaussures, d'une pile de dix cahiers d'écolier, de cinq autres beaucoup plus épais reliés de cuir, et de plans du cadastre d'Holloman, dont ceux du building de Cornucopia, du bâtiment des services du comté, de la Nutmeg Insurance, et de la maison de Carmine.

— Ça, on garde, ordonna-t-il à Delia, en les mettant de côté. Ça n'a aucun rapport avec l'espionnage.

Les cahiers reliés de cuir y étaient par contre entièrement consacrés : codes et chiffres, et ce qui paraissait être un journal, le tout rédigé en russe.

— On les passe au FBI ! S'ils ont besoin de preuves supplémentaires, elles sont là.

— Les micro-points devraient leur suffire ! commenta Delia.

— Oui, mais Smith est quelqu'un de gênant. Il est dans les pages « sociétés » des journaux et des magazines, le *Wall Street Journal* et *News* lui ont consacré des articles… Ça va faire du bruit ! Qu'est-ce qu'on examine maintenant, les cahiers ou les boîtes ?

— Les boîtes !

— Vous auriez dû vous appeler Pandore !

Il s'empara de celle trouvée dans la cachette que déclenchait la télécommande du temple.

— S'il y a des preuves tangibles de meurtre, ce sera dans celle-là, déclara-t-il en s'emparant d'une paire de tenailles pour en faire sauter le cadenas.

La boîte renfermait une ampoule et un flacon de curare, six seringues hypodermiques de dix centimètres cubes, des aiguilles, du fil de fer, un petit fer à souder, un rasoir à lames, et deux flacons pourvus d'épais bouchons de caoutchouc.

— Bingo ! s'écria Carmine. On le tient, pour le meurtre de Skeps !

— Mais pourquoi a-t-il gardé tout ça ?

— Parce que ça l'amusait… ou le fascinait… ou bien parce qu'il ne pouvait supporter l'idée de s'en défaire. Ce Smith est quelqu'un d'assez compliqué.

Deux des trois boîtes restantes contenaient de l'argent, 100 000 dollars chacune, en billets de divers pays.

— Mais il n'a pas besoin de ça, Carmine ! observa Delia.

— C'est une cache en cas de fuite précipitée. Arrivé au Canada, par exemple, il aurait pu louer un avion privé pour n'importe où.

La dernière boîte abritait un 9 mm Luger accompagné de plusieurs chargeurs et de divers passeports, dont l'un, canadien, au nom de Philippe d'Antry.

— On dirait que rien n'est prévu pour sa femme, remarqua la secrétaire, choquée.

— Quand les rats quittent le navire, c'est chacun pour soi ! Je parie qu'il a laissé son épouse se débrouiller seule. Si elle a un peu de bon sens, elle disparaîtra.

— Il ne reste plus que les cahiers, dit la jeune femme en les tendant à Carmine.

— Du russe... du russe... du russe... du russe..., grommela-t-il en les jetant sur la pile destinée au FBI. Ah ! En voici en anglais !

Il lut un moment puis regarda Delia, l'air perplexe.

— C'est comme s'il avait une double personnalité ! L'espion pensait, écrivait et travaillait en russe, le tueur en anglais. Sa vie entière est compartimentée !

Il s'empara du téléphone.

— Je vais prévenir Desdemona que je ne suis pas près de rentrer, ce soir ! Avec un peu de chance, je découvrirai là-dedans qui est l'assistant de Smith, et peut-être même les noms de ses tueurs à gages. Cinq cahiers en anglais... Je ne peux pas m'en aller avant de les avoir tous lus et digéré leur contenu.

Il se pencha, prit la main de sa secrétaire et la baisa.

— Mademoiselle Carstairs, je ne saurai trop vous remercier, mais votre tâche est terminée. Rentrez et détendez-vous.

— Pas question ! répondit-elle d'un ton bourru. D'abord, je vais chez Malvolio vous chercher de quoi manger, et un thermos de café de qualité. Burger ? Sandwich au bacon ? Au rosbif ?

— Burger.

— Ensuite, reprit-elle, je vais aller rendre visite à Desdemona et à Julian. J'étais si occupée, depuis leur retour d'Angleterre, que je n'ai pas eu l'occasion de demander à votre femme comment se porte mon toqué de père.

— D'après ce que j'ai entendu dire, il est toujours aussi toqué !

Le premier cahier contenait la description sommaire des activités criminelles de Smith pendant ses quinze premières années de présence au conseil de Cornucopia. Mais la toute première entrée était bien antérieure.

« Skeps père doit disparaître. Mes ordres sont formels, car le fils sera ainsi beaucoup plus facile à manipuler. Il aura droit au traitement KGB : autant de poudre qu'il peut en tenir sur la pointe d'une punaise, préparée à partie de la plante dont ma mère se servait comme laxatif quand j'étais enfant. Une dose plus réduite suffirait, mais plus cela sera rapide, mieux cela vaudra. Elle sera dans la première cuillerée du caviar que j'offre à ce vieux grigou, dont la qualité l'émerveille toujours. »

Puis, quelques pages plus loin :

« Le vieux est mort, la pendule s'est arrêtée pour de bon. Joli titre de chanson. Desmond Skeps fils a hérité de l'affaire, et Phil est là, Phil sera toujours là. Mais j'ai refusé de faire partie du conseil. »

Toutefois, il y était vite entré. Aucune mention de sa fille ou de Dee Dee n'était faite dans tout le cahier.

Carmine jugea intéressant que le texte, qui ressemblait à un journal, soit daté par jour, mois, année, et non, comme on le fait aux États-Unis, mois, jour, année. Chaque entrée évoquait le meurtre de quelqu'un qui, pour une raison ou une autre, avait barré la route de Smith. Celui-ci lui administrait un peu de la poudre magique mise au point par le KGB – sans doute un alcaloïde végétal d'une puissance incroyable. Mais laquelle ? Et pourquoi aucune de ses victimes du 3 avril n'était-elle morte de cette façon ? Apparemment, le poison provoquait un effondrement total de l'organisme, un peu comme certains champignons vénéneux, et le diagnostic était celui d'une septicémie non spécifique, d'étiologie inconnue.

Il n'y avait aucune référence aux secrets qu'il avait dérobés, ni à la manière dont il s'y était pris. Cela devait se trouver dans les cahiers en russe. Le FBI allait bien s'amuser !

L'avant-dernier cahier contenait le récit du banquet de la Fondation Maxwell, mais aussi beaucoup de fulminations sur les perfidies d'Erica Davenport. Smith la méprisait et se laissait aller à sa fureur, ce qui lui arrivait rarement dans les nombreuses pages.

« Je maudis le jour où Moscou m'a imposé cette idiote ! Une sotte, certes belle, qui a laissé derrière elle une trace d'un kilomètre que les Américains pourront suivre. Il y a dix ans, quand elle a fait son apparition, j'ai inondé le KGB de protestations, pour m'entendre répondre qu'elle avait au parti des amis puissants. Ils l'ont placée ici pour faire des rapports sur ma loyauté, et signaler le moindre de mes actes à Moscou, mais elle a peur de moi ! Il ne m'a pas fallu longtemps pour l'intimider et prendre l'ascendant sur elle. Ce qui ne l'empêche pas de continuer à faire ses rapports à ses amis du parti. De mon côté, j'informe le KGB. J'ai un rang élevé, mon pouvoir à Moscou est plus grand que le sien. »

Carmine en eut le souffle coupé. C'était donc ça ! *Que j'ai été bête de croire qu'ils travaillaient en équipe pour voler nos secrets ! Chacun surveillait l'autre, cherchant des preuves de sa duplicité idéologique. Les amis d'Erica, dirigeants du parti, s'offusquaient du style de vie de Smith, alors que les dirigeants du KGB, totalement pragmatiques, comprenaient bien que c'était impératif s'il voulait réussir dans sa tâche. Chacun accusait l'autre d'être un traître. Le vol de secrets industriels était en fait un aspect accessoire de leur lutte politique. Un seul pouvait l'emporter, et Erica devait sentir qu'elle perdait. À Moscou, c'est le KGB qui règne, et non le parti communiste.*

Il continua sa lecture. Le 4 décembre :

« Quelle folle, quelle répugnante traînée ! Il y a six jours, elle est venue me voir, en larmes, hystérique, pour me dire que Desmond se passerait désormais de ses fellations et revenait vers Philomena. Quelles larmes ! Quel chagrin ! “Mais Phil, je l'aime, je l'aime !” Ce à quoi j'ai répondu : “Et alors ? Poursuivez votre devoir patriotique ! Soyez gentille avec lui, persistez à lui donner les idées commerciales que je vous ai fournies, et il sera impressionné, il sera reconnaissant, il vous fera grimper encore plus haut.” Je lui ai dit tout cela pendant qu'elle geignait et gémissait, cette garce débile.

Elle avait une autre confession à me faire, juste après la soirée d'hier, durant laquelle j'ai vu Desmond Skeps et Dee Dee Hall bras dessus bras dessous ! Il avait amené cette putain à la soirée ! Pas étonnant qu'il soit allé s'installer loin de moi et des autres membres du conseil. En passant, il m'a avoué : “Je connais ton secret, Phil. Je sais ce qui est arrivé à ta gamine. Qu'est-ce que les gens diraient s'ils savaient que le grand Phil Smith a une fille junkie ?” Je me suis demandé ce que je pourrais bien répondre tout en le regardant s'asseoir à la table du gros banquier avec Dee Dee. C'est elle qui l'a fait boire, évidemment. S'il va au-delà d'un premier verre, il ne s'arrête plus.

Puis j'ai vu Erica, également ivre, se diriger en titubant vers sa table et s'y asseoir quelques minutes. Pourquoi les gens sont-ils incapables de se contrôler ? Desmond était ivre parce que les fellations d'Erica lui manquaient, et parce qu'il est peu sûr de Philomena. Erica avait bu parce qu'elle est amoureuse de Desmond. Et les voilà partis. Moi seul sais où ils s'arrêteront…

Erica m'a appris aujourd'hui, dans un déluge de larmes terrifiées, ce qui s'était passé entre eux deux à table. Elle a raconté à Desmond que j'étais Ulysse. C'est l'arme dont j'avais besoin depuis dix ans, alors je lui ai fait tout noter par écrit, en russe, Stravinsky étant témoin. "Si vous faites ce que je dis, ai-je expliqué à cette garce idiote, je ne l'enverrai pas à Moscou."

Je suis enfin libéré d'elle ! Desmond était trop ivre pour écouter ce qu'elle disait. Elle me l'a juré, et je la crois d'autant plus facilement que je l'avais vu de mes propres yeux. Maintenant, j'ai une arme, et j'attends de voir ce qui va se passer ! Si jamais l'histoire d'Ulysse est révélée, Erica devra tout nier, et de manière convaincante. J'ai un moyen de pression ! »

Dans quel monde vivez-vous, monsieur Smith ! songea Carmine, refermant le cahier avant de verser du café dans sa tasse. Dans quel monde ! Ce n'étaient même plus des chiens qui se battaient à mort, mais des serpents. C'était Smith le génie financier, et non Desmond Skeps ou Erica Davenport. Ils étaient ses pions, il se servait d'eux pour tirer la société toujours plus haut. De plus en plus de secrets. Et c'est pourquoi il a finalement pu se dispenser d'Erica : une confession écrite envoyée à Moscou, et lui à la tête de Cornucopia. Il ne craignait plus les amis russes qu'elle pouvait encore avoir.

Les plans de Smith étaient conçus avec une minutie digne du KGB. La page du 10 décembre disait ainsi :

« Pas encore la moindre indiscrétion sur Ulysse, mais je n'ai cessé de réfléchir, sans arrêt. Je dois être prêt à frapper comme l'éclair, avec les mêmes résultats. Ce ne sera pas Desmond Skeps qui portera ce genre d'accusations : j'ai parlé avec lui bien des fois depuis la soirée, et il ne soupçonne rien. Il n'éprouve pour moi qu'une profonde gratitude, car je lui ai donné mon remède contre la gueule de bois. Il ne semble même pas se souvenir d'être venu avec Dee Dee Hall. Quand je lui ai demandé pourquoi il avait fait ça, il m'a regardé sans comprendre. Il a fini par expliquer que ce devait être la conjonction de la gnôle et des fellations de cette pute. En ce domaine, les attentions d'Erica lui manquent, mais Philomena veut qu'elle disparaisse, et lui prétend qu'il veut renouer avec son ex-épouse. Je le crois : il m'a montré un ensemble de diamants roses qu'il avait achetés pour elle, il devait y en avoir pour un million de dollars ! De la part d'un parfait grippe-sou comme Desmond, c'est le signe qu'il est désespéré. C'est sans doute Dee Dee qui lui a parlé d'Anna, et lui a demandé de venir avec lui à la soirée, rien que pour me tourmenter. La putain devient moralisatrice !

Erica ne dira rien, c'est certain. Par conséquent, toute accusation ne pourrait venir que de quelqu'un qui se trouvait à leur table, et qui n'était pas assez ivre pour avoir oublié. Je ne crois pas aux protestations d'Erica, qui prétend qu'elle ne parlait pas assez fort à Desmond pour qu'on puisse l'entendre. Toutefois, si une telle accusation était portée, dans un esprit de zèle patriotique, je crois qu'elle l'aurait déjà été, et bruyamment. Qu'il n'en ait rien été m'amène à penser que cela prendra la forme d'un chantage, soit sur Erica, soit sur moi. Je l'ai mise en garde, ce qui a une fois de plus terrifié cette garce idiote. Je passe mon temps à corriger ses bourdes !

Naturellement, j'ai observé tous les gens assis à la table de Skeps ce soir-là, si bien que j'ai une assez bonne idée de qui viendra le chantage, si bien sûr il vient. Je dois avouer que je suis émoustillé à l'idée de tuer les onze d'un coup. Quel coup d'éclat ! Cela ne ferait pas que laisser perplexe la police locale, elle en serait complètement déboussolée ! Et le simple aspect logistique de l'affaire est tout à fait passionnant. Stravinsky renâcle, mais obéira aux ordres, en bon ouvrier qu'il est. Un projet de rêve ! Je m'ennuie tellement ! J'ai besoin du stimulus d'un projet nouveau pour me sortir de mon marasme, et celui-là est parfaitement réalisable. Stravinsky devra bien en convenir. Qui pourra soupçonner que les onze morts sont l'œuvre de la même main, si chacun meurt de façon différente ? Quel défi ! Enfin je me réveille ! »

Nous y voilà, pensa Carmine. Ulysse avait fait de l'espionnage un art si consommé qu'il s'ennuyait à mourir, qu'il lui fallait quelque chose de neuf. C'était en même temps une sorte de compliment pervers à la police d'Holloman. *Nous sommes meilleurs qu'il ne l'aurait cru, sans être certes au niveau du KGB. Heureusement, d'ailleurs !*

Le 19 décembre, Smith écrivait :

« J'ai découvert que deux des hommes assis à la table de Skeps ce soir-là ont des épouses facilement manipulables. Barbara Norton est complètement folle, mais elle le cache bien. Stravinsky, se faisant passer pour un joueur de bowling nommé Reuben, a entamé une conversation avec elle. Aucune cervelle. Son mari, le banquier, la terrorise, et elle est mûre pour le meurtre.

On peut dire la même chose du Dr Pauline Denbigh, à qui je parais sympathique. Nous sommes entre gens de la haute ! Son mari la bat férocement, quelle ordure ! Elle m'a montré une marque sur son bras. Un esprit de cette qualité, méprisé au profit de petites putains adolescentes ! Je lui donnerai un flacon de cyanure, elle fera le reste sans qu'il y ait besoin de l'y pousser, mais il faudra que je la contraigne à agir le jour voulu. On ne peut la corrompre – sauf peut-être avec une édition originale de Rilke. Je la lui montrerai, et ferai en sorte de la lui offrir si elle est acquittée. Je paierai anonymement une fortune à Bera s'il la sort de là. Il y arrivera ! »

Et ça devrait marcher, se dit Carmine. *Je doute que ce que Smith écrit ici amène le jury à changer d'avis. C'est l'allusion aux marques qui comptera, non la date. Une édition originale de Rilke ! Ce type connaît du monde, et il a les moyens ! De toute façon, le jury ne verra jamais ce cahier : Bera se débrouillera pour qu'il soit écarté de la série des preuves.*

Ainsi, le côté féministe de l'affaire disparaissait. Carmine l'abandonna sans regret. Toutes ses investigations n'avaient pu produire d'éléments contre Pauline Denbigh, ni révélé l'existence d'un amant. Peut-être était-elle vraiment frigide. Peut-être toute son énergie passait-elle dans les causes féministes et l'amour de Rainer Maria Rilke.

L'allusion à Bianca Tolano, datée du 22 décembre, était atroce.

« Je l'avais vue à table, à côté de Dee Dee, et je n'avais pu faire la différence. Deux putains, l'une le produit fini, l'autre la discrète et douce élève en formation. Elle me rappelle Erica. Aussi lui infligerai-je la mort que j'aimerais tant infliger à celle-ci. J'ai trouvé mon outil. Un lèche-botte nommé Lancelot Sterling a attiré mon attention sur lui alors que je passais au service comptabilité. C'est un nabot infirme nommé Joshua Butler. Je pensais que Sterling pourrait faire l'affaire, mais ce Butler est un vrai pervers, une petite ordure. Quand il a quitté le boulot, je l'attendais dans ma voiture, je lui ai offert de le raccompagner. Il en a été enchanté ! J'ai fini par l'emmener chez moi pour dîner. Stravinsky est convenu qu'il serait parfait pour nos objectifs. En fin de soirée, il était à ce point hypnotisé qu'il aurait fait n'importe quoi pour moi. Il s'en tirera magnifiquement, mais Stravinsky, qui a l'estomac solide, devra se charger de la mise en condition psychologique. »

Mêlées aux considérations logistiques très froides, on trouvait parfois des touches de… pitié dans la prose de Smith. L'espion semblait bel et bien éprouver une certaine compassion pour deux des victimes, Beatrice Egmont et Cathy Cartwright. Sans doute les considérait-il comme de dignes mères de famille qui ne méritaient pas de mourir, et devaient donc disparaître rapidement et sans souffrances.

Carmine fut aussi intéressé d'apprendre qu'Evan Pugh aurait dû succomber à une septicémie après avoir reçu une bonne dose de la poudre magique du KGB. Une mort très désagréable, mais moins horrible que celle qui lui avait été infligée. Il aurait dû se retrouver à l'hôpital, en pleine torpeur médicamenteuse. Rien de comparable aux souffrances provoquées par le piège à ours.

Les trois victimes noires avaient également droit à un paragraphe :

« Les serveurs devront mourir aussi. Il est intéressant de noter que les Américains, en dépit de tous leurs beaux discours, emploient toujours des Noirs comme domestiques. Ou comme putains, à l'exemple de Dee Dee. Stravinsky se chargera de trouver des assassins venus du dehors – trois, un pour chaque cible. J'aime l'idée de recourir à des armes de calibres différents, avec des silencieux, comme au cinéma. Stravinsky pense que je vais un peu trop loin, mais ce n'est pas lui qui décide. Je m'ennuie tellement ! Ces imbéciles d'Américains seront incapables de me capturer, alors quelle importance ! »

Tout ça pour tromper ton ennui ! Espèce de salopard !

La page datée du 29 mars était fascinante :

« Et moi qui pensais que toute menace avait disparu ! Je découvre aujourd'hui que non. C'est superbement stimulant ! Je suis aux aguets, pleinement lucide. Mon cher Evan Pugh, vous allez connaître une autre mort que celle que je vous réservais à l'origine. Nous aurons recours au piège à ours, et Stravinsky se fera passer pour Joshua Butler. Tout le travail préparatoire avait été fait, au cas où, car je vous soupçonnais depuis longtemps de vouloir me faire chanter. Stravinsky possède les outils qu'il faut. Vous aurez votre argent ! Pour moi, c'est de la menue monnaie. Mais vous connaîtrez une mort atrocement pénible. Moulin à Paroles… cela fait très américain. Comme le piège à ours. »

Le 4 avril était consacré à Desmond Skeps :

« Tu es enfin mort, Desmond Skeps, en même temps que tes perpétuelles pleurnicheries sur Philomena, ton refus de reconnaître que c'est toi qui l'avais chassée. Une femme remarquable, pour une Américaine.

J'ai vraiment aimé te voir mourir ! Je méprise les gens à qui la souffrance des autres inspire un plaisir sexuel, mais j'avoue que j'ai eu une érection en voyant le grand Desmond Skeps, troussé comme un poulet, yeux et cervelle encore vivants, mais le reste aussi mort qu'un oiseau empaillé. Mon petit fer à souder et moi nous sommes bien amusés. Comme il aurait voulu hurler ! Mais ses cordes vocales n'étaient plus à la hauteur de la tâche. Il ne pouvait émettre que de vagues grognements. Le nettoyant, à la fin, était une idée superbe. Quelle manière de mourir ! J'ai adoré ça. Dès le moment où il m'a révélé qu'il avait nommé Erica comme tutrice de son fils, il ne servait plus à rien. Il était tellement entiché du sens des affaires de cette sotte, sans savoir que c'était le mien ! Adieu, Desmond ! »

Smith n'avait pas grand-chose à dire du meurtre d'Erica. De toute évidence, il était inutile pour lui de s'appesantir sur ses souffrances.

« Stravinsky a brisé les bras et les jambes de cette chienne, à raison d'un os à la fois, mais elle n'a rien révélé, sauf les noms de ses amis du parti à Moscou. Si elle avait eu autre chose à dire, elle l'aurait fait. Stravinsky a tout particulièrement apprécié. Nous sommes tombés d'accord pour que ce soit le tueur à gages, Manfred Mueller, qui nous débarrasse du corps. Je voulais qu'il soit déposé chez Delmonico. Stravinsky pensait que c'était une erreur, mais bien sûr, c'est moi qui ai gagné. Mueller a donc emporté le cadavre là-bas. Manque de chance, la gigantesque épouse a fait son apparition. Cela n'a pas changé grand-chose, Mueller s'en est tiré sans encombre, mais la femme aussi. Hélas ! »

Le paragraphe concernant le sniper était extrêmement intéressant. Smith en avait été très secoué.

« Ma bonne fortune m'abandonne. Le problème n'est pas qu'elle s'épuise – ce n'est jamais le cas –, mais qu'elle se heurte à celle d'un autre, et doive céder. Tout ce que je peux faire, désormais, c'est envoyer Delmonico dans toutes les directions à la fois. Mueller est bien décidé à tuer autant de citoyens illustres d'Holloman qu'il le pourra et à y laisser sa vie, en échange de 10 millions de dollars versés au nom de sa femme dans une banque suisse. Je l'ai fait. Stravinsky pense que cela ne mènera nulle part, et je crains qu'il n'ait raison. »

C'était la dernière page du cinquième cahier. Épuisé, révulsé, Carmine le rangea, avec les autres, dans une vieille boîte sur laquelle il écrivit DIVERS-1967, avant de l'emporter jusqu'à la « cage aux preuves » et de l'y déposer au milieu d'autres vieilles boîtes poussiéreuses. Même si le fidèle Stravinsky revêtait l'uniforme d'un flic d'Holloman et venait la réclamer, il ne pourrait l'obtenir.

Stravinsky. Un nom de code, forcément. Les cahiers ne contenaient rien qui permette de savoir qui c'était. Il ne pouvait s'agir du compositeur, bien sûr. C'était l'intéressé qui avait dû choisir ce nom, ou ses patrons du KGB. Auquel il devait appartenir, comme Smith. *Moi qui pensais que Desdemona l'avait vu quand il avait déposé le corps d'Erica chez nous ! Mais en fait, elle a eu affaire au sniper. Smith parle toujours de Stravinsky comme de quelqu'un qui est quasiment son égal, et dont il respecte l'opinion. Un homme trop précieux pour qu'il révèle son identité dans ces pages, où il raconte pourtant en détail ses meurtres.*

— Je me sens toujours abandonné à la fin d'une affaire, avoua Carmine à Desdemona ce soir-là. Comme d'habitude, elle se terminera devant les tribunaux, platement. Smith ne pourra échapper à une condamnation, mais je soupçonne fortement que Pauline Denbigh sera acquittée. Quant à Stravinsky, on ne peut même pas l'identifier.

— Ce ne pourrait pas être Purvey ou Collins ?

— Non, ça n'est pas comme ça que ça se passe. C'était une relation entre maître et apprenti, et non pas hiérarchique.

— Que va devenir Cornucopia ?

— Il n'y a qu'une main assez solide pour reprendre le flambeau, et c'est celle de Wallace Grierson. Ça ne va pas lui plaire ! Dormus et ses turbines lui sont chers, mais une trentaine de filiales différentes ne l'intéressent nullement. Pourtant, il fera son devoir !

— Ta mère va sortir de sa déprime dès qu'elle saura qu'on a capturé les coupables ! Mais qu'est-ce qu'elle apprendra, Carmine ? Qu'est-ce qui sera rendu public, de tout ça ?

— Pas grand-chose. Smith sera présenté comme un cinglé bon pour l'asile, les informations contenues dans les cahiers ne seront pas retenues à charge contre lui. Il sera condamné sur des preuves matérielles : le rasoir et le bleu de chauffe pour Dee Dee, le petit matériel pour Skeps. Son mobile ? Prendre le contrôle de Cornucopia.

— Mais alors, pourquoi aurait-il tué Dee Dee ?

— Le procureur prétendra que Smith était l'un de ses clients et qu'elle voulait le faire chanter.

— Il va détester cette version ! C'est un puritain coincé !

— Alors, il faudra qu'il donne lui-même une meilleure raison pour le meurtre ! Une chose est certaine : il ne reconnaîtra jamais qu'il était un espion. Il est convaincu qu'on ne le jugera pas pour ça.

— Tu crois ? demanda Desdemona, curieuse.

— Je n'en sais rien.

— Ce doit être un homme très prétentieux.

— À tous égards, de ses vêtements sur mesure à sa somptueuse demeure.

— Sans parler de ses voitures de sport, conclut Desdemona, qui se leva : il est grand temps de manger !

— Qu'est-ce qu'il y a au menu ?

— Saltimbocca alla Romana !

— Waouh ! s'écria Carmine, qui lui prit la taille et l'accompagna jusqu'à la cuisine.

Elle disposa les assiettes et sortit la sauce tomate. La poêle se trouvait déjà sur la cuisinière ; le veau et le prosciutto attendaient à côté d'un petit bol de sauge hachée.

— Myron va nous ramener Sophia ! annonça-t-elle.

— Il est sorti de sa déprime ?

— Je crois. Le fait que tu l'aies traité de tous les noms parce qu'il rendait la vie difficile à Sophia a dû le faire réagir.

Desdemona alluma le gaz sous la poêle, où elle versa un peu d'huile d'olive.

— On mange dans quelques minutes !

— Je meurs d'impatience !

— Tu as décidé qui deviendrait lieutenant ? demanda le commissaire.

Carmine prit un air stupéfait.

— Mais ce n'est pas à moi de choisir !

— Ah bon ? Qui, alors ?

— Vous et Danny !

— Conneries ! Ce sera ton choix ! Danny et moi nous contenterons d'approuver.

— Mais je ne peux pas, chacun est aussi bon que l'autre ! Abe coince le fêlé qui avait transformé sa victime en momie, c'est un boulot superbe, et voilà que Corey coince Philip Smith en récupérant ses papiers ! Je n'ai aucune envie de perdre celui qui n'aura pas le poste et passera dans un autre service. Abe a un esprit analytique, il est réfléchi, sensible, calme et précis. Corey est malin, pense avec ses pieds, saisit l'occasion au vol, et possède assez de logique pour se débrouiller. Des qualités différentes, des styles différents, mais l'un et l'autre feraient un bien meilleur lieutenant que Larry Pisano, et vous le savez ! Alors, ne me refilez pas le bébé, commissaire ! C'est vous le chef, c'est vous qui prenez la décision !

Silvestri avait écouté, impassible. Il sourit, hocha la tête et prit un air insupportablement suffisant.

— T'ai-je dit que, ce matin, j'ai reçu un appel d'Edgar J. Hoover lui-même ? Il était très satisfait de notre résolution du foutoir Cornucopia, d'autant plus que le FBI se verra attribuer le mérite d'un boulot accompli en fait par la police d'Holloman. J'ai bien sûr joué le rôle du flic bouseux et un peu débile, puis j'ai passé un accord avec lui. Je ne contredirai rien, pourvu qu'il prenne Mickey McCosker et son équipe au FBI. Edgar a été ravi de me rendre service.

Il gloussa, ravi de sa propre subtilité.

— Par conséquent, capitaine Delmonico, vous avez *deux* postes de lieutenant à pourvoir ! Un pour Abe, un pour Corey ! Et j'ai enfin le nombre de gradés qu'il me faut !

— J'ai envie de vous embrasser !

— N'y pense même pas !

— John, je vous laisse l'honneur de leur annoncer la nouvelle.

— Et toi, tu as des idées pour ta propre équipe?

— Au moins une : votre nièce Delia, si du moins elle accepte de suivre une formation dans une école de police.

Silvestri en resta bouche bée.

— Delia ? Tu es sérieux ?

— Comme un pape ! C'est une femme remarquable, elle perd son temps à faire du secrétariat.

— Elle est trop âgée et trop grosse.

— Ça dépend d'elle, non ? Je suis sûr qu'elle y arrivera, elle a la cervelle et la ruse des Silvestri. Elle n'a pas besoin d'être taillée en Hercule, de toute façon. Si elle n'est pas capable de franchir une rivière en crue suspendue à une corde, tant pis ! Dès qu'elle sort de l'école de la police, elle entre dans mon équipe.

— Et les hommes de Larry ?

— J'en donne un à Abe, un à Corey. Comme ça, nous aurons dans chaque équipe un flic expérimenté et un nouveau. On choisira les seconds couteaux en fonction des candidatures.

— Ça pourrait valoir certains ennemis à Delia.

— J'en doute.

— Personne ne croira jamais qu'elle est flic ! s'écria Silvestri.

— C'est encore mieux !

Quelle nouvelle fantastique ! Carmine s'éloigna des services du comté au volant de sa Fairlane, très heureux. L'été serait bientôt là, même s'il ne commencerait à faire vraiment chaud qu'à partir du 4 juillet, jour de fête nationale, c'est-à-dire dans six semaines.

Il emprunta la Route 133 pour se rendre chez Phil Smith. La demeure portait les traces de fouilles et d'excavations frénétiques, nota-t-il en franchissant l'imposant portail, avant de suivre les courbes du chemin d'accès. Il se souvint du compliment de l'agent Kelly :

— Nous n'avons jamais rien trouvé de plus que vous, dans cette affaire ! Vous nous avez battus, vous autres flics d'Holloman !

Le plus agréable dans tout ça, songea Carmine en appuyant sur la sonnette, *c'est que les fédéraux ont disparu pour retourner dans leur bac à sable habituel. Nul n'en sera plus ravi que Wallace Grierson.*

Natalia Smith vint ouvrir et posa un doigt sur ses lèvres avant de le conduire dans l'herbe, le plus loin possible des trous creusés par le FBI.

— Ils ont mis des micros dans la maison, expliqua-t-elle.

— Comment savez-vous que ce que je compte vous dire ne doit pas être surpris par les grandes oreilles fédérales?

Elle sourit, plissant ses grands yeux bleus.

— Parce que vous êtes le seul qui ait vraiment compris. Philip n'arrivait pas à croire qu'un simple flic local pourrait compromettre ses plans, mais moi, je savais.

— Fidèle Stravinsky! s'exclama Carmine.

— Stravinsky? Qui est-ce? Le compositeur?

— Non, vous, madame. Ça ne peut être personne d'autre.

— Vous allez m'arrêter?

— Non. Je n'ai pas de preuves.

— Alors, pourquoi prétendre que je suis ce Stravinsky?

— Parce que votre mari est un puritain extrêmement rigide. Les femmes, les putains, toute la gent féminine lui inspire des sentiments très vifs. Et il semble vous avoir abandonnée, vous, son épouse. Ce qu'il n'aurait jamais dû faire. Il sait donc que vous êtes capable de vous débrouiller seule. Qui peut être le fidèle Stravinsky, sinon vous? Qui partage les journées, les nuits, les idées, les aspirations, les projets de Philip Smith? Qui d'autre aurait pu tenir le rôle de Joshua Butler montant l'escalier à Paracelsus College? Et pourquoi n'est-ce pas Stravinsky qui s'est débarrassé du corps d'Erica Davenport? Parce qu'il n'en avait plus la force. Il avait tout donné lors de la mise en place du piège à ours. Il était certes capable d'étouffer une vieille dame avec un oreiller, ou de planter une aiguille dans la veine d'une femme endormie. Il peut parfois prendre une apparence effrayante, au point de pouvoir marcher sans danger dans les rues de Harlem en quête de tueurs à gages. N'essayez pas de nier, madame Smith! Vous êtes la reine du déguisement, parce que vous savez modifier votre apparence de l'intérieur.

Elle contempla la pelouse, lèvres pincées.

— Et que comptez-vous faire de Stravinsky, cher capitaine?

— Simplement lui conseiller de quitter le pays en toute hâte. Pas aujourd'hui, mais demain sans faute. Vous devez avoir une cache contenant de l'argent, une arme, des documents pour voyager. Faites-en bon usage!

— Et si je choisis de rester avec Philip, que ferez-vous?

— Je vous pourchasserai, madame. En permanence. Croyez-vous que, parce que je suis en train de vous parler comme à un être humain, j'ai oublié que vous avez voulu tuer ma fille? Détrompez-vous. C'est un souvenir qui me brûle comme un tisonnier chauffé à blanc. Je serais très tenté de vous tuer, mais j'accorde trop de prix à ma famille pour ça.

— Vous n'empêcherez pas mon départ?

— Je n'en ai pas les moyens.

Elle regarda au loin.

— Moi aussi, je suis du KGB.

— Stravinsky l'est forcément. Je suppose que cela vous vaudra d'être bien accueillie à Moscou?

— Je survivrai.

— Alors, vous partirez?

Les épaules de Natalia Smith s'affaissèrent.

— Oui, si je peux dire au revoir à Philip.

— Je suis certain que vous aurez beaucoup de choses à dire aux gens de Moscou.

— Vous me pourchasseriez, c'est vrai, dit-elle avec lenteur. Je partirai demain.

— Je veux en être sûr. Expliquez-moi comment.

— Je vous enverrai un télégramme de Montréal disant : « Cordiales salutations de Stravinsky. » Bien sûr, je pourrais toujours le faire expédier par quelqu'un d'autre, mais mes devoirs patriotiques en Amérique ont pris fin. Le KGB veut que je rentre.

— Très bien. Le télégramme conviendra tout à fait.

Triste conclusion, mais il n'y en a pas d'autre, songea Carmine sur le chemin du retour. *Stravinsky se rendra aujourd'hui à l'hôpital pour voir Smith et lui dire adieu. En bon agent du KGB, celui-ci lui souhaitera bon voyage. Les micros du FBI apprendront à ceux qui écoutent que la malheureuse épouse avertit son mari que son psychiatre la fait entrer pour quelques jours dans un hôpital privé situé en banlieue de Boston. Elle prendra l'avion jusqu'à Logan, mais ne quittera pas l'aéroport et montera dans le vol pour Montréal. Une garce meurtrière, mais fidèle. Une silhouette lourdaude, un corps informe, un visage terrifiant… Et des yeux bleus qui vous font froid dans le dos.*

Il avait encore le temps de rendre une ultime visite liée à cette sinistre affaire, une sorte d'adieu à certains des locataires du building de Cornucopia, que son « insatiable curiosité », comme disait Erica, rendait impérative.

Il monta dans l'ascenseur pour se rendre au bureau de Desmond Skeps, désormais occupé par Wallace Grierson.

— Regardez ce que vous avez fait ! lança celui-ci, furieux.

— Quel magnifique costume !

— Et ça vous fait rire !

— Ce n'est pas ma faute, mais celle de Philip Smith.

La colère de Grierson s'apaisait déjà.

— Oui, c'est vrai ! Mais il se peut que j'aie trouvé un moyen de me sortir de ma triste situation.

— Ah bon ? Qui ?

— Je vois que vous êtes toujours aussi rapide. Michael Donald Sykes.

Carmine ne put s'empêcher de sourire.

— Ah, ce cher Michael Donald ! Smith l'avait déjà promu, mais je ne savais pas trop si les autres membres du conseil étaient d'accord.

— En fait, il se pourrait que Phil nous ait rendu un grand service. Mickey est quelqu'un d'étonnant.

— Mickey ?

— Oui, c'est le surnom que nous venons de lui donner.

— Ça lui va tout à fait, reconnut Carmine en tendant la main. Monsieur Grierson, je vous fais mes adieux. Je ne hanterai plus vos couloirs !

— Dieu soit loué !

Carmine se rendit ensuite à l'étage du dessous. Richard Oakes était à l'accueil et devint si livide en voyant le capitaine qu'on aurait dit qu'il allait s'évanouir.

— Votre patron est là ?

— M. Sykes ? demanda-t-il d'une voix étranglée.

— Lui-même. Puis-je le voir ?

Oakes déglutit et fit un signe de tête, ce qui, pensa Carmine, devait vouloir dire qu'il pouvait entrer.

Michael Donald Sykes était assis derrière l'ancien bureau d'Erica Davenport, et on avait du mal à reconnaître en lui le malheureux occupant des limbes du management. Il semblait à la fois avoir maigri et grandi. Il était vêtu d'un costume bien coupé en soie italienne, d'une chemise de fabrication française avec des boutons de manchettes en or, et portait la cravate des anciens de Chubb. Pas étonnant qu'il ait souffert d'avoir été méprisé ! Carmine eut plaisir à penser qu'enfin cet homme triomphait.

Une boîte en carton était posée sur le bureau, débordant de copeaux de bois ; quelques figurines de plusieurs centimètres de haut, superbement peintes, en avaient été sorties. Napoléon et ses maréchaux, tous à cheval.

— Je suis heureux de vous voir ici, monsieur Sykes, le félicita Carmine.

— Merci ! Que pensez-vous de mes dernières acquisitions ? Pour fêter l'événement, j'ai décidé d'ajouter Iéna et Ulm à mes batailles ! Ils sont magnifiques, non ? C'est l'œuvre d'un fabricant parisien, le meilleur au monde !

Il saisit un soldat de plomb vêtu d'une pelisse de hussard en peau de léopard.

— Voyez, c'est Murat, le grand chef de cavalerie !

— Merveilleux ! confirma Carmine en tendant la main. Monsieur Sykes, je vous fais des adieux définitifs !

— Ne tentez pas le destin, capitaine ! Cela dit, Cornucopia est désormais en sécurité et, oserai-je le dire, en d'excellentes mains.

Il raccompagna Carmine jusqu'à l'ascenseur, puis retourna dans son bureau et passa un moment à admirer ses figurines de plomb. Il sortit d'un tiroir une loupe pourvue d'un éclairage alimenté par une pile, prit la figurine de Murat et l'examina en la faisant tourner, en quête du moindre défaut. Il poussa un petit soupir, sourit et attrapa une de ces aiguilles dont on se sert pour les dissections, la glissa en bordure de la sacoche que portait Murat et en ôta un petit fragment de peinture.

— Chostakovitch sera content ! s'exclama-t-il.

DU MÊME AUTEUR
CHEZ LE MÊME ÉDITEUR

LA MAISON DE L'ANGE

À vingt et un ans, Harriet, une jeune infirmière, décide de prendre son indépendance et loue un appartement dans un quartier mal famé de Sydney.

Dans cette maison, dont la propriétaire pratique les arts divinatoires, Harriet noue des liens d'amitié avec les locataires. Portée par l'atmosphère bohème du lieu, elle s'initie aux plaisirs des sens et découvre l'amour.

En ce début des années 1960, la vie n'est pas qu'une longue fête sans fin. Quand le drame survient, Harriet, qui s'est prise d'affection pour Flo, la fillette autiste de sa propriétaire, n'hésite pas. Ce petit ange de quatre ans, attachant et mystérieux, est en danger. Elle tente alors de la mettre à l'abri…

« Colleen met beaucoup d'elle-même dans son personnage. Un roman attachant qu'on ne lâche pas. »

Le Point

ISBN 978-2-35287-041-8 / H 50-4975-4 / 384 pages / 7,50 €

CORPS MANQUANTS

1965. Connecticut. Au HUG, centre de recherche neurologique, deux employés découvrent, dans la chambre froide où l'on dépose les animaux de laboratoire avant incinération, un sac contenant un corps sans tête, coupé en deux…

Chargé de l'affaire, le lieutenant Carmine Delmonico établit rapidement le lien avec des meurtres sadiques récemment perpétrés. Toutes les victimes – des femmes – ont en commun leur jeune âge et leur couleur de peau.

L'enquête piétine. Une seule certitude, le coupable appartient au HUG. La tension monte en ville sous la pression des activistes noirs, convaincus qu'il s'agit de crimes racistes. Vite, un coupable, avant que d'autres corps ne manquent à l'appel…

« Des personnages truculents
pour une symphonie noire. »

actualite-litteraire.com

ISBN 978-2-35287-081-4 / H 50-5661-9 / 416 pages / 7,50 €

LES CAPRICES DE MISS MARY

Au décès de sa mère, Mary, la troisième des cinq sœurs Bennet, découvre la liberté. À 37 ans, elle qui n'a vécu que pour les autres est bien décidée à ne plus accepter d'entrave à la réalisation de ses rêves. Et surtout pas le triste chaperon que ses beaux-frères souhaitent lui imposer.

C'est décidé : comme le journaliste dont elle dévore les articles incendiaires, elle enquêtera sur les conditions de vie misérables des ouvriers du Nord.

Alors que sa famille craint qu'elle y perde sa réputation, Mary se lance avec fougue dans l'aventure. Mais son enthousiasme se heurte à la réalité de l'Angleterre de ce début de XIXe siècle…

Se déroulant vingt ans après la fin d'*Orgueil et Préjugés*, ce roman, une suite du chef-d'œuvre de Jane Austen, brosse le portrait d'une femme à l'esprit libre, féministe avant l'heure, qui n'hésite pas à braver les interdits pour faire triompher ses convictions.

ISBN 978-2-35287-218-4 / H 50-8430-6 / 480 pages / 8,50 €

Cet ouvrage a été composé
par Atlant'Communication
au Bernard (Vendée)

Cet ouvrage a été imprimé en France par

CPI
BUSSIÈRE

à Saint-Amand-Montrond (Cher)
en novembre 2012
pour le compte des Éditions Archipoche

N° d'édition : 217
N° d'impression : 124160/4
Dépôt légal : juillet 2012